AF288438

Jo Hilmsen

Der Fluch von Bebersee

Psychothriller

Über das Buch

„Was redet dieser Mensch da, denke ich. Meine Christina lebt. Meine Geliebte, von der ich hoffe, dass sie es schaffen wird, mich hier rauszuholen. Denn im Grunde ist sie die Einzige, die versichern kann, dass ich niemanden getötet habe. Auch nicht aus Versehen. Und erst recht nicht im Wahn. Sie ist diejenige, die die Wahrheit kennt. Sie ist die Einzige, die die ganze Geschichte kennt, von Anfang an."

Trutz Fiedler – ein aufstrebender junger Schriftsteller – findet sich in der forensischen Psychiatrie wieder. Wie ist er hierhergekommen? Was hat ihn in diese Lage gebracht?

Alles fängt mit dem Kauf eines kleinen Hauses in Bebersee an, dem klassischen Idyll im Berliner Umland. Und einem Grabstein. Und mit einem Fluch. Ein verhängnisvoller Fluch für Trutz und seine Lebensgefährtin Christina Buschmann.

Als Autor ist Trutz Neugier sofort geweckt und er beginnt, Nachforschungen über *den Fluch von Bebersee* anzustellen. Dabei stößt er auf uralte Hinweise, mysteriöse Geschehnisse und Verschwörungstheorien. Immer tiefer wird er in den Strudel der vergangenen und gegenwärtigen Ereignisse hineingezogen – bis er selbst nicht mehr weiß: Was ist hier real? Was ist Wahn? Oder was ist es dann?

Jo Hilmsen

Der Fluch von Bebersee

Psychothriller

Impressum

Bibliografische Information der Deutschen Nationalbibliothek:
Die Deutsche Nationalbibliothek verzeichnet diese Publikation
in der Deutschen Nationalbibliografie;
detaillierte bibliografische Daten sind im Internet
über http://dnb.dnb.de abrufbar.

Die automatisierte Analyse des Werkes, um daraus
Informationen insbesondere über Muster, Trends und
Korrelationen gemäß § 44 b UrhG („Text und Data Mining")
zu gewinnen, ist untersagt.

© 2024 Jo Hilmsen

Lektorat: friendspublish Kasiske & Trommershäuser
Korrektorat: friendspublish Kasiske & Trommershäuser
Cover: VorSprung Design & Kommunikation

Verlag: BoD · Books on Demand GmbH, In de Tarpen 42,
22848 Norderstedt
Druck: Libri Plureos GmbH, Friedensallee 273, 22763 Hamburg

ISBN: 978-3-7693-0522-7

PROLOG

D as Einzige, was ich im Moment tun kann, ist leise zu wimmern. Es gibt keine Lösung, sich so hinzulegen, dass der Schmerz in irgendeiner Weise nachlässt, ich einen Moment Entspannung finde. Es gibt nichts, was Linderung verspricht, keine Möglichkeit, dieser Höllenqual zu entkommen. Morphium hätte vielleicht geholfen, aber Morphium bekomme ich hier nicht.

Der Schmerz überdeckt alles. Er überdeckt meine Situation, er überdeckt den Gedanken an dieses Haus am See, er überdeckt die Geschichte von Christina Buschmann in Bebersee geboren 1799, gestorben 1825, jeweils an einem 24. August und er überdeckt sogar meine Gedanken an die lebende Christina Buschmann, meine Geliebte, von der ich hoffe, dass sie es schaffen wird, mich hier rauszuholen. Denn im Grunde ist sie die Einzige, die versichern kann, dass ich niemanden getötet habe. Auch nicht aus Versehen. Und erst recht nicht im Wahn. Sie ist die Einzige, die die Wahrheit kennt. Sie ist die Einzige, die die ganze Geschichte kennt – von Anfang an. Und nun dieser Schmerz, der alles überlagert, als käme nun zu meiner fast aussichtslosen Situation auch noch eine körperliche, eine möglicherweise existentielle körperliche Misslage hinzu.

Angst überkommt mich. Angst, die mir Schweißströme in den Hals laufen lässt. Und dann die Wirbelsäule hinab. Es ist eine Angst, als müsste ich auf der Stelle sterben, meinen letzten Atemzug tun, hier quasi hinter Gittern beziehungsweise Mauern.

Ich könnte um Hilfe rufen, an der geschlossenen Glastür rütteln. Ich könnte mit dem Kopf gegen die Wand schlagen, bis er blutet – wie ich es schon einmal getan habe – ich könnte, ich könnte… Aber das würde nichts bringen, nichts. Der Schmerz in meiner Lendenwirbelsäule tobt und breitet sich in meinem ganzen Körper aus. Ich bin schweißgebadet.

Es gibt hier einen Arzt. Sicher hatte er während seines Medizinstudiums auch gelernt, was es möglicherweise mit diesem Höllenschmerz auf sich hat, der irgendwo von der Lendenwirbelsäule herrührt und vielleicht kann er mir tatsächlich helfen. Unmenschen sind sie hier allesamt keine.

Aber bevor ich ihn rufe, – das war durchaus möglich, die Einrichtung hierzulande ist bei weitem nicht so dramatisch, wie man es sich vorstellt – muss ich erst einmal versuchen, mich zu beruhigen. Ich versuche, in den Schmerz zu atmen und zwinge meine Gedanken fernab von hier. Fernab von diesem Etablissement, fernab von dem, was möglicherweise auf mich zukommt, aber vor allem fernab von meiner derzeit so arg gebeutelten körperlichen Hülle. Tief einatmen durch die Nase, langsam durch den Mund ausatmen. Nach dem zehnten langgedehnten Ein- und Ausatmen beginne ich mich tatsächlich ein wenig zu beruhigen. Und das erste Bild, das vor mir auftaucht, ist das Haus in Seenähe. Es ist im Nachhinein leicht feststellbar, dass meine derzeitige Misere mit diesem Haus begann. Und dennoch frage ich mich, ob der Grundstein dafür nicht schon sehr viel früher gelegt worden war.

1

Ich hatte mir gerade meine zweite Tasse Kaffee eingeschenkt, als mein iPhone klingelte. Vor mir lag ausgebreitet die aktuelle Ausgabe des *Berliner Tageblatts*. Daneben standen auf dem Tisch ein Schälchen Erdbeerkonfitüre, Weichkäse, ein hartgekochtes Ei. In einem geflochtenen Körbchen lagen zwei Croissants. Am Telefon war Christina, meine derzeitige Lebensgefährtin. Ihre Stimme flatterte vor Aufregung.

„Trutz", flüsterte sie. „Ich habe es gefunden." Ich sah, während ich das Telefon an mein Ohr presste, aus dem Fenster. Meine kleine Maisonette Wohnung lag im Herzen des Berliner Prenzlauer Berges, in der Bötzowstraße, unweit des *Volksparks Friedrichshain*. Allerdings konnte ich den nicht sehen, die Fenster gingen alle in den Hof. Dafür entschädigte ein schöner Blick auf die Kugel des Fernsehturms. Und, was ein noch viel größerer Vorteil war – der Hof war ausgesprochen ruhig. Vis-à-vis landete ein Taubenpaar auf der Dachrinne. Ich nahm einen Schluck heißen Kaffee, bevor ich antwortete.

„Was hast du gefunden?" Ich erahnte, wie Christina die Augen verdrehte. Sie arbeitete gerade als freiberufliche Projektleiterin für den Berliner Senat. Und da gab es häufig Gründe, die Augen zu verdrehen.

„Das Haus, du Dummkopf. Unser Haus!"

„Ach, was. Wo?"

„Es war ein Geheimtipp", plapperte nun Christina aufgelöst los. Ich hörte aufmerksam zu, dabei wanderte meine Zunge abwechselnd vom rechten in den linken Mundwinkel und strich ab und an über die oberen Vorderzähne. Ein Tic, wenn ich hochkonzentriert war, der Christina manchmal zur Weißglut trieb. *Trutz,* pflegte sie dann zu schimpfen, *du hast deine Zunge schon wieder nicht unter Kontrolle.*

„Tatjana hat ihn mir gegeben. Du weißt doch, dass die beiden ebenfalls seit geraumer Zeit nach einer neuen Bleibe suchen. Aber dieses Haus wäre für sie zu klein, wegen der Kinder, meinte sie und deshalb hat sie mir den Tipp gegeben. Und du kennst Tatjana. Sie hat ein ausgesprochenes Gespür und was noch wichtiger ist: Geschmack. Was sagst du?"

Was sollte ich schon sagen, dachte ich. Das war sicherlich fair von Tatjana und Arne. Über Geschmack ließ sich bekanntlich streiten, auch über Tatjanas. Deshalb brummte ich nur ein unverbindliches:

„Soso."

Christinas Enttäuschung war selbst durchs Telefon fast körperlich zu spüren, also bemühte ich mich, rasch zu beschwichtigen.

„Wo steht es denn, unser Traumhaus?" Das war gerade noch rechtzeitig. Christina ließ ihren Atem langsam entweichen und sagte dann triumphierend:

„In Bebersee, in der Schorfheide, keine Autostunde von Berlin entfernt."

„Das klingt gut."

„Das klingt gut?", echote Christina. „Das ist traumhaft, ein Glückstreffer, glaub mir. Und der Preis ist der absolute Hammer. Ich habe sämtliche Unterlagen hier. Soll ich zu dir kommen oder kommst du zu mir?"

„Einen Moment, Christina. Ich bin leider nicht auf so einen Glückstag vorbereitet. Ich hole schnell meinen Terminkalender, okay." Ich legte das iPhone neben das Schälchen Erdbeerkonfitüre und schlurfte zu meinem Schreibtisch. Ein kurzer Blick in den Kalender reichte.

„Ab Acht hätte ich Zeit. Wenn du willst, komme ich zu dir. Was denkst du?" Dabei wusste ich, dass es Christina am liebsten gewesen wäre, wäre ich sofort zu ihr aufgebrochen. In manchen

Dingen war sie ein bisschen ungeduldig, aber das war wohl unserem Altersunterschied geschuldet – ihrem Heißsporn oder meiner Trägheit – je nachdem von welcher Position aus man es betrachtete. Immerhin war Christina fast zehn Jahre jünger als ich. Allerdings sollte ich nicht unerwähnt lassen, dass es genau diese Gegensätze waren, die unsere nun seit sechs Jahren währende Beziehung im Grunde sehr harmonisch machten. Sie trieb an, ich bremste manchmal aus. Und das kam uns bisweilen beiden zugute. Christina schien einen Moment lang zu überlegen.

„Okay. Und bring bitte einen guten Wein mit. Schließlich haben wir etwas zu feiern." Nachdem ich dies versprochen und aufgelegt hatte, starrte ich kurz gedankenverloren aus dem Fenster. Die beiden Tauben saßen noch immer auf der Dachrinne mir gegenüber und durchforsteten mit ihren Schnäbeln das Gefieder des anderen.

„Bebersee", murmelte ich, dann ging ich zu meinem Schreibtisch und startete den Laptop. Ich kannte zwar die Schorfheide gut – Honeckers ehemaliges Jagdrevier, Goebbels Sommervilla in Bogensee – aber nicht den Ort Bebersee. Als der Laptop hochgefahren war, tippte ich den Ort bei Google Earth ein. Die virtuelle Kamera flog aus den unendlichen Weiten des Universums nach Bebersee in Brandenburg. Ringsherum Wald, soviel stand fest. Eine kleine Straße endete im Ort, das war gut. Kiefernwälder, ein See. Nicht schlecht. Ein Pilzparadies, dessen war ich mir sicher. Ich liebte es, im Herbst Steinpilze und Maronen zu suchen. Andere Pilzsorten kannte ich nicht.

Templin lag nur einen Steinwurf entfernt. Von meiner Wohnung bis nach Bebersee benötigte man mit dem Auto auf der B 109 etwa eine Stunde, auf der A11 oder A10 eine Stunde siebzehn Minuten, vorausgesetzt, man blieb von Staus verschont. Christina hatte diesbezüglich ein wenig geflunkert, aber das war nicht der Rede wert. Hier also wollten wir unseren Traum verwirklichen: Ein Haus am See oder wenigstens ein Haus in Seenähe. Hier also wollten wir eine räumliche Nähe schaffen, von der wir beide bislang nicht wirklich überzeugt waren. Möglicherweise sogar eine dauerhafte. Ein Rückzugsort auf dem Land, getrieben von dem immer unerträglicher werdenden Leben im aufstrebenden Berlin, mit seinen Millionen Touristenscharen und ins Astronomische steigende Mieten.

Obgleich ich dieses Leben mochte. Die quirlige Unverbindlichkeit, die jeden Tag zu einem Abenteuer machte, die sich stets wandelnde und neu erfindende Stadt und die alles zu beherrschen scheinende Kultur mit ihren zahllosen Events. Aber langsam obsiegte auch in mir die Überzeugung, dass es durchaus Alternativen gab. Und eine Ausweichmöglichkeit kam da gerade recht. Eines Tages würden wir möglicherweise ganz umsiedeln. Wer weiß?

2

D er Haus- und Grundstückskauf war komplizierter als der Abschluss eines Handyvertrages. Der Templiner Notar namens Karl-Gustav Stockhausen warf mit Begriffen wie Nebenabreden, Gemarkung und ähnlichen Dingen um sich, als sollte dies den Respekt vor dem über zweihundert Jahre alten Gebäude noch etwas steigern. Das Katasteramt war bemüht worden, die Denkmalpflege und schließlich setzten Christina und ich unsere Unterschriften unter den Kaufvertrag. Wir waren gleichberechtigte Käufer mit einem Anteil von je fünfzig Prozent. Die Schlüssel landeten auf dem Tisch, und Christina griff zu.

„Jetzt haben wir ein gemeinsames Kind", witzelte ich beim Hinausgehen, und Christina knuffte mir als Antwort ihren Ellenbogen in die Seite. „Vielleicht wird es nicht das einzige bleiben." Ich stutzte kurz, denn ich dachte eigentlich, dass dieses Thema kein Thema mehr war.

„He, ich bin jetzt vierundvierzig. Ich glaube nicht, dass ich mich noch reproduzieren möchte."

„Und ich bin jetzt fünfunddreißig. Und meine biologische Uhr beginnt langsam zu ticken", konterte Christina.

„Wie jetzt?"

„Ach, Trutz…", Christina mimte einen mitleidigen Blick. „Lass uns ein anderes Mal darüber sprechen. Jetzt wollen wir unser Haus einweihen, okay."

„Aber… Na gut. Okay." Wir fuhren direkt von Templin zu unserem neu erworbenen Haus in Bebersee, Dorfstraße 4. Christina legte lässig ihre Beine auf die Innenverkleidung über dem Handschuhfach des Wagens und ließ das Beifahrerfenster herunter.

„Ich glaube, ich bin glücklich", sagte sie, legte den Schlüsselbund beiseite, den sie die ganze Zeit wie einen besonderen Schatz in ihrer Hand betrachtet hatte und fingerte nach einer Zigarette. „Wir haben ein Haus. Ein Haus am See. Ein Denkmal an einem See, umgeben von Kiefernwäldern. Wie romantisch." Ich lächelte.

„Vergiss nicht, dass ein zweihundert Jahre altes Lehmhaus neben der Romantik auch verdammt viel Arbeit mit sich bringt und zunächst erst einmal wenig Komfort bietet. Es gibt viel zu tun."

„Paah. Du das Haus, ich den Garten."

„So ist das aber vertraglich nicht vereinbart worden."

Christina machte ein unbeirrt verzücktes Gesicht.

„Erinnerst du dich an den Garten?"

„Ja", antwortete ich, da wir dieses Haus und den Garten ungefähr hundertmal besichtigt hatten, bevor wir die Verträge unterzeichneten.

„Was für Möglichkeiten", schwärmte sie, „ich werde einen Kräutergarten anlegen. Wir werden unter dem Apfelbaum eine Bank aufstellen und in der Abendsonne den See betrachten. Vielleicht können wir auch Kartoffeln anbauen und uns von unserer eigenen Ernte ernähren. Vielleicht schaffen wir uns ein paar Hühner an. Was meinst du?" Natürlich, dachte ich, jeder Großstädter träumte diese Tagträume und spätestens nach dem Bruch der ersten Wasserleitung, floh man zurück ins behagliche Kasernendasein mit den anderen Idealisten und redete lieber darüber, als sich die Hände bei Ausschachtungen blutig zu schuften. Und wenn die ersten Hühner von Marder, Habicht oder Fuchs geholt worden waren, war es auch mit der Tierromantik vorbei. Dennoch war auch ich seltsam berührt. Ja, geradezu euphorisch.

Es war ein schöner Sommertag. Der Himmel über Brandenburg war überwiegend blau, unterbrochen nur von dicken weißen Wattewolken. Das Thermometer zeigte behagliche fünfundzwanzig Grad Celsius an. Am Straßenrand, kurz hinter Groß-Dölln, grasten friedlich ein paar Rehe, unbeeindruckt vom Straßenverkehr. Wildunfälle waren in dieser Gegend die häufigste Unfallursache.

Ein Schild zählte siebenundneunzig in diesem Jahr. Ich drosselte eingeschüchtert das Tempo meines geliebten Oldtimers und blickte skeptisch auf das äsende Schalenwild. Der Gedanke an einen Crash mit einem Reh oder schlimmer, mit einem Wildschwein, ließ mich die Schulter straffen und das Lenkrad ein wenig fester umklammern. Aber zum Glück hatte das Schorfheider Wild gerade anderes im Sinn.

Weder Wild, noch irgendein Mensch befanden sich auf der Straße, als wir den Ortseingang von Bebersee erreichten. Ein friedliches Bild. Gegenüber der ehemaligen Bushaltestelle war ein großes Schild aufgebaut, das die Wander- und Radwege der Umgebung markierte. Ein Stapel abgeholzter Kiefernstämme wartete auf seinen Abtransport. Wir bogen im Schritttempo in die Schotterstraße ein, die zu unserem neuen Zuhause führte und blieben schließlich vor der Dorfstraße 4 stehen. Ich schaltete den Motor aus. Obwohl Christina die ganze Fahrt über gestrahlt hatte, zog sie jetzt einen kleinen Schmollmund. Wahrscheinlich, dachte ich, hat sie eine kleine Abordnung des Dorfes erwartet, um uns als Neuankömmlinge zu begrüßen oder wenigstens einen Blumenstrauß vorm Gartentor von den Nachbarn und war nun enttäuscht. Schließlich hatten wir bei den hundert Besichtigungen und den Vorverhandlungen mehrfach Worte mit den Nachbarn gewechselt und sie eigentlich als nett empfunden.

„Die Märker sind nun einmal so", versuchte ich zu trösten. „Wir sind hier schon etwas nördlich. Die Leute brauchen einfach ein bisschen, um warm zu werden. Du wirst schon sehen."

Mir fiel ein Gedicht von Paul Risch ein – ein Heimatdichter: Wie der Märker entstand. Darin ging es darum, dass der Heiland Christ mit Sankt Peter zur Spree und Havel gekommen war und Sankt Peter seine beiden Schuhe verloren hatte. Den einen im

Moor, den anderen in schwarzgrauer Heide. Der heilige Petrus bat den Heiland, einen Menschen zu erschaffen, der dieses schöne Land bewirtschaften sollte. Und der Heiland stieß einen Kienapfel mit einem Fuß und befahl, sei ein Mensch. Und der Kienapfel wurde zu einem hässlichen Grobian, der die Augen rollte und den Heiland mit den Worten Wat stöttste mi? beiseiteschob. Aber rezitieren konnte ich nur die letzten Zeilen:

„Will er in dem Sumpf und Sand gedeih'n, dann muss er trutzig und rauhaarig sein!"

„Hier gibt es fast keine Brandenburger mehr", konstatierte Christina nüchtern.

Das stimmte. Vor fast jedem Grundstück standen ein oder mehrere Wagen mit Berliner Kennzeichen.

„Ach, was soll's." Christina bemühte nun tapfer ein Lächeln. Ich stülpte verlegen die Lippen und begann meine Zunge die üblichen Wege wandern zu lassen. Christina war enttäuscht, soviel stand fest. Doch dann schob sie die Enttäuschung damit beiseite, in dem sie ihren Kopf in den Nacken warf und verkündete:

„Komm, Schatz. Jetzt musst du mich über die Schwelle tragen." Ich zog kurz die Augenbrauen bei dem Wort „Schatz" hoch, widersprach aber nicht, sondern schleppte Christina durch das Gartentor, den Vorgarten, durch den Hauseingang, der nach geöltem Holz roch, über die zwei Stufen zum Eingang und schließlich ins Haus. Mein Atem war mit jedem Schritt schwerer geworden und mein Gesicht begann ein bisschen zu lodern. Ohne mir auch nur den Hauch von körperlicher Erholung zu gönnen, begann Christina mich zu küssen und ein paar Minuten später liebten wir uns auf der Matratze, die wir bereits bei unserem letzten Besuch mitgebracht hatten.

Als es dämmerte, saßen wir beide zufrieden auf einer der beiden Stufen vor unserem Haus, jeder mit einem Glas Rotwein in der Hand, lauschten den Geräuschen der Nacht und betrachteten vergnügt wie ausgelassene Kinder den fantastischen

Sternenhimmel, der sich über die dunklen Wälder der Schorfheide und den See wie aus einem Märchen über uns spannte. Es wurde kühler, und ich holte Decken für uns. Das Haus, der Augenblick, die Welt war in Ordnung. Christina summte vergnügt irgendein albernes Lied, und ich warf ab und an einen verstohlenen Blick auf das Haus und überlegte, womit ich beim Umbau beginnen müsste. Das Dach – ein klassisches Walmdach war weitgehend in Ordnung, außer dass vielleicht die Regenrinnen gereinigt werden mussten. Auch die elektrischen Leitungen waren auf dem neuesten Stand. Im Haus gab es einen Kamin und einen Kachelofen, mit dem man die untere Etage beheizen konnte. Das warme Wasser wurde von einem hundert Liter Boiler im Keller aufbereitet. Sorgen bereitete mir ein Balken im Fachwerk, der Gutachter riet zur dringenden Auswechslung. Eine moderne Heizung musste her und die Wände benötigten einen neuen Farbanstrich. Der obere Stock musste komplett saniert, später die Scheune ausgebaut werden. Eins nach dem anderen, dachte ich und bekam plötzlich große Lust, gleich morgen damit anzufangen. Ein Rehbock bellte, ein Käuzchen rief. Wolken von Insekten schwärmten in der Dämmerung, in erster Linie Mücken.

Punkt zweiundzwanzig Uhr löschte sich die Straßenbeleuchtung des Ortes von selbst. Das ist vernünftig, dachte ich. Wir unterhielten uns flüsternd, so als wollten wir diesen Moment nicht durch unnötigen Lärm stören. Christina schwärmte von der frischen Landluft, entzückte sich immer wieder aufs Neue über das großzügige Grundstück und verlor sich in Details, mit was und wo sie den Garten zu gestalten gedachte. Ich hörte zu und kommentierte eher einsilbig, genoss aber ähnlich wie Christina die Landluft und die Atmosphäre. Ein wahrer Sternenschuppenregen verschönerte den Nachthimmel, und wir beide staunten mit offenen Mündern über dieses Himmelsspektakel.

Bei den Nachbarn waren längst die Lichter gelöscht, als wir uns schließlich entschlossen, schlafen zu gehen.

3

Auch der nächste Morgen bescherte uns Sonnenschein. Der Himmel war wolkenlos. In der Luft lag der herrliche Geruch nach getrocknetem Holz.

Ich beschloss, vor dem Frühstück eine Runde zu joggen. Christina hatte sich bei meinem Vorschlag, gemeinsam zu joggen, kurz gereckt und sich dann auf die andere Seite gekugelt. Ihr Gesicht war fast vollständig von ihrem dunkelbraunen Haar bedeckt. Ich strich ihr das Haar aus dem Gesicht und gab ihr einen Kuss auf die Wange, den Christina mit einem Lächeln und dem schmatzenden Geräusch eines nuckelnden Kleinstkindes beantwortete. Dann schlüpfte ich in eine kurze Hose, streifte mir ein T-Shirt über und zog mir meine Joggingschuhe an. Die Nachbarn rechts von uns saßen bereits im Garten und frühstückten. Ich winkte, wünschte einen guten Morgen und die Nachbarn grüßten und winkten zurück.

Na also, dachte ich, das wird schon. Dann lief ich los. Mein Weg führte mich westlich aus dem Ort heraus, bis hin zum See. Ich umrundete ihn einmal und lenkte dann meine gleichmäßigen Laufschritte in den Wald. Es hatte seit einigen Wochen nicht mehr geregnet und der Boden war hart wie Beton. Dafür roch es wunderbar. Ich lief nie länger als dreißig Minuten und da ich eine Weile nicht mehr laufen war, kam ich ordentlich außer Atem. Und es tat gut.

Als ich zurückkam, hatte Christina bereits den Tisch in den Garten geschleppt und war gerade dabei, Kaffee zu kochen. Der Wasserkocher brodelte und Christina goss das kochende Wasser in eine Kanne, deren Boden ein paar Zentimeter mit Kaffeepulver bedeckt war. Kaffeeduft durchströmte die kleine Küche.

„Guten Morgen", begrüßte ich Christina und gab ihr einen Kuss auf die Stirn. Christina strich mir einen Schweißtropfen zärtlich von der Schläfe und sah mir in die Augen.

„Ich liebe dich."

„Ich liebe dich auch", antwortete ich. Dann ging ich ins Bad und begann mich unter der Dusche wunderbar zu fühlen.

Ja, dieses Haus ist ein echter Glücksgriff, dachte ich, seifte mich ein, wusch mir das Haar und begab mich schließlich in den Garten, wo Christina mit dem gedeckten Frühstückstisch auf mich wartete. Wir frühstückten unter einem der Apfelbäume. Eine Wespe säbelte kleine Stückchen aus dem regionalen Leberkäse und machte sich humorlos damit davon. Auf einem der frischen Stücken Melone hatte sich eine Honigbiene niedergelassen, ließ aber davon ab.

Nach dem Frühstück entschied Christina, ein wenig auf unserem Grundstück umherzuspazieren (wegen der Planung der Pflanzungen) und ich brachte Geschirr, Tisch und Stühle zurück ins Haus. Es war Samstag. Morgen Abend mussten wir zurück nach Berlin. Ich hatte am Montagmorgen einen wichtigen Termin mit meinem Verleger. Es galt, die nächsten Lesungen zu organisieren und meine Lesereise zu planen. Christina musste die Woche ebenfalls arbeiten, dann hatten wir beide zwei Wochen frei, um in aller Ruhe das Haus und das Grundstück vollkommen in unseren Besitz zu nehmen, bevor ich mich auf meine Tour begab. Ich nahm mir Zeit beim Zurückräumen des Tisches, der Stühle und des Geschirrs. Hier draußen tickten die Uhren anders, das war schon nach ein paar Stunden klar und ich ließ entspannt Wasser in die Spüle, um das Geschirr zu reinigen.

Ein kalter, spitzer Schrei riss mich aus meinen Gedanken. Christina! Ich stürzte aus dem Haus und rannte in den Garten. Mein erster Gedanke galt einem Raubtier. Waren in Brandenburg nicht seit ein paar Jahren wieder Wölfe hierher gewandert? Und sollte sich ausgerechnet so eine Bestie gerade hier und jetzt über Christina hermachen. Mein zweiter Gedanke galt der Bestie

Mensch. Ein entflohener Sträfling, der sich am Bebersee in einem scheinbar unbewohnten Grundstück versteckt hielt und sich sicher wähnte, bis Christina aufgekreuzt war und nun mit einer Axt vor ihr stand. Hatte sich nicht auch dieser Kindermörder – dieser Schmöckel – monatelang in den Brandenburger Wäldern versteckt?

Erst mein dritter Gedanke widmete sich, während ich panisch in Richtung Christinas Schrei lief, den authentischen Gefahren, die einem hier eventuell drohten: ein falscher Schritt über eine verborgene Wurzel oder einem Maulwurfshügel, Wespen-, Hornissen-, Bienenstiche. Wildschweine oder Brombeergestrüpp, was sich um die Beine gewickelt hatte. Es war nichts von alledem.

Ich fand Christina ganz am Ende unseres Grundstückes vor einer Art Hügel kauern, das halbe Gesicht hinter ihren Händen verborgen. Sie war kreidebleich. Ich versuchte mich erst einmal selbst zu beruhigen. Kein Wolf, kein Schwerverbrecher, kein Hornissenangriff, nicht einmal Brombeergestrüpp. Stattdessen ein Hügel – grasbedeckt.

„Mein Gott, Christina..., ich dachte...", sagte ich erleichtert.

„Hier steht mein Name", stöhnte Christina.

„Wie, auf dem Gras?"

„Christina Buschmann. Das ist mein Name", sagte sie fast tonlos und zeigte auf einen Grabstein auf dem Grashügel.

„Trutz, was hat das zu bedeuten?" Ich glotzte kuhäugig auf den Stein, dann bekam ich doch eine kleine Gänsehaut. Zum Glück hatte ich mich genauso schnell wieder unter Kontrolle. Um sie zu beruhigen, strich ich Christina sanft über den Rücken.

„Christina, sieh nur. Das Datum."

In den Stein gemeißelt, standen die Worte Christina Buschmann, geb. Sens, darunter der Name und die Daten: geboren 24.08.1799 gestorben 24.08.1825. Sonst nichts.

Für Christina hingegen hatten die fast zwei Jahrhunderte Zeitunterschied, die zwischen ihrem Leben und dem Tod dieser Frau mit dem gleichen Namen, nicht die Bedeutung, die ich mir erhofft hatte. Sie schien fassungslos, obwohl ich sie niemals als dramatisch veranlagt erlebt hatte. Im Gegenteil. Christina war im Grunde eine nüchterne, sehr strukturierte Frau. Eine Frau, die eine Situation, wie auch immer sie geartet war, erst einmal gründlich analysierte, bevor sie sich zu irgendwelchen Handlungen oder emotionalen Ausbrüchen hinreißen ließ. So war es in der Vergangenheit gewesen und so war es auch bei diesem Hauskauf abgelaufen. Sicher, sie hatte ihr Herz an dieses Haus verschenkt, vom ersten Augenblick an, aber dennoch hatte sie das nicht ihrem Verstand untergeordnet. Im Moment allerdings schien diese schier unumstößliche Gesetzmäßigkeit vollkommen außer Kraft gesetzt zu sein. Was mich eher wunderte, war, dass wir diesen Grabstein nicht ein einziges Mal bei unseren dutzenden Rundgängen gesehen hatten.

„Eine Leiche auf dem Grundstück, das ist nicht gut. Das ist entschieden nicht gut", flüsterte Christina mit ihrem kalkfarbenen Gesicht. Ich rieb mir die Augen.

„Christina, das hat überhaupt nichts zu bedeuten", sagte ich und gab meiner Stimme einen festen Klang. „Außer, dass eine Frau deines Namens hier vor fast zweihundert Jahren beerdigt worden war. Wahrscheinlich hat sie sich umgebracht, denn sonst wäre sie ja auf dem nahen Friedhof beerdigt worden." Ich zeigte ein wenig unbeholfen in Richtung des nahen Dorffriedhofes mitten im Wald. „Das ist vielleicht sogar eine ganz romantische Geschichte. Möglicherweise hat ihr Mann sie so sehr geliebt, dass er sie trotz aller Umstände unbedingt in seiner Nähe wissen wollte. Sieh es doch mal so." Wie um dies noch einmal zu bekräftigen, trat ich einen Schritt vor und schloss Christina in die Arme.

„Eine Leiche auf unserem Grundstück, das ist entschieden nicht gut", wiederholte Christina. Dann riss sie sich, ohne mich eines Blickes zu würdigen, von mir los und rannte ins Haus. Ich sah Christina nach und betrachtete dann das Grab von Christina Buschmann, geb. Sens, geboren 1799, gestorben 1825. Ich starrte auf das Datum. Der 24. August. Zweimal. Geburt und Tod. Jeweils an einem 24. August.

Eigentlich war es kein richtiges Grab. Es war ein Grabstein. Ob hier eine Leiche lag, hätte man nur zweifelsfrei klären können, wenn man diesen kleinen Hügel umgegraben hätte. Vielleicht fand man dann nichts anderes als Erde und die üblichen Regenwürmer zum Beispiel. Allerdings verwarf ich diesen Gedanken sogleich. Ich war schließlich weder Archäologe noch Pathologe. Und wenn dann in der Tat Menschenknochen zum Vorschein kamen, was sollte ich damit anfangen, außer einer oberflächlichen anatomischen Betrachtung? Schädel, Thorax, Oberschenkel-, Unterschenkelknochen. Zu mehr würde es vermutlich nicht reichen.

Diese Frau – Christina Buschmann – hatte hier offensichtlich eine Weile gelebt. Aller Wahrscheinlichkeit nach war sie hier gestorben. Den Gedanken, dass es sich um eine mögliche Selbstmörderin handelte, verwarf ich nicht grundsätzlich. Warum hatte sich Christina Buschmann 1825 das Leben genommen? Ich rechnete kurz. Christina Buschmann war am 24. August gerade mal sechsundzwanzig Jahre alt geworden. Was war am 24. August 1825 in Bebersee passiert? Hatte sie ihren sechsundzwanzigsten Geburtstag noch gefeiert und sich dann umgebracht? Oder saß sie den ganzen Tag allein im Garten und wartete, auf wen oder was auch immer, um dann ihrem Leben ein Ende zu setzen, weil das, worauf sie gewartet hatte, nicht geschah?

Ich konnte nicht genau sagen warum, aber ich blieb weiter vor dem Grabstein und starrte auf den Namen. „Christina Buschmann", flüsterte ich nach einer Weile, „wer um Himmelwillen warst du?"

Und plötzlich geschah etwas, was mich erstarren und mir einen eiskalten Schauer den Rücken hinunterlaufen ließ. Ich hörte ein leises Wispern. Verdutzt sah ich mich um, aber da war niemand. Jedenfalls kein Mensch. Ein Rotschwänzchen machte auf sich aufmerksam und Mücken summten. Da war es wieder! Ein Wispern. So als ob mir jemand leise etwas zuraunte. Aber die Stimme war wie in Watte gepackt. Ich schloss die Augen und kratzte mich an der Stirn. Was war das? Ich meinte, eine Stimme zu hören und fragte mich einen Moment, ob ich jetzt und hier auf unserem frisch erworbenen Grundstück mit dem Haus am See dabei war, den Verstand zu verlieren. Und da war es wieder.

„Ich", hörte ich jetzt deutlicher. „… brauche Hilfe." Beinahe wäre ich vor Schrecken nach hinten gekippt und fand gerade noch mein Gleichgewicht. Die Härchen meiner Unterarme hoben sich, als wären sie Blumen, die sich der Sonne entgegenstreckten. Eine Gänsehaut breitete sich über meinem gesamten Körper aus. „Was zum Teufel geht hier vor?", entfuhr es mir.

„Ich brauche Hilfe", wisperte es abermals. „Deine Hilfe". Am liebsten wäre ich schreiend davongerannt. Hier gab es definitiv nichts, außer mir und diesem Grab von Christina Buschmann, geb. Sens, geboren 1799, gestorben 1825, jeweils an einem 24. August. Aber etwas hielt mich fest und ich fühlte mich außerstande, mich auch nur einen Schritt fortzubewegen. Das Wispern ging in einen Singsang über, undeutlich. Es war nicht klar, was da gesungen wurde und vor allem, wer da sang. In meinen Ohren klang es wie ein Kinderlied:

Heile, heile Gänschen, tut bald nicht mehr weh.
Heile, heile Gänschen, tut bald nicht mehr weh.
Heile, heile Mäusespeck, in hundert Jahren ist alles weg.

In dem Fall waren es wohl eher zweihundert Jahre. Eine Amsel machte Radau, obwohl es eigentlich keinen Grund für Radau gab. Und genauso wie der Spuk gekommen war, war er wieder vorbei. Plötzlich herrschte Stille. Absolute Stille. Kein Laut. Nichts, kein Amselradau, nicht einmal Mückengesumme. Es war fast noch unheimlicher als der vorherige Singsang und das Gewisper. Die Welt hatte für einen Augenblick den Ton abgestellt. Ich rieb mir das zweite Mal die Augen und wartete angespannt. Die Welt fuhr ihre Geräusche hoch. Die Amsel machte ihren Radau wegen was auch immer, ein Hund bellte, und ich ertappte eine Mücke dabei, die gerade verzückt ihren kleinen Stechrüssel in meinen Ringfinger bohrte. Ich schlug zu, aber die Mücke entkam.

Ich bin Schriftsteller, dachte ich, und meine Hauptbeschäftigung ist, zu recherchieren. Also werde ich recherchieren. „Ich werde herausfinden, wer du warst, Christina Buschmann geboren 1799, gestorben 1825, jeweils an einem vierundzwanzigsten August", flüsterte ich zu dem Grabstein vor mir. „Ich schwöre dir, ich werde es herausfinden." Dann ging ich zu Christina, um sie zu beruhigen. Gleich morgen würde ich mit der Recherche beginnen. Von der unheimlichen Begegnung mit dem Gewisper und dem Singsang erzählte ich ihr natürlich nichts.

4

Der Schmerz, der meinen Körper martert, hat noch einen Zahn zugelegt, was ich überhaupt nicht für möglich gehalten hatte. Aber es ist so. Ich versuche die Embryonalstellung, aber auch die hilft nichts. Mit allergrößter Anstrengung stelle ich mich auf die Füße und gehe ein paar Schritte. Mein gesamter Körper ist noch immer schweißgebadet. Das glühende Eisen auf meinem Rücken versenkt sich unvermindert. Mein Zimmer liegt im Dunkeln, diese Apokalypse hatte mich im Schlaf erwischt oder wahrscheinlich bei einem dieser lebhaften Träume, die mir jede Nacht zusetzen, in denen ich um mein Leben renne und wahrscheinlich herumgestrampelt habe. Ich habe keine Ahnung, wie spät es ist.

Wie ein Neunzigjähriger tippele ich unter Aufbietung all meiner Kräfte zum Lichtschalter und drücke ihn. Blick auf meine Armbanduhr. Es ist drei Uhr. Neben meinem Bett steht der kleine Nachtschrank, auf dem ein Medikamentenschälchen wartet, gefüllt mit Risperdal und Seroquel. Ich weigere mich, seit ich hierhergebracht worden bin, dieses Zeugs zu schlucken. Geduldig stellt man mir jeden Morgen, mittags und am Abend so ein Schälchen hin und wartet. Es ist mir egal. Zwangsmedikation ist selbst in der Forensik tabu. Ich weiß nicht, wie es in anderen Forensiken zugeht, hier ist es tabu. Wenn jemand völlig durchdreht oder das Personal angreift, wird derjenige fixiert oder kommt schlimmstenfalls in das Iso-Zimmer – bekleidet mit einem Klinikslip. Das ist die Höchststrafe.

„Hilfe", wimmere ich. Und dann lauter: „Hilfe!" Einen kurzen Moment flackert dieser kurze Augenblick auf, als ich vor dem

Grabstein von Christina Buschmann, geb. Sens geboren 1799, gestorben 1825, stand und als ihre vermeintliche Stimme mir zu wisperte: *Ich brauche Hilfe. Deine Hilfe.* Und wie ich mich in meine Recherchen gestürzt habe. Besessen, fast paranoid, um Christina – meiner Christina – eine Geschichte zu liefern, die sie beruhigen würde, die sie mit dem Haus und dem Grundstück mit einem Grabstein versöhnen könnte. Aber das war nur kurz. Die Realität war zu brachial, um ihr gedanklich zu entkommen.

„Hilfe!", schreie ich endlich. „Ich brauche Hilfe!" Bis zur verschlossenen Glastür der Station werde ich es nicht mehr schaffen. Um diese Zeit nach Dr. Rüffert zu rufen, ist aussichtslos. Nach einer schieren Ewigkeit öffnet sich meine Zimmerzellentür. Pfleger Neudeck brummt, was los sei und reißt dann erschrocken die Augen auf.

„Ich brauche einen Arzt", stöhne ich mit letzter Kraft, dann wird mir schwarz vor Augen.

Als ich wieder zu mir komme, steht Dr. Rüffert vor mir und räuspert sich. Ich liege auf der Krankenliege seines Behandlungszimmers und spüre nichts mehr. Der Schmerz ist davongeflogen.

„Ich habe Ihnen ein Schmerzmittel gespritzt, ich hoffe, das war in Ihrem Sinn, Herr Fiedler!" Zweifellos ist dies eine Anspielung darauf, dass ich mich weigere, Risperdal oder Seroquel zu schlucken. Aber ich bin zu schwach und zu dankbar, um, wie ich es sonst bei diesem Thema tue, verbal wild um mich zu schlagen. Stattdessen blinzele ich mir eine Träne aus dem Auge.

„Ja, vielen Dank!" Einen kurzen Moment fühle ich mich in der Tat wie neugeboren.

„Gegen ein Glas Rotwein hätte ich jetzt nichts einzuwenden, Herr Doktor."

„Sie wissen, dass es hier keinen Alkohol gibt."

„Natürlich. Danke nochmal, Doc!" Ich wische mir mit einer raschen Handbewegung die noch immer schweißnasse Stirn trocken. „Haben Sie eine Ahnung, was das war? Ich meine, dieser unsägliche Schmerz. Ich habe so etwas noch nie erlebt." Dr. Rüffert runzelt die Stirn und schiebt sich seine Brille auf die Nase. Dann einen Stuhl an meine Liege und sagt: „Legen Sie sich mal bitte auf die Seite." Ich tue, was er befiehlt. Er tastet hier und tastet dort ein wenig herum. Zwischendurch lässt er immer wieder ein brummiges „Hm" verlauten. „Und?"

„Nun, bestenfalls haben Sie sich Ihren Ischiasnerv eingeklemmt. Ein sogenannter Hexenschuss. Aber so wie Sie gejammert haben, tippe ich eher auf einen Bandscheibenvorfall. In Ihrem Alter ist das gar nicht so ungewöhnlich. Um das herauszufinden, habe ich hier leider nicht die Möglichkeiten. Ich denke, ein MRT wird da Gewissheit bringen, danach werden wir weitersehen. Ich muss Sie in eine Klinik überführen lassen."

„In Handschellen vermutlich."

„Das wird in Ihrem Fall nicht nötig sein. Aber selbstverständlich in Begleitung." Dr. Rüffert sieht mich an.

„Versuchen Sie aufzustehen. Wenn Sie wieder laufen können, gehen Sie zurück in Ihr Zimmer. Ich werde Ihnen ein Attest ausstellen, dass Sie Ruhe brauchen. Und dann werde ich das Nötige veranlassen. Einverstanden?"

„Einverstanden." Ich versuche, aufzustehen und merke, dass dies problemlos gelingt. Mein Rücken wirkt verspannt, aber das ist auch alles. Ein bisschen wie ganzkörpergepolstert fühle ich mich. Keine Spur von Schmerz. Ich nicke dankbar und mache mich daran, die Tür von Dr. Rüfferts Zimmer zu öffnen. „Herr Fiedler?" Ich drehe mich um. „Was ist mit den anderen Medikamenten. Sind Sie jetzt bereit für eine Behandlung?" Ich überlege kurz und antworte mit einer Gegenfrage.

„Glauben Sie eigentlich, dass ich unschuldig bin, Herr Doktor?" Dr. Rüffert schiebt seine Augenbrauen in die Höhe, ohne zu blinzeln. Jedes Gespräch über Schuld oder Unschuld ist hier im Grunde obsolet. An diesem Ort wird nicht gerichtet, hier wird verwaltet. Verwaltet und begutachtet, aber das dauert seine Zeit. Manchmal Jahre.

„Sie wissen, dass es mir nicht zusteht, darüber zu urteilen."

„Ja, Doktor. Ich meinte auch nur Ihre persönliche Meinung."

„Wie lange sind Sie jetzt hier, Herr Fiedler?"

„Vier Monate."

„Und wie oft haben Sie mir diese Frage schon gestellt?"

„Einmal im Monat?", antworte ich achselzuckend.

„Jede Woche. Wenn Sie sich einer Behandlung unterziehen, können wir vielleicht etwas für Sie tun. Sie wissen, dass Sie unter einer Schizophrenie leiden. Und ich kann Ihnen helfen." Ich schüttele den Kopf und verlasse das Behandlungszimmer. Eine Spritze gegen die Schmerzen, ja. Seroquel oder Risperdal – niemals.

Inzwischen haben alle Insassen im Gemeinschaftsraum Platz genommen. Frühstückszeit. Obwohl ich eigentlich keinen Hunger verspüre, hole ich mir ein Tablett, stelle eine Schale Müsli darauf und greife nach einem Joghurt. Zuletzt gieße ich mir eine Tasse Kaffee ein. Dann gehe ich zu meinem Platz. Derzeit befinden sich zwanzig Personen auf dieser Station. Acht Frauen, zwölf Männer. Den Tisch teile ich mir mit Lisa – einer jungen Frau, die ihr Neugeborenes im Klo ertränkt hat, weil sie glaubte, es wäre mit einer hochinfektiösen Krankheit zur Welt gekommen, die die Menschheit vernichten würde, mit Robert – einem Ex-Junkie, der auf Chrystal zwei Polizisten mit einem Dosenöffner angegriffen und deren Streifenwagen mit einem Baseballschläger schrottreif bearbeitet hat und schließlich Arthur – der längste Insasse der Station. Arthur lebt inzwischen seit fünfzehn Jahren hier. Was er getan hat, weiß niemand. Er spricht nicht und ist von den Gruppentherapien inklusive des „heißen Stuhls" ausgenommen. Das Zimmer teile ich, Gottlob, mit niemandem. Die ganze Station, ebenso wie die Zimmer, trägt einen ockerfarbenen Anstrich. Die Forensik wurde nach modernen Maßstäben gebaut. Und das

Orange – so heißt es, ist eine positive Farbe, die Aggressionen nehmen und positive Perspektiven vermitteln soll. Nun ja.

Alle Drei an meinem Tisch sind mit Essen beschäftigt. Ich wünsche freundlich „Guten Morgen!", erhalte aber nur von Lisa, der Kindesmörderin, ein Kopfnicken als Antwort. Arthur schlürft so laut an seinem Kaffee, als hätte er sich vorgenommen, einen Ozean auszutrinken. Der Ex-Junkie ist der absolute Morgenmuffel und spricht grundsätzlich erst ab Mittag. Ich gehe in Gedanken meinen heutigen Therapieplan durch. Wir alle hier haben so etwas wie eine Dauertherapie. Bewegungstherapie kann ich vergessen, alles andere gilt der Struktur des Tages. Jeden Tages.

5

Der erste Weg meiner Recherche nach dem Leben von Christina Buschmann, geb. Sens, geboren 1799, gestorben 1825, führte mich am Sonntag – am Tag unserer Abreise nach Berlin – ins Pfarrhaus von Bebersee. Christina hatte sich geweigert, mitzukommen. Auch sonst war der Samstag eher verhalten verlaufen. Wir waren zum See spaziert, waren zum Essen nach Templin gefahren und früh schlafen gegangen. Über das Grab von Christina Buschmann, geb. Sens hatten wir kein Wort verloren.

Es gab einmal im Monat in der kleinen Dorfkirche einen evangelischen Gottesdienst und zu meinem großen Glück war an diesem Sonntag so ein Tag. Der Pastor empfing mich nach dem Gottesdienst, mit gerade mal vier Gläubigen, in dem kleinen Pfarrhaus äußerst zuvorkommend und freundlich. Es war offensichtlich, dass der Pastor hier nicht wohnte. Das Haus wirkte eher wie ein überdachter Schreibtisch mit allerlei Krimskrams. In der unteren Etage befand sich eine Art Esstisch mit vier Stühlen, eine Couch mit zwei Sesseln, einem Vertiko und einigen Regalen. An der Wand über dem Vertiko hing ein Kruzifix. Was in der oberen Etage war, war schwer zu erahnen. Vermutlich nur Gerümpel.

Der Pastor war ein Mann Mitte Sechzig, mit einem gemütlichen Bauch und einem gemütlichen Gemüt. Sein Gesicht war rund wie die Kuppel des Berliner Fernsehturms und seine hellgrauen Augen strahlten Neugier und Interesse aus. Als Erstes begrüßte er mich als Neuankömmling dieser kleinen Gemeinde, bot mir einen Platz an dem Esstisch mit den vier Stühlen an und fragte, ob wir Interesse an den Gottesdiensten hätten. Ich antwortete, dass wir Agnostiker wären, bedankte mich trotzdem für das Angebot.

Dann nahm ich Platz, stellte mich vor und sagte, dass es einen anderen Grund gäbe, warum ich ihn sprechen wollte.

„Auf unserem Grundstück liegt eine Frau begraben. Christina Buschmann, geb. Sens, geboren 1799, gestorben 1825, jeweils an einem 24. August. Wussten Sie das?" Der gemütliche Pastor runzelte seine runde Stirn und überlegte eine Weile. Ich merkte ihm sofort an, dass er herumzudrucksen gedachte.

„Der Name Sens sagt mir etwas", antwortete er schließlich. „Ich glaube, die Familie Sens war einer der Familien, die diesen Ort dem märkischen Sumpf abgetrotzt hatten. Eine der drei Gründerfamilien. Sie kamen alle aus Berlin. Hofften hier wohl auf ein besseres Leben. Was den meisten wohl auch geglückt ist. Der Name Buschmann, hm, weiß nicht. Der sagt mir nix. Vielleicht eine Familie aus den Nachbarorten, wer weiß. Eines der Gemeindemitglieder hat vor Kurzem eine kleine Chronik über den Ort verfasst. Warten Sie, ich glaube, ich habe noch ein Exemplar hier. Wenn Sie wollen, kann ich sie Ihnen gerne überlassen. Es ist nur eine kleine Chronik." Der Pastor erhob sich und kramte in einer Schublade des Vertikos unter dem hölzernen Kruzifix.

„Hier!", sagte er und reichte mir eine schmale Broschüre. Ich bedankte mich. Das war ein Anfang.

„Und dass jene Christina Buschmann, geborene Sens auf unserem Grundstück, Dorfstraße 4, möglicherweise begraben ist, wussten Sie das?" Der gemütliche Pastor ruckelte jetzt nervös auf seinem Stuhl herum. „Hm."

„Herr Pastor, Ihnen wird doch nicht entgangen sein oder zugetragen worden, dass ein ehemaliges Schaf dieser Gemeinde nicht wie gewöhnlich auf dem Gottesacker hinter der Kirche begraben liegt, sondern außerhalb davon. Auch wenn das alles schon seine Zeit her ist. Eine Selbstmörderin nehme ich an, oder?"

„Nun ja, ich muss ehrlich gestehen, dass ich die ganze Sache vergessen hatte…"

„Die Sache! Welche Sache?", fragte ich etwas schroffer, als ich beabsichtigt hatte.

„Offen gestanden, es ist ein bisschen kompliziert", antwortete er und sah mich an, als müsste ich etwas Nachsicht walten lassen.

„Ist es denn ein echtes Grab oder steht da nur ein Grabstein?" Christina fiel mir ein, und ich hoffte auf Entwarnung.

„Das weiß man nicht so genau."

„Wie bitte?"

„Es hat noch niemand nachgesehen, will ich damit sagen."

„Seit 1825?"

„Seit 1825. Korrekt." Ich schnappte nach Luft. Im Moment fiel mir keine andere Antwort ein, als sprachlos zu blinzeln. Der gemütliche Pastor faltete seine Hände vor dem Bauch.

„Nun ja", sagte er schließlich. „Es gab da immer so Geschichten. Geschichten und dummes Zeugs, verstehen Sie. Aberglaube würde ich sagen." Ich schenkte dem Pastor einen finsteren Blick.

„Und was bitte sind das für Geschichten?" Der gemütliche Pastor nestelte nun an seinem Ohrläppchen.

„Sie sind doch ein aufgeklärter Mann, nehme ich an", sagte er schließlich. Ich nickte und straffte wie zum Beweis meine Schultern. Auf dem hölzernen Kruzifix über dem Vertiko, landete plötzlich ein Sonnenstrahl, der das Gesicht von Jesus beleuchtete und kleine Löcher zum Vorschein brachten. Holzwürmer. Holzwürmerlöcher. Ich war dennoch einen Moment lang irritiert.

„Es steht nicht alles in der Chronik, die ich Ihnen gegeben habe, wegen der Touristen würde ich sagen." Ich starrte kurz zu dem kleinen Büchlein in meiner Hand und blickte dann dem gemütlichen Pastor direkt in die Augen.

„Ach ja?", sagte ich und dachte Touristen? Was für Touristen?

„Es gab wegen des Grabes oder des Grabsteines auf Ihrem Grundstück im Laufe der Zeit ein paar seltsame Ereignisse. Also verstehen Sie mich nicht falsch. Die Menschen neigen immer dazu, bei unnatürlichen Todesfällen eine Menge hinzuzudichten. Zu viel gesehene *Tatort*, Henning Mankell, Sie wissen schon. Aber Fakt ist, dass es im Laufe der Zeit mindestens drei Versuche gab, herauszufinden, ob es sich nun um ein Grab oder nur um einen

Grabstein handelte…" Mit einem Mal hörte ich wieder diese Stimme: *Ich brauche Hilfe, deine Hilfe!*

Dem gemütlichen Pastor musste meine plötzliche Blässe aufgefallen sein, denn er sah mich besorgt an und fragte:

„Möchten Sie vielleicht etwas trinken? Einen Kaffee oder ein Glas Wasser." Ich schüttelte energisch den Kopf, um meine Kontrolle zurückzuerlangen.

„Und was ist passiert", fragte ich im Flüsterton.

„Bei diesen drei Versuchen. Der erste Versuch war wohl kurz nach dem Tod von Christina Buschmann, der Zweite zum Ende des zweiten Weltkrieges. Sie wissen vielleicht, dass hier viele Rotarmisten starben bei der Vorbereitung der sowjetischen Offensive auf Berlin – ein sowjetischer Offizier kam dabei ums Leben… Und nun ja der Dritte, das war, lassen Sie mich kurz nachdenken. Das war der Vorvorbesitzer des Hauses… ihres Hauses", fügte er rasch hinzu. „Sie wollten alle das Grab öffnen. Aus Neugier oder was weiß ich… Was soll ich sagen. Offensichtlich starben Menschen."

Ich schloss meine Augen zu Schlitzen.

„Und woran sind die Leute beim Versuch das Grab zu öffnen gestorben, wenn ich fragen darf."

„Über den ersten Versuch gibt es nur einen vagen Bericht. So in etwa wie, dass denjenigen so etwas wie einen Fluch traf und er sich später erhängte, direkt neben dem Grabstein oder dem Grab, aber das ist reine Spekulation. Den sowjetischen Offizier traf ein Blitz, so jedenfalls erzählte es man sich und ihr Vorvorbesitzer, nun ja… Er verschwand. Spurlos!" „Er verschwand", wiederholte ich. Der gemütliche Pastor nickte. „Nie gefunden." „Nie!" Ich rieb mir mit beiden Handflächen über das Gesicht.

„Und… und was denken Sie, sollen wir tun. Ich meine, meine Frau", ich nannte Christina tatsächlich meine Frau „und ich, mit diesem Grab… mit diesem Fluch?" Der gemütliche Pastor straffte nun seinerseits seine runden Schultern.

„Lassen Sie es so wie es ist, dann passiert Ihnen ganz gewiss nichts. Ja! Einen anderen Rat kann ich Ihnen leider nicht geben."

Einen kurzen Moment überlegte ich, ob ich dem gemütlichen Pastor die Geschichte erzählen sollte, die ich am Grab von Christina Buschmann, geb. Sens erlebt hatte. Von dem Wispern und Betteln und der plötzlichen Stille und dem Singsang, dass wie ein Kinderlied klang, entschied mich aber dagegen, weil meine Vernunft wieder einsetzte und, ich will es an dieser Stelle nicht verhehlen, ich offen gestanden auch so etwas wie Jagdfieber bekam. Schließlich war ich Schriftsteller. Was für eine Story! Ich musste nur noch herausfinden wie der sowjetische Offizier hieß, wie derjenige um 1825 und der Vorvorbesitzer vom Haus am See, Dorfstraße 4 in Bebersee. Und natürlich alles über Christina Buschmann, geb. Sens geboren 1799, gestorben 1825. Eine Geschichte musste her, der Rest würde sich von selbst ergeben, da war ich ganz zuversichtlich.

Auf der Rückfahrt nach Berlin schwiegen wir eine Weile. Ich wusste, dass Christina noch immer haderte. Ich hingegen versuchte das Gehörte in ein bestimmtes Licht, in mein Licht zu rücken und vor allem, es Christina so zu verkaufen, dass sie sich beruhigte und keinen Anstoß mehr an unserer neuen Mitbewohnerin nahm. Ich wartete eine ganze Zeitlang auf den richtigen Gedanken und den richtigen Moment. Kurz vor Zerpenschleuse hatte ich eine Idee und erzählte ihr, was ich von dem gemütlichen Pastor über die Gründerfamilien des Ortes Bebersee erfahren hatte. „Du verstehst das nicht, Trutz! Es interessiert mich nicht, wer und was diese Frau gewesen ist. Ich will kein Grab auf meinem Grundstück, das meinen Namen trägt. Das ist als…" Christina brach in Tränen aus. Dieser Versuch war erst einmal gründlich schiefgegangen. Nachdem sich Christina einigermaßen beruhigt hatte, wurde es noch schlimmer. „Ich will, dass dieser Grabstein oder dieses Grab von unserem Grundstück verschwindet, verstehst du?", stieß sie, nun wütend, hervor. „Und ich verlange, dass du dich darum kümmerst. Eher werde ich dieses Haus nicht mehr betreten." Das war ein Dilemma. Das war ein echtes Dilemma. Eigentlich hätte ich Christina nun reinen Wein einschenken müssen. Aber ich war mittlerweile derart fasziniert von dieser Geschichte, dass ich fürchtete, wenn Christina davon erführe, sie auf der Stelle ein Inserat aufsetzen würde, um das Haus wieder zu verkaufen. Und das wollte ich unter keinen Umständen. Ein Fehler, wie sich später herausstellen sollte. Ein großer Fehler!

6

Am nächsten Tag, nach der erfolgreichen Besprechung mit meinem Verleger über die bevorstehende Lesereise, nahm ich mir zum ersten Mal die kleine Broschüre über die Chronik von Bebersee zur Hand, die mir der gemütliche Pastor gegeben hatte. Vielleicht fanden sich doch ein paar versteckte Hinweise. Wenn man einen Text ganz gezielt nach bestimmten Dingen durchforstet, findet man in der Regel immer etwas. Und seien es nur kleine Hinweise, Fährten oder sonst dergleichen. Außerdem wusste ich sehr genau, wonach ich zu suchen hatte.

Auf der ersten Seite befanden sich zwei Fotographien. *Uckermärkerinnen der Jahrhundertwende.* Das andere Foto zeigte *Schulkinder aus Bebersee und Groß-Väter 1953.* Mit dem Foto der Uckermärkerinnen der Jahrhundertwende konnte nur der Übergang vom neunzehnten ins zwanzigste Jahrhundert gemeint sein. Auf dem Foto waren siebenundzwanzig Mädchen im typischen wilhelminischen Stil abgelichtet, in deren Mitte ihre Lehrerin saß. Die Mädchen waren vielleicht dreizehn oder vierzehn Jahre alt. Unter dem Foto der Uckermärkerinnen standen in einer winzigen Fußnote Namen. Auf dem Foto von 1953 (die Qualität war schlechter) strahlten sechzehn Jungen und siebzehn Mädchen im Alter von sechs bis neun Jahren in vier Reihen hintereinander, hingestellt vor die Kamera. Ich erkannte zwischen ihnen einen Pastor an seiner *Lutherschleife.* Auf der zweiten Seite der Chronik gab es einen albernen Comic, das Ereignisse von 1748 bis zur Zweihundertfünfzig-Jahrfeier 1998 darstellen sollte. Diese kleinen Kinderzeichnungen waren jedenfalls irrelevant.

Ich stand auf und suchte in meiner Küche nach einer Lupe, da ich mir sicher war, dass sich dort irgendwo eine befand. Nach zehn Minuten erfolgloser Suche fand ich sie endlich. Zurück an meinem Schreibtisch versuchte ich die Namen zu entziffern. Erna Mädel, Hermine Eßling, Traudel Junge, Frida Buschmann. Buschmann! Der Name sprang mich an, als hätte er die ganze Zeit auf diesen Augenblick gewartet. Ich war elektrisiert, versuchte den Namen einem dazugehörigen Gesicht zuzuordnen.

Wenn die Reihenfolge der Namen mit den jungen Mädchen auf dem Foto stimmte, war Frida Buschmann die Dritte von links. Sie hatte ein schmales Gesicht, blass. Schwarze, beziehungsweise sehr dunkle Haare, vermutlich hinten zusammengesteckt. Kleine Wellen ihres Haares umrandeten links und rechts ihr Gesicht. Sie hielt einen Gegenstand in den Händen. Als Einzige. Die anderen hielten ihre Hände übereinandergelegt oder gefaltet.

Ich legte die Lupe beiseite und rieb mir die Augen. Das Gesicht der vermeintlichen Nachkommin, Frida Buschmann, war markant, äußerst markant. Dann rechnete ich kurz. Wenn dieses Mädchen auf dem Foto irgendetwas mit unserer Toten auf dem Grundstück, mit Christina Buschmann, geb. Sens, zu schaffen gehabt hätte, dann wäre sie, wenn man von ihrem Alter ausginge, die mögliche Enkelin von Christina Buschmann. Vorausgesetzt, diese hätte überhaupt Kinder gehabt. Wie konnte ich dies herausfinden?

Der gemütliche Pastor fiel mir ein. Ich musste ihn noch einmal kontaktieren. Möglicherweise gab es im Pfarramt so etwas wie ein Geburts- und Sterberegister. Ich griff zu einem Zettel und schrieb:

1. Pastor aufsuchen, nach Sterbe- und Geburtsregister fragen

Dann nahm ich erneut die Lupe zur Hand. Die Kinder auf dem Foto von 1953 waren undeutlicher zu erkennen und es standen nur die Vornamen der Mädchen darunter. Hannah, Elisabeth, Gisela, Hildegard, Renate und Frida. Ich ließ die Lupe langsam über jedes Kindergesicht gleiten. Die meisten schienen zu blinzeln, möglicherweise waren sie von der Sonne geblendet oder über das plötzliche Blitzlicht erschreckt. Alle lächelten und hielten ihre Köpfe ein wenig nach links. Vermutlich in Richtung des

Fotografen oder jemandem, der da überraschend aufgetaucht war. Außer einem Mädchen. Sie saß neben dem Pfarrer und sah stur geradeaus, ohne zu blinzeln. Ernstes Gesicht, dunkles Haar, schmales Gesicht. Ein merkwürdiger Gedanke kam mir. Um diesen zu ordnen, legte ich die Lupe abermals beiseite, stand auf und ging in die Küche, um mir einen Kaffee zu kochen. Während die Kaffeemaschine Wasser in den Kaffeefilter hustete, dachte ich an Christina Buschmann der Gegenwart, meine Christina Buschmann. Christina schien fest entschlossen, ihre Drohung wahr zu machen. Der Grabstein und das dazugehörige Grab sollten verschwinden, vorher würde sie das Grundstück mit unserem Haus am See nicht mehr betreten. Dabei hatten wir beide uns zwei Wochen Auszeit genommen, um das Projekt Bebersee voranzubringen. Kräutergarten und wenigstens die ersten Arbeiten an der Wohnetage. Wir hatten fast zwei Stunden über diese Dinge gestritten, und mir war es nicht gelungen, sie auch nur einen klitzekleinen Schritt zu Zugeständnissen zu bewegen. Im Gegenteil: desto mehr ich argumentierte (Appelle an die Vernunft und den menschlichen Verstand prallten ab wie Regentropfen an einer Scheibe), umso stärker zog sich Christina in ihre Halsstarrigkeit zurück.

Der Kaffee war inzwischen durchgelaufen. Ich goss ihn in eine Tasse und gab Milch und etwas Zucker hinzu.

Zurück am Schreibtisch blätterte ich etwas gedankenverloren in der *Chronik von Bebersee*. Auf der nächsten Seite las ich die Überschrift: *Daten, Ereignisse und Zeitzeugnisse aus der Geschichte von Groß-Väter und Bebersee.*

1748 – wurden im Amt Zehdenick die Vorwerke Kleindölln, Kurtschlag, Bebersee und Groß-Väter mit Pfälzer Kolonisten besetzt. Diese vier Orte haben eine gemeinsame Gründungsgeschichte…

1756 – besaßen weder Bebersee noch Groß-Väter eine eigene Wasserversorgung – Brunnen. Sie mussten nach wie vor Wasser aus den Seen entnehmen. So ging es weiter. Nun ja…

1782 – wurden Bebersee und Groß-Väter eigenständige Gemeinden. Ob das ein Vor- oder ein Nachteil für die jeweiligen Gemeinden bedeutete, konnte ich nicht beurteilen. Ich las weiter.

1825 – kam es in Bebersee zu einer Brandkatastrophe. Fünf mit Stroh gedeckte Häuser der bäuerlichen Wirtschaften wurden Raub der Flammen. Sie brannten bis auf die Grundmauern nieder.

Ich stutzte. Wieder das Gefühl eines Schauders, der langsam den Rücken hinab kriecht. Und er blieb: der merkwürdige Gedanke. Ich nahm die Lupe und stellte fest, dass meine Hand ein wenig vor Aufregung zitterte. Ich betrachtete die beiden Fotos und dann die Gesichter der Mädchen. Das Foto, das um die Jahrhundertwende geschossen wurde und das von 1953. Auch wenn das Foto von 1953 unschärfer war als das um die Jahrhundertwende, stand eines fest: die beiden Gesichter der Mädchen sahen sich verblüffend ähnlich. Und beide hielten etwas in ihren Händen. Was?

1825 kam es in Bebersee zu einer Brandkatastrophe, wiederholte ich in Gedanken den Text der Chronik, bei der fünf Häuser bis auf die Grundmauern niederbrannten. Kein Wort darüber, ob es auch Tote gegeben hatte und wie es zu diesem Brand gekommen war, welche Höfe betroffen waren und an welchem Tag die Katastrophe im Jahre 1825 über das Dorf hereinbrach. Ich nahm erneut meinen kleinen Zettel und schrieb:

2. Pastor nach Brandkatastrophe fragen (wen noch?)

7

Der Alltag in der Forensik ist auszuhalten. Trotz meiner nächtlichen Schmerzattacke mache ich mich nach dem Frühstück auf den Weg zu meiner täglichen Beschäftigung von 8.30 Uhr bis 13.00 Uhr. Arbeitstherapie! Unsere Aufgabe besteht darin, verschiedene Werbebroschüren in ein Briefkuvert zu stopfen, was man hier Mailing nennt. Diese Arbeit ist so eintönig und banal, dass man problemlos die ganze Zeit seinen Gedanken nachhängen kann. Von meiner Frühstücksgruppe ist nur Lisa beim Mailing anwesend. Arthur arbeitet derzeit auf dem gesamten Klinikgelände als Gärtner und Robert säbelt Späne in der Holzwerkstatt.

Ich besitze einen Hochschulabschluss, habe bislang vier Romane und zwei Lyrikbände veröffentlicht und stopfe Flyer einer Drogeriekette und einer Gewerkschaft in Briefumschläge. Recht so. Mir gegenüber sitzt heute Gudrun, eine rundliche Frau Mitte fünfzig. Ihr Haar leuchtet schneeweiß wie das Haar von Saruman, dem Weisen. Weswegen sie hier ist, weiß ich nicht. Sie redet nicht viel. Und wenn, dann meist mit sich selbst.

Die Luft im Mailingraum ist meist sehr stickig. Es gibt hier keine Fenster, die man aufreißen konnte, nur ein Belüftungssystem, was aber fast immer ausgeschaltet ist. Nach dem Mittagessen muss ich zur Gruppentherapie und anschließend würde ich noch für ein bis zwei Stunden Tischtennis spielen. Mittlerweile gehöre ich beim Tischtennis zum festen Bestandteil der Oberklasse in der Forensik und duelliere mich mit großer Leidenschaft mit Robert, der vor seiner Junkiekarriere aktiv in einem Verein gespielt hat. Laut seiner Aussage ist er sogar einmal Landesmeister gewesen. Aber an einen richtigen Fight ist derzeit nicht zu denken, wegen meines Rückens. Leichtes Pingpong hingegen ist in Ordnung.

Heute stopfe ich für die Gewerkschaft. Vor mir auf dem Tisch stehen drei Pappkartons mit unterschiedlichen Broschüren. Je eine nehmen, falten, ins Kuvert stopfen, fertig. Zugreifen, falten, stopfen, fertig. Es ist diese stupide Eintönigkeit, die meine Gedanken in Sekundenschnelle davonfliegen lässt, wie die Schwalben im Herbst. Wie die Schwalben im Herbst, denke ich… oder besser, wie die Mauersegler. Mauersegler haben diese unglaubliche Fähigkeit, Jahre ihres Lebens in der Luft zu bleiben und die noch spektakulärere Fähigkeit, sich in der Luft *on the wing* zu paaren.

Bei dem Gedanken, sich in der Luft paaren zu können, bleibe ich hängen. Was für eine grandiose Fantasie! Christina und ich *on the wing* – im freien Fall. Aus einem Flugzeug beispielsweise. Es blieben bei einer Höhe von tausend Metern und einer Fallgeschwindigkeit von 9,81 m/s etwa anderthalb Minuten, um zum Orgasmus zu kommen. Vor dem Aufprall. Das ist abenteuerlich. Eine Herausforderung. Allerdings herrschen in einer Höhe von tausend Metern nicht gerade kuschlige Temperaturen. Ehrlich gesagt, bekomme ich gerade sogar eine kleine Erektion.

Ein spitzer Schrei reißt mich jäh aus meinen Gedanken. Gudrun fegt mit einer unkoordinierten Bewegung sämtliche Werbebroschüren vor ihr vom Tisch, fuchtelt mit den Armen und kippt samt Stuhl nach hinten. „Kotzbrotzfuck…", höre ich sie noch fluchen. Dann beginnt sich ihr Gesicht zu verzerren. Die Augen verdrehen sich bis zum gespenstisch aussehenden Weiß und ihr Körper beginnt zu zucken, als würde sie mit elektrischen Schlägen malträtiert. Ein epileptischer Anfall – zweifellos. Frau Schöffer, die Ergotherapeutin, die uns anleitet und beaufsichtigt, fuchtelt kurz ebenso wie die arme Gudrun mit den Armen und stürzt sich auf sie, um ihr zu helfen.

„Stabile Seitenlage", brüllt sie verzweifelt. „Wir müssen sie in die stabile Seitenlage bringen!" Eine Frau bei einem epileptischen Anfall in die stabile Seitenlage bringen zu wollen, ist ein Ding der Unmöglichkeit, denke ich, sage aber nichts. Alle im Mailingraum starren zu Gudrun, in Erwartung, dass sie gleich implodieren wird, und machen sich möglichst unsichtbar. Der Anfall dauert keine zwei Minuten, dann ist alles vorbei. Gudrun, sichtlich benommen, wird von Frau Schöffer wie eine Schwerstbehinderte am Arm hinausgeführt und alle senken ihre Blicke wieder auf ihre Flyer der Drogeriekette, der Gewerkschaft oder wer sonst noch seine Broschüren zum Verschicken hierher geliefert hat.

Ich bin jetzt der Einzige, der allein an einem der Tische sitzt. Ohne viel Federlesens gebe ich mich wieder meinen Gedanken hin und beginne mit der Arbeit. Zugreifen, falten, stopfen, fertig.

Nach etwa einer Stunde steht plötzlich Dr. Rüffert neben mir. In meiner Gedankenversunkenheit habe ich sein Kommen nicht bemerkt.

„Sie haben Glück", sagt er. „Ich habe einen Termin für Sie."

„Einen Termin?", frage ich dümmlicher als mir lieb ist.

„MRT. Schon vergessen. In einer Stunde bringt Sie jemand in die Klinik." Das Tischtennis spielen heute kann ich vergessen.

8

A ls ich mich das erste Mal nach Bebersee schlich, ohne Christina von meinen Absichten zu erzählen, war ich mir noch sicher, dass ich damit unsere Beziehung festigte, zumindest sie nicht belastete. Dass ich mich auch darin irrte, wurde rasch klar. Mein Anliegen war allerdings zu diesem Zeitpunkt ebenso klar.

1. *Den Pastor nach den Sterbe- und Geburtsregistern fragen*
2. *Den Pastor nach der Brandkatastrophe fragen*

Als ich in Bebersee ankam, schüttete es aus Eimern. Das Dorf war ebenso verwaist wie das kleine Pfarrhaus. Alle Berliner hatten ihren zweiten Wohnsitz mit ihrer mehr oder minder behaglichen Wohnung im Herzen der Republik eingetauscht. Bei diesem Scheißwetter gab es nicht einmal Mücken. Einen Regenschirm hatte ich nicht dabei. Im Haus machte ich erst einmal den üblichen Kontrollgang. Gottlob hatte es nirgendwo rein geregnet. Obwohl das alte Walmdach von außen betrachtet, zwar nicht den allerbesten Eindruck vermittelte, erfüllte es seinen Zweck vorbildlich. Auch wenn ich noch nicht dazu gekommen war, die Regenrinnen zu reinigen, floss das Regenwasser ordentlich ab und versickerte in der Kiesumrandung. Die Regentonne hinter dem Haus war bereits zum Bersten gefüllt. Nach meiner mit nichts zu beanstandende Inspektion machte ich mich auf den Weg zum Grabstein von Christina Buschmann, geb. Sens. Als Schutz vor dem Regen, musste die Kapuze meiner Jacke genügen.

Das Grab oder besser das mysteriöse mögliche Grab glitzerte wie diamantenbestückt von tausend kleinen Wassertropfen und der Grabstein glänzte vom Regen wie frisch lackiert. Einen kurzen Moment überlegte ich, einfach eine Schaufel aus der Scheune zu holen, alles umzupflügen und den Grabstein in der nächsten Mülldeponie zu entsorgen. Ich glaubte weder an Gespenster noch an die Wirksamkeit ausgesprochener oder unausgesprochener Flüche. Auch nicht an Voodoo-Zauber, an gar nichts, um ehrlich zu sein. Nicht an Gott, nicht an Schicksal, nicht an Horoskope. Nach meiner Überzeugung würde die Menschheit eines Tages den Mars oder meinetwegen auch einen der Monde des Saturns besiedeln oder sich selbst ausrotten (Zweiteres erschien mir wahrscheinlicher). Irgendwann einmal würde sich unsere Sonne aufblähen und den kleinen blauen Punkt im Nichts für immer verschlingen und dieses kleine Experiment des Weltalls fände sein Ende. Würde ich jetzt zur Schaufel greifen, wäre meine Christina dankbar und erleichtert und alles wäre gut. Unser Haus am See für unsere gemeinsame Zukunft gerüstet oder besser bereinigt. Es regnete zwar wie bei der biblischen Sintflut, aber der Himmel war so gleichmäßig grau wie an trüben Novembertagen. Von einem plötzlichen Blitzschlag konnte ich also nicht getroffen werden und die guten alten Kiefern machten nicht den Eindruck, als würden sie jeden Moment unter den Wassermassen zusammenbrechen. Was sollte mich also davon abhalten, nach dem Spaten zu greifen und einfach mal ein bisschen im märkischen Sand zu buddeln?

Über die Geschichte der Christina Buschmann, geb. Sens, konnte ich immer noch recherchieren und mir dazu eine gute Story überlegen. Warum also nicht dem ganzen Zinnober ein Ende bereiten? Ich zögerte und spitzte die Ohren. Kein Gejammer, kein Singsang, nicht einmal ein Hund bellte irgendwo. Dann erinnerte ich mich an den Grund meines Kommens.

1. Den Pastor nach den Sterbe- und Geburtsregistern zu fragen

2. Den Pastor nach der Brandkatastrophe zu fragen

Während ich den kleinen Rinnsalen, die vom Grabstein in den Waldboden sickerten, mit den Augen folgte, fasste ich einen Entschluss. Ich würde den gemütlichen Pastor anrufen und wenn dieser nicht erreichbar war, das Grab oder das mögliche Grab von

Christina Buschmann, geb. Sens, samt Grabstein auf der Stelle dem Waldboden gleichmachen. Das war ein guter Kompromiss, wie ich fand.

Zufrieden und entschlossen ging ich zurück ins Haus und kramte mein iPhone aus der Tasche. Kein Netz! Es gab tatsächlich noch weiße Flecken in der Kommunikationslandschaft dieser Republik. Und einer davon war offensichtlich unser Haus in Bebersee. Ganz Bebersee, wie ich kurze Zeit später feststellen musste. Manchmal half Höhe, fiel mir ein. Und irgendwo in diesen klatschnassen Kiefernwäldern gab es mit Sicherheit auch einen Hochstand. Rotwild, Damwild und Schwarzwild wurden hier nach wie vor gerne gejagt, auch wenn Erich Honecker längst in seinem chilenischen Exil gestorben war. Darauf, blindlings in der Hoffnung auf Zufall durch den Wald zu stapfen, hatte ich keine Lust. Also bemühte ich die abgespeicherten Informationen meines letzten Jogginglaufes in Bebersee vor gar nicht allzu langer Zeit. Und richtig! Idealerweise hatte ich rechts neben dem See einen Hochstand passiert. Eine gewisse Freifläche bedeutete erstens besseren Empfang und der Hochstand vielleicht sogar zwei Balken auf dem Display. Dessen Zustandekommen mir jetzt fast schicksalhaft erschien. Meine Erinnerungen trogen nicht. Rechts neben dem See stand ein Hochstand – ein wenig marode, aber immerhin. Der Aufstieg war wacklig und ganz oben gab es keine zwei Balken auf dem Display, sondern nur einen, doch das dürfte reichen. Nun doch ein wenig aufgeregt, wählte ich die Nummer des gemütlichen Pastors in seiner Pfarrei in Groß Schönebeck. Das waren keine zwanzig Autominuten von Bebersee entfernt. Nach dem fünften Klingeln meldete sich eine schlaftrunkene Stimme. Wahrscheinlich habe ich ihn bei seinem Mittagsschlaf geweckt, dachte ich und sagte meinen Namen.

„Hallo, Herr Fiedler", antwortete der gemütliche Pastor, „sind Sie in Bebersee?"

„Ja."

„Nun, wie kann ich Ihnen helfen?"

„Ich würde gern etwas mit Ihnen besprechen", sagte ich ohne Umschweife. „Allerdings nicht am Telefon. Könnte ich bei Ihnen vorbeikommen, wenn es Ihnen nichts ausmacht."

„Gern. Wann?"

„Das Liebste wäre mir heute, wenn Sie Zeit für mich hätten."

Hatte er. Die Sache mit der Beseitigung des tatsächlichen oder vermeintlichen Grabes war dennoch nicht entschieden, beschloss ich.

Keine Stunde später saß ich im Büro des gemütlichen Pastors in Groß Schönebeck, was diesmal ein echtes Büro war, und zugegeben ein sehr gemütliches Büro. Links und rechts neben dem Schreibtischungetüm aus dem Anfang des vorletzten Jahrhunderts waren mannshohe Grünpflanzen drapiert. Darauf befanden sich Telefon, Schreibunterlagen, Plastikstapelboxen, ein Messingkruzifix und eine Reihe Stifthalter aus grober Keramik. Dem Ensemble gegenüber befand sich eine opulente Sitzgruppe, von der man schon beim Hinsehen ahnte, dass man weich und wohlig hineinfiel, wenn man darauf Platz nahm. Der großzügige Raum war an allen Wänden mit Bücherregalen vollgestellt, die vermutlich ebenfalls aus den Anfängen des vorletzten Jahrhunderts stammten. Zwischen den Regalen stand ein mit Silberbeschlägen verzierter Sekretär. Modernes befand sich in diesem Raum eher nicht. Selbst die Deckenlampe war ein monströser neunarmiger Leuchter. Einen Computer oder einen Drucker konnte ich nirgends ausmachen. Der Begriff *Herrenzimmer* fiel mir ein. Ja, so sah es für mich aus, wie ein typisches *Herrenzimmer*. Fehlte bloß noch die Kiste mit den Zigarren. Die gab es nicht, der gemütliche Pastor war Nichtraucher. Da mich seine Sekretärin oder Haushälterin, eine grauhaarige, freundliche Frau Anfang Sechzig, in das Büro geführt hatte, kam der Pastor nun mit einem Ächzen hinter seinem Schreibtisch hervor und lud mich ein, auf einem der Sessel der Sitzgruppe Platz zu nehmen. Wie ich vermutet hatte, sank man in das Polster wie in Abrahams Schoß. Er nahm mir gegenüber Platz.

Den Kaffee, den mir der Pastor anbot, nahm ich gerne an. Während der Pastor loswackelte, um den Kaffee von nebenan zu holen, überlegte ich krampfhaft, wie ich beginnen sollte.

„Ein schönes Büro haben Sie", sagte ich, als die Tasse Kaffee dampfend vor mir stand, und sah mich anerkennend um.

„Danke. Gehörte alles meinem Vorgänger. Ich habe es nur übernommen."

„Was ist mit ihm passiert?" Der gemütliche Pastor seufzte.

„Leberzerrhose, ist vor vier Jahren gestorben." Das Klischee vom saufenden, schwulen Priester tauchte eine Sekunde vor meinem geistigen Auge auf. Mein Gegenüber schien meine Gedanken zu erraten und stellte klar.

„Hepatitis A. Hat sich den Virus wohl in Indien geholt. Er war nicht geimpft. Tja, Gottes Wege sind unergründlich. Aber was wollten Sie mit mir besprechen?"

„Nun ja", antwortete ich etwas gedehnt. „Ich wollte Sie um einen Gefallen bitte. Es geht um das Grab, Christina Buschmann… Sie wissen schon." Der gemütliche Pastor runzelte die Stirn und verschränkte seine Arme über seinen ausladenden Bauch, auf dem man bei Bedarf auch eine Tasse Kaffee abstellen konnte.

„Das habe ich mir schon gedacht. Welchen Gefallen soll ich Ihnen denn tun?" Ich räusperte mich.

„Ich habe ein bisschen in der Chronik geblättert, die Sie mir gegeben haben." Der Pastor nickte.

„Die Chronik von Bebersee?"

„Genau. Nun ja, und da ist mir aufgefallen, dass Christina Buschmann im gleichen Jahr gestorben ist, als dieser Brand dort gewütet hatte. Wissen Sie vielleicht etwas darüber?" Ich musterte den gemütlichen Pastor intensiv. Er zeigte keinerlei Regung oder verbarg diese gut. Dann kratzte er sich am Kinn.

„Wann war das nochmal?"

„1825"

„Nun die Sommer hier können extrem trocken sein. Dann herrscht große Waldbrandgefahr. Auch heute noch", dozierte der Pastor ausweichend.

„Sind die Höfe etwa einem Waldbrand zum Opfer gefallen?"

„Nein", antwortete der Pastor, „eher nicht."

„Sondern?"

„Es war wohl Brandstiftung."

„In Ihrer Chronik ist darüber nichts zu lesen."

„Nein!" Der gemütliche Pastor hievte sich aus dem Herrensessel und sagte: „Wegen der Touristen... Warten Sie einen Moment, ich bin gleich wieder da."

Mit diesen Worten verließ er ein zweites Mal das Büro. Ich nippte ein wenig ratlos an meiner Kaffeetasse und betrachtete die Buchrücken in den Regalen. In erster Linie religiöse Schriften und Romane von Autoren aus den Anfängen des zwanzigsten Jahrhunderts: Franz Werfel, Erich Maria Remarque, Stefan Zweig und den Mann-Brüdern. Das Gesamtwerk von Luise Rinser fehlte nicht. Nichts, was mein Interesse weckte. Keine fünf Minuten später öffnete sich die Tür und der gemütliche Pastor trat ein. Er hielt ein Buch in den Händen. Es war ein altes, ledergebundenes Buch. Einen Titel hatte es nicht. Eine ISBN-Nummer mit Sicherheit auch nicht.

„Was ist das?" Der Pastor reichte mir das Buch und ging zum Sekretär, um eine Flasche Malt-Whiskey und zwei Gläser daraus zu fischen. Irgendein teurer Jahrgang für besondere Anlässe, soviel stand fest. Der Pastor entkorkte den edlen Tropfen mit einem Plopp und goss uns beiden, ohne mich zu fragen, ein. Er prostete in die Luft. „Das ist der Fluch von Bebersee!" Sein dicker Zeigefinger wies auf das Buch in meinen Händen. Abermals überkam mich ein seltsames Gefühl. Die ganze Geschichte mit dieser Christina Buschmann, geb. Sens, und ihr Grab auf unserem frisch erworbenen Grundstück und jetzt auch noch der Fluch von Bebersee. „Oh", entfuhr es mir. „Das ganze Buch?"

„Wenn Sie so wollen, ja." Ich blinzelte sprachlos, und ein bisschen wurde mir feucht unter den Achseln.

„Was steht da drin – in Ihrem Fluchbuch? Und wer hat es verfasst? Es hat keinen Titel wie ich sehe."

Der gemütliche Pastor warf seine Stirn in angestrengte Falten. Dann nahm er einen Schluck von dem Malt-Whiskey für besondere Anlässe und lächelte gequält.

„Es wurde wahrscheinlich kurz nach dem ersten Weltkrieg verfasst. Der Verfasser nennt sich Priamus Apokalyptikus. Es war die Zeit der großen esoterischen Bewegungen. Rudolf Steiner, die Vril-Gemeinschaften, die Anfänge der Vegetarier- und FKK-Bewegung. Die Menschen waren nach dem ersten großen Sterben verunsichert und zutiefst erschüttert. Die alte Welt gab es nicht mehr und eine neue Ordnung steckte noch in den Kinderschuhen. Man muss sich das mal vorstellen. Mit einem Schlag verschwanden fast sämtliche Monarchien aus Europa. Etwas, was bis dahin als eine von Gott erkorene Weltordnung galt, quasi ewigwährend. Die gesamte Weltkarte wurde neu gezeichnet. Neue Staaten entstanden, andere verschwanden. Denken Sie nur an den Zerfall des Osmanischen Reiches. Wenn Sie sich heute eine Weltkarte ansehen, werden Sie feststellen, dass es irrwitzig viele Grenzen gib, die einfach nur einen schnurgeraden Strich bilden. Wie mit Bleistift und Lineal gezogen. Der Irak, Iran, Libyen, Ägypten, sie alle haben solche Strichgrenzen. Und genauso wurden Sie gezogen. Ohne Rücksicht auf die örtlichen Bevölkerungen und deren durchaus verschiedenen Ethnien, Traditionen, Religionen und Historien. Das Ergebnis des ersten Weltkrieges. Es passt nicht immer, was passend gemacht wird, glauben Sie mir. Die damit verbundenen Schwierigkeiten und Konflikte können Sie leider heute noch bedauern. Und in dieser Zeit gab es natürlich auch eine enorme Blüte an Geheimbünden, Futuristen, Fatalisten und kleine Zellen, die sich einer größeren, über sie hinausgehender, Idee verschrieben hatten. Und eine davon befand sich in Bebersee."

„Oh, davon liest man auch nichts in Ihrer Chronik, " sagte ich, ohne provozieren zu wollen. Der gemütliche Pfarrer lehnte sich zurück und tat einen ehrlichen Seufzer.

„Das ist nicht meine Chronik."

Ich starrte auf das Buch in meinen Händen und versuchte meine Gedanken in vernünftige Bahnen zu lenken. Mein erster galt Christina, meiner Christina. Abgesehen davon, dass ich es noch nicht gewagt hatte, dieses Grab oder scheinbare Grab seiner Bestimmung außerhalb unserer Grundstücksgrenze zu übergeben, sah ich mich wahrscheinlich auch noch in absehbarer Zeit dazu gezwungen, ihr den Fluch von Bebersee so schmackhaft zu machen, damit sie nicht schreiend davonlief. Eine Welle Jammer überspülte mich. Aber möglicherweise würde Christina die ganze Sache auch sportlich sehen, und mein Bedenken ad absurdum führen. Vielleicht. Dann fiel mir in diesem Moment meine zweite Frage ein.

„Haben Sie vielleicht auch ein Geburts- und Sterberegister von Bebersee der letzten zweihundert Jahre?"

„Die finden Sie auch da drin", sagte er mit dem Kopf wackelnd und fügte dann hinzu. „Auf den letzten Seiten." Mein erster Impuls war es, das Buch sofort aufzuschlagen, um darin zu blättern. Diesen Gedanken schien der gemütliche Pastor zu erahnen. Er tippte mir sanft auf die Hand und sagte: „Nicht hier, bitte. Lesen Sie es zu Hause." Er wies mit seinem Kopf zum Messingkruzifix auf seinem Schreibtisch, und ich nickte, um damit zum Ausdruck zu bringen, dass ich verstanden hatte. Zumindest verstanden hatte, was er meinte, obwohl mir dieses seltsame Gehabe befremdlich erschien.

Als ich zurück in Bebersee angekommen war, parkte ich als Erstes das ominöse Buch in einem Schubfach in der Küche. Dann ging ich in die Scheune und suchte nach einem Spaten. Der Regen hatte aufgehört und ab und an blitzten kleine blaue Himmelflecken im grauen Einerlei. Wild entschlossen, stapfte ich zum Grab und hub ausholend einen ersten Stich.

Ich brauche Hilfe, wisperte es plötzlich. *Deine Hilfe.* Und dann folgte wieder dieser Singsang.

Heile, heile Gänschen, tut bald nicht mehr weh.

Heile, heile Gänschen, tut bald nicht mehr weh.

Heile, heile Mäusespeck, in hundert Jahren ist alles weg.

An ein Weitergraben war nicht mehr zu denken.

9

E s ist ein Bandscheibenvorfall. Das MRT ist eindeutig. Dr. Kleine, der Orthopäde, der dies mit Blick auf den Monitor versichert, kommt ohne Umschweife zur Sache.

„Sie haben zwei Möglichkeiten." Er sieht mich hinter seiner rahmenlosen Brille ein wenig mitleidig an. „Angesichts der Umstände, in denen Sie sich befinden...", er hüstelt gekünstelt, „... ich meine, da Sie in einer geschlossenen staatlichen Einrichtung untergebracht sind und möglicherweise einigem Stress ausgesetzt sind, würde ich Ihnen die Erste der Möglichkeiten eher nicht empfehlen."

„Die da wäre?", frage ich kleinlauter, als ich es selbst unter diesen Umständen für möglich gehalten habe (Ich besaß schon immer eine gehörige Skepsis gegenüber *Weißkitteln*.).

„OP. Die Deformierungen ihrer Lendenwirbelsäule sind bereits ziemlich fortgeschrittene Sinterungen und eine relevante Protrusion. Bei normalen Patienten würde ich in diesem Fall dringend diesen Eingriff empfehlen. Es ist nur eine Frage der Zeit, bis die Bandscheibe ein zweites oder drittes Mal... ausschert. Voraussetzung für eine vollständige Genesung wäre allerdings eine recht umfangreiche Reha, wenn Sie verstehen... Was wiederum in Ihrem Fall recht aussichtslos erscheint. Ich meine, die Rentenkasse würde die Finanzierung sicher übernehmen, bei meiner Empfehlung, allerdings fürchte ich, dass..."

„Die Justiz nicht mitspielt", ergänze ich. „Herr Dr. Kleine, ich habe schon verstanden. Was ist die zweite Option?"

„Oh…, äh…, ich habe da etwas mitgebracht." Dr. Kleine legt mir ein A4 Blatt vor, das mit kleinen, schwarzen Piktogrammen übersät ist. „Was ist das?"

„Das sind Rückenübungen."

„Rückenübungen?"

„Ja. Um es genauer zu sagen: es sind einfache Übungen, um Ihre innere Rückenmuskulatur ein wenig auf Trab zu bringen."

Dr. Kleine schlägt die Beine übereinander und gibt sich optimistisch. „Die innere Rückenmuskulatur ist bei den meisten Menschen Ihres Alters ein bisschen verkümmert. Ursache dafür ist: viel Arbeit im Sitzen, beispielsweise am PC, wenig konstruktives Laufen, falsche Köperhaltung und anderes mehr. Kurzum, die innere Rückenmuskulatur bildet sich zurück und die erforderlichen Impulse für die Bewegungen übernimmt die äußere Rückenmuskulatur. Und da sie für diese Dinge ungeeignet ist, verkrampft sie irgendwann und die Bandscheibe gerät außer Kontrolle und schiebt sich vor, weil sie sozusagen haltlos geworden ist. Wenn Sie die innere Muskulatur stützen, wird Ihnen die Äußere dankbar sein, dass versichere ich Ihnen." Ich starre auf die A4 Seite mit den Strichmenschenpiktogrammen. „Es gibt ganz einfache Übungen, um die innere Rückenmuskulatur zu stärken", verkündet Dr. Kleine unbeirrt. „Täglich zwanzig Minuten in Ihrem Zimmer… ich meine, in Ihrer Zelle… und wir sehen uns wahrscheinlich nie wieder." „Danke", sage ich und falte das Blatt Papier zu einem Zettel, der in meine Gesäßtasche passt.

Der Beamte, der mich vor dem Arztzimmer erwartet, und mich zu dem unauffälligen Transporter begleitet, der vor der Klinik parkt, lächelt ermutigend, als er die Schiebetür des Wagens mit einem Ratschen vor mir öffnet. „Alles gut", stellt er eher fest, als zu fragen und schnipst seine Zigarettenkippe in einem weiten Bogen vom Wagen weg. „Na, dann zurück ins Körbchen." Sein Arm zeigt grinsend ins Wageninnere.

Was für ein ungehobelter Knilch! Ich kann mich vor lauter aufbrausender Wut nur noch mühsam auf den Beinen halten. Ich brauche dringend eine OP und eine Reha, und stattdessen muss ich Strichmännchenübungen nachahmen, um nicht den nächsten Blitzangriffen vorgefallener Bandscheiben zum Opfer zu fallen. „Ja", antworte ich und versuche meinen Ärger weg zu atmen. Doch der Beamte scheint den Ernst der Lage nicht zu begreifen, denn er bleibt weiter auf Krawall gebürstet. „Bei uns ist´s eh am gemütlichsten, gell."

Ich habe schon den Fuß auf die Schwelle in den unauffälligen Transporter gesetzt und halte plötzlich wie ferngesteuert inne. Wie ein Derwisch wirbele ich herum. Entleiben, denke ich. Ich werde ihn entleiben.

Wie Trommelwirbel schlagen meine Fäuste zu. Der Justizbeamte geht ohne Gegenwehr zu Boden. Als der Mann am Boden liegt, trete ich mit aller Kraft meinen rechten Fuß in seinen Magen. Einmal, zweimal, dreimal. Dann drehe ich mich im Kreis, schlage meine Fäuste gegen meine Schläfen und stoße ein fürchterliches Wutgeheul aus. Dieses Wutgeheul ist möglicherweise der Anlass, dass ungefähr zehn Personen – alles Männer, denke ich – aus der Klinik stürzen, und ich ein paar Sekunden später mit schmerzhaft verdrehten Armen auf dem Bauch liege und mich nicht mehr bewegen kann. Meiner vorgefallenen Bandscheibe tat dies bestimmt nicht gut.

10

Nun, ich will nichts beschönigen. Es war Panik, was mich überfiel. Panik und jenes Grauen, das langsam und stetig die Wirbelsäule emporkroch. Der Spaten fiel mir aus der Hand. Ich hatte vollkommen verdrängt, dass diese Stimme schon einmal zu mir gesprochen hatte. Das mag naiv klingen. Aber ich schwöre, ich hatte es vergessen. Mein Instinkt riet mir: Flucht. Mein zweiter Impuls: Warte! Ich nahm allen Mut zusammen und flüsterte betont konstruktiv:

„Wie soll ich dir helfen, Christina?" Stille. „Hallo?"

Nichts. Kein Mucks. So einfach einen Schlussstrich unter die ganze Angelegenheit zu ziehen, schien unmöglich. Weiterzukommen, aber auch. Mir fiel der Fluch ein. Der Fluch von Bebersee und der spezielle Fluch, da vor meiner Nase. Kurz kam mir der Gedanke, erneut zum Spaten zu greifen und einen Stich anzudeuten. Nur um zu sehen, ob die Stimme erneut protestierte, beziehungsweise um Hilfe flehte. Aber im Moment hatte ich genug von dem Hokuspokus und trottete zurück ins Haus. Ich kochte mir einen Kaffee, setzte mich mit dem Getränk auf die Stufen vorm Haus und starrte in den Garten. Ein sehr schöner Garten hier am See. Insgesamt ein halbes Dutzend Apfelbäume, zwei Kirschbäume, Chrysanthemen, Pfingstrosen und Margeriten.

Ich holte mir das Buch, das mir der gemütliche Pastor gegeben hatte. Da ich eigentlich vorgehabt hatte, einen Schlussstrich unter diese Angelegenheit zu ziehen, um meiner Christina wegen, war ich bislang noch unmotiviert gewesen, in dem Buch nach möglichen Antworten zu suchen. Das war nun anders. Ich nahm das kunstvoll in Leder gebundene Buch zur Hand, befühlte den Deckel und roch am Leder. Das Buch war aus Ziegenleder gebunden. Der Geruch war eindeutig. Ziegenleder roch noch Jahre, nachdem die einstigen Lieferanten längst zu Staub zerfallen worden war. Auf der ersten Seite stand in schnörkeliger Schrift:

Die unheilvollen und unheimlichen Vorgänge rings um Bebersee, 1824-1938, verfasst von Gottfried Sens. Sens? Meine Neugier war auf der Stelle geweckt. Auf der zweiten Seite gab es ein Vorwort des Verfassers.

Geneigter Leser! Ich, Gottfried Sens, geboren am 16. April Anno 1899, genannt Priamus Apokalyptikus, erkläre hiermit an Eides statt, dass ich weder etwas erfunden noch erdichtet, noch erlogen habe. Die Sammlung der hier aufgeführten Ereignisse rings um die Ortschaft Bebersee ist wahrhaftig und gleichsam bekundet. Mein Wissen darüber entnahm ich in erster Linie den Schriften eines Geheimbundes, dessen Vorsteher (den Namen aufzuführen wurde mir unter einem Schwur ausdrücklich verboten) mir selbiger kurz vor seinem Ableben überreichte, da er der letzte Vertreter dieses Geheimbundes war. Ich erkläre hiermit feierlich, dass mir mit diesem Wissen nicht nur einige Fähigkeiten mitgereicht wurden, sondern nun bestimmte Ereignisse und Vorfälle in einen kausalen Zusammenhang gesehen werden können.

Okay, dachte ich, lass mal hören Gottfried Sens und schlug die nächste Seite auf. Die war leer. Die nächste ebenso, die übernächste und alle weiteren ebenfalls. Das gesamte Buch bestand aus leeren Blättern Papier. Anspruchsvolles Papier musste ich zugeben. Aber unbeschrieben, zumindest nicht sichtbar. Nur auf den letzten Seiten des Lederbandes gab es ein Geburts- und Sterberegister, wie es mir der gemütliche Pastor versprochen hatte, aber das interessierte mich in diesem Moment nicht. Ich rieb mir ungläubig die Augen. „Danke, gemütlicher Pastor", stieß ich hervor, „vielen Dank auch!"

Geschichten über unsichtbare Tinten fielen mir ein. Mein Interesse sank. Nicht einmal als Kind hatte ich versucht, solche herzustellen, um damit geheime Tagebücher zu füllen. Also wie sollte ich diese Dinge überprüfen? Mein erster Impuls war, den unverschämten gemütlichen Pastor anzurufen und ihn zur Rede zu stellen. Aber woher sollte ich wissen, dass das Ganze nicht irgendein grotesker Scherz war? Vielleicht war der gemütliche Pfarrer ein Witzbold. Oder hatte er es einfach satt, sich von einem zugezogenen hysterischen Großstädter in seiner Dorfidylle stören zu lassen. Oder war alles ganz anders?

Die Geste seiner Hand auf meiner Hand fiel mir ein. *Nicht hier, bitte,* hatte er gesagt und dann gehaltvoll zum Messing Messias auf seinem Schreibtisch geschaut. Klar, dachte ich, hätte ich das Buch schon in seinem Büro geöffnet, wäre ich wahrscheinlich dort von einem Lachkrampf niedergerungen worden. Und der gemütliche Pastor ebenfalls. Doch dann wurde ich nachdenklich. Scherz oder eine weitgehendere Recherche. Diese Fragen musste ich abwägen. Dieser Mist hier, den ich in den Händen hielt, einfach in den Müll werfen oder Mühe aufbringen… Möglicherweise könnte ich den gemütlichen Pastor auch bluffen und ihm erzählen, dass ich für dieses umfangreiche Material und dem dazugehörigen Geburts- und Sterberegister sehr dankbar war. Ich könnte Andeutungen machen, dass die Geschichte Bebersees nun neu geschrieben werden müsste.

Diese Dinge überlegte ich lange. Hatte Gottfried Sens irgendeine Mixtur gemischt, deren Zusammensetzung aus seinem erworbenen Wissen herrührte, das ihm der ominöse Geheimbundvorsteher übermittelt hatte, und ich erst einmal jene Substanz aufspüren müsste, um überhaupt in dieser Frage weiterzukommen? Na, super, dachte ich. Einfach wäre auch mal ganz nett gewesen.

Letztlich packte ich das Ziegenlederbuch in eine Schublade und öffnete mein Laptop. Die Suchmaschine nach Geheimtinte zu befragen, war leider nicht möglich, es gab hier kein Internet. Da es im Moment offensichtlich nichts für mich zu tun gab, und ich ein wenig Hunger verspürte, beschloss ich in den Nachbarort zu fahren, um etwas zu essen. Bebersee war mit Gastronomie nicht gesegnet und im *Krug Gollin*, den ich ansteuern würde, brutzelten sie eine köstliche Forelle. Am nächsten Tag musste ich zurück nach Berlin. Bei dem Gedanken an meine Christina wurde mir ein wenig flau. Wie sollte ich ihr erklären, dass ich das Problem noch immer nicht aus der Welt geschaffen hatte? Und war es nicht langsam an der Zeit, sie einzuweihen?

Ich hasse unbeschriebene Buchseiten, dachte ich. Dann ging ich zu meinem geliebten Oldtimer, startete den Motor und fuhr los. Außerdem stand die Lesereise bevor.

11

Ich bin nicht fixiert worden. Die Pfleger haben mich nicht einmal in das Isolierzimmer gesteckt. Ich darf, nachdem ich tausend Eide geschworen habe, mich zu benehmen, sogar zurück in mein Zimmer. Allerdings unter der Voraussetzung, einem Gespräch mit Dr. Rüffert zuzustimmen. Das tat ich. Kurze Zeit später sitze ich ihm gegenüber und mime Unschuld. Meine Rückenschmerzen sind nach meinem Tobsuchtsanfall wie erwartet, zurück. Nicht übler denn je, aber übel. Ich erwarte fast stündlich einen körperlichen Totalausfall.

Dr. Rüffert wirkt müde und erschöpft. Die dunklen Ringe unter seinen Augen bezeugen, dass er vermutlich die dritte Woche in Folge Bereitschaft hat. Sein Behandlungszimmer ist im Grunde genauso geschnitten wie meines, nur befindet sich darin kein Bett, Schrank und Nachttisch, sondern eine Behandlungsliege, ein Schreibtisch und zwei Stühle. Einer vor dem Schreibtisch, auf dem ich sitze und einer dahinter.

„Sie haben dem Beamten eine Rippe gebrochen, das Nasenbein, das Jochbein und diverse Hämatome zugefügt. Vermutlich wird er Sie anzeigen. Was sagen Sie dazu, Herr Fiedler?" Dr. Rüffert runzelt sorgenvoll die Stirn. „Es tut mir leid", stoße ich flüsternd hervor.

„Soso. Es tut Ihnen also leid." Ich bestätige dies mit abermaligem Kopfnicken.

„Es war, wie soll ich sagen, es war …"

„… eine spontane Reaktion", ergänzt Dr. Rüffert und schiebt dabei die Beine übereinander.

„Genau. Eine blöde, spontane Reaktion. Ich wollte dem Beamten nicht wehtun." „Aha."

„Nein, gewiss nicht. Es war nur wegen der Diagnose und der Aussichtslosigkeit einer ordentlichen Behandlung, verstehen Sie?"

„Ehrlich gesagt nicht", sagt Dr. Rüffert tonlos, „wenn alle Patienten mit einer ungünstigen Diagnose auf andere losgehen und sie halb totschlügen, erwarten uns ziemlich üble Zeiten, meinen Sie nicht?" Dann fügt er noch leise hinzu. „Ich denke, Sie sind gefährlich, Herr Fiedler. Unbehandelt. Sie bilden eine Gefahr für die Gesellschaft. Das wird erstens immer deutlicher und zweitens sind Sie ja nicht ohne Grund hier." Die Pillenfrage steht also erneut im Raum. Ich rücke unbehaglich auf meinem Stuhl hin und her. „Wie meinen Sie das?"

„Offengestanden, denke ich, dass es Zeit wird, dass ich Sie mit Ihrer Tat konfrontiere."

„Welcher Tat?" Dr. Rüffert wedelt mit der Hand, als würde er eine Fliege verscheuchen. Er lehnt sich in seinem bequemen Stuhl zurück und berühre mit erhobenem Zeigefinger seine Oberlippe. „Ich denke, Sie sollten sich erst einmal ein bisschen ausruhen. Wir werden morgen damit beginnen. Das war's fürs Erste. Gute Nacht."

„Herr Doktor," rufe ich ihm nach. „Bitte tun Sie etwas wegen meines Rückens. Ich kann ansonsten nicht sprechen. Der Schmerz wird unerträglich. Ehrlich!" Fassungslos lässt er mich zurück. Ich werde zu meinem Zimmer zurückgebracht. Die Welt um mich herum, erscheint plötzlich feindselig. Welche Tat? denke ich, als ich erschöpft auf mein Bett niedersinke. Von was redet dieser Quacksalber? und reibe mir dabei vorsichtig den Rücken.

Etwa von der Tat an Christina Buschmann, geb. Sens? Ha, gestorben, das war nun wirklich ein Witz. Reinkarniert sollte man wohl besser sagen und letztlich gerettet am 24. August 2019, durch mich. Einhundertachtundneunzig Jahre später zur Ruhe zu kommen, das war doch etwas. Ein Erfolg, würde ich meinen.

Außerdem ist das keine Tat, es ist ein Segen. Ein Segen für Bebersee, für meine Christina Buschmann und für die ganze Region. Ja, für die ganze Welt. War ich es nicht, der diesen elenden Fluch… und dieses Grab oder Möchtegern-Grab endlich beseitigt hat? War ich es nicht, der dem gemütlichen Pastor endlich seinen Seelenfrieden verschafft hat? Auch wenn ein tollwütiger Keiler im Spiel war.

Nehmen wir beispielsweise das Jahr 1824 – das Jahr vor der großen Brandkatastrophe. Niemand anderes als ich hat da einen Zusammenhang herstellen können. Oder die Toten, die beim Versuch, das Grab von dieser Hexe zu öffnen, gestorben sind. Sogar über das Schicksal des Russen hatte ich etwas in Erfahrung bringen können. Ha, sogar über das Schicksal des vermaledeiten Rotarmisten. Und ich bin nicht zimperlich gewesen. Weiß Gott, ich war nicht zimperlich. Nicht mit mir und nicht mit den Nachkommen jenes selbsternannten Geheimbundvorstehers. Und die Geheimtinte? Die Unsichtbarmachung als großes Rätsel? Haha, die gibt es gar nicht. Das war ein Fake dieses gemütlichen Pastors, alias Bruder Johannes. Im Nachhinein erwies sich das als Kindergartengeplänkel. Billig. Billig und leicht zu lösen. Einen Gruß an Gottfried Sens… alias *Priamus Apocalyptikus*. Mein Kopf beginnt zu schmerzen und der malträtierte Rücken tut sein Übriges. Warum muss mich dieser Knilch eines Justizbeamten auch so demütigen? Seine gebrochene Rippe und das Jochbein und das Nasenbein geschehen ihm Recht. Und die Hämatome ebenfalls.

Morgen würde ich endlich mit Robert Tischtennis spielen. Egal, was mein Rücken dazu meint.

12

Die Lesereise war im Grunde ein Erfolg. Das Wichtigste ist bei diesen Veranstaltungen, Bücher zu verkaufen. Sieben Städte, sieben mehr oder weniger kleine Bühnen. Meistens gab es Salznüsse und kostenloses Mineralwasser. Und ich verkaufte mehr als einige Dutzend meiner Bücher. Schwierig wurde es erst, als eine Frau in Nürnberg an mein Lesepult trat und fragte: „Haben Sie das eigentlich selbst erlebt?"

„Ich bin Schriftsteller", antwortete ich lächelnd, „da muss man nicht alles selbst erleben." Und fügte nonchalant ein Zitat von Robert de Niro hinzu: „Ich muss kein Steak sein, um eines zu spielen." Aber das vertrieb die Frau keineswegs. Sie baute sich vor mir auf, stemmte ihre Arme in die Hüften und spie geradezu:

„Sie sind nichts anderes als ein Scharlatan. Schämen Sie sich!" Irgendetwas in meinem Hinterkopf begann zu prickeln. Zog da eine leichte Erkältung auf, dachte ich. Wie zum Beweis, hüstelte ich kurz, bevor ich antwortete. „Wie meinen Sie das?"

„So, wie ich es gesagt habe, Sie sind ein Scharlatan!" Mein Blick richtete sich zum Ausgang. Jeder sollte immer eine Möglichkeit zur Flucht in Erwägung ziehen. Manchmal war das überflüssig, manchmal Hysterie und manchmal Überleben. In diesem Fall war es Quatsch. Die Frau raffte ihre Jacke über die Schulter und machte sich davon. Mein Verleger trat im selben Moment an meine Seite und flüsterte: „Im Foyer warten Ihre Leserinnen und Leser. Sie sollten Ihren Stift spitzen. Für die Widmungen. Wir verkaufen sehr gut. Also los!"

Ich setzte mich an einen kleinen vorbereiteten Tisch im Foyer, neben mir ein Stapel meiner Bücher und schrieb: *Für Madeleine, für Renate, für Sabine, für Klaus und für Schatz.* Es war keine allzu lange Schlange von Fans. Dennoch fühlte ich mich furchtbar gestresst.

Und als ich endlich glaubte, fertig zu sein, stand sie abermals vor mir. „Sie sind ein Scharlatan!" Ich raffte ein wenig meinen Mut zusammen und machte eine finstere Miene.

„Was wollen Sie verdammt nochmal, von mir?" Die Frau sah mir eine Weile unbeirrt in die Augen, senkte aber dann ihren Blick und zupfte schließlich verlegen an ihrer Jacke. „Ihre lustige *Neuschwabenlandgeschichte* mit den schrägen Protagonisten und den verschwurbelten Reichsdeutschen mag für Sie ja so etwas wie ein Drehbuch für ihren *Abenteuerroman* sein, aber im Grunde haben Sie keine Ahnung, oder?" Beruhigt, einer drohenden Gefahr entronnen zu sein, sagte ich beschwichtigend: „Ich habe ziemlich lange bei dieser Szene recherchiert." „Ach", gab sie als Antwort, „wenn es das Internet nicht gäbe, wären wir alle dümmer."

„Hören Sie", zischte ich und lächelte den vier Fans meines Romans, die noch hinter ihr auf ein kleines Wort in ihrem neu erworbenen Geschenk mit meiner Widmung für *Lars, Hilda oder Verona* warteten, so verbindlich zu, als wären wir alle gemeinsam zum Abendessen verabredet, „ich weiß, dass die Welt komplizierter geworden ist. Aber deswegen müssen Sie mich nicht beschimpfen. Glauben Sie mir, ich habe mir alle Mühe gegeben." Meine Sätze schienen diese Frau nicht zu befriedigen.

„Natürlich müssen Sie kein Steak sein, um eines zu beschreiben, aber Sie sollten eines nicht vergessen: Wenn Sie an einer geheimnisvollen Wahrheit zu kratzen beginnen, könnte diese schnell eine Eigendynamik entwickeln. Außerdem wäre es nur konsequent, wenn Sie die Geschichte bis zum Ende denken würden. Mit alldem, was dann folgen könnte."

„Haben Sie mich deshalb als einen Scharlatan beschimpft?"

„Nein, junger Mann", antwortete sie, „ich wollte nur Ihre Aufmerksamkeit."

Mit diesen Worten verschwand sie endgültig, und ich schrieb meine letzten Widmungen für diesen Abend. Falsch! Ich schrieb meine allerletzten Widmungen.

13

Als ich endlich in meiner kleiner Maisonette-Wohnung im Prenzlauer Berg ankam, legte ich meinen Reisekoffer im Flur ab und ging sofort in die Küche. Es war halb drei nachts, als ich ankam, jetzt war es halb fünf morgens, und ich war noch immer nicht müde. Ich war aufgewühlt, verstört und ehrlich gesagt, auch ein wenig ängstlich. Da ich plötzlichen Hunger bekam, kochte ich mir ein paar Spaghetti und bedeckte sie der Einfachheit halber mit Butter und streute Zucker darüber. Zucker-Butter-Spaghetti – eine Wunderlichkeit aus meiner frühesten Jugend, gelernt beim Zelten in Mannichswalde bei Crimmitschau. Niemand käme auf die Idee, Spaghetti mit Butter und Zucker zu essen. Aber es war lecker und der Teller schnell geleert.

Über die Frau bei der Lesung nachzudenken, verbat ich mir. Über Bebersee nachzudenken, gebot sich von selbst. Christina hatte ich über meine Rückkehr noch nicht informiert. Ich nahm mein iPhone und schrieb ihr eine SMS: *Bin wieder da!* Ein paar Minuten wartete ich auf eine Antwort. Da diese ausblieb, ging ich davon aus, dass Christina schlief – so wie es alle vernünftigen Menschen um diese Zeit taten. Unentschlossen und zunehmend übellaunig, blätterte ich ohne wirkliches Interesse in der Tageszeitung.

Die Briten verlassen die EU, Trump ist immer noch für mindestens zwei Jahre Präsident der Vereinigten Staaten und Erdogan scheint langsam dem Wahn anheimzufallen. Was konnte noch passieren? Eine Rakete mit einer Atombombe bestückt aus Nordkorea? Russland die Ukraine erobern wollen? Im Lokalteil wurde ein Jubiläum gefeiert. Die Nichteröffnung des Berliner Flughafens. Die Hauptstadt war in diesem Punkt längst zur Lachnummer der Republik und der ganzen Welt geworden. Zu Recht.

Die Türken hatten in Istanbul einen viel größeren Flughafen in nicht mal fünf Jahren gebaut. Und die Chinesen würden das wahrscheinlich an einem Wochenende schaffen. Die Zeitung flog fast ungelesen auf den Tisch. Dann suchte ich meinen Namen und suchte nach möglichen Rezensionen meines neuen Romans im Netz. Nichts. Nicht eine. Nicht mal eine negative. Ein Plan musste her.

Inzwischen wurde es langsam hell. Ich setzte mich mit einer Decke um die Schultern auf meinen kleinen Balkon und lauschte eine Weile dem Berliner Morgenverkehr, der anzuschwellen begann. Ein permanentes Rauschen. Da ich nicht schlafen konnte, kochte ich mir einen Kaffee und trank zwei Tassen.

Gegen 9:00 Uhr stieg ich in meinen geliebten Oldtimer und machte mich auf den Weg nach Bebersee.

14

Kurz hinter Schorfheide stach es mir ins Auge. Das Hinweisschild zum sowjetischen Ehrenfriedhof für die Rotarmisten, die bei der Schlacht um Berlin gefallen waren. Es war kein offizielles Schild, die sahen anders aus. Möglicherweise hatte ein ehemaliges SED-Mitglied dieses kleine Schild an der Straße aufgestellt. Es schien niemanden zu stören. Es war nicht entfernt worden, aber die Zeit hatte daran genagt.

Von diesen Ehrenfriedhöfen gab es in Brandenburg hunderte. Ganz Brandenburg schien ein einziger Ehrenfriedhof zu sein. Allein das riesige Schlachtfeld um die Seelower-Höhen bei Frankfurt/Oder. Rund fünfundvierzigtausend Menschen verloren dort zwischen dem 16. April 1945, Ostersonntag, und dem 19. April 1945, einem Mittwoch, ihr Leben. Dreißigtausend waren Rotarmisten und polnische Soldaten. Fünfzehntausend Wehrmachtsangehörige, viele davon Jugendliche. Der Zusammenbruch der Ostfront. Hitlers Tage waren gezählt, aber immer noch gab es kleinere und größere Scharmützel rings um das östliche Berlin. Bald auch in der Schorfheide – zwanzig Tage vor der endgültigen Kapitulation.

Nach knapp fünfzehn Minuten war ich am Ziel. Ich stoppte den Wagen und stieg aus.

Christina Buschmann, geb. Sens, geboren 1799, gestorben 1825, schlummerte nicht oder noch immer auf unserem Grundstück. Auf eine von mir tatsächlich angestoßene Umbettung auf den Gottesacker mit Hilfe des gemütlichen Pastors, war bislang nichts anderes gefolgt, als beflissenes Achselzucken. Das Thema *unsichtbares Buch* hatte ich vermieden. *Fuck you, Priamus Apokalyptikus, alias Gottfried Sens.*

Irgendwie war ich bei all den Misserfolgen inzwischen so frustriert, dass ich meinen Plan, aus dem Ganzen einen spektakulären Roman zu machen, zu verwerfen begann. Aber was war der neue Plan?

Der Weg zum Ehrenfriedhof führte über einen kleinen Schotterweg. Gelber Kiesel, nicht gepflegt. Der Wald eroberte sich auch hier langsam sein Terrain zurück. Die Gräber wurden schon seit Jahren nicht mehr gepflegt, da war ich mir sicher. Ich schob einen Ast beiseite, um den Blick freizubekommen. Irgendwo keckerte eine Elster. Es waren vier Gräber. Drei der Gräber trugen das gleiche Sterbedatum: 20. April 1945. Hitlers 56. Geburtstag, dachte ich kurz, was für eine Ironie. Das vierte Grab trug ein anderes Datum: 24. August 1946. Mein Hirn arbeitete präzise. 24. August. Dieses verkackte Datum wurde langsam zu meinem Alptraum. Ich verglich noch einmal die Daten der Gräber. Drei im Gleichklang, rote Sterne als Präambel. Verwitterte Grabplatten, keine Grabsteine. Das vierte Grab sah eindeutig anders aus. Keine Präambel eines roten Sternes. Stattdessen die geballte Faust auf der Nelke. Das Zeichen der Kommunistischen Partei. Nun ja, dafür gab es Erklärungen. Ich las den Namen: Nikolai Iwanowitsch Sens. Allein dieser Name schaffte es, dass mir ein Schauder den Rücken herablief. Und noch etwas war anders als bei den anderen Gräbern. Der Name war nicht in kyrillischen Buchstaben wie üblich, sondern in lateinischen Buchstaben eingemeißelt.

Genau in diesem Moment berührte mich eine Hand an meiner Schulter. Ich zuckte zusammen, als hätte mich ein Blitz getroffen.

„Junger Mann, geht es Ihnen gut?", krächzte eine Alte in gebeugter Haltung, halb so groß wie ich, aber mit azurblauen Augen ausgestattet, als hätte jemand einen weiblichen *Frankenstein* gebaut. Der Körper einer runzeligen Greisin und die Augen einer Nymphe.

„Sie sehen so blass aus."

„Äh, alles gut", stammelte ich. Ihre azurblauen Augen musterten mich skeptisch. „Das sah anders aus." Ihre Augen blickten nun traurig auf die Grabplatte. Die Stirn der Alten baute ein Faltengebirge. „Hatten Sie irgendeine Beziehung zu diesem Offizier?", krächzte sie. Aber der Satz klang nicht wie eine Frage, sondern wie eine Feststellung. Was sollte ich darauf antworten?

Nun ja, es gibt da so etwas wie eine Leiche auf meinem Grundstück, die zufälligerweise genauso heißt, wie meine Freundin und außerdem gibt es da noch einen gemütlichen Pastor, der offensichtlich nicht bereit ist, mir die ganze Wahrheit über einen Ort zu erzählen, der in Zukunft so etwas wie meine persönliche Idylle, mein Kreativzentrum, Christinas Kräutergartenoase oder was auch immer werden sollte. Möglicherweise könnten wir sogar ein Kind dort machen, aber das ist eine andere Geschichte. Außerdem hat die Leiche zu mir gesprochen und „Heile, heile Gänschen gesungen…, was auch immer das bedeuten sollte". Hm, was denken Sie?

„Ich habe ein Problem", sagte ich, mir selbst zuhörend, völlig unerwartet. Und klatschte mir in Gedanken Beifall.

„Ein Problem", hörte ich sie krächzen. „Was haben Sie für ein Problem?" Wir starrten jetzt beide auf die geballte Faust mit der Nelke auf dem Gedenkstein von Nikolai Iwanowitsch Sens.

„Wie kommt es, dass ein sowjetischer Offizier, Sens heißt?", fragte ich.

„Wie kommt es, dass ein Schwarzafrikaner in Togo Meier heißt? Und mit Vornamen Rüdiger?", erwiderte die Greisin.

Darüber musste ich lächeln.

„Vielleicht, weil das Leben manchmal komplizierter ist, als man denkt." Über die nicht sehr gehaltvolle Floskel antwortete die Greisin mit einem Schulterzucken.

„Wie heißen Sie?"

„Trutz. Trutz Fiedler."

„Hören Sie Trutz, ich weiß, dass Sie hier nicht zufällig sind, oder?" Ihre azurblauen Augen blitzten und ihre dünnen

Augenbrauen hoben sich empor. Ihr Lächeln wirkte aufrichtig. „Nein", antwortete ich nach einer kurzen Weile. „Nein, das bin ich nicht."

„Wissen Sie", sagte sie nun. „Nikolai Iwanowitsch war ein guter Mensch."

„Woher kannten Sie ihn?", fragte ich. „Ach, herrje," antwortete sie. „Das ist eine lange Geschichte." „Erzählen Sie sie mir." Die Greisin bückte sich, hob einen kleinen Kieselstein auf und umschloss ihn mit ihrer rechten Hand. „Er hat mich gerettet." „Ach ja?" „Ja...", antwortete sie zögernd. Und dann wurde ihre Miene ernst.

„Wissen Sie, wie es für uns Frauen war, als die *Iwans* kamen? Ich habe damals mit meiner Familie in Demmin gelebt. Als am 30. April 1945 tatsächlich die *Rote Armee* einrückte und nicht weiterkam, gab es für die Soldaten kein Halten mehr..." Sie bekam einen Blick, als wäre der 30. April 1945 gerade eben. Der 30. April 1945 war ein Montag. „Über siebenhundert Menschen begangen an diesem Tag Selbstmord. Viele sprangen in den Fluss, aneinandergebunden, erhängten sich und ihre Kinder. Ich war eines von ihnen." Ich schluckte.

„Und Nikolai Iwanowitsch?" „Zog mich aus der Peene. Ich war praktisch schon tot. Meine kleine Schwester war an mich gebunden, mit dem einzigen Ledergürtel, den mein Vater jemals besaß. Aber sie konnte er nicht mehr retten. Nikolai Iwanowitsch. Er musste sich entscheiden." Ich schluckte erneut und rieb mir verlegen die Augen.

„Nikolai Iwanowitsch sprach ausgesprochen gut deutsch. Möglicherweise war er nach der Oktoberrevolution nach Deutschland emigriert, wie beispielsweise Vladimir Nabokov, und hatte wie er als Tennislehrer gearbeitet, ich weiß es nicht."

Ich bin ein großer Fan der Werke von Vladimir Nabokov. Nicht zuletzt *Lolita*. Aber auch *König Dame Bube* oder *Pnin* oder *Einladung zu einer Enthauptung*. Und ganz besonders *Ada oder das Verlangen*. Was für ein Sprachgigant des 20. Jahrhunderts. Dass die

Greisin gerade diesen Namen erwähnte, irritierte mich nicht nur, sondern erweckte sofort meine vollkommene Aufmerksamkeit. „Und was hat Nikolai Iwanowitsch mit Ihnen gemacht, als er Sie aus der Peene gezogen hat?" Die Greisin runzelte ihre faltengefurchte Stirn. „Er hat mich geheiratet."

Eine Undurchsichtigkeit überzog meine Wahrnehmung. Wir standen beide, sie eine Greisin, schätzungsweise achtzig Jahre alt, vielleicht auch älter, vor dem Grabstein beziehungsweise der üblichen Grabplatte, wie sie fast für die gefallenen Sowjetsoldaten in ganz Brandenburg aufgestellt worden waren und sprachen über die Peene und Vladimir Nabokov.

Und über die siebenhundert Selbstmorde in Demmin an einem Tag. Einem Montag. Waren am Sonntag die siebenhundert noch zuversichtlich, fragte ich mich. Der Glaube an den Endsieg nach einem Gottesdienst in der St. Bartholomaie Kirche? Wohl kaum. Hatten sie bereits beschlossen, ihre Kinder und sich selbst in der Peene zu ertränken, angebunden an Ledergürtel, wie die Greisin, die noch immer schwieg und andächtig die Grabplatte von Nikolai Iwanowitsch betrachtete, als wäre der 30. April 1945 heute? Siebenhundert menschliche Leiber in einem Fluss oder an einem Strick. Was musste das für einen Gestank gegeben haben? In Demmin. Leichengeruch riecht charakteristisch süßlich, am Anfang, das wusste ich aus diversen *Tatort*-Sendungen. Dieser Geruch entsteht durch biologische Umwandlungs- und Zersetzungsprozesse an toter organischer Substanz. Durch den einsetzenden Eiweißabbau entstehen Amine wie Methylamin, Putrescin oder Cadaverin. Wenige Tage später wird es unerträglich. Es stinkt buchstäblich zum Himmel. Als könnte sie meine Gedanken lesen, sagte die Greisin:

„Können Sie sich vorstellen, wie eine Kleinstadt wie Demmin, nach einem Massenselbstmord von siebenhundert Menschen stinkt?" Ich schüttelte betäubt den Kopf. „Es ist die Apokalypse. Buchstäblich." Ich nickte.

Vorstellen konnte ich es mir trotzdem nicht. Die olfaktorische Beschreibung Demmins am 30. April 1945 entzog sich meiner Vorstellung. Und wie muss es in Orten wie Auschwitz, Majdanek oder Buchenwald gerochen haben? Hatten alle Bewohnerinnen und Bewohner von Weimar verstopfte Nasen? „Darf ich Sie etwas fragen?" „Nur zu."

„Wie alt waren sie 1945?" „Ich bin 1928 geboren." Also siebzehn errechnete ich blitzschnell. Und jetzt über Neunzig. „Haben Sie mit Nikolai Iwanowitsch in Bebersee gelebt?" „Natürlich. Nur in der Schorfheide gab es für uns die Möglichkeit, zusammen zu sein, als Mann und Frau." „Wieso?" „Glauben Sie ernsthaft, Herr Trutz, dass Stalin auch nur eine Ehe zwischen einem Rotarmisten und einer Deutschen gebilligt hätte? Die Ostsee war nicht die verdammte Omaha-Beach." „Gewiss." „Und in Bebersee mussten Sie nichts fürchten?" Die Greisin lächelte. „Nein, mein Mann wurde Dorfkommandant im nahegelegenen Groß Schönebeck. Bebersee gehörte dazu und Stalin freute sich über Potsdam und Berlin. Wir waren hier im Nichts... und den Deutschen hat es sogar ein bisschen gefallen." „Und...," ich zögerte einen Moment. Mir war entschieden merkwürdig zumute, „ist Ihr Mann, ich meine Nikolai Iwanowitsch, auch in Bebersee gestorben?" „Ja, durch einen Blitzschlag." „Er hat nicht zufällig versucht, ein Grab zu öffnen?" keuchte ich mehr, als ich sprach. „Woher wissen Sie das?"

Eine ehrliche Antwort wollte ich eigentlich nicht geben, weil das alles viel zu unheimlich war. Surreal. Und trotzdem fiel mir nur die typische Schriftstellerantwort ein. „Ich habe recherchiert." Die Greisin schob eine Augenbraue in die Höhe. Gleich würden ihre Augen aus den Höhlen treten, dachte ich und Funken und Hölle versprühen. Alle Toten aus den Ehrengräbern würden ihre knochigen Hände mit Fleischfetzen am ganzen Körper aus den Gräbern recken und nach meiner Kehle greifen. *The Walking Death*, kam mir in den Sinn und das war alles andere als lustig. Doch der Greisin traten weder die Augen aus den Höhlen, noch erhob sich

Nikolai Iwanowitsch mit seinen anderen Rotarmisten aus seiner Grabplatte.

„Sie sind Journalist oder Schriftsteller?"

„Letzteres", murmelte ich.

„Wie schön", antwortete sie. Eine frische Brise wehte plötzlich aus Richtung der A11. Das weiße Haar der Greisin bedeckte ihre Stirn. Sie schob es zur Seite und sah mich an. Ihre azurblauen Augen leuchteten, als hätte sie gerade die einzig wichtige Weisheit ihres langen Lebens gestreift. „Schreiben Sie an einem neuen Roman?" Ich nickte. Und schüttelte dann den Kopf. „Ich versuche es, aber im Moment stecke ich ein bisschen fest." „Ah", konstatierte sie, „ist mir auch immer wieder passiert." „Schreiben Sie?" „Oh, nein. Ich meine das eher im übertragenen Sinn, mit dem Leben, wissen Sie." Ganz genau hatte ich nicht verstanden, was die Greisin damit sagen wollte, aber ich spürte langsam so etwas wie Zuneigung zu ihr. Eine Sympathie, die sich schlecht erklären ließ. Möglicherweise hing das mit ihrer Erwähnung Nabokovs zusammen oder ihrem Schicksal am Ledergürtel ihres Vaters.

Meine Fragen und mein eigentliches Dilemma wurden damit allerdings nicht beantwortet. Deshalb räusperte ich mich. „Ich muss Sie noch einmal etwas zu Bebersee fragen, wenn ich darf." Der Wind aus Richtung der A11 war wieder abgeflaut. „Wenn sie und Nikolai Iwanowitsch in Bebersee gelebt haben, wieso wurden sie dort nie in der Dorfchronik erwähnt? Schließlich war er ein Held, und sie vermutlich auch." Sie lächelte. „Sagen wir mal, es gab gewisse Ressentiments." „Wie meinen Sie das?" Das kurze Achselzucken der Greisin war eindeutig – ein Skandal. Kein Wunder, dachte ich. Ein Russe der *Roten Armee* verheiratet mit einer Deutschen, die ihre Familie beim Massenselbstmord in Demmin verloren hatte, als die *Rotarmisten* einmarschierten und sie beinahe von ihrem eigenen Vater ertränkt worden war. Das war sicherlich Stoff für einen Roman. Aber für eine Dorfgemeinschaft mit gerade einmal zweihundert Seelen gewiss nicht. Wenn sich so eine Geschichte herumsprach, blieb immer etwas hängen. Immer gab es einen, der etwas grundsätzlich missbilligte, neidete oder einen Verrat an was auch immer witterte. So waren die meisten Menschen nun einmal und so würde es immer bleiben.

Aber vielleicht waren sie dort alles gute Menschen und Nikolai Iwanowitsch hatte dem Dorf beim Wiederaufbau geholfen oder einfach nur Kartoffeln beschafft. Wer weiß, dachte ich. Den anderen Familien mag es egal gewesen sein, mit wem sie es zu tun hatten, als es ums nackte Überleben ging. Später, als man wieder satt wurde, war es das wahrscheinlich nicht mehr. Die Greisin lächelte noch immer, ein wenig gedankenverlorener wie mir schien. Dann sagte sie: „Ich habe dort eine Namensvetterin." „Ach, ja." „In der Tat." „Wie heißen Sie?" „Christina", ihre azurblauen Augen leuchteten abermals. „Christina Buschmann, verheiratete Sens."

Wie auf einem LSD-Trip begann ich hysterisch zu kichern. Jetzt kannte ich also schon drei Christinas Buschmann, geb. Sens oder Christina Buschmann, verheiratete Sens. Abgesehen von den Fotos. Frida Buschmann konnte ich belegen. Dort gab es auch noch zwei oder drei, die sich ähnelten oder möglicherweise ähnelten. Genaugenommen, also fünf oder sechs. Irgendwie versuchte ich in Windeseile die Dinge zu sortieren. Das gelang mir schlecht. Ich lief buchstäblich im Kreis auf dem Kiesschotter auf dem Weg zu den Ehrenplatten. Mein Gehirn versuchte, einen Zusammenhang herzustellen, aber auch das gelang mir schlecht. Eine vage Idee blitzte auf.

„Befinden Sie sich etwa auf dem Foto von 1953, das ich gefunden habe? Als Schülerin? Damals mussten Sie, wenn Sie 1928 geboren worden waren, 25 Jahre alt gewesen sein." Ich überlegte kurz. „Nein, Sie waren die Lehrerin." Mir wurde ein wenig schwindlig. „Sie saßen neben dem Pastor, aber sie waren keine Schülerin."

Der Blick. Ich erinnerte mich. Der Blick auf dem Foto war anders als bei den anderen Mädchen. Er war provokativ, rebellisch. Derjenige, der das Foto in welchem Auftrag auch immer aufgenommen hatte, musste gespürt haben, dass sie anders war, als die anderen Mädchen, denen es nichts auszumachen schien, für eine *Junge Pionier Zeitung* oder was 1953 auch immer in der frühen DDR angesagt war, abgelichtet zu werden. Vielleicht waren sie sogar stolz.

Christina Buschmann, verheiratete Sens, war es mit Sicherheit nicht. Nikolai Iwanowitsch war zu diesem Zeitpunkt längst von einem Blitz getroffen worden und auf das Grab oder nicht Grab auf unserem Grundstück in Bebersee tödlich verwundet zu Boden gesunken? Das war mehr als sieben Jahre her, seit dem Foto. Aber was genau war wirklich passiert?

Einzig und allein die Greisin vor der Grabplatte des *Rotarmisten* konnte diese Frage beantworten. Ich sah auf und blickte zu der Stelle, wo eben noch eine alte Frau mit ihren azurblauen Augen gestanden hatte. Aber dort war niemand mehr. Ich rannte den gesamten Ehrenfriedhof ab. Las nebenbei die Namen *Pjotr Abramowitsch, Iwan Tschernenkow, Boris Ljubaitsch* und *Nikolai Iwanowitsch Sens.* Drei mit den üblichen Insignien, einer nicht. Ich lief zurück und noch einmal die vier Gräber ab. Nichts. Christina Buschmann, verheiratete Sens, hatte sich buchstäblich in Luft aufgelöst.

15

In Bebersee war alles wie immer. Ich saß vor der Tür und beobachtete Vögel. Links eine Blaumeise, rechts ein Schwarm Spatzen. Ich entdeckte einen seltenen Vogel, den Braunwürger, ungewöhnlich für diese Gegend. Der Schwarm Spatzen war besser organisiert als die kleine Blaumeise. Futterneid kam auf und dann gab es Gerangel. Erst drohendes Spatzen-Getschilpe, dann heftiges Flügelschlagen. Es dauerte nicht lange, bis die Blaumeise flüchtete. Aber das reichte den Spatzen nicht. Vom Braunwürger war nichts mehr zu sehen. Als wären sie zu Monstern mutiert, stürzten sich die kleinen braunschwarzen Ungetüme auf die kleine Blaumeise, um endgültig ihr Revier zu markieren. Das Köpfchen der Blaumeise legte sich zur Seite und der Vogel war tot. Das ist in der Natur nun einmal so, dachte ich. Es gibt Gewinner, wie die Spatzen und es gibt Verlierer, wie in diesem Fall die Blaumeise. Aber wenn selbst die Natur so gnadenlos ist, warum sollte ich mir Gedanken darüber machen, ein Grab mit einer vollkommen irrelevanten Person, jedenfalls in meiner Welt, zu inspizieren, umzubetten oder sonst etwas damit zu tun. Das war schlicht absurd. Ein nächster Gedanke erschütterte mich. Nicht im wirklichen Sinne, sondern nur als wäre eine kleine Ebene plötzlich ins Rutschen geraten. Was wäre, wenn es diese Stimme aus dem Grab von Christina Buschmann gar nicht gegeben hat? Was wäre, wenn es diese alte Frau an der Grabplatte von Nikolai Iwanowitsch gar nicht gegeben hat? Wäre ich dann derjenige, der verrückt geworden war? Was hatte es mit diesem geheimen Buch auf sich? Die verschlüsselte Sprache auf leeren Blättern Papier. War der gemütliche Pastor ein Verschwörungstheoretiker? Wozu? Bebersee eine Quelle geheimer Logen, die die Welt insgeheim regiert? Lächerlich.

Ohne einen Blick auf die tote Blaumeise zu werfen, ging ich zurück ins Haus, um mir einen Kaffee zuzubereiten. Das Wasser im Topf begann zu kochen, und ich beobachtete die kleinen Wasserbläschen, die im Topf hochsprangen, als nähmen sie an einer Olympiade für Wassertropfen teil. Die Tasse mit dem Kaffeepulver stand bereit, und ich übergoss es mit dem kochenden Wasser.

Ich sah mich um. Die Kaffeemaschine gab es nicht mehr, den Wasserkocher ebenfalls nicht. Beide waren bei einem Anfall von Unbehagen im Müll gelandet. Das Projekt *Haus am See* war grundsätzlich ein wenig ins Stocken geraten. Neben dem Kühlschrank gab es nur noch eine Ablage und daneben einen Mülleimer aus Plastik. Spartanisch würde ich die Einrichtung beschreiben, aber das war es nicht nur. Die Einrichtung war unfertig, nicht abgeschlossen. Am Wachsen würde man es positiv ausdrücken, aber irgendwie auch verlassen. Das traf es wohl besser. Meine Christina und ich hatten dieses Haus verlassen. Der Umbau des Hauses war in eine kritische Phase getreten. Egal. Das Dach war dicht, soviel war sicher. Aber das reichte nicht für ein neues Zuhause.

Es gab drei Fotos am Kühlschrank. Das eine zeigte das Haus. Das zweite Foto Christina und mich zu besseren Zeiten, nackt am Strand in Börgerende an der Ostsee, in einem Zelt. Unsere kleine Hippiebucht. Das Selbstauslöser-Foto war eine echte Herausforderung gewesen. Vor der Zeit der fortwährenden Selfies. Das dritte Foto waren Blumen. Ein Strauß Vergissmeinnicht. Mit der Kaffeetasse in der Hand ging ich nach draußen und suchte nach der toten Meise. Mit gebrochenem Genick und leeren Augen lag sie zwischen zwei sichtbaren Wurzeln des Apfelbaumes. Ich hob den kleinen, noch warmen Vogelkörper auf und warf ihn auf das Nachbargrundstück. Hier sollte es jedenfalls keine weiteren Leichen mehr geben. Zurück im Haus betrachtete ich noch einmal die Fotos. Das Haus, Christina und ich nackt in Börgerende, Blumen.

Ohne eine Jacke überzuziehen, stürzte ich, einem Impuls folgend, nach draußen und begann zu rennen. Ein vertrockneter Ast verhedderte sich zwischen meinen Beinen, und ließ mich stolpern.

Keuchend fing ich mich auf. Keine zwei Meter vor mir befand sich das Grab oder das vermeintliche Grab. Der geheimnisvollen Hügel auf unserem Grundstück. Möge sie wieder singen oder was auch immer. Möge sie mich verfluchen oder was auch immer. Mittlerweile betrachtete ich den Wald rund um unser Haus und Bebersee nicht mehr als Quelle größtmöglicher Entspannung, ebenso wenig die Kiefern mit ihren schlanken Stämmen und den Geruch nach getrocknetem Holz, als einen Hochgenuss olfaktorischer Besinnlichkeit. Sie hatten ihre Unschuld verloren. Mittlerweile war die mich umgebende Natur zu einer Art Bedrohung geworden. Die tote Meise, die ich über den Zaun geworfen hatte, war da nur ein Indiz. Mittlerweile glaubte ich, dass es sogar um mein Leben ging. Nicht um das von Christina Buschmann, geb. Sens. Nicht um Nikolai Iwanowitsch, dem Rotarmisten oder meinem Vorvorbesitzer. Jetzt ging es allein um mich.

Da eine Eiche in der Nähe des sogenannten Grabes stand, bedeckten den kleinen Hügel braune Eichenblätter und jede Menge Eicheln. Einen Moment dachte ich an die hier lebenden Wildschweine, die Eicheln liebten. Sollten die doch graben! Ah, möglicherweise würden die dann auch von einem Blitz getroffen werden. Aber das war Quatsch. Von toten Tieren an dieser Stelle hatte weder die *Chronik von Bebersee* noch der gemütliche Pastor berichtet. Die Tiere hatten ihren Instinkt. Den hatten wir möglicherweise verloren.

Ich sagte es nicht gern, aber ich ging zu Boden. Freiwillig. Ich legte mich auf den Bauch und begann zu kriechen. So, wie es Soldaten tun, wenn sie eine feindliche Stellung versuchen zu erobern oder Jäger, die sich an ein Jagdobjekt anpirschen. Oder wie eine Katze auf Beutezug. Meine Beute war das Grab. Ich wühlte, ich grub, mit bloßen Händen und schließlich bekam ich etwas zu fassen. Zweifellos einen Knochen. Er fühlte sich warm an. Aber es war ein Knochen. Mit schleichendem Entsetzen spürte ich es deutlicher. Es war kein einzelner Knochen, es war ein Schädel. Eindeutig. Ein Schädel mit einer Spitze. Hielt ich etwa Satans Kopf in den Händen? Einen Augenblick fürchtete ich, dass mich jetzt ein Blitz niederstrecken würde und blickte ängstlich nach oben. Der Himmel war wolkenlos. Ich wühlte weiter und setzte all meine Kräfte in Bewegung. Was oder wen auch immer ich jetzt aus diesem Hügel herausziehen würde, es gab kein Zurück mehr. Ich wusste nicht genau, was ich da zu fassen bekam. Möglicherweise leere Augenhöhlen, jedenfalls gab der Boden nach und mein Objekt kam näher. Ich dachte an den Grabstein: *Christina Buschmann, geb. Sens, geboren 24.08.1799, gestorben 24.08.1825.* Keine Stimme, kein Singsang. Hielt ich gleich den Schädel von Christina Buschmann in der Hand, die aus ihrem Grab heraus gewimmert hatte: *Hilf mir!*? Hielt ich des Teufels Kopf in der Hand, der bekanntlich mit spitzen, dämonischen Hörnern ausgestattet war? Würde ich auf der Stelle sterben, weil mich zufällig ein Ast von hinten traf, weil ich einer Verschwörung auf die Spur gekommen war, bei der der gemütliche Pastor eine Rolle spielte? Es war mir egal. Ich zog kräftiger und nach einem Ruck und jeder Menge Sand auf meinem Gesicht war das Objekt an die Oberfläche befördert. Ich schüttelte es und starrte es an. Es war ein Geweih eines Stirnwaffenträgers oder wie es in der Jägersprache hieß: ein Gehörn. Der Schädel und das Gehörn eines Rehbocks. Mir fiel das Schild an der B106 kurz hinter Groß-Dölln ein, *siebenundneunzig Wildunfälle in diesem Jahr,* als wir das erste Mal unser neues Haus am See besucht hatten. Christina und ich. War vielleicht dieses Grab nur das Grab eines Rehbocks und sonst nichts? Es dauerte nicht lange, bis mich ein unfassbarer Lachkrampf zu schütteln begann.

16

Dank Dr. Rüffert liege ich nun das zweite Mal in der MRT-Röhre. Wir haben uns auf einen Kompromiss geeinigt: Schmerzbekämpfung versus Wahrheit.

Bei der zweiten Fahrt in die Klinik werde ich nicht nur von zwei Beamten begleitet, sondern von drei. Außerdem trage ich Handschnellen. Mein Wutausbruch beim letzten Mal ist allen eine Lehre. Eine genervte Krankenschwester reicht mir Kopfhörer, mit der Bemerkung: die dienen dafür, damit Sie die Geräusche nicht so intensiv hören. Sie schiebt mir noch eine Art Gummi-Ei in die Hand. Für den Notfall. Dann geht es los.

Ich fahre in eine Welt des Unfassbaren. Auf einer imaginären Lore in die Dunkelkammer der Geräusche. Erst schlagen fantasierte Trommelschläge auf mich ein, dann beginnt der Boden zu vibrieren. Klaustrophobie ist gewiss keine Erfindung irgendwelcher Verschwörungstheoretiker. MRT-Diagnostik ist eine Prüfung für die intellektuelle Beherrschung, dass wusste ich nach fünfzehn Sekunden. Fünfzehn Minuten hat mir die genervte Krankenschwester gesagt, würde die Untersuchung dauern. Nach einer halben Minute bilden sich die ersten Schweißperlen auf meiner Stirn. Kein Mensch kann auf so eine Prozedur entspannt reagieren, denke ich. Dabei habe ich diese Prozedur schon einmal erlitten. Wie lange ist das her? Eine Woche, ein Monat, ein Jahr? Aber diesmal ist es definitiv anders. Ich umklammere das Gummi-Ei und überlege angespannt, ob überhaupt jemand käme, wenn ich dieser Not bedürfte. Die genervte Krankenschwester bestimmt nicht, da bin ich mir sicher. Die Enge der Röhre, die Aussichts-losigkeit meiner Situation, veranlasst mich zu einem existentiellen Schrei. Markerschütternd. Aber ich halte durch. Ja, ich halte durch.

Nach der Auswertung des zweiten MRT ist klar, dass ich eine OP benötige. Das ist mir beim ersten Mal auch klar gewesen. Die wurde mir aber nicht gewährt. Wegen fehlender Krankenversicherungsbeiträge, an die ich mich natürlich nicht erinnern kann. Ich bin nicht gesetzlich versichert, sondern privat. Als einigermaßen erfolgreicher Autor bin ich privat versichert. Diese Versicherung weigert sich einem Patienten, der in der Forensik untergebracht ist, Leistungen für eine aufwendige Rückenoperation zu zahlen. Meine Beiträge sind in den letzten zwei Monaten ausgeblieben. Basta. Dabei habe ich meine private Krankenversicherung nicht ein einziges Mal in den letzten sieben Jahren in Anspruch genommen. So kerngesund, wie ich bislang bin. Zudem gibt es noch das kleine Dilemma der staatlichen Unterbringung, die mir die wichtige, nachfolgen müssende Reha versagen würde. Sollte ich sterben sollen, dann wohl besser jetzt.

Ich werde von den drei Beamten zurückgebracht und schließlich verschreibt mir Dr. Rüffert zähneknirschend Oxyconoica zehn Milligramm Retard. Kurz gesagt. Morphium. Nicht dieses *Du bist sofort platt Medikament*, wonach einige tausend Amerikaner nach drei Tagen süchtig wurden und schließlich in ihrer Verzweiflung nach Heroin griffen, weil es billiger war. Sondern ein Depot-Oxy. Es ist trotzdem Morphium, aber es verteilt sich im Gehirn den ganzen Tag. Mein Glückstag. Ich verspüre von der ersten Sekunde an Linderung und bin bereit, über alles zu sprechen. Aber der Tag ist noch nicht gekommen. Zunächst muss ich erst einmal schlafen.

17

Am nächsten Morgen wache ich auf und fühle mich frei. Als mein Zimmer aufgeschlossen wird, gehe ich schnurstracks zum Gemeinschaftsraum und mache mich an mein Frühstück. Ich esse eine Schüssel Vollkornmüsli und verspeise noch ein halbes Brötchen mit Leberwurst. Dieser Tag soll eine Wende bringen. Dr. Rüffert ist äußerst fair gewesen. Er hat geholfen, mich von meinen Schmerzen zu befreien.

Ich signalisiere Pfleger Sebastian, dass ich heute in der Tat in der Lage bin, am Mailing mitzuarbeiten, was dieser mit einem freundlichen Kopfnicken quittiert. Alle sind plötzlich Freunde. Lisa lächelte verschwörerisch, als habe ich ebenfalls mein Neugeborenes im Klo ertränkt. Ich erwidere ihr Lächeln. Gudrun, die dickliche Frau, die ihren epileptischen Anfall überlebt hat, sitzt da mit gesenktem Kopf, und ich tätschele ihr die Schulter. Robert der Ex-Junkie, mit dem ich noch ein Tischtennismatch offen habe, arbeitet nicht mehr in der Holzwerkstatt, sondern im gärtnerischen Bereich, außerhalb des Gebäudes und innerhalb des Zaunes. Dann trinke ich meinen Kaffee, der zugegeben noch nie so gut geschmeckt hat, seit ich hier Gast bin. Ich frage Pfleger Sebastian wie das Wetter draußen ist. Er antwortet, bewölkt, vielleicht gebe es Regen. Ich mache mich dann in Begleitung auf den Weg zu meinem Tagwerk.

Das Gespräch mit Dr. Rüffert, so wurde mir von Pfleger Sebastian noch mitgeteilt, soll um 16.00 Uhr stattfinden. Beim Mailing sitze ich das erste Mal neben Arthur, der hier inzwischen seit fünfzehn Jahren lebt. Normalerweise arbeitet Arthur, wie jetzt Robert, im gärtnerischen Bereich außerhalb des Gebäudes innerhalb der Mauern. Draußen ist es kalt geworden. Vielleicht hat Arthur eine Erkältung, die Therapeuten haben Rücksicht darauf genommen, und er ist deswegen im Mailing eingesetzt worden.

„He, wie geht's, Arthur", sage ich und schiebe meinen Ellenbogen freundschaftlich in seine Hüfte. Arthur grunzt. Arthurs Grunzen ist eindeutig und bedeutete: *Halt die Fresse!*

Doch nachdem Dr. Rüffert mich von meinen Schmerzen befreit beziehungsweise Oxyconoica zehn Milligramm Retard mich fröhlich gestimmt hat, lasse ich nicht locker und stelle mich vor. „Ich heiße Trutz und war früher Schriftsteller."

„Hm", grunzt Arthur. Ich finde, das ist ein Anfang und plappere ungefragt weiter.

„Findest du dieses Etablissement angemessen, schweigsamer Arthur?"

„Hm."

„Wen hast du getötet, Mister Arthur? Deine Frau, deine Mutter, ein paar Prostituierte oder deine Kinder?"

„Hm."

„Komm, Arthur. Hier in diesem Laden wissen alle über jeden Bescheid. Außer über dich. Das ist doch merkwürdig. Oder?"

„Hm."

„Warst du da draußen wichtig. Eine Art Staatsbeamter, dem ein Unglück widerfahren war und dann getobt hat?"

„Hm", grunzt Arthur abermals. Dieses Grunzen klingt diesmal ein bisschen anders.

Ich sehe mich um. Niemand nimmt Notiz von uns. Pfleger Sebastian steht an der Tür der Arbeitstherapie und studiert sein Smartphone. Wieso dürfen die ihre Handys benutzen und wir nicht? Ich breche in ein hysterisches Lachen aus. Weil die abends nach Hause gehen, zu ihren Frauen, Männern, Kindern, Katzen, Hunden oder was auch immer, und wir nicht, beantworte ich mir die Frage selbst. Notiz nimmt noch immer niemand von mir.

Das Oxyconoica zehn Milligramm Retard wirkt tadellos. Als Depot-Medikament wird es den ganzen Tag seine selig-machenden Wirkstoffe meinem Gehirn zuführen. Laut Dr. Rüffert wird dies die nächsten zehn Tage auch so bleiben. Er hat mir eine kleine Verpackung verschrieben. Immerhin.

Lisa begutachtet gerade ihre Fingernägel. Gudrun sieht, ihre Packung Mailing-Post der Drogeriekette und der Gewerkschaft ignorierend, aus dem Fenster, um einer Taube bei ihrer Futtersuche zuzuschauen. Ein neuer epileptischer Anfall scheint jedenfalls nicht zu drohen. Die meisten Vögel, die diesen Hof besuchen, waren Tauben. Amseln gibt es so gut wie nie. Manchmal Spatzen. Aber in erster Linie Tauben.

„He, Arthur! Antworte!" Der Schlag, der mich mitten ins Gesicht trifft, ist so verheerend, dass ich sofort das Bewusstsein verliere. Ich gehe zu Boden, ohne auch nur ein Geräusch zu hinterlassen.

Als ich wieder zu mir komme, sitzt Dr. Rüffert neben mir in meinem kleinen Zimmer in der Forensik.

„Herr Fiedler", beginnt er, „war das heute Zufall?" Ich blinzele mit den Augen und schüttele mich. „Was meinen Sie?" „Wir hatten heute einen Termin. Sie wollten über ihre Tat sprechen. Meine Gegenleistung war, dass Sie mit Morphium versorgt werden. Also? War das heute Zufall?"

Der Schlag von Arthur hat mir mein Nasenbein gebrochen, dessen bin ich mir sicher. Aber er hat auch mein rechtes Auge erwischt, denn ich spüre, wie sich mein Blickfeld verändert. Es ist kleiner geworden. Wahrscheinlich ist das Auge geschwollen. Dr. Rüffert ist ehrlich bemüht, das spüre ich. Ich halte meine Arme auseinander, wie Jesus, als er vom Kreuz gehoben wurde.

„Nein!", bestätige ich. „Das war kein Zufall." „Und was sollte das dann, bitte schön? Der arme Arthur hat bislang noch keiner Fliege etwas zuleide getan." „Und wieso ist er dann hier?" Dr.

Rüffert ist so perplex, dass ihm kurz die Antwort im Hals stecken bleibt. „Ähm, ich meinte natürlich innerhalb dieser Institution."

Ich versuche, meinen Blick zu fixieren. Das ist schwierig. Dr. Rüffert bildet mit seinem perfekt rasierten Gesicht nur eine Halbkugel. Mein räumliches Sehen ist eingeschränkt, soviel steht fest.

„Ich", sage ich so langsam wie möglich, „wäre gern eine Taube." Dr. Rüffert schlägt die Beine übereinander. „Hören Sie", sagt er nun mit fester Stimme. „Wenn Sie Ihre Spielchen weiterspielen wollen, bitte. Daran kann Sie niemand hindern." Dr. Rüffert schnauft nun hörbar nach Luft. „Aber eines kann ich Ihnen versichern, Herr Fiedler. Wenn Sie nicht in irgendeiner Weise kooperieren, werden Sie wohl den Rest Ihres Lebens hier verbringen. Und irgendwann sind Sie Arthur. War das deutlich?" Ich nicke. Oxyconoica zehn Milligramm Retard wirkt weiter, aber ich ahne bereits, dass mir keine weiteren zehn Tage damit vergönnt werden. Gerade, als Dr. Rüffert sich erhebt, mein kleines Zimmer zu verlassen, spüre ich so etwas wie Verantwortung. „Warten Sie", schniefe ich. Dr. Rüffert bleibt stehen und dreht sich um.

„Der gemütliche Pastor", stoße ich hervor. „Den gemütlichen Pastor in Bebersee, sein Büro befindet sich in Großschönebeck, den müssen Sie verhaften lassen. Das ist wichtig. Er ist der Grund der Verschwörung. Verstehen Sie?"

Dr. Rüffert hat nichts verstanden. Ohne ein weiteres Wort verlässt er mein Zimmer und schließt die Tür.

18

Als Christina Sens am 24. August 1799 als letztes Kind von Nicolaus und Hermine Sens geboren wurde, ahnten ihre Eltern noch nicht, dass sie sechs ihrer sieben Kinder, außer Christina, verlieren würden, bevor diese einen möglichen Hof übernehmen konnten. Zwei von ihnen würden nicht einmal das Erwachsenenalter erreichen.

Während in Bebersee die ersten Siedler die ersten Kiefern fällten, um Land zu bestellen – der komplette Buchen- und Eichenbestand war dem dreißigjährigen Krieg zum Opfer gefallen, florierte im Berliner Umland der Handel und Fischfang an der Spree.

Christinas Vater, Nicolaus Sens war Fischer und Fischhändler zugleich und am Tag als Christinas Mutter, Hermine, niederkam und ein Mädchen zur Welt bringen sollte, passierte ihnen ein Unglück von folgenschwerer Tragweite. Nicolaus Sens verlor seinen Letztgeborenen, den ersten von seinen insgesamt fünf Jungen und außerdem sein zu Hause.

Stralau gehörte 1799 noch nicht zur Stadt Berlin. Es war ein Dorf mit elf Fischerhöfen und einer Kirche auf einer Halbinsel, deren Katen sich um die Kirche drängten, als erhofften sie sich von dort besonderem Schutz oder einen besonderen Segen. Jedes Jahr, wenn die Schonzeit vorüber war, die Kurfürst Johann Georg von Brandenburg 1574 verfügt hatte, um die Fischbestände der Spree zu sichern, gab es ein Spektakel. Die über zweihundertjährige Tradition war einzigartig in Preußen. Am Bartholomäus Tag, dem 24. August, dem ersten Tag seit Ostern, an dem die Fischer wieder ihre Großgarne in die Spree werfen durften, um Plötze, Aal, Zander, Güster, Hecht und Döbel zu fischen, verwandelte sich das Dörfchen Stralau in einen wahren Hexenkessel.

Ganz früh war Conrad aus seinem Bett gesprungen, um beim *Stralauer Fischzug* seinem Vater zur Seite zu stehen oder besser: ihn zu beobachten. Seine anderen vier Brüder verdingten sich mittlerweile anderswo, waren aus dem elterlichen Haus ausgezogen und in ganz Preußen unterwegs. Gabriel pflügte den Acker in Ostpreußen bei Königsberg, Johannes lebte in der Nähe von Osnabrück und bestellte ebenfalls als Leibeigner den Acker seines Fronherrn. Nicolaus, der Älteste, verdingte sich seit einem Jahr als Söldner in der preußischen Armee und Thomas, der Zweitälteste, war an der Ostsee in Vorpommern zum Fischer geworden. Usedom hieß die Insel, aber Conrad hatte keine Ahnung, wo Usedom lag. Conrad war ein Nachzügler, der Jüngste. Der Achtjährige hatte die ganze Nacht kein Auge zugetan. Nun wartete er gespannt darauf, dass sein Vater aus der Hütte kam und mit den anderen Fischern die angetauten Kähne bestieg, um die sorgsam geflickten Großgarne auszuwerfen.

Am Himmel an diesem 24. August 1799 gab es keine einzige Wolke. Die Sonne brannte bereits in den frühen Morgenstunden. Bis zum Mittag, wenn das ganze Volk, und die Herrschaften aus Berlin kamen, würde sich die Hitze fortsetzen und der Gestank der Menschen- und Fischleiber würde sich derart vermischen, dass es in ihrer kleinen Hütte davor kein Entkommen gab und es fast unerträglich wurde. Conrad rümpfte die Nase und schaute zum Ufer der Spree. Der Fluss lag so träge in seinem Bett, als ginge ihn das alles nichts an – dabei war er an diesem Tag der Mittelpunkt. Normalerweise wurde an diesem Tag das ganze Haus leergeräumt, um Platz für Besucher zu schaffen. Ihre Kate wurde zu einer Gastwirtschaft, in der getrunken, gegessen und allerlei andere Dinge gemacht wurden. Aber heute war das anders. Seine Mutter erwartete ein Kind, ausgerechnet heute, und das machte alles komplizierter. Sie hatte unter großen Protesten seines Vaters darauf bestanden, dass der Dachboden ihres Hauses von niemandem betreten werden durfte.

„Du bekommst ein Schwesterchen Conrad", hatte sie ihm vor ein paar Tagen geflüstert. Und obwohl er keine Lust auf ein Schwesterchen hatte – Mädchen waren irgendwie zu nichts zu gebrauchen – hatte er trotzdem tapfer gelächelt. Seine Brüder waren viel wichtiger, obwohl sie in aller Welt verstreut waren. Aber eines Tages würden sie alle zurückkehren, dessen war sich Conrad sicher. Und dann gäbe es ein großes Fest, hier am Ufer der Spree in Stralau. Nicht so etwas wie jetzt, *den Stralauer Fischzug,* sondern ein echtes Familienfest. Jeder seiner Brüder würde ihr verdingtes Geld auf den Tisch werfen und alle wären froh und würden strahlen. Und das neue kleine Schwesterchen, auch wenn ein Mädchen, wäre auch dabei.

Der Pfarrer war ebenfalls an diesen frühen Morgenstunden auf den Beinen. Kein Wunder, dachte Conrad, den ersten Fang mit den Großgarnen der Fischer, bekam er. Nach dem zweiten Netzauswurf, so Gott wollte, würde der Ertrag ihnen gehören, und sie konnten verkaufen. Und bei den Menschenmassen, die an diesem Tag in Stralau erwartet wurden, bedeutete dies, dass der eine oder andere Pfennig oder gar Taler auf sie wartete. Conrads Aufgabe bestand darin, potenzielle Kunden in ihr Häuschen zu lotsen, auch wenn die obere Etage wegen der Geburt eines Mädchens gesperrt blieb.

Also machte sich Conrad auf den Weg. Er schlenderte zum Ufer der Spree und setzte sich an den kleinen Kieselstrand des Flusses. Alle zwei Sekunden warf er einen Blick nach rechts und links, um seine gelernten Sätze in Gedanken herunterzubeten. Sie lauteten:

Herrschaften, Herrschaften. Nur einige Schritte von hier, erwartet Sie die beste Hühnersuppe auf ganz Stralau. Und das köstlichste Blonde, was Sie je getrunken haben. Und Fisch wird es auch noch geben. Willkommen auf dem Stralauer Fischzug.

Manchmal blinzelte er in die Sonne, manchmal betrachtet er seine Füße. Barfuß waren die, aber das störte Conrad nicht. Schließlich war es Sommer. Eine angeheuerte Magd wartete am Hauseingang ihrer Hütte, um potenzielle Käufer mit Suppe oder Bier zu befriedigen. Zuerst mussten die Großgarne in die Spree und der Rest war ein Kinderspiel.

Schlendriane und Tagelöhner in ihren zerlumpten Kleidern ignorierte er. Trug jemand einen Hut, waren die Knöpfe am Wams nicht alle weggerissen, sah das anders aus. Conrad sagte seine gelernten Worte und lächelte so gut er es vermochte. Manchmal hatte er Erfolg, meistens nicht. Noch gab es keinen Fisch, dazu waren die Großgarne noch nicht in der Spree, aber die angeheuerte Magd bot eine kräftige Hühnersuppe an und Bier. Und Bier war an jedem 24. August das Wichtigste. Seiner Mutter, Hermine, traten derweil Schweißperlen auf die Stirn, und sie begann nicht nur zu stöhnen, sondern bisweilen auch zu schreien. Eine Nachbarin war bei ihr, das Geld für eine Hebamme hatten sie nicht. Sein künftiges Schwesterlein, so Gott wollte, hatte Schwierigkeiten, in dieser Welt in Stralau, 1799, das strahlende Licht am Ufer der Spree zu erblicken.

Schon im Morgengrauen drängten sich Unmengen von Karren und Pferdewagen auf die Halbinsel. Deichsel an Deichsel schoben sich langsam den krummen, Eichen besäumten kleinen Weg am Ufer der Spree entlang. Deren Ziel waren nicht nur die Fischer. Die meisten Besucher waren nach Stralau gekommen, um sich den wüsten Saufgelagen in den zahllosen Wirtshäusern und Gärten hinzugegeben. Dafür war der *Stralauer Fischzug* mittlerweile berühmt. Jahr für Jahr wurde dieses orgiastische Treiben schlimmer. Aber dieses Jahr sollte es besonders schlimm werden.

Ungeachtet dessen war dieser 24. August in Stralau noch aus einem anderen Grund ein besonderer Tag. Die Fischer munkelten seit Wochen, dass der König käme. Friedrich Wilhelm der Dritte. Und jeder gab sich Mühe, so gut wie möglich auszusehen. Jeder Fischer in Stralau hatte sein Festkleid angelegt. So auch der Vater von Conrad. Im Grunde war es absurd. Männer, die demnächst ölige schwere Seile mit Netzen aus der Spree zerren würden, darunter nicht nur Plötze, Aal, Zander, Güster, Hecht und Döbel, sondern auch jede Menge Schlamm, Dreck und Fäkalien, sahen aus wie eine preußische Hofstatt vor einem Festbankett.

Der junge König von Preußen und Kurfürst von Brandenburg, gerade einmal neunundzwanzig Jahre alt und keine zwei Jahre König, galt als volksnah. Nicht nur seine Thronbesteigung nach dem tragischen Tod seines Vaters (er war an einem Krampfanfall gestorben), hatte allerorten für Furore gesorgt, sondern auch seine Eheschließung mit Luise von Mecklenburg-Strelitz, die als Liebesheirat galt. Darüber hinaus gab er sich bescheiden und lebte nicht in dem riesigen Stadtschloss an der Spree, sondern im Kronprinzenpalais *Unter den Linden.*

Anfang dieses Jahres hatte Friedrich Wilhelm der Dritte den Befehl erteilt, dass die Leibeigenschaft auf allen königlichen Landgütern abgeschafft werden sollte. Aber es gab Widerstand. Und nicht nur das. Der preußische Landadel fürchtete nicht nur Rebellionen seiner Bauern, sondern geriet geradezu in Wallung, nachdem ihr König schon eine Steuererhöhung gefordert hatte, um die klammen Staatskassen zu füllen. Diese konnte zwar durch den zähen Widerstand aus dem Generaldirektorium abgewendet werden, dennoch waren viele Landadlige nervös und einige sannen nach mehr, als sich nur zu empören.

Friedrich Wilhelm der Dritte kam an diesem Tag nicht nach Stralau. Der König von Preußen und Kurfürst von Brandenburg hatte sich kurzfristig umentschieden, weil er ein wenig zu kränkeln begonnen hatte. Und das war sein Glück, denn ein Meuchelmörder hätte dort auf ihn gewartet. Stattdessen kam etwas anderes nach Stralau. Zumindest für Nicolaus Sens. Es war das Schicksal. Und dieses Schicksal zwang Nicolaus Sens mit seiner Frau Hermine und seiner neugeborenen Tochter Christina, Stralau noch in dieser Nacht zu verlassen und letztlich in Bebersee bei den anderen Neusiedlern zu stranden. Gegenüber Stralau auf der anderen Spreeuferseite lag Treptow. Dort gab es auch die meisten verbotenen Vergnügungen. Boote wurden von einem Ufer zum anderen gerudert, meist mit kreischendem Volk, viele überbelegt. Immer wieder ertranken an jedem 24. August Menschen in der Spree. Conrad saß am Ufer der Spree in Stralau und beobachtete an diesem 24. August 1799 nicht nur die vielen Kähne, die zu Menschenfähren umgerüstet worden waren, um vergnügungssüchtiges Volk von einem Ufer zum anderen zu bugsieren. Er beobachtete noch etwas anderes. Er sah wie ein kleines, weißes Boot am anderen Ufer der Spree, in Treptow, anlegte, sah wie ein Mann, verhüllt in einem dunklen Umhang, dieses kleine weiße Boot bestieg und zu rudern befahl. Conrad blinzelte gegen die Sonne und hielt sich die flache Hand über die Augen, um besser sehen zu können. Er sah noch mehr. Direkt am Ufer in Treptow lag ein Mensch. Das war an diesem Tag absolut nichts Ungewöhnliches. Allenthalben lagen an diesem Tag Menschen am Ufer. Sei es, dass sie sturzbetrunken waren und nicht mehr laufen konnten, sei es, dass sie sich einfach ausruhten, oder sei es, dass sie einfach das Spektakel genossen. Mal allein, mal zu zweit oder mit mehreren. Trotzdem war Conrad irritiert. Was Conrad nicht gesehen hatte, war, dass einen Wimpernschlag zuvor, jener Mann in seinem schwarzen Umhang im kleinen weißen Boot, diesem Menschen den Garaus gemacht hatte. Es war der angeheuerte Meuchelmörder, der eigentlich Friedrich Wilhelm den Dritten erledigen sollte. Aber weil schon am frühen Vormittag klargeworden war, dass der König nicht nach Stralau kommen würde und sein Auftrag nicht zu erfüllen war, hatte der frustrierte Meuchelmörder seinen Auftraggeber, der ihm eigentlich einen Sack Taler als Anzahlung bringen wollte, kurzerhand seinen Dolch in die Rippen gestoßen.

Conrads Vater Nicolaus war mit den anderen Fischern bereits dabei, die schweren Taue zu kappen, um ihre Boote klar Schiff zu machen und ihre Netze auszuwerfen. Großes Gemurmel kündigte die Vorfreude an. Und sein Vater war mittendrin. Conrad sah kurz zu den Männern und dann wieder zu dem weißen Boot mit dem Mann im dunklen Mantel. Sie hatten abgelegt und steuerten sein Ufer an. Um nicht zu sagen, genau die Stelle in Stralau, wo er gerade saß, um potenzielle Käufer zu ködern. Die Stelle, die er ausgesucht hatte, lag ein wenig abseits. *Das ist unsere Strategie,* hatte ihm sein Vater eingebläut. Conrad schützte noch einmal seine Augen mit der flachen Hand gegen die Sonne und sah zum Treptower Ufer. Die Brust des Menschen am Ufer hatte sich inzwischen rot verfärbt. Verunsichert blickte Conrad einen kurzen Moment zu dem Pulk Männer, die mittlerweile ihre Boote bestiegen hatten. Er wollte seinen Vater rufen, aber der war inzwischen außer Hörweite. Also verlegte sich Conrad darauf, zu warten, was geschah und betrachtete seine nackten Füße. Es dauerte nicht lange, bis das weiße Boot anlegte. Vielleicht zehn oder fünfzehn Minuten. Er sagte in Gedanken bereits seine gelernten Sätze:

Herrschaften, Herrschaften. Nur einige Schritte von hier, erwartet Sie die beste Hühnersuppe auf ganz Stralau. Und das köstlichste Blonde, was Sie je getrunken haben. Und Fisch wird es auch noch geben. Willkommen auf dem Stralauer Fischzug.

Die Ruderer mussten über große Kräfte verfügen, dachte Conrad, als ihn ein Blitz traf. Nein, es war kein Blitz, sondern der scharfe Strich eines Degens, der seinem Kopf eine so hässliche Wunde verursachte, dass er auf der Stelle starb. Der Degen war durch das Auge direkt in sein Hirn eingedrungen. Der Mann in dem dunklen Umhang, der als Erster aus dem weißen Boot gestiegen war, gab dem Leichnam von Conrad einen Tritt. Conrads Körper rutschte über den Kiesstrand und versank in der Spree, wo sich in dieser Nacht am 24. August 1799 noch viele andere Leichname dazugesellen sollten. Die meisten von ihnen wurden erst in Eiswerder bei Spandau an Land gespült. Ganz in der Nähe, wo die Havel auf die Spree traf, weil dort die Strömung wirbelte. So auch Conrad. Die dreiundzwanzig ertrunkenen Opfer des

Fischzuges des Jahres 1799 wurden anonym beerdigt. Nicht nur der Tod seines jüngsten Sohnes Conrad wurde für seinen Vater Nicolaus schicksalshaft. Nicolaus hatte die Szene zufällig beobachtet. Die Großgarne waren ausgeworfen und Nicolaus wollte seinem Sohn zuwinken, um ihm damit zu verstehen zu geben, dass jetzt das Geschäft mit Fisch und Bier richtig losging. Als er zu der Stelle hinübersah, wo sein Sohn Conrad den Auftrag bekommen hatte, Kunden zu bewerben, sah er, wie ein weißes Boot anlegte und kurz darauf, wie Conrad in der Spree versank. Nicolaus Blick begann zu flackern, er rieb sich schnell Tränen aus den Augen und starrte noch einmal zu der Stelle, wo gerade sein Sohn gestanden hatte, als hätte er gerade geträumt.

Der Mann mit dem schwarzen Umhang blickte auf, und Nicolaus lief ein eiskalter Schauer den Rücken herab. Er hatte diesen Mann schon einmal gesehen. Auch der Mann mit dem schwarzen Umhang hatte ihn erkannt. Ohne weiter darüber nachzudenken, ließ er die Großgarne fallen, sprang von seinem Boot in die Spree und schwamm die paar Meter zum Ufer. Patschnass – sein bestes Beinkleid war komplett verdorben – rannte er zu seiner Hütte, wo Christina gerade das Licht der Welt erblickte, und beschwor seine Frau Hermine, obwohl sie eigentlich noch viel zu schwach für eine derartige Reise war, Stralau sofort zu verlassen. In dem ganzen Tohuwabohu an diesem 24. August 1799 bei dem dreiundzwanzig Menschen in der Spree ertranken, fiel ein Fuhrwerk nicht auf. Die meisten Besucher des *Stralauer Fischzuges* waren längst nicht mehr zurechnungsfähig. Als die wüsten Schlägereien in den Abendstunden begannen, war Nicolaus Sens mit seiner kleinen Familie längst raus aus Stralau, raus aus Berlin und auf dem Weg nach Bebersee. Aber in Bebersee erwartete Nicolaus Sens nicht der erhoffte Seelenfrieden.

19

Christina war sich nicht sicher. Nein, sie war sich ganz und gar nicht sicher. Schließlich öffnete sie doch die Tür ihres gemieteten *Statt-Autos* und fuhr zügig die Prenzlauer Promenade Richtung Autobahn. Ihr Ziel: Bebersee. Ihre Mission: nachzusehen, ob Trutz inzwischen irgendetwas unternommen hatte, dieses unselige Grab mit ihrem Namen oder was auch immer es war, zu entfernen.

Nach etwas mehr als einer Stunde Autofahrt erreichte Christina das Ortseingangsschild von Bebersee. Sie bog in die Dorfstraße, hielt vor der Nummer 4 und stieg aus. Das Gartentor zu ihrem Grundstück war wie immer unverschlossen. Christina warf einen wehmütigen Blick in den Garten, auf das Haus und seufzte. So hatte sie sich das Ganze jedenfalls nicht vorgestellt. Mit düsteren Gedanken schloss sie die Haustür auf und trat ein. Im Grunde sah alles so aus, wie bei ihrem letzten Aufenthalt, der nun schon ein paar Wochen zurücklag. Allerdings bemerkte sie sofort, dass Trutz in der Zwischenzeit hier gewesen sein musste. Auf dem Esstisch fand sie eine Ausgabe einer Tageszeitung jüngeren Datums. In der Spüle lag ein Weinglas, eine Kaffeetasse und ein Teller – ungespült. Typisch Trutz, dachte sie und machte sich daran, das Geschirr zu spülen, abzutrocknen und in den dafür vorgesehenen Wandschrank einzuräumen.

Als nächstes kochte sie sich einen Kaffee und setzte sich damit auf eine der zwei Stufen zum Eingang und betrachtete mit gerunzelter Stirn den Garten. Sie sah sofort, dass hier eine Weile nichts mehr gemacht worden war. Überall wucherte ungestört die Natur.

Das Wetter war nicht besonders einladend, aber auch nicht so, dass man sich nicht im Freien aufhalten konnte. Der Himmel war bewölkt und auf der Fahrt hierher hatte es ein paar Mal genieselt. Jetzt war es trocken und der nahe Kiefernwald duftete angenehm.

Nachdem sie eine Weile so gesessen und ihren Kaffee ausgetrunken hatte, machte sie sich auf den Weg zu der Stelle ihres Grundstückes, wo sich der Grabstein ihrer Namensvetterin befand. Die Brombeersträucher auf dem Weg dorthin hatten ordentlich an Boden gewonnen und mussten dringend beschnitten werden. Vielleicht, so dachte Christina, werde ich mir noch etwas Zeit nehmen, um den Garten ein bisschen auf Vordermann zu bringen. Sollte Trutz denken, was er wollte. Es war ihr egal.

Sie hatte die Stelle erreicht. Der Grabstein hatte sich jedenfalls keinen einzigen Zentimeter fortbewegt. Dennoch fiel Christina etwas auf. Jemand oder etwas hatte an dem kleinen Hügel herumgewühlt. Da sie der festen Überzeugung war, dass Trutz hier jedenfalls keinen Finger gerührt hatte, vermutete Christina Wildschweine, die nach etwas Essbarem gesucht hatten, obwohl die typischen Wildschweinkuhlen mit ihren Verwüstungen anders aussahen. Egal, dachte Christina, dann war es halt ein anderes Tier. Frustriert ging sie zurück zum Haus, in Gedanken damit beschäftigt, ob sie jetzt zur Gartenschere greifen sollte oder nicht, als plötzlich ein Mann vor ihr stand. Christina erschrak dermaßen, dass sie beinahe aufgeschrien hätte.

Der Mann hob beide Hände und stammelte rasch eine Entschuldigung. „Entschuldigen Sie, ich habe Ihr Auto gesehen. Und weil das hier noch nie war, habe ich gedacht, ich sehe mal nach dem Rechten. Das Tor stand offen und man weiß ja nie, bei diesen Zeiten, wenn Sie verstehen." Der Mann streckte seine rechte Hand aus. „Ich bin Gerhard Hilbert, Ihr Nachbar. Wir sind uns schon einmal flüchtig begegnet." Christina erinnerte sich und entspannte.

„Das ist nett von Ihnen, Herr Hilbert. Aber hier ist alles in Ordnung. Naja, bis auf die Brombeersträucher."

„Oh, ja, davon können wir auch ein Lied singen. Die sind 'ne echte Herausforderung." Christina nickte zustimmend.

„Darf ich Ihnen vielleicht einen Kaffee anbieten, Herr Hilbert? Wenn Sie schon mal hier sind. Auf gute Nachbarschaft."

Gerhard Hilbert schob sein Base-kap zur Seite und kratzte sich am Hinterkopf. „Da sage ich nicht nein." „Wir können uns ja für einen Moment in den Garten setzen", schlug Christina vor und blickte in Richtung Himmel. „Regnen wird es ja wohl heute nicht mehr." Wie auf Bestellung durchbrachen ein paar Sonnenstrahlen die Wolkendecke. Nachdem sie eine Weile über das Wetter, Brombeergestrüpp, Bebersee im Allgemeinen geplaudert hatte und letztlich beim *du* gelandet waren, gab sich Christina einen Ruck und fragte:

„Weißt du eigentlich, dass sich auf unserem Grundstück ein Grabstein oder sogar ein Grab befindet?"

„Ah, die Buschmann."

„Sie trägt denselben Namen, wie ich."

„Ach, was." Obwohl Gerhard Hilbert ein wenig unruhig auf dem Stuhl hin und her gerückt war, wie Christina fand, machte er eine beschwichtigende Geste.

„Das ist Kinderkram."

„Nun, so würde ich es allerdings nicht bezeichnen, Gerhard." Gerhard Hilbert stand ächzend auf. „Ich muss leider los. Danke für den Kaffee." Christina war irritiert. „Aber Sie…, ich meine du, hast doch noch gar nicht deinen Kaffee ausgetrunken."

„Danke, danke, alles gut", antwortete Gerhard und marschierte los. Bevor er durch das Gartentor und hinüber zu seinem Haus ging, blieb er noch einmal kurz stehen und drehte sich um.

„Ach, was ich dir noch sagen wollte, Christina. Dein Mann war ein paar Mal hier und hat sich wirklich merkwürdig verhalten, wenn ich das so sagen darf. Nichts für ungut. Und denk jetzt nicht, dass ich den ganzen Tag am Fenster sitze und meine Nachbarn beobachte. Es war nur…, nun ja, er hat mit der Buschmann gesprochen und dann auch irgendwie an diesem Hügel herumgewühlt. Vielleicht ist das ja auch nur Kinderkram."

Damit war ihr Nachbar endgültig verschwunden. Christina blieb sprachlos zurück.

Was hatte das nun wieder zu bedeuten? fragte sie sich.

20

Auf Anweisung von Dr. Rüffert ist mein Tagesablauf verändert worden. Dr. Rüffert ist ein wirklich fairer Psychiater. Darin habe ich mich nicht geirrt. Das Oxy-Depot bekomme ich zwar jeden Morgen weiter, aber ich darf nicht mehr zum Mailing, um Rundschreiben in Briefkuverts zu stopfen. Wahrscheinlich, um Arthur nicht wieder unnötig aufzuregen. Stattdessen muss ich nach dem Frühstück in den sogenannten *Inneren Kreis*.

Im *Inneren Kreis* der Forensik befinden sich ausschließlich Langzeitpatientinnen und -patienten. Das sind in erster Linie komplette Psychos, Mehrfachmörder, Sadisten, die keine Ahnung davon haben, dass der Rechtsstaat beschlossen hat, dass es ohne sie da draußen besser ist. Sicherheitsverwahrung findet hier nicht statt, weil es sich hier nicht um eine Justizvollzugsanstalt, sondern um geschlossene Psychiatrie handelt. Aber das ändert für diese Patientinnen und Patienten nichts.

Keiner des *Inneren Kreises* ist verurteilt worden. Sie alle sind unzurechnungsfähig zu ihrer Tatzeit gewesen. Und sie alle werden hier wahrscheinlich sterben. Nicht heute, nicht morgen, sondern irgendwann. Keine Angehörigen, kein Rechtsbeistand, keine Richter interessieren sich für ihr Schicksal, dafür sind ihre Biografien zu eindeutig. Hier sind Männer, wie der Kindermörder Schmöckel, der sich wochenlang in den Brandenburger Wäldern versteckt hat oder Totschläger, die zufällig irgendjemanden im Drogenrausch totgetrampelt oder mit einem Messer abgestochen haben. Und es waren ausschließlich Männer.

Der Unterschied zu meiner täglichen Routine fällt mir sofort auf. Es gibt hier keine Tischtennisplatte. Außerdem reden alle durcheinander.

Ich sehne mich nach Lisa, nach Robert, mit dem ich noch ein Tischtennismatch offen habe, nach Gudrun, die wieder einen epileptischen Anfall überlebt hat und sogar nach Arthur, der mir nicht nur mein Nasenbein gebrochen hat. „He, Spacko", höre ich entfernt von meiner Realität. „Bist du ein Dauerparagraf?" Ein Fleischberg mit so grotesken Tätowierungen baut sich vor mir auf, dass ich instinktiv in Deckung gehe. Sein Gesicht ist eine einzige Landkarte. „He, Spacko", echot es abermals. „Hat es dir schon mal jemand von hinten besorgt!"

Das Gesicht von diesem Alien ist nicht nur tätowiert, sondern anders verstellt. Dieses Gesicht ist fast vollständig von Narben übersät. Brandwunden, fällt mir sofort ein. Wahrscheinlich hat dieser Typ ein paar Menschen in den Feuertod geschickt und nicht rechtzeitig den Abgang geschafft, weil er zu betrunken war. Und trotzdem reden alle durcheinander. Eine Todesbedrohung kann ich nicht erkennen, das ist hier unmöglich. Das Signal von Dr. Rüffert schon. Die hier untergebrachten Patienten lehnen allesamt Therapien und jegliche Medikamente ab. Zweiteres trifft auch auf mich zu. *Der innere Kreis* soll also meine Zukunft werden, das war die Botschaft von Dr. Rüffert, wenn ich nicht nachgebe und endlich Seroquel und Risperdal schlucke oder was sie sonst noch so auf Lager haben.

In meiner augenblicklichen Lage präferiere ich Seroquel und Risperdal, denn das Landkartengesicht kommt mir so nahe, dass ich einen Augenblick das Bedürfnis verspüre, in Ohnmacht zu fallen. In Ohnmacht zu fallen oder hemmungslos zuzuschlagen. Alien rückt ebenfalls näher. Ich bin gestrandet, unfähig auch nur einen Muskel zu rühren. Ich spüre, wie die Luft aus meinen Lungen weicht. Gibt es hier keinen Sicherheitsdienst, keine Pfleger, die solche Szenen verhindern sollen? „Verduftet!", zische ich.

Eine kurze Weile sehen sich Fleischberg und Alien schweigend an, dann packt mich Fleischberg an meiner Kehle und drückt zu. Ich gebe ein Geräusch von mir, das nicht so klingt, als käme es aus meiner Kehle. Röchelnd zische ich noch einmal: „Verduftet!" oder war es „Verduset?"

In dem Moment fliegt die Tür zum Gemeinschaftsraum des *Inneren Kreis* auf und Pfleger Sebastian und Pfleger Günther und ein Pfleger in Ausbildung fluten herein. Ausgestattet mit allem, was man braucht, um die Situation zu beruhigen. In ihrem Schlepptau befindet sich Dr. Rüffert. Das sarkastische Lächeln auf seinen Lippen übersehe ich nicht. Ich gehe auf die Knie und hebe meine Hände, als wäre es jetzt Zeit für einen Gottesdienst.

„Ich möchte morgen bitte Seroquel und Risperdal in meinem Medikamentenschälchen, wenn das möglich wäre. Und vielleicht noch ein zwei Tage Oxy-Depot, wenn es das Rezept hergibt, und es Ihnen keine Umstände macht." „Ja, das ist möglich", antwortet Dr. Rüffert und der ganze Spuk mit den Aliens und Fleischbergen ist vorüber.

Vier Wochen später blicke ich abermals in das Gesicht von Dr. Rüffert. „Herr Fiedler, wir schlagen jetzt ein neues Kapitel auf", beginnt er. Ich nicke. „Vor vier Wochen haben Sie sich bereit erklärt, sich helfen zu lassen. Wie geht es Ihnen jetzt?"

Meine Kehle ist eine Wüste, und das Schlucken fällt mir schwer. Gefühle habe ich keine mehr. „Es geht so."

„Wären Sie jetzt bereit, über die Geschehnisse auf El Hierro zu sprechen. Dort wurden Sie verhaftet. Blutbeschmiert." „Ja", antwortet ich. Es ist nicht so, dass mir Sabber aus dem Mundwinkel läuft, trotzdem habe ich das Gefühl, dass es so wäre. „Wo soll ich anfangen?" frage ich. „Ihre Lebensgefährtin Christina Buschmann wird dort vermisst. Möglicherweise wurde sie ermordet. Erinnern Sie sich?" Ich zwinkere mir eine Träne aus dem Auge. „Von mir?", frage ich tonlos. „Das ist sehr wahrscheinlich", sagt Dr. Rüffert und macht einen optimistischen

Blick. „Wenn Sie Ihre Tat beschreiben würden, kämen wir hier ein Stück weiter. Diese Tat könnte aufgeklärt werden, verstehen Sie?"

„La Restinga", sage ich. „Oder?" Dr. Rüffert blättert in seiner Akte. „Nein, nicht La Restinga. Der mögliche Mord an Ihrer Lebensgefährtin geschah in El Pinar. Verhaftet wurden Sie in Las Puntas." Dr. Rüffert zwinkert. „Im kleinsten Hotel der Welt."

An das kleinste Hotel der Welt konnte ich mich erinnern. Las Puntas, im Westen der Insel gelegen, war von scheinbar unüberwindbaren Bergen umgeben. Wie ein Koala an seinen Eukalyptusbaum klammerte sich der Ort an die Küste, um nicht von den felsigen Bergen erschlagen zu werden. Und das kleinste Hotel der Welt stand auf einem Felsvorsprung, an dem sich die Gischt des Atlantiks stetig abarbeitete. Dort gab es nur ein Zimmer, das ich nie bewohnt hatte. Ich beginne zu grübeln, obwohl es mir schwerfällt. „In El Pinar habe ich nur einen Kaffee getrunken", sage ich unter großer Anstrengung. Das Seroquel macht nicht nur mein Denken langsamer, sondern auch mein Sprechen. „Dieser Ort war vollkommen im Nebel. Und an der Bar saßen vier Männer. Zwei tranken Kaffee und zwei Bier. In Las Puntas war ich auch nur ein einziges Mal."

Obwohl das Seroquel übel auf meine Wahrnehmung wirkt, sehe ich Dr. Rüffert so deutlich wie nie. Die ganze Situation, die kleine Behaglichkeit mit Oxyconoica zehn Milligramm Retard, *Der innere Kreis,* dass alles dient nur einem einzigen Zweck. Ich soll mich schuldig bekennen. Ich soll zugeben, dass ich meine geliebte Christina getötet habe. In El Pinar, einem Ort im Nebel, wo ich nur einen Kaffee getrunken habe, ansonsten nie wieder dort gewesen bin. Ich soll all das zugeben. Um mich freizukaufen? Um einen Fall abzuschließen? Um meinen Frieden zu finden? Nein, Freunde, so läuft das nicht, denke ich.

Ich werfe Dr. Rüffert den möglichst arrogantesten Blick zu, der mir meine körperliche Verfassung erlaubt und schüttele den Kopf.

„Nennen Sie mich einen Narren", stöhne ich. „Ich habe in El Pinar nur einen Kaffee getrunken und sonst gar nichts." „Und was wissen Sie über den Baum, Herr Fiedler?" fragt Dr. Rüffert, und ich erstarre.

El Garoé. El Garoé, ein Stinklorbeer-Baum, den es nur ein einziges Mal auf der gesamten Insel gibt. Dieser alte und mächtige Baum wurde von den Ureinwohnern El Hierros – den Bimbaches – einst verehrt, weil diese Pflanze Wassertropfen aus den Wolken aufnehmen konnte. Becken wurden an dieser Stelle gebaut, um die Insel mit Wasser zu versorgen. War ich dort gewesen, um den Fluch von Bebersee zu neutralisieren? War ich es gewesen, der diesen Ort entweiht hat? Aber wozu? Und woher kennt Dr. Rüffert den Baum, El Garoé? Ich habe ihn selbst erst entdeckt, nachdem das ganze Fiasko in La Restinga seinen Anfang genommen hat.

Das Denken fällt mir weiter schwer, meine Erinnerungen waren brüchig und Erschöpfung macht sich in mir breit. Ich reibe mir die Schläfen. Am liebsten würde ich mich in mein Zimmer zurückbringen lassen, um zu schlafen. Aber das ist jetzt nicht der Zeitpunkt, um schlafen zu können, das ahne ich. Dr. Rüffert sieht mich mit großen Augen erwartungsvoll an. Fragend.

„Als wir das Haus in Bebersee kauften", beginne ich vorsichtig, „fanden wir ein Grab auf dem Grundstück. Ein Grab mit dem Namen meiner Lebensgefährtin, Christina Buschmann, geb. Sens., 1799-1825. Nur war die Person oder Unperson vor mehr als zweihundert Jahren gestorben." Ich kichere hysterisch.

„Was schlussfolgern Sie daraus?" Dr. Rüffert zeigt sich unbeeindruckt, „erzählen Sie weiter." „Können Sie sich vorstellen, dass jemand zu Ihnen spricht, den es eigentlich nicht geben dürfte", fahre ich fort und verenge meine Augen. „In Ihrem Fall, ja", antwortet Dr. Rüffert, ohne seinen Gesichtsausdruck zu verändern. Ich weiß, was er damit meint. „Ich habe keine Stimmen gehört", flüstere ich. „Nur diese eine. Die Stimme von Christina Buschmann, geb. Sens, in Bebersee. Das ist nicht dasselbe!"

Dr. Rüffert bleibt ungerührt. Dann schaut er kurz an die Decke seines Büros, was genauso groß ist, wie mein Zimmer in diesem

Etablissement. „Haben Sie diese Erfahrung schon einmal früher gemacht!"

„Nein", antwortet ich entschieden und schüttele zur Vergewisserung meinen Kopf.

„Niemals."

21

Der gemütliche Pastor, alias Markus Mosberger, alias Bruder Johannes, war unruhig. Er saß in dem Ledersessel seines Pfarrbüros in Großschönebeck und betrachtete den Bildschirm seines iMac und verstand die Welt nicht mehr.

Diese permanenten Anrufe dieses Trutz Fiedler wegen der Umbettung eines Leichnams in Bebersee, den es eigentlich nicht gab, hatten ihn nervös gemacht. Es war aber nicht nur so, dass ein zugezogener Berliner, der seine Wochenenden in den schönen Brandenburger Wäldern verbringen wollte, ihm auf die Nerven ging. Es war noch viel schlimmer. Dieser Möchtegern-Freizeit-Ahnenforscher brachte die Dinge durcheinander. Und das wurde zunehmend kompliziert.

Das Telefonat vor zwei Stunden hatte diese Situation nicht verbessert. Im Gegenteil. Natürlich hatte er dabei versichert, dass er nicht die Schriften von Gottfried Sens, alias *Priamus Apokalyptikus* an den Wochenendneubürger von Bebersee weitergegeben hatte, sondern nur leere Blätter. Aber der Anrufer schien dadurch nicht beruhigt. Außerdem waren die beiden seit Wochen nicht mehr in Bebersee gewesen, versicherte der gemütliche Pfarrer Markus Mosberger, alias Bruder Johannes, weiter.

Möglicherweise hatten sich die Nachforschungen von Trutz Fiedler längst in Wohlgefallen aufgelöst, vermutete er und sagte das seinem Telefonkontakt. Außerdem, wer sollte je etwas über die Schriften von *Priamus Apokalyptikus* herausfinden? Schließlich gab es weder im 18. noch im 19. Jahrhundert Internet, frotzelte der gemütliche Pastor und lachte über seinen eigenen Witz. Die Schriften waren sicher verwahrt.

Mit den Worten: „Nun gut, aber passen Sie auf, Bruder Johannes!", hatte sich sein Telefonkontakt verabschiedet und dennoch war ein kleines Unbehagen bei Markus Mosberger, alias Bruder Johannes, zurückgeblieben. Und deswegen betrachtete er jetzt den Bildschirm seines iMacs. Oder besser gesagt, er starrte darauf. Die Logik dessen, was er erwartete, bestand darin, dass sie vollkommen unlogisch war. Er starrte auf einen Baum. Es war El Garoé, die Pflanze, die Wassertropfen von den Wolken aufnehmen konnte und von den Ureinwohnern, den Bimbaches auf El Hierro, als *Heiliger Baum* verehrt wurde. Ein Stinklorbeerbaum. Die Bimbaches beteten drei Gottheiten an. Eine Männliche *Erahorahan*, eine Weibliche, die hieß *Moneiba* und eine Dritte untergeordnete Gottheit: *Aranfaybo*. Diese hatte die Gestalt eines Schweines und wohnte in einer Höhle, die *Asteheyta* genannt wurde. Ihr wurde unter anderem die Fähigkeit zugesprochen, es regnen zu lassen. Damit schloss sich der Kreis zu El Garoé.

Diese Nachricht war als E-Mail mit Anhang gekommen, noch bevor der Telefonkontakt angerufen hatte. *Nun gut, passen Sie auf, Bruder Johannes,* hallte es in seinem Hirn wider. Der gemütliche Pastor betrachtete das Foto und runzelte die Stirn. Vor wenigen Stunden war er sich noch sicher gewesen, dass Bebersee der sicherste Ort von allen wäre. Jetzt begann er zu zweifeln. Wenn Trutz Fiedler, der Wochenendsiedler, wirklich diesen Baum richtig inspiziert hatte, wurde zwangsläufig ein neues Kapitel aufgeschlagen. Ruhig Blut, dachte Markus Mosberger, diese Wahrscheinlichkeit war klein.

Der gemütliche Pastor rief seine Haushälterin, gab ihr zu verstehen, dass er für die nächsten Stunden für niemanden zu sprechen wäre, es sei denn, es wäre jemand gestorben. Er machte sich schwer atmend auf den Weg auf den Dachboden. Die Leiter dorthin war schmal und staubig. Er quetschte sich die Stufen hinauf.

Der Dachboden war so, wie alle Dachböden waren. Es roch nach Staub, irgendwo befanden sich wahrscheinlich verweste Mäuse, wenn man danach suchte. Aber der gemütliche Pastor suchte nicht nach toten Mäusen, sondern nach einem ganz bestimmten Schriftstück. Seine Lebensversicherung, wie er es nannte. Aber das wusste nur er. Der Vorvorbesitzer jenes Grundstückes in Bebersee, das jetzt dem Möchtegern-Freizeit-Ahnenforscher Trutz Fiedler gehörte, hatte kurz vor seinem Tod eine Entdeckung gemacht. Es ging um das Grab von Christina Buschmann, geb. Sens, auf seinem Grundstück.

Helmut Schönberger, so hieß der Vorvorbesitzer vom Haus, das jetzt Trutz Fiedler gehörte, war seit diesem Tag verschwunden. So viel stand fest. Seit dem Tag, als er zu ihm in die Kirche gekommen war, und ihm erzählte, dass er das Grab auf seinem Grundstück geöffnet hatte und diese seltsamen Schriftstücke gefunden hatte. Diese Schriftstücke, wie es der Trottel Schönberger genannt hatte, waren zwei in Ziegenleder gebundene Bücher. Das eine besaß nur eine Einleitung und der Rest bestand aus unbeschriebenen Seiten. Das zweite Buch war vollständig beschrieben.

Die wahre Chronik von Bebersee. Es begann mit den Worten:
Geneigter Leser! Ich, Gottfried Sens, geboren am 16. April Anno 1899, genannt Priamus Apokalyptikus, erkläre hiermit an Eides statt, dass ich weder etwas erfunden noch erdichtet noch erlogen habe. Die Sammlung, der hier aufgeführten Ereignisse rings um die Ortschaft Bebersee sind wahrhaftig und gleichsam bekundet. Mein Wissen darüber entnahm ich in erster Linie den Schriften eines Geheimbundes, dessen Vorsteher (den Namen aufzuführen wurde mir unter einem Schwur ausdrücklich verboten) mir selbige kurz vor seinem Ableben überreichte, da er der letzte Vertreter dieses Geheimbundes war. Ich erkläre hiermit feierlich, dass mir mit diesem Wissen nicht nur einige Fähigkeiten mitgereicht wurden, sondern nun bestimmte Ereignisse und Vorfälle in einen kausalen Zusammenhang gesehen werden können.

Markus Mosberger war der bürgerliche Name des gemütlichen Pastors. Bruder Johannes hieß er unter den Eingeweihten. Ein Personenkreis von zwölf Männern. Sie waren immer Zwölf. Wenn einer verstarb, wurde diese Person ersetzt. Aber die Zahl blieb immer gleich. Zwölf. So viel, wie die engsten Jünger von Jesus. Und alle trugen sie die Namen dieser Jünger. Der Anrufer war Bruder Petrus. Der Erste unter den Zwölf.

Als er sich versichert hatte, dass dieses Buch nach wie vor an seinem verborgenen Platz war, begann er sich zu beruhigen. Er blätterte ein wenig darin herum und schüttelte hier und da seinen Kopf. Dann legte er es zurück und stieg wieder nach unten. Zum Glück war in der Zeit auf dem Dachboden niemand gestorben, seine Haushälterin hatte jedenfalls nicht Alarm geschlagen. Also konnte er sich ein wenig ausruhen. Und das hatte er auch nötig, wie der gemütliche Pastor befand.

22

Helmut Schönberger war ein einfacher Mensch. Er war nach Bebersee gekommen, nachdem 2009 achtzehn Arbeitsplätze von den verbliebenen zweihundertdreizehn gestrichen worden waren. Ursprünglich arbeiteten im VEB Walzwerk Finow in Eberswalde Ende der achtziger Jahre zweitausenddreihundert Menschen. Helmut Schönberger stand immer acht Stunden rechts neben dem Warmbandstoßofen, um als *Strecker* dem glühenden Eisenband seine Form zu geben. Eisenrohre wurden dort produziert, Präzisionsstahlrohre, aber auch Federnägel, Bierkastengriffe und fünfzig Millionen Hufeisen für Pferde, die nach Argentinien, Brasilien oder Kuba exportiert worden waren.

Helmut Schönberger hatte sich, nach dem er in den unfreiwilligen Ruhestand versetzt worden war, in Bebersee niedergelassen. Er war Witwer, seit Jahren schon, besser gesagt, seit 1985. Seine Frau Gertrud war an Brustkrebs gestorben. Seitdem hatte er nie wieder eine Beziehung, geschweige denn, eine Heirat in Aussicht gehabt oder auch nur gewollt. Er war nicht verbittert. Helmut Schönberger war zufrieden mit sich und seinem Leben.

Als er das Haus in Bebersee, Dorfstraße 4 bezog, hatte er sich überhaupt keine Gedanken gemacht. Es war eine Selbstverständlichkeit. Er schaffte sich Hühner an, pflegte den Garten, das Haus und machte seine Spaziergänge. Die führten ihn meistens um den See. Es gab dort einen kleinen Trampelpfad. Nördlich des Sees blühte die lilafarbene Heide. Grundsätzlich machte er zwei Spaziergänge am Tag. Einmal nach dem Frühstück. Er aß meist zwei bis drei Scheiben Toast, abwechselnd mit Marmelade oder Leberwurst, dazu ein gekochtes Ei seiner eigenen Hühner. Der zweite Spaziergang folgte nach dem

Mittagessen. Sein Mittagessen bereitete er selbst zu. Am liebsten aß er Thüringer Bratwurst mit Kartoffeln und Sauerkraut. Die gab es dreimal die Woche. Die anderen drei Tage kochte er sich eine Gemüsesuppe aus Möhren, Bohnen, Kartoffeln und etwas Schweinefleisch. Sonntags variierte er seine Mahlzeiten mal mit Gulasch und Klößen, Gulasch mit Kartoffeln, Gänsebrust mit Klößen oder auch mal mit einem Huhn aus seinem Stall. An den Weihnachtsfeiertagen gab es Gans. Gans mit Thüringer Klößen und Rotkraut.

Meistens kehrte er nach seinem zweiten Spaziergang, der auch mal quer durch den Kiefernwald führen konnte, gegen 16:00 Uhr zurück, erledigte den Haushalt wie Abwaschen, die Wäsche waschen oder Putzen und nahm dann Platz vor dem Fernseher oder las ein wenig – meistens Romane von Stephen King, seinem Lieblingsautor – und ging immer gegen 23:00 Uhr zu Bett.

Auch am 24. August 2010 hatte Helmut Schönberger nach dem Mittag, es war an einem Dienstag und es gab Thüringer Bratwurst mit Kartoffelpüree und Sauerkraut, seinen üblichen Spaziergang gemacht. In den Nachrichten hieß es, dass es einen Überfall von Rebellen der radikalislamischen Al Shabab-Miliz auf ein Hotel in der Hauptstadt Mogadishu gegeben hatte. Einunddreißig Menschen waren getötet worden, darunter sechs Abgeordnete des Parlaments. Die Situation blieb unübersichtlich. Helmut Schönberger entschied sich an diesem sehr verregneten Tag zu einem kleinen Spaziergang um den See und kam gegen 15:00 Uhr wieder auf der Dorfstraße an. Dort sah er plötzlich etwas Merkwürdiges. Der ehemalige Strecker an der Warmbandstraße in Eberswalde-Finow betrachtete seine Füße und dann weiter und sah Pfeile auf dem Boden aus Laub.

Laub auf dem Boden im August dürfte es eigentlich nicht geben, dachte er und gewiss keine Pfeile, trotzdem folgte er ihnen.

Er fand sich nach seiner Pfeilwanderung vor seinem Haus. Ein wenig irritiert öffnete er die Pforte und trat auf das Grundstück. Auch dort gab es Pfeile aus Laub. Er folgte ihnen und fand sich schließlich vor einem kleinen Hügel wieder. Es sah aus wie ein Grab. An dieser Stelle seines neuen Zuhauses war er noch nie gewesen, dachte er verwundert. Und dann las er die Inschrift eines Grabsteines, obwohl er sich sicher war, dass es hier eigentlich keine Grabsteine geben dürfte.

Christina Buschmann, geb. Sens, geboren am 24.August 1799, gestorben am 24.August 1825. Helmut Schönberger schob mit seinen Füßen das Laub beiseite und erstarrte. Eine Frau erhob sich. Er erschrak dermaßen, dass er nach hinten taumelte und beinahe gestürzt wäre. Nach dem er sich einigermaßen wieder unter Kontrolle hatte, dachte Helmut Schönberger, dass er jetzt wohl verrückt werden würde. Er schüttelte sich und sah noch einmal hin. Beruhigt stellte er fest, dass dort, wo ihm gerade eine Frau erschienen war, niemand war. Er schüttelte sich noch einmal. Die Frau blieb, Gott sei Dank, verschwunden.

Stattdessen hörte er ein leises Jammern. *Hilf mir!* Helmut Schönberger erschrak abermals und drehte sich verwirrt nach allen Seiten um. Nichts. Niemand. Eingeschüchtert überlegte er, sich in sein Haus zurückzuziehen, eine Vorabendsoap anzusehen und das Ganze zu vergessen. Aber etwas hielt ihn zurück. Durch irgendetwas Verwunderliches stand Helmut Schönberger wieder vor dem Grabhügel von *Christina Buschmann, geb. Sens, geboren 1799, gestorben 1825,* und wartete. Eine ganze Weile geschah nichts.

Dem Drang, eine Mistgabel aus der Scheune zu holen und den künstlichen Hügel in dem verborgenen Ende seines Gartens einfach auszugraben, widerstand er ebenso eine Weile. Doch dann fasste der ehemalige Strecker der Warmbandstraße in Eberswalde-Finow einen verheerenden Entschluss. Er ging zur Scheune, hob die Mistgabel aus seiner Halterung und begann damit zu graben. Nach zwei Stichen barg er Laub. Altes Laub, komplett vertrocknet. Der nächste Stich zeigte etwas Festes. Es war ein Gegenstand. Helmut Schönberger legte die Mistkabel beiseite und begann mit seinen Händen zu graben. Seine rechte

Hand spürte etwas Festes. Seine linke Hand betastete seinen Rücken, um nachzuspüren, ob mit dem alles in Ordnung war. Das war es.

Aus seiner Erfahrung rechts neben dem Warmbandstoßofen, wusste er, dass Vorsicht geboten war, sowie das glühende Eisen in seine Richtung glitt. So tat er es auch diesmal, obwohl es da keine glühenden Eisen zu sichern galt. Es war etwas anderes. Etwas komplett anderes.

Er hob etwas Schweres hoch, was er niemals erwartet hatte. Es war ein Leinentuch, in das offensichtlich etwas umwickelt war. Helmut Schönberger barg beides. Er schob das Leinentuch beiseite und zum Vorschein kamen zwei Bücher, die mit einer Silberkette miteinander verbandelt waren.

23

Der Sommer hatte sich längst verabschiedet und die wenigen Laubbäume, die sich rings um Bebersee im Wald befanden, hatten sich bunt verfärbt.

Ich war allein hier. Natürlich. Und ich arbeitete. Die meiste Zeit des Tages. Meine geliebte Christina sah ich in dieser Zeit wenig. Sogar selten, wie ich zugeben musste. Das Feuer der Recherche, das Bauen an einer eigenen Welt, hatte mich wieder erfasst und ließ mich nicht los. Der Roman machte Fortschritte, zweifellos, aber den zwingenden Leitfaden hatte ich noch nicht gefunden. Tagsüber streifte ich durch die Wälder, das Grab oder vermeintliche Grab geflissentlich ignorierend, abends saß ich am Schreibtisch. Entweder kochte ich mir eine Kleinigkeit, oder ich fuhr zum *Krug Gollin*, wo sie die köstlichen Forellen brutzelten. Aber weder die eigene Kocherei, meist Bratkartoffeln mit Spiegelei, noch die Ausflüge in den *Krug Gollin*, bereiteten mir wirklich Freude, noch Entspannung. Etwas lief schief. So viel war klar.

Manchmal ertappte ich mich, wie ich auf den Stufen der Terrasse saß, die herbstliche Luft schnupperte und mit mir selbst sprach. Während meiner Waldstreifzüge ertappte ich mich, wie ich plötzlich leise sang.: *Heile, heile Gänschen. Wird bald wieder gut...*

Und manchmal erwachte ich aus meinen Gedanken und befand mich plötzlich unter dem Apfelbaum im Garten und hatte keine Ahnung, wie ich dort hingekommen war. Dennoch arbeitete ich wie besessen. Das Material, was ich bislang gesammelt hatte, war schon zu einem beachtlichen Stapel auf meinem Schreibtisch gewachsen. Umfangreiche Eintragungen über Friedrich Wilhelm dem Dritten war da nur einer davon. Material über die Völkerschlacht zu Leipzig, die in die Lebenszeit von Christina

Buschmann, geb. Sens, fiel, hatte ich ebenso gesammelt. Der zweite Stapel. Verbrechen der Roten Armee, während der letzten Phase des zweiten Weltkrieges und der ersten Besatzungswochen, der dritte Stapel. Der vierte Stapel waren Informationen über die Hexenverfolgungen in Deutschland. Und dieser Stapel stand derzeit ganz oben auf meiner Prioritätenliste. Etwa drei Millionen Menschen wurde wegen Hexerei in Europa zwischen 1550 und 1650 der Prozess gemacht. Vierzig bis sechzigtausend wurden hingerichtet, in der Regel verbrannt. In Mitteleuropa waren davon zweidrittel Frauen. Die verbreitete Ansicht, Hexenverfolgungen seien hauptsächlich eine Erscheinung des Mittelalters gewesen, war ebenso falsch, wie die Meinung, die großen Wellen neuzeitlicher Hexenverfolgung seien vorrangig von der katholischen Inquisition durchgeführt worden. Die Inquisition verfolgte Häretiker, keine Hexen. In Spanien hatten sie die Hexenverfolgung sogar verhindert. Es gab persönliche Motive, schließlich wurden die Denunzianten anteilsmäßig an dem zu verteilenden Besitz der Opfer beteiligt, wenn sie einmal auf dem Scheiterhaufen zu Asche verbrannt waren. Im heutigen Deutschland in den Bundesländern Baden-Württemberg, Thüringen und Bayern gab es die meisten Hexenprozesse. Ebenso in der heutigen Schweiz und in Skandinavien. Der erste Hexenprozess in Skandinavien fand 1601 in Finmark statt. Es wurden zwei Männer – in Skandinavien wurden deutlich mehr Männer als in den anderen Ländern verfolgt – zum Feuertod verurteilt, weil sie einen königlichen Beauftragten im damaligen Vardöhuslen durch Schadenzauber getötet haben sollten. In den norwegischen Fischerdörfern Vardö, Kiberg, Ekkeröy, und Vadsö wurde in dieser Zeit die gesamte weiblich Bevölkerung durch Hexenverbrennungen ausgerottet.

Gute Nacht, Männer, dachte ich bei dieser Lektüre. Mit wem haben sie sich dann gepaart? Mit Hunden, Schafen oder Fischen. Möglicherweise waren Verdö, Kiberg, Ekkeröy und Vadsö einige Jahre später ausgestorben. Und wo, verdammt, befindet sich

Verdö, Kiberg, Ekkeröy und Vadsö heute? Ich sah im Internet nach. Verdö, ein Dorf nördlich des Polarkreises. Ekkeröy, ebenfalls ein Dorf nördlich des Polarkreises. Kiberg lag etwas östlicher, ebenfalls nördlich des Polarkreises. Vadsö etwas südlicher, ebenso nördlich des Polarkreises. Alle Orte befanden sich auf einer Halbinsel.

Das waren Samen, dachte ich sofort. Ureinwohnerinnen dieses Kontinents. Ihr Wissen diente jahrhundertelang dem Überleben dieser Kultur. Aber wieso hatten die Männer dieser Halbinsel beschlossen, ihre Frauen auszurotten? Und damit sich selbst. Denn, wenn es keine Frauen mehr gab, gab es keine Fortpflanzung und somit keine Kinder. Logisch. Wer kochte in diesen patriarchalischen Strukturen das Essen, während die verbliebenen Männer Robben jagen gingen? Das ist irrelevant, ermahnte ich mich. Für diesen Roman ist das Schicksal von Verdö, Kiberg, Ekkeröy und Vadsö irrelevant. Auch wenn sich diese Orte allesamt nördlich des Polarkreises befanden und das Volk der Samen betraf, weil sie möglicherweise Anfang des siebzehnten Jahrhunderts christianisiert worden waren. *Heile, heile Gänschen, wird bald wieder gut.*

Geständnisse der Betroffenen wurden durch Androhung oder Durchführung von Folter erreicht. Erst dann konnte jemand verurteilt werden. Aber erst wenn der Angeklagte oder meistens die Angeklagte ihr Geständnis ohne Folter wiederholen konnte, gab es ein Urteil. *Wasserprobe,* las ich, *Feuerprobe, Nadelprobe, Tränenprobe, Wiegeprobe.* Die Angeklagten wurden zu Beginn ihres Prozesses vollständig entkleidet und rasiert, damit sie keine Zaubermittel verstecken konnten und um ihre Zauberkraft zu brechen. Gütliche, peinliche, schmerzhafte Befragung las ich. Eine Folter durfte nicht länger als eine Stunde dauern. Aber das wurde in der Regel nicht eingehalten. In Brandenburg an der Havel wurde am 17. Februar 1701 die fünfzehnjährige Magd Dorothee Elisabeth Tretschlaff in Fergitz in der Uckermark wegen Buhlerei mit dem Teufel enthauptet und verbrannt. Dieses Mädchen war vermutlich das letzte Opfer in Preußen. Oder doch nicht?

Im Dritten Reich trieben die Nazis unter dem Amt Rosenberg und der deutschen Ahnenforschung der SS die Hexenforschung voran. Alfred Rosenberg sah den Hexenglauben als orientalischen Ursprung und somit als artfremden Aberglauben, der von der katholischen Kirche eingeschleppt worden war. Heinrich Himmler hingegen sah in den Hexen Vertreterinnen einer altgermanischen Urreligion, die von der Kirche bekämpft worden war. Otto Huth sprach von einer Verdrängung der germanischen weisen Frauen, die starben, als der judaistische Priester einzog. In Goslar nahm Himmler diesen Gedanken auf und wetterte:

Wir sehen, wie die Scheiterhaufen auflohderten, auf denen nach ungezählten Zehntausenden die zermarterten und zerfetzten Leiber der Mütter und Mädchen unseres Volkes in den Hexenprozessen zu Asche verbrannten.

Okay, dachte ich, als ich diesen Stapel beiseitelegte. War Christina Buschmann, geb. Sens, nun eine Heldin oder ein Opfer. Am Ende dieses Tages fiel ich wie von einer Steinschleuder niedergestreckt ins Bett.

24

Christina Buschmann, geb. Sens, machte sich am Morgen des 23. August 1825 daran, ihr Tagwerk zu verrichten. Ihr Tagwerk bestand als Erstes darin, Wasser aus dem nahegelegenen See zu holen. Das Wasser war notwendig, um die Speisen zuzubereiten, die geernteten Früchte: Heidelbeeren, Walderdbeeren und Pilze. Sie zu waschen und um den Bottich zum Waschen der Wäsche zu füllen. Ihr Blick richtete sich kurz gen Himmel, um zu prüfen, wie das Wetter diesen Tag bestimmte. Azurblau, kein Wölkchen. Es würde heiß bleiben, sowie die letzten zwei Wochen. Sie schlüpfte in ihre Holzpantoffeln, sattelte den schweren Tonkrug auf ihre Schulter und machte sich auf den Weg zum See. Der Weg an sich war schon beschwerlich. Doch diese Tage umso mehr. Denn Christina war hochschwanger. Ihre Niederkunft stand unmittelbar bevor.

Ihr Mann, Gregor, war auf dem Weg nach Berlin, um dort ein paar Dinge für die Familie feilzubieten und anderes zu erwerben. So hoffte sie endlich, Kleider, Töpfe und ähnliches zu bekommen. Dinge, die ihr hier das Leben ein wenig verbesserten. Sie war in Berlin geboren, als Kind jener Gründersiedler Bebersees, die dieses märkische Brachland erst zu einer Siedlung gestaltet hatten. Aber an Berlin war nicht mehr zu denken. Stattdessen hatte sie sich damit arrangiert, dass sie nun eine Landfrau war und ihre Geheimnisse lieber nicht erzählte. Sie besaß nämlich eine Gabe. Würden diese märkischen Tölpel je davon erfahren, wäre sie möglicherweise hier nicht mehr sicher. Ja, selbst ihr guter Mann, der Gregor, würde sich vielleicht von ihr abwenden.

Ihren Gregor hatte sie bei einer Kirmes kennengelernt. Er war ein Bauernsohn, stammte aus Größ-Väter. Und als klar war, dass ihr Vater in Groß-Dölln einen Neuanfang wagen würde, war ihr klar geworden, dass sie beide ihr junges Glück in Bebersee versuchen sollten. Alle ihre Brüder waren bei den napoleonischen Befreiungskriegen in einer einzigen Schlacht gefallen. Sie waren Bauern, Fischer, Leibeigene. Und deshalb hatten sie keine Wahl gehabt. Außer Nicolaus, der diente freiwillig in der preußischen Armee. Gabriel aus Königsberg, Thomas aus Usedom, Johannes aus Osnabrück – alle tot. Sie starben in der Nähe von Leipzig, irgendwann zwischen dem 16. und 19. Oktober 1813. Ob sie sich noch einmal gesehen hatten, ihre Brüder, wusste Christina nicht. Tot waren sie alle. Mit ihnen starben über zweihunderttausend andere Männer. Es war eine der größten Schlachten, die Europa bislang gesehen hatte. Christina konnte sich ein derartiges Gemetzel nicht vorstellen. Und von den historischen Fakten hatte sie natürlich erst recht keine Ahnung.

Am 15. Oktober 1813 positionierte sich Napoleon mit einhundertzehntausend Soldaten, dem größten Teil seiner Truppen, in Connewitz, Markleeberg, Wachau, Liebertwolkwitz und Holzhausen. Fünfunddreißigtausend Österreicher unter dem Oberbefehl von Wittgenstein und Barclay de Tollys sollten die Franzosen angreifen und in Richtung Leipzig drängen. Auf diese Weise wurde die böhmische Armee auf drei durch Flüsse und Sümpfe getrennte Schlachtfelder verteilt. Die Pleiße, die Parthe und die Elster. Noch vor Tagesanbruch des 16. Oktobers 1813 setzte sich die Armee Barclays in Bewegung und eröffnete gegen 9:00 Uhr ein Geschützfeuer. Nicolaus starb in Wachau, wo Napoleon selbst befehligte, durch eine Kanonenkugel, die seinen Kopf vom Hals trennte.

Kleist entriss Fürst Josef Anton Pontiatowski Markleeberg, wo er viermal verdrängt, und es wieder erobert hatte. Beim dritten Versuch, Markleeberg zurückzuerobern, verlor Gabriel aus Königsberg sein Leben. Ihm wurde mit der Bajonettspitze einer Muskete das Herz durchbohrt.

Johannes aus Osnabrück kämpfte als leibeigener Bauer in Güldengossa. Als die achttausend französischen Reiter versuchten, das nahegelegene Wachau zu erstürmen, wo sich Karl Friedrich der Dritte und der russische Zar Silvioander der Erste aufhielten, wurde er von einem Trakehner-Pferd niedergetrampelt und starb ein paar Stunden später in einem Lazarett in Leipzig.

Für Thomas, dem Fischer aus Usedom, sah es zunächst besser aus. Er war am 18. Oktober 1813 bei der preußischen Armee mit dabei, als dreitausendfünfhundert Sachsen unter Hauptmann Johann Baptista Joseph Hirsch und fünfhundert württembergische Reiter unter General Karl von Normann-Ehrenfels zu den alliierten Befreiungskämpfern wechselten. Aber sein Glück währte nur kurz.

Sie saßen zu dritt auf einem kleinen Hügel und verspeisten ihre Fleischration, welches in erster Linie aus Hühnerfleisch bestand. Wein wurde gereicht und gelacht. Den Franzosen hatte man es ordentlich besorgt, darüber waren sie sich alle einig. Und trotzdem waren sie todmüde und unfassbar erschöpft. Ihre Gesichter waren schwarz vom Pulverrauch der Geschütze, der nicht weichen wollte und das Atmen schwer machte. Und dann geschah das Unfassbare. Als sie ihre Kugeln gossen, um für den nächsten Tag genügend Munition zu haben, stolperte ein betrunkener Sachse – c'est un saxon – ins Lagerfeuer und riss aus Versehen Thomas aus Usedom mit sich. Es kam zu einer kleinen Explosion, weil Thomas immer einen kleinen Beutel mit Schwarzpulver an seinem Wams mit sich trug.

Die Verletzungen waren so schwerwiegend, dass Thomas aus Usedom, der letzte Sohn von Nicolaus Sens, in Leipzig in einem Lazarett starb. Vielleicht starb er auch, weil die wenigen Ärzte zu viele Verwundete und Verstümmelte in viel zu kurzer Zeit behandeln mussten. Gesehen hatten sich die Brüder nicht wieder.

Als Napoleon am 19. Oktober 1813 aus Leipzig floh, ließ er die Ranstädter Brücke der Stadt sprengen, um sich einen Vorsprung zu verschaffen. Als Friedrich Wilhelm der Dritte nun endgültig als Sieger galt, starb Christina Sens Mutter bei der Geburt von Maria,

Christinas Schwester. Und Maria auch. Sie selbst würde ihnen in zwölf Jahren folgen. Aber an diesem 19. Oktober 1813, als ihre Mutter und ihre Schwester gestorben waren und ihre Brüder die Tage zuvor, hatte sie das erste Mal ihre Begabung entdeckt. Die Begabung war in einem Traum zu ihr gekommen, so würde sie es nennen, wenn ein Gericht sie jemals darüber befragen würde. Ja, so würde sie es benennen. Da war sie gerade einmal vierzehn Jahre alt.

So machte sich Christina Buschmann auf den Weg zum See. Dort angekommen, hievte sie den Tonkrug von ihren Schultern und zog aus ihrem ledernen Gürtel eine hölzerne Schöpfkelle. Geschwind, weil gewohnt, schöpfte sie das Wasser des Sees in ihren Krug. Noch zweimal müsste sie diesen Vorgang wiederholen, bis alle Vorräte in den Holzbottichen gefüllt waren.

Während des Wasserschöpfens kam ihr ihre Gabe in den Sinn. Sie war eine Wicca, eine Zauberin, eine Hexe. Und ihre Gabe bestand darin, dass sie zwischen den Welten reisen konnte. Genaugenommen zwischen der Erde, auf der die Welt seit dem Sündenfall verbannt worden war und dem Ursprung, was die Schriften als das Paradies bezeichneten. Christina Buschmann war eine Botin, man könnte auch sagen: ein Engel. Denn nichts anderes waren in den Augen von Christina Ihresgleichen: Engel.

Der erste Krug war gefüllt und Christina machte sich auf den Rückweg zum Haus. Auf dem Weg dorthin lächelte sie einem Graureiher zu, der am Ufer des Sees zu einer unbeweglichen Statue erstarrt war, in der Hoffnung auf einen Fisch. Sie grüßte eine kleine Waldameisenarmee, die ihren braunen Hügel unter einer mächtigen Kiefer errichtet hatte und nickte einer Amsel zu, die Warnlaute ausstoßend, unter einem Brombeerstrauch verschwand. Es war so heiß, dass die papptrockenen Kiefernnadeln unter ihren Füßen knisterten. Für sie war die Natur nicht feindselig, wie für viele andere im Ort, die ihr mit großen Mühen ihre Früchte abzutrotzen versuchten. Nein, für Christina besaß alles einen Zusammenhang, eine Harmonie, einen Sinn.

Sowohl das Getier wie auch die Pflanzen, waren einer Ordnung unterworfen, die sie, die Wicca, sehr wohl zu lesen verstand.

So machte sie sich, nachdem sie die Wasservorräte gefüllt und die Zutaten für eine stärkende Suppe in einen großen Topf gelegt hatte, ein weiters Mal auf den Weg. Diesmal ging sie direkt in den Wald und ihr Ziel war eine ganz bestimmte Lichtung, auf der nicht nur die Heide üppig gedieh, sondern allerlei wunderbare Kräuterpflanzen. Aus ihnen verstand es Christina ein Gebräu herzustellen, womit sie reisen konnte. Und wenn sie reiste, wurde sie durch ihre Welt geschleudert, als wäre sie eine Feder, die von einem Orkan erfasst war. Das fertige Gebräu füllte sie in kleine Fläschchen und verkaufte sie an Gleichgesinnte beziehungsweise Eingeweihte. Im Preußen des beginnenden 19. Jahrhunderts waren sie zwölf Personen, Männer und Frauen. Ihr Gregor gehörte nicht dazu. Die Eingeweihten hatten sich gefunden, ohne sich zu suchen. Sie waren immer zwölf Personen gewesen. So wie die engsten Jünger von Jesus. Sie hieß unter den Eingeweihten Schwester Undine. Aber sie waren nicht die Jünger von Jesus. Sie waren die Jünger von anderen Göttern.

Ohne weiter auf ihre Umgebung zu achten, marschierte Christina zielstrebig zu ihrer Lichtung. Die Sonne brannte unbarmherzig. Aber der gehörnte Pan und die Mondin würden ihr Beistehen, darin war sich Christina sicher. Und richtig! Nach knapp zwei Stunden war ihr mitgebrachtes Tüchlein mit allen Zutaten, die sie benötigte, gefüllt. Sie band das Tuch zu einem kleinen Sack, schulterte ihn und machte sich auf den Weg zurück zu ihrem Haus. Dort schürte sie das Feuer für die Suppe und ein Zweites für ihr spezielles Gebräu. Erst um Mitternacht bei Vollmond – und heute Nacht war Vollmond – würde der Trank fertig sein und sie konnte auf Reisen gehen, so wie sie es möglichst in jeder Vollmondnacht tat. Während sie in beiden Töpfen rührte, gelegentlich das Gebräu abschmeckte, sang Christina ein Lied:

Lebe die Wicca-Gesetze, die ihr müsst,

in vollkommener Liebe und vollkommenem Vertrauen.
Lebe und lasse leben. Fair nehmen und fair geben.
Wirf den Kreis dreimal umher, um die bösen Geister draußen zu halten.
Um den Zauber jedes Mal zu binden. Lass den Zauber im Reim singen.
Weiche von Blicken und Berührung.
Sprich so wenig wie möglich und hör zu.
Wenn der Wind aus dem Süden kommt, wird die Liebe dich auf den Mund küssen.
Wenn der Wind aus dem Westen bläht, werden die verstorbenen Seelen keine Ruhe haben.
Kommt der Wind aus dem Norden, verschließe die Tür.
Wenn der Wind aus dem Osten weht, erwarte das Neue und feiere ein Fest.
Gib neun Hölzer in einen Kessel und verbrenne sie schnell.
Wenn sich das Rad dreht, zünde die Protokolle an und lass Pan herrschen.
Beachte die Blumen, die Büsche und die Bäume, bei der seligen Frau.
Wirf einen Stein in das plätschernde Wasser und die Wahrheit wirst du wissen.
Gib einem Narren keine Chance, es sei denn, er ist dein Freund.
Bedenke das dreifache Gesetz, dreimal schlecht und dreimal gut.
Und wenn das Unglück naht, trage den blauen Stern.

Das Lied war eine alte Liturgie. Die Melodie glich den gregorianischen Gesängen und war unter den Zwölf eine Art Hymne. Christinas Stimmung hob sich mit jeder Zeile. Auch heute Nacht würde sie dieses Liedchen singen und zusätzlich die wichtigsten Formeln zum Reisen vor sich hinsagen. Bis sie ihrem Körper entschlüpft war und später zurückkehrte. Die Rückkehr war entscheidend und Voraussetzung dafür war, dass sie während der gesamten Prozedur nicht gestört wurde. Christina wusste, dass eine Störung bisweilen sehr gefährlich werden konnte. Ihr Gregor hatte seine Rückkehr für den morgigen Tag geplant, also besaß Christina genügend Zeit, denn die Reise dauerte in der hiesigen Wirklichkeit nicht länger als eine Stunde.

Sie war inzwischen sechsundzwanzig Jahre alt. Ihr Vater, Nicolaus, war nur noch der Schatten seiner selbst. Er lebte seit drei Jahren in Groß-Dölln, bearbeitete die dünne Erde, hegte Vieh und betrank sich, wann immer er genügend Geld in der Tasche hatte.

Seine Flucht aus Berlin hatte nie Konsequenzen zur Folge gehabt. Aber sie wusste, wer ihren Bruder erdolcht hatte, damals am 24. August 1799. Ihr Vater hatte es ihr erzählt. Vielleicht war sie deswegen zu einer Wicca geworden und deshalb jetzt hier. Vielleicht war sie auch eine Wicca geworden, weil ihr Vater so ein erbärmlicher Feigling geworden war. Christina konnte diese Frage nicht beantworten. Eines wusste sie. Sie würde ein Zeichen setzen müssen. Und die Mondin und der gehörnte Pan hielten Wort. Erst türmte sich ein Gewitter am Horizont auf, dann schlug ein Blitz an diesem 23. August 1825 gegen halb fünf in der Nähe der kleinen Ortschaft *Bebersee* ein, dann weitere. Immer wieder krachte es und Blitzstrahle berührten die Erde. Das Inferno nahm seinen Anfang, obwohl man im nur fünfzehn Kilometer entfernten Groß Schönebeck nichts davon ahnte. Dort herrschte Windstille und Nicolaus hatte sich gerade den zweiten Krug Bier einschenken lassen. Gegen zwanzig Uhr machte sich Nicolaus nach seinem dritten Krug Bier torkelnd auf den Weg zu seiner Ziegenherde. Die graste am nahegelegenen Treptowsee. Vom einst angesehenen Fischer und Händler in Stralau zum Ziegenhirten in Groß Schönebeck war es ein kurzer Weg, dachte Nicolaus. Dennoch wähnte er sich einigermaßen sicher. Er war zuversichtlich. Als er endlich am nahegelegenen Treptowsee ankam, fand er alle seine Ziegen niedergestreckt. Sie waren nicht von Wölfen gerissen worden. Sie waren einfach gestorben. Alle.

Am nächsten Morgen fanden seine Nachbarn Nicolaus ebenfalls tot. Er lag neben einer seiner Ziegen, die er umarmte. Woran er gestorben war, wurde eine Weile unter den Bewohnern von Groß Schönebeck gerätselt. Aus heutiger Sicht war er wohl einem Herzinfarkt erlegen. Anderthalbstunden später hatte das Unwetter, mit dem anschließenden Feuer fünf mit Stroh gedeckte Häuser der bäuerlichen Wirtschaften in Bebersee vernichtet. Sie brannten bis auf die Grundmauern nieder. Auch der umgrenzende Kiefernwald wurde bis zur Hälfte zerstört. Christina hatte von all dem nichts mitbekommen, denn sie war gereist. Als sie sich in dem kleinen Haus in Bebersee wiederfand, vernahm sie plötzlich bewegte Schatten. Nicht jene, die ihr bekannt waren. Schatten, die Pflanzen vor dem Haus warfen, wenn der Wind sie streifte oder vom Rotwild oder den Wildschweinen, die sich manchmal bis zum Holzzaun ihres Hauses trauten. Es waren andere Schatten. Schatten von Menschen. Christina Buschmann, geb. Sens, der Wicca, wurde es elend. Und wie, um sich nicht nur selbst zu schützen, umschloss sie mit beiden Händen ihren Bauch. Der Wind kam nicht aus Süden. Niemand würde ihren Mund küssen. Der Wind kam auch nicht aus Osten, wo Neues erwachte. Er wehte aus Norden. Und die Zeit, ihre Tür zu verschließen, blieb ihr nicht mehr. *Das war so nicht vorgesehen,* dachte sie, *eure Gespräche sollten wie unter Freunden sein.*

Und als sie dies gedacht hatte, drehte der Wind plötzlich und kam aus Westen, was in der Schorfheide so gut wie nie vorkam.

25

E s war Tatjana, die angerufen hatte und Christina war ihr dankbar gewesen. Sie verabredeten sich im *Krügers*, einer Kneipe in der Lychner Straße im Prenzlauer Berg.

Trotz aller Nichtrauchergebote war das *Krügers* noch immer eine Raucherkneipe. Christina war darüber nicht glücklich, aber Tatjana hatte auf diese Location bestanden. Sie mochte das Ambiente, wie sie sagte und außerdem die kleinen Besonderheiten, die die Betreiber pflegten. So zum Beispiel ein Glas mit Süßigkeiten auf der Damentoilette.

Sie trafen fast zeitgleich im *Krügers* ein, begrüßten sich mit einer Umarmung und suchten sich einen freien Tisch. Das *Krügers* war um diese Zeit gut besucht. Überall wurde geschwätzt, gelacht und fabuliert. Ein breites Stimmengewirr. Nachdem sie zwei Weißweinschorlen bestellt hatten, sah Tatjana zu Christina und runzelte die Stirn.

„Du siehst, ehrlich gesagt, ziemlich scheiße aus. Was ist los?"

Christina antwortete gereizt.

„Dito, unter blühendes Leben, stelle ich mir auch etwas anderes vor, wenn ich dich ansehe."

Die beiden Weißweinschorlen wurden gebracht und Tatjana und Christina brachen in ein Gelächter aus.

„Toller Anfang", gackerte Tatjana.

„Sorry, sollen wir noch mal vor die Tür gehen?"

„Komm her", sagte Christina und die beiden Frauen umarmten sich abermals.

„Mein Gott, wie lange haben wir uns nicht gesehen?"

„Ein halbes Jahr."

„Ja, ein halbes Jahr. Und dabei ist so viel passiert?"

„Du zuerst", sagte Tatjana und nahm einen Schluck von ihrer Weißweinschorle.

„Das Haus…", seufzte Christina und nahm ebenfalls einen Schluck von ihrer Weißweinschorle. Im Hintergrund klirrten Gläser und die Rolling Stones sangen *Give me shelter*.

„Das Haus ist irgendwie verflucht." Tatjana schlug ihr dunkelbraunes Haar zurück, fuhr sich über die Stirn.

„Was redest du?" Christina ließ einen tiefen Seufzer erkennen.

„Bebersee, du erinnerst dich?" Tatjana nickte. Schließlich war sie es gewesen, die ihrer besten Freundin dieses Haus in Brandenburg empfohlen hatte.

Sie sah aus dem Fenster und betrachtete kurz die mit Graffiti beschmierte Mauer des gegenüberliegenden Friedhofes der Freimaurer und bemühte ein Lächeln. Christina folgte ihrem Blick und sagte schließlich:

„Du glaubst mir nicht."

„Verflucht?"

„Ja, verdammt, verflucht."

„Sind dir in Bebersee Gespenster begegnet, oder was?"

„So etwas in der Art, ja", antwortete Christina nach einigem Zögern. Tatjana war inzwischen eine erfolgreiche Anwältin. Gespenster oder unheimliche Gräber, die den eigenen Namen widerspiegelten und deren dazugehörige Protagonistinnen, füllten wahrlich nicht die Akten ihrer derzeitigen Mandate.

„… und Trutz benimmt sich in letzter Zeit ziemlich merkwürdig." Nun war es gesagt, und Christina fühlte einen Moment so etwas wie Erleichterung. Tatjana war einen Moment verwirrt.

„Schreibt er an einem neuen Buch?" „Das weiß ich nicht genau. Er macht komische Dinge, spricht kaum mit mir. Und in den letzten Monaten haben wir uns so gut wie gar nicht gesehen. Ich weiß nicht, was das zu bedeuten hat. Ich glaube sogar, dass er mehrmals die Woche nach Bebersee fährt, ohne dass er irgendjemandem Bescheid sagt. Ich meine nicht nur mir, sondern niemandem. Außerdem hat mir der Nachbar erzählt, dass Trutz dort laut Selbstgespräche führt und so was, klingt irgendwie, als würde er ein bisschen verrückt." Tatjana überlegte eine Weile.

„Und was hat es mit den Gespenstern auf sich? Und wieso fährst du nicht mit?" Christina zögerte. Es war nicht so, dass sie ihrer besten Freundin nicht vertraute. Es war nur so, dass sie selbst große Zweifel an ihrer Wahrnehmung hegte. Tatjana von dem Grab oder dem nicht Grab von Christina Buschmann, geb. Sens, zu erzählen, war bizarr. Das wusste sie. Ihr eigener Name, ihr eigenes Geburtsdatum. Davon zu erzählen, was sie gesehen hatte, war noch bizarrer. Ihre hysterischen Ausbrüche, als sie ihren Namen dort in der Schorfheide gelesen hatte, was sie im Nachhinein ebenso bereute, wie ihr Bestehen auf einer Umbettung der Leiche oder Nichtleiche. Sie wusste, dass sie manchmal zu überspannten Reaktionen neigte. Vieles war in ihren Augen normal, manches möglicherweise übertrieben. In diesem Punkt war sie sich allerdings sicher. Mit ihrem Traumhaus am See in Bebersee stimmte etwas nicht.

Tatjana zündete sich eine von ihren roten Gauloises an, zog tief das Nikotin ein und wartete. „Ich weiß nicht, warum ich nicht mitfahre. Vielleicht sind es die Gespenster meiner Vergangenheit."

„Wie meinst du das?"

„Ich habe einen Grabstein in unserem hinteren Garten entdeckt. Der ist unzugänglich. Auf diesem Grabstein stand mein Name, und ich bin ausgerastet. Tatjana, du kennst mich. So eine Reaktion ist nicht meine Art, das weißt du. Und trotzdem. Es war, als hätte eine eiskalte Kralle mein Herz umschlossen und fest zugedrückt. Eine Woge greller Angst stieg in mir auf. Ich habe so etwas vorher noch nie erlebt." Tatjana sah abermals zu der mit Graffiti beschmierten Mauer des gegenüberliegenden Friedhofes der Freimaurer. Diesmal lächelte sie nicht, sondern blickte Christina ernst in die Augen. „Hast du gekifft? So wie früher?" Christina erstarrte. „Natürlich nicht. Diese Zeit ist längst vorbei." Aber

Tatjana blieb unerbittlich. „Wenn es keine Drogen sind, was ist es dann?" „Häh." Tatjana schürzte ihre Lippen und atmete so tief ein, als fielen ihr ihre Worte so schwer wie eine Todesnachricht zu überbringen. „Kann es sein, dass du ein Kind von Trutz willst, und er sich weigert?"

„Was redest du und was hat das jetzt mit den Gespenstern zu tun?" „Keine Ahnung. Aber vielleicht gibt es dort gar keine Gespenster. Vielleicht hast du hysterisch reagiert und alles hat mit deinem Kinderwunsch zu tun. Wäre das nicht auch möglich?" Christina schluckte erst, dann rollte eine Träne über ihre Wange. Sie fand ihre beste Freundin grausam. Dann sagte sie mit kalter Stimme: „Hat dich Trutz vor unserem Treffen angerufen?" Tatjana ignorierte ihre Träne, als würde sie sie nicht sehen. Dabei sah sie ihr direkt ins Gesicht. „Nein. Natürlich nicht. Ich habe Trutz das letzte Mal bei unserem gemeinsamen Essen im *Nürnberger Wirtshaus* in der Sredzkistraße gesehen. Das war vor einem Jahr." Ihre braunen Haare schwenkten hin und her, während sie ihren Kopf schüttelte.

Christina hatte das dringende Bedürfnis zur Toilette zu gehen, um ein paar von den dort angeblich gelagerten Süßigkeiten zu probieren. Sie entschuldigte sich, stand auf und ging zur Toilette. Neben der Tür stand ein kleines Schälchen mit Gummibärchen, dahinter eine kleine Vase mit einer roten Rose. Kein Kunststoff, sondern eine echte Rose. Sie roch daran. Der Duft war auch echt.

Als sie die ersten Gummibärchen in sich hineingestopft hatte, vergoss sie noch eine Träne und begann sich schließlich zu ärgern.

Tatjana war ihre beste Freundin. Ja. Tatjana hatte Abstand zu den Dingen in Bebersee. Schließlich war sie Anwältin. Ja. Hatte sie etwa recht, mit dem was sie sagte? Nein. Ja, ich will ein Kind. Na und? Wieso auch nicht. Von Trutz? Wieso auch nicht, er ist der Mann, mit dem ich seit sechs Jahren eine Beziehung habe. War das etwa absurd? Nein, natürlich nicht, dachte sie.

Nachdem sie ihre Blase entleert hatte, spülte sie, wusch sich die Hände, griff noch einmal in die Gummibärchenschale und ging zurück in den Gastraum. Neben Tatjana saß ein ihr unbekannter Mann.

„Hi, ich bin Silvio", stellte sich Silvio vor, stand auf und reichte Christina die Hand. Christina erwiderte seine Geste. Den fragenden Blick zu Tatjana erwiderte Tatjana mit einem Achselzucken.

„Sorry, dass ich hier so hereingeschneit bin", entschuldigte sich Silvio, „aber Tatjana und ich haben mal zusammengearbeitet. Und als ich sie hier sitzen sah, dachte ich, es wäre sicher kein Problem, wenn ich mal kurz *Hallo* sage." Christina setzte sich.

„Wir haben zusammen gekellnert, während meines Studiums. Drüben im ehemaligen *Houdini*", antwortete Tatjana langsam. Sie wies mit dem Kopf Richtung Lychnerstraße/Ecke Raumerstraße. Heute war das *Houdini* ein indisches Restaurant und hieß wieder *Houdini*. Zwischenzeitlich war es mal italienisch, dann etwas anderes. Das alte *Houdini* mit seiner unfassbaren Atmosphäre, in dem selbst Judith Herrmann gekellnert hatte, gab es nicht mehr.

„1994?" Tatjana sah fragend zu Silvio. „Genau!" Silvio kicherte leise. „1994. Zehn Jahre nach dem Titel des Romans von George Orwell. Seine Prophezeiung. Big Brother." Er lächelte ein wunderbares, zaghaftes Lächeln, und Christina war berührt. Tatjana wedelte sich eine Haarsträhne aus dem Gesicht. Es war klar, dass sie den Auftritt ihres ehemaligen Kellnerkollegen missbilligte. *Houdini-Erinnerungen* hin oder her. „Und was machst du jetzt, nach eurer gemeinsamen Kellner-Karriere seit 1994?", fragte Christina und schob ein Bein auf das andere. Abermals ließ Silvio sein wunderbares, zaghaftes Lächeln erstrahlen.

„Ich bin Programmierer im Silicon-Valley des Ostens. Zumindest hier in Berlin."

„Oh", antwortete Christina. „Das klingt interessant. Darüber würde ich gern mehr erfahren."

„Klar, gerne", sagte Silvio und Tatjana schob die Augenbrauen nach oben.

26

Doktor Rüffert lässt mich seit einer Woche in Ruhe. Vielleicht hat er Urlaub, verbringt ein paar Tage auf Mallorca, im Erzgebirge, im Hunsrück oder in den Alpen. Möglicherweise sind hier Krisen in der Forensik passiert, von denen ich nichts weiß, oder er hat das Interesse an mir verloren, was ich nicht glaube. Denn wir sind bei unserem letzten Gespräch anders verblieben.

Mein Alltag ist jedenfalls wieder mein Alltag. In den Nachrichten am frühen Morgen im Radio hat der Nachrichtensprecher berichtet, dass in Hamburg zwei Krähen in einer Fußgängerzone auf alle Passanten einhackten, die es gewagt hatten, sich einer dritten, verletzten Krähe zu nähern. Mehrere Personen seien bei dieser Begegnung von Menschen und Vögeln verletzt worden waren. Schließlich gelang es der Polizei, mit Schutzschildern und in voller Montur, die verletzte Krähe einzufangen und einem Tierarzt zu übergeben. Die geschilderte Situation stelle ich mir lustig vor. Ich frage mich, ob diese beiden Krähen ihren Kumpel retten oder verhindern wollten, dass er gerettet werden würde. Möglicherweise wollten sie abwarten, dass er starb, um ihn dann problemlos auseinander rupfen zu können. Krähen sind sehr intelligente Vögel. Aber sind sie auch Kannibalen? Irgendwie gefällt mir dieses Bild. Kopfsteinpflasterattacken bewährte Polizisten in Kampfausrüstung und Plexiglas-Schutzschild beim Einsammeln einer verletzten Krähe, attackiert durch Schnabelhiebe aufgebrachter Krähenkumpels. *Die Vögel* von Alfred Hitchcock fallen mir ein. Die Situation als Melanie Daniels, gespielt von Tippi Hedren, von Krähen angegriffen und nur durch Mitch

Brenner, gespielt von Rod Taylor, vor dem sicheren Tod gerettet wurde und wie sie ein paar Filmszenen später endlich in ihrem Traumwagen in Richtung San Francisco davon bretterten. Eine Erklärung, warum Möwen und Krähen und die anderen Vögel plötzlich Menschen attackierten, hat Hitchcock nie geliefert. Aber wer glaubt schon an solche Phänomene? Wer glaubt an *sprechende Gräber*, wie ich es erlebt habe? Niemand. Es sei denn, man ist verrückt.

Auf dieser Station befinden sich acht Frauen und zwölf Männer. Meinen Tisch zum Frühstück teile ich wieder mit Lisa, mit Robert und Arthur, dem ich nun aus dem Weg gehe, so gut ich es kann.

Und endlich bekommen wir auch unser Tischtennisspiel. Robert und ich. Es ist ein Finale. Wir spielen nach den alten Regeln. Jeder hat fünf Aufschläge. Bei einundzwanzig Punkten steht der Sieger fest. Vorausgesetzt, er hat zwei Punkte Vorsprung. Mein Rücken ist Dank des Rezepts von Dr. Rüffert für Oxyconoica zehn Milligramm Retard stabil. Seroquel schlucke ich ebenfalls wie versprochen. Risperdal hat der Doc kurzfristig abgesetzt. Das ist gut so. Meine körperliche Verfassung wird besser. Also los. Ich bin nach dem ersten Aufschlag so aufgeregt, dass mir die Zähne klappern und ein Frösteln über den Rücken kriecht. Aber das ist nur das Vorspiel. Bei Robert zuckt der Ehrgeiz sichtbar. Nach drei Aufschlägen steht es drei zu Null für mich. Die nächsten zwei Aufschläge versiebe ich unerklärlich. Robert geht mit sechzehn zu neun in Führung. Mein Ehrgeiz ist endgültig geweckt. Jetzt heißt es, Konzentration oder Niederlage. Seinem Topspin-Versuch pariere ich mit fester Vorhand. Die nächsten zwei Aufschläge kann ich mir gutschreiben. Es steht inzwischen sechzehn zu zwölf für Robert. Robert tänzelt an der Tischtennisplatte, als wolle er sich mit diesem Spiel aus der Forensik heraus tanzen. Mir ist ähnlich zumute. Dennoch schaffe ich den Ausgleich. Es steht achtzehn zu achtzehn.

Als Dr. Rüffert in der Tür steht, habe ich unser Finale einundzwanzig zu neunzehn gewonnen. Im dritten Satz.

27

Als die Menschenstimmen verschwunden waren, hörte Christina Buschmann, geb. Sens, noch immer Stimmen. Sie war am 23. August 1825 noch nicht tot. Sie war lebendig begraben worden, denn sie schmeckte Erde. Es war nicht der Brandenburger Sand, den sie schmeckte. Es war echte, dunkle Erde. Und ihr Kind in ihr wollte leben. Das spürte sie nicht nur, sondern sie wusste es. Und während sie immer weniger Luft zum Atmen bekam, sang sie ein letztes Mal das Lied:

Lebe die Wicca-Gesetze, die ihr müsst,
in vollkommener Liebe und vollkommenem Vertrauen.

Christina Buschmann, geb. Sens, tat ihren letzten Atemzug um halb zwölf Uhr nachts im Brandenburger Sand, in Bebersee. Nein, es war keine schwarze Erde. Das hatte sie sich nur eingebildet. Gib einem Narren keine Chance, es sei denn er ist dein Freund, waren ihre letzten Gedanken. Aber das Kind in ihrem Bauch lebte. Es war ein Mädchen.

Als Gregor aus Berlin zurückkehrte, das halbe Dorf in Flammen sah und seine Frau Christina in ihrem Haus nicht fand, ahnte er das Schlimmste. Gregor raufte sich die Haare und rannte hin und her. Schluchzer gurgelten aus seiner Kehle. Wo sollte er anfangen, sie zu suchen? Das rote, vernichtende Licht war überall. Die tödliche Hitze ebenfalls. Sein Blut begann zu kochen, rote Lichter tanzten vor seinen Augen. Gregor schlug mit seinen Fäusten Löcher in die Dunkelheit, bevor er wieder zur Besinnung kam.

Schließlich fand er einen kleinen Sandhügel, am Ende seines gepachteten Stücks Land. Er öffnete den Mund, um vor Entsetzen zu schreien. Eine Hand hatte sich an die Oberfläche emporgehoben und der Mittelfinger zeigte nach unten. Nach unten auf die Mitte von Christinas Körper, den er in diesem Hügel vermutete. *Hilf mir!* Er ahnte er nur zu hören. *Hilf mir!*

Gregor begann mit bloßen Händen zu graben. Der Boden war frisch aufgeschüttet worden, deshalb kam er gut voran. Dann begann er wie verrückt zu buddeln. Er griff nach der Hand und zog daran. Christinas Körper kam zum Vorschein. Schmutzbeschmiert, leblos und tot. Das wusste er nach wenigen Sekunden. Er sah es an ihren Augen. Das war das sicherste Zeichen, denn sie schauten in eine andere Welt.

Ihr Finger, leichenstarr, zeigte weiter nach unten, auf die Mitte ihres Körpers. Gregor stieß ein fürchterliches Wutgeheul aus. Er bettete den Körper seiner geliebten Christina neben dem Erdhügel und schaute gen Himmel, der noch immer rötlich schimmerte, um die Reste der halben Siedlung in Bebersee zu spiegeln. Der tote Bauch war geschwollen und pulsierte. Gregor erstarrte abermals.

Wie in Trance griff er nach seinem kleinen Messer, das er stets an seinem Gürtel trug und tat einen Schnitt. Gregor verstand sich darin, Pflanzen zu schneiden. In erster Linie, um die Ernte einzufahren. Er wusste auch welchen Schnitt man ansetzen musste, um ein Huhn oder wenn es gut für die Familie lief, ein Schwein zu schlachten. Die Aorta musste man mit dem Messer treffen, damit das Tier ausblutete. Umso zarter wurde das Fleisch und umso mehr gewann man an Wurst. Wie man ein Kind zur Welt brachte, wusste Gregor nicht. Und trotzdem tat er das Richtige. Er schnitt.

Gregors Pferdefuhrwerk samt Ladung, er hatte neue Kleider für Christina, Töpfe und andere wichtige Dinge in Berlin für Bebersee gekauft, stand noch unberührt vor dem Eingang des vierten Hauses des Dorfes, als er seine Tochter aus dem Körper von Christina geschnitten hatte, und sie in den Armen hielt, obwohl er keine Ahnung hatte, wie ihm das gelungen war. Gregor gab dem Kind den Namen Frida. Und diesen Namen würden auch die nächsten Töchter der nächsten Generation tragen: Frida.

Als er zutiefst verwirrt, mit seiner Tochter Frida auf dem Arm zur Dorfstraße zurückkehrte, um Hilfe zu finden, denn die Flammen im Dorf hatten ihre Zerstörung mittlerweile beendet, es roch nach verkohltem Holz und auch ein bisschen nach verbranntem Fleisch, spürte er plötzlich eine starke Hand an seinem Rücken. Abrupt drehte er sich um und seine Augen begannen zu flackern. Vor ihm stand ein Mann, gehüllt in einem schwarzen Umhang.

„Hier!", flehte Gregor bettelnd. „Das ist ein Kind! Frida. Meine Frau. Bitte helfen sie mir." Er zeigte dem Mann das nackte Bündel, das er in den Händen hielt. Gregor hatte Frida nicht nur entbunden, sondern mit seinem kleinen Messer auch die Nabelschnur durchtrennt, obwohl er keine Ahnung hatte, wie er das zustande gebrachte hatte. Die Nabelschnur baumelte wie eine Taschenuhr an dem kleinen Körper herab und der Mann, der Gregor am Rücken gepackt hatte, wich einen Moment zurück. Dann stieß er zu.

Die Spitze des Degens stieß durch das Auge Gregors direkt in sein Gehirn. Gregor starb auf die gleiche Weise wie Christinas Bruder Conrad am 24. August 1799, am Tag ihrer Geburt, während des *Stralauer Fischzugs*. Der Degen war derselbe. Und der Mann ebenso. Der Mann nahm das kleine, nackte Bündel an sich und machte sich davon. Kurz darauf verschwand die Leiche von Gregor auf Nimmerwiedersehen in den märkischen Wäldern und das Grab von Christina Buschmann wurde mit ihr darin wieder zugeschüttet.

Die unbeteiligten Bewohner Bebersees hatten sich in ihren Häusern verschlossen und warteten ängstlich auf den möglich nahenden Weltuntergang. Sie beteten.

28

Ich träumte von Friedrich Wilhelm dem Dritten.

Ich war Schriftsteller. Niemand auf der ganzen Welt träumt jemals von Friedrich Wilhelm dem Dritten. Ich recherchierte. Meine Recherchen zu dem preußischen König, Friedrich Wilhelm dem Dritten waren fortgeschritten.

Nicht dem Purpur, nicht der Krone
räumt er eitlen Vorrang ein.
Er ist der Bürger auf dem Throne,
und sein Stolz ist's Mensch zu sein.

So huldigte ihm 1798 der Dichter Karl Silvioander Herklots.

Nun ja. Das brachte mich selbst im Traum nicht weiter. Sein Widersacher, Jean Pierre Ancillon war ein Urenkel des Hugenotten, Charles Ancillon, und Sohn des Theologen und Philosophen Lois Frédéric Ancillon. Jean Pierre studierte in Genf Protestantische Philosophie und wurde 1790 Prediger an der Friedrichswerderschen Kirche in Berlin. 1792 erhielt er eine Professur für Geschichte an der preußischen Académie Militaire. Er verhinderte erfolgreich die Reformen des preußischen Staates von Friedrich Wilhelm dem Dritten. Gab es eine Verbindung zwischen Jean Pierre Ancillon und dem Mord am jüngsten Bruder von Christina Buschmann, ihres Wicca-Daseins und der Entführung ihrer Tochter und wenn ja, welche? Davon hatte ich nicht geträumt. Aber die Stapel auf meinem Schreibtisch sprachen davon.

In Daniel Kehlmanns Roman *Tyll* sprach oft ein Esel wichtige Sätze. Bei mir würde es vielleicht ein durchgeknallter Kater sein.

Einen Satz hatte ich mir schon für ihn auf einem kleinen gelben Klebezettel am Kühlschrank notiert: *Zeit brauchen wir schließlich vor allem, um das kennen zu lernen, was uns nicht gefällt.*

Die Besessenheit, mit der ich meine Recherchen betrieb, machte mich einsam. Zweifellos. Trotzdem machte ich weiter. Ich knobelte daran, das Geschwurbel in meinem Kopf in angemessene Formulierungen zu bringen.

Und was hatte es mit den Fotographien auf sich, fragte der durchgeknallte Kater mich, als er das erste Mal friedlich auf meinem Schoss schlief? Die Vorderpfoten unter dem Kopf versteckt und die Hinterbeine lang gestreckt, um mit dieser Pose Energie zu sparen. Katzen sind diesbezüglich sehr effizient. Nicht umsonst überlebten sie sogar in der Wüste und wurden zu heiligen Insignien im alten Ägypten. Gleichwohl sie eine invasive Spezies sind.

Jene Fotographien, die mir der gemütliche Pastor bei unserer ersten Begegnung gegeben hatte? Der Geschichte von Bebersee, bevor er mir das Ziegenlederbuch mit den weißen Seiten geschenkt hatte. Ich wusste es nicht, aber ich musste es herausfinden. Der imaginäre, durchgeknallte Kater antwortete nicht, sondern begann sich sein Fell zu putzen. Sorgsam. Nachdem er damit fertig war, rollte er sich zu einer Kugel. Seine Schnauze versteckte er zwischen einem seiner Hinterbeine und seinem Schwanz.

He, durchgeknallter Kater, sprich mit mir, dachte ich.

Aber der Kater sagte kein Wort. Wie auch? Katzen sprechen nicht, wenn man es von ihnen verlangt. Sie sprechen dann, wann es ihnen beliebt. Mauzen, lautes Mauzen. Miauen auch. Eindringliches Miauen klingt wie Kinderwimmern, wenn eine Katze ihren Sexualpartner ruft, um sich fortzupflanzen. Katzen furzen nicht, ein weiterer Vorteil gegenüber Hunden.

Und dann kam ich gedanklich zurück zu den Fotographien. Zu den Fotographien der Mädchen. Sie alle hießen Frida. Sie hießen alle Frida und sahen sich ähnlich. Zumindest suggerierten die Fotos diesen Aspekt. Die eine hieß Frida Buschmann, die andere nur Frida, weil ihr Nachname auf dem Foto von 1953 nicht genannt worden war. Ich blätterte die lesbare Chronik von Bebersee durch und blieb zum hundertsten Mal an den Fotos hängen. Was hielten die zwei Fridas unterschiedlicher Generationen in den Händen? Etwas, das sie in irgendeiner Weise miteinander verband? Eine übermittelte Tradition? Eine Art Artefakt? Oder zufälligerweise Irgendetwas? Diese Fragen zu beantworten, überstieg meine Möglichkeiten, aber nicht meine Fantasie.

Dann nahm ich die unlesbare Chronik von *Priamus Apokalyptikus* in die Hand und versuchte es mit Abrakadabra und Simsalabim. Sinnlos!

29

Christina saß an meinem Küchentisch und trommelte seit zehn Minuten mit den Fingern darauf herum. Die erste Flasche spanischer Rotwein war ausgetrunken, und ich öffnete eine Zweite. Meine Stirn war mit Sorgenfalten überzogen. Dabei war es im Grunde meine eigene Dämlichkeit. Warum hatte ich auch mein verfluchtes Plappermaul nicht halten können!

„Hör bitte auf damit", protestierte ich endlich, „du klingst wie ein Rollkoffer." Christina verzog keine Miene, erbarmte sich aber. Eigentlich hatte das ursprüngliche Thema beim Öffnen der ersten Flasche *Biologische Fortpflanzung, ja oder nein?* gelautet. Ich war dagegen: Kinder in diese Welt zu setzen, wäre unverantwortlich – schließlich würde im Jahr 2050 die globale Temperatur um mindestens zwei Grad steigen. Die Islamisten wurden immer gefährlicher und schließlich witterten angesichts der dramatisch angestiegenen Zahlen von Geflüchteten die Neonazis Morgenluft und waren nach Meinung einiger wie Legida, Pegida, Sugida, Magida und anderer durchaus hoffähig. Die AfD saß mittlerweile nicht nur im Bundestag, sondern auch in allen Landtagen der Republik.

Christina war für Fortpflanzung. Es gab schon immer Krisen in der Menschheitsgeschichte und trotzdem wurden Kinder gezeugt, meinte sie. Wer an keine Zukunft glaube, sei verantwortlich für die missratene Gegenwart und außerdem stürben die Europäer und speziell die Deutschen mit so einer Einstellung eh bald aus.

Dann kamen wir zu meinem Verdruss schnell zum Thema *Bebersee* und speziell zum Thema *Leiche im Garten*. Gerade wollte ich meine Argumentationskette für das Jahr 2050 stichhaltig fortsetzen, nun blieb mir nur noch ein tiefer, ehrlicher Seufzer. Für das Gebot der Nichtfortpflanzung hatte ich Argumente, für das Desaster in Bebersee nur fadenscheinige Ausreden. Es half alles nichts. Christina hatte sich festgebissen und trommelte. Was da gerade im Berliner Senat stattfand, entzog sich meines Wissens, denn wir hatten eine geraume Zeit nicht mehr miteinander gesprochen. Christina war zweifellos sehr beschäftigt.

„Und was hast du unternommen, bei deinem letzten Aufenthalt frage ich dich?", leitete sie mein Martyrium ein. Die Frage war lapidar gestellt und im Grunde gab es darauf auch eine einfache Antwort. Als ich den Spaten zum Aushub angesetzt hatte, sprach jemand zu mir – möglicherweise die Leiche oder Nichtleiche von Christina Buschmann, geb. Sens, oder sonst wer oder was auch immer. Jedenfalls bekam ich einen ordentlichen Schrecken und der Spaten fiel mir aus der Hand. Basta! Nichts wäre einfacher, als diese Sätze zu sagen, denn genauso war es gewesen. Außerdem hatte ich den Schädel eines Stirnwaffenträgers, das Gehörn eines Rehbocks, ausgegraben.

Aber irgendetwas ritt mich, und ich schwieg. Oder besser ich verschwieg die Wahrheit und redete stattdessen irgendeinen Blödsinn.

„Weißt du, Liebling." Wenn ich Christina *Liebling* nannte, schoben sich automatisch ihre Augenbrauen nach oben. Christina witterte sofort – und das meist zu Recht – irgendeine Dummheit, ein folgendes Geständnis oder irgendeine Art von Unrühmlichkeit.

„Du musst nicht deine Augenbrauen emporziehen.", versuchte ich sofort das verminte Feld zu umschiffen.

„Nein?"

„Nein." Ich setzte mir meine Brille zurecht, als wäre sie genau in diesem Augenblick verrutscht.

„Ich will damit nur sagen, dass die Sache ein bisschen komplizierter ist, als wir das für möglich gehalten haben."
Christina schenkte sich Wein nach. Ihre Augenbrauen sanken, aber ihre Augen riss sie merklich auf.

„Komplizierter, aha. Inwiefern komplizierter?" Abermals ließ ich eine gute Gelegenheit zu einer umfangreichen Klarstellung ungenutzt vorüberziehen.

„Also, ich habe mit dem Pastor gesprochen…"

„Er willigt einer Umbettung auf den Dorffriedhof ein, oder?", unterbrach mich Christina sofort.

„Ja. Dem widerspräche nichts."

„… aber?"

„Aber der Pastor braucht noch die Genehmigung von der Oberkirche", log ich.

„Also vom Bistum oder besser gesagt von der Landeskirche, wie es bei den Evangelischen heißt. Das braucht eben noch ein bisschen Zeit. Verstehst du?" Christina schien verstanden zu haben, denn sie nickte. Das Minenfeld schien geräumt, und ich hatte Zeit gewonnen. Wieviel, war schwer zu sagen.

„Der Pastor hat mir versichert, dass er sich darum kümmern wird, okay. Wir können nicht einfach das Grab ausbuddeln. Das nennt man Störung der Totenruhe oder so und man kann nach § 168 BGB mit bis zu drei Jahren Haft bestraft werden. Ich habe mich erkundigt. Ich kann also in den Bau wandern", argumentierte ich und riss theatralisch die Augen auf.

„Das willst du doch nicht, oder?" Mein Wissen diesbezüglich war ausschließlich Allgemeinwissen. Man konnte nicht einfach so eine vermeintliche oder echte Leiche oder die übriggebliebenen Knochen von A nach B schleppen. Egal, ob sie gerade eben oder vor zweihundert Jahren verstorben war. Christina schien zu überlegen. Dann senkte sie überrumpelt die Schultern.

„Und was sollen wir deiner Meinung nach jetzt tun?" Endlich sah ich ein kleines Licht im vermeintlichen Tunnel der unlösbaren Dinge. „Wir müssen uns eben noch ein bisschen gedulden", sagte ich. Christina wirkte plötzlich erschöpft. „Verstehst du überhaupt, warum ich so reagiere? Warum ich es einfach furchtbar finde, dass eine Leiche in meinem Garten begraben ist, die meinen Namen trägt?" Hätte ich ehrlich geantwortet, hätte ich *Nein* gesagt.

„Aber natürlich", sagte ich stattdessen. „Mir würde da auch schwindlig."

„Trutz", unterbrach mich Christina, „sei bitte nicht so zynisch."

„Das bin ich nicht", antwortete ich ehrlich und versuchte zu lächeln.

„Okay", kapitulierte nun Christina, „okay."

Endlich fühlte ich so etwas wie Entspannung. Das alte Jagdfieber kochte wieder hoch und Christina war wieder meine Verbündete. So, wie sie es schon immer war. Ich recherchierte, sie hielt mir den Rücken frei und gab mir Deckung. Ich lächelte und es war fast wie ein Lachen. Wir stießen mit unseren Gläsern an, um unser neues Bündnis zu feiern.

Christina sprach das erste Mal seit Wochen von ihrer Arbeit im Berliner Senat, was nicht unbedingt Hoffnung auf die Berliner Politik machte, und ich saugte jede dieser Informationen auf, als wären dies die wichtigsten Informationen überhaupt. Duschen gingen wir beide nicht. Stattdessen liebten wir uns in der Küche.

Nach diesem unfassbar schönen Liebesakt gingen wir beide wie Adam und Eva sich an den Händen haltend ins Wohnzimmer und kuschelten eng umschlungen auf der Couch. Nach einem kurzen Schlummer betrachtete ich Christinas Körper. Christina hatte ungewöhnlich breite Schultern. Ihr langes dunkelbraunes Haar bedeckte ihre großen Brüste wie bei einem sorgsam drapierten Gemälde der Renaissance. Ihre etwas hervorstehenden Wangenknochen bewegten sich leicht im Schlaf, als würde sie an etwas kauen. Zeit für die Wahrheit, dachte ich, und strich Christina eine Strähne von ihrer dunkelbraunen Mähne aus der Stirn.

„Ich muss dir etwas gestehen", flüsterte ich. Christina lächelte schlaftrunken, und ich interpretierte das als ein gutes Zeichen.

„Aha?" „Das Grab von Christina Buschmann, geb. Sens, kann nicht umgebettet werden."

„Wieso?", fragte sie wacher als ich es vermutet hätte. „Es gibt doch einen Friedhof, oder nicht. Ganz in der Nähe."

„Ja, aber…"

Ich begann unbewusst verräterisch mit meiner Zunge an der Innenseite meiner Wange zu rotieren.

„Trutz!"

„Das Grab ist irgendwie verflucht, glaube ich… nicht nur ich. Der gemütliche Pastor glaubt das auch."

Christina schnappte hörbar nach Luft.

„Deshalb weichst du mir ständig aus… und findest irgendwelche Ausreden."

„Ich habe es versucht", gab ich kleinlaut zu. Und zögerte noch einen Moment. „Aber sie hat zu mir gesprochen. Verstehst du?"

„Wie bitte?"

„Christina Buschmann, geb. Sens, hat zu mir gesprochen." Jetzt war es raus. Und jetzt kam es auf meine Christina an.

„Das ist absurd", flüsterte sie erst. Dann wurde ihre Stimme fester, klarer und lauter. Sie sah mir in die Augen.

„Bist du verrückt geworden, Trutz?"

Diese Frage stellte ich mir nicht das erste Mal. Diese Frage von Christina zu hören, war neu.

„Nein. Der gemütliche Pastor wäre dann wohl mein Mitpatient, oder? Weißt du, ich habe mich ein bisschen mit der Geschichte von Bebersee beschäftigt. Es gab hier zwischen 1824-1830 eine Art Geheimbund. Und wahrscheinlich wurde hier eine der letzten lebenden Hexen, nämlich Christina Buschmann, geb. Sens, deine Namensvetterin, auf diesem Grundstück lebendig begraben. So, jetzt ist es gesagt."

Normalerweise erweckte eine solche Aussage Christinas Neugier. Diesmal offensichtlich nicht, denn ihre Stimme klang aggressiv.

„Aha!"

„Ja, und du wirst es nicht glauben, aber ich habe herausgefunden, dass Vater Sens Mitglied dieser Geheimorganisation war und ein Buch darüber verfasst hat." Ich war jetzt völlig im Recherchefieber, fügte aber ein wenig kleinlaut hinzu. „Es ist ein bisschen unleserlich."

Christina schoss in die Höhe, als wäre sie die ganze Zeit an ein Katapult gebunden gewesen und hätte nun den Auslöser gedrückt.

„Sens ist der Vater von Christina Buschmann?"

„Genau."

„Und was genau ist daran so geheimnisvoll, wenn auf einem Grabstein *Christina Buschmann, geb. Sens* steht, dass der Vater dann wohl eben Sens heißt. Die Mutter wahrscheinlich ebenso."

Einen Moment war ich verblüfft. Hatte meine kluge Christina nicht verstanden, was ich gerade offenbarte? Außer hysterisches Kichern fiel mir nichts ein.

„Wie?", gluckste ich schließlich, „Das ist ja die allerlogischste Schlussfolgerung, die ich je gehört habe. Wow." Einen kurzen Moment hielt ich inne und dachte, dass Christina möglicherweise zu viel Wein getrunken hatte. „Das meine ich aber nicht." Meine Augen rollten nach oben, das spürte ich. „Ich meine das Ernst, Vater Sens war in Bebersee der Vorsteher eines Geheimbundes."

Die Tür schlug zu, und ich blieb allein zurück.

30

I ch ahne, dass Dr. Rüffert keine Ruhe lassen wird. Ich bin darauf vorbereitet und auch wieder nicht. Er tritt in mein Zimmer und lässt sich auf dem einzigen Stuhl nieder, der möglich ist. Ich liege auf meinem Bett.

„Auf El Hierro haben Sie einen gigantischen Fehler begangen, Herr Fiedler." Ich stutze. „Wie meinen Sie das?" „Sie haben in El Pinar nicht nur einen Kaffee getrunken. Sie haben die gesamte Einrichtung dieses kleinen Cafés demoliert. Es gibt ein Überwachungsvideo, dass Sie eindeutig zeigt. Ich bin kein Ermittler, und Sie sind mein Patient. Dennoch muss ich Sie aus therapeutischer Sicht fragen, warum Sie das getan haben. Und über die Beschädigung dieses Baumes El Garoé, sollten wir auch noch einmal reden. Ich will damit sagen, dass auch die spanischen Behörden gegen Sie ermitteln. Das weiß ich seit heute Morgen."

Seit ich Seroquel jeden Morgen schlucke, habe ich weder Gefühle noch imaginäre Gedanken. Inzwischen wiege ich sechs Kilo mehr als bei meiner Einlieferung. Egal. Dick sein und klar, ist wahrscheinlich besser als dünn und doof. Dennoch hegt eine kleine Stimme in mir Zweifel.

„Ich würde gern wieder zu meinem Alltag mit meinen Mitpatienten zurückkehren dürfen, wenn das möglich wäre, Herr Dr. Rüffert", sage ich und warte einen Moment. „Natürlich, das ist kein Problem." „Vielen Dank!"

„Erinnern Sie sich an El Pinar, dem kleinen Café und der Beschädigung dieses heiligen Baumes?"

Ich beantworte jede seiner Fragen in Gedanken mit einem Kopfnicken. Aber dieses gedankliche Kopfnicken ist nicht echt. Hier herauszukommen ist wahrscheinlich nicht mehr möglich.

Bei der Vorstellung in eine Justizvollzugsanstalt überstellt zu werden, rebelliert nicht nur mein Magen, sondern auch mein Rücken, der dank Oxy, bisher ruhiggestellt ist. Aber was ist die Wahrheit? frage ich mich, bevor ich antworte. „In dem kleinen Café in El Pinar bin ich ausgerastet. Das stimmt", gebe ich mit ruhiger Stimme zu, aber im *El Mentiroso* gibt es keine Überwachungskamera, das haben Sie erfunden." *El Mentiroso* heißt übersetzt *Der Lügner* – was ich gerade sehr passend finde.

Das *El Mentiroso* in El Pinar ist eine kleine schäbige Bar, mit einem einarmigen Spielautomaten, in der nur Alkohol, Fanta und Kaffee ausgeschenkt werden.

„Und mit der Beschädigung des heiligen Baumes El Garoé habe ich nichts zu tun. Das schwöre ich."

Dr. Rüffert scheint mit meinen Erklärungen nicht einverstanden zu sein, denn er rückt unruhig auf dem Stuhl hin und her. „Und was ist mit Ihrer Frau, Christina? Wo haben Sie sie getötet? War das in La Restinga, in El Pinar oder ganz woanders? Sie sollten sich erinnern." Was redet dieser Mensch da, denke ich. Meine Christina lebt. Meine Geliebte, von der ich hoffe, dass sie es schaffen wird, mich hier rauszuholen. Denn im Grunde ist sie die Einzige, die versichern kann, dass ich niemanden getötet habe. Auch nicht aus Versehen. Und erst recht nicht im Wahn. Sie ist diejenige, die die Wahrheit kennt. Sie ist die Einzige, die die ganze Geschichte kennt, von Anfang an.

Dass ich später nach Luisenhof in die Uckermark gefahren bin, um die eine der Fridas zu treffen, kann Dr. Rüffert nicht wissen. Das weiß niemand. Auch weiß niemand, dass mir jene Frida die Waffe in die Hand gegeben hat, mit der ich diesem Spuk ein Ende setzen konnte. Und das habe ich getan. Ich habe dem Spuk ein Ende gesetzt. Und es ist ein Segen. Ein Segen nicht nur für Christiana Buschmann, geb. Sens, 1799-1825, sondern auch für uns. Für uns, die danach in Bebersee, in der Dorfstraße 4, versuchten, ein unspektakuläres, friedliches Leben zu leben.

„Ich habe das Richtige getan", sage ich tonlos. „Glauben Sie mir."

Dr. Rüffert scheint auch mit dieser Erklärung nicht einverstanden zu sein. Wie kann er auch. Er bohrt seinen Blick in meinen.

„Sie haben immer wieder den gleichen Unsinn wiederholt", sagt er. „Es tut mir leid, aber vielleicht kann Ihnen niemand helfen."

Mit diesen Worten verlässt er mein Zimmer, und eine Welle Jammer überspült mich.

31

B ruder Johannes, der gemütliche Pastor, stand am 22. August 2016 wie jeden dritten Sonntag des Monats auf der Kanzel der kleinen Kirche in Bebersee und predigte.

Insgesamt gab es drei Besucher seines Gottesdienstes. Neben Elfriede Gröber und Hannelore Borde, saß Helmut Schönberger in der ersten Reihe, was den gemütlichen Pastor zwar freute, aber auch verwunderte. Helmut Schönberger hatte diese Kirche noch nie von innen gesehen. Schon in den ersten Sekunden seines Gottesdienstes ahnte der gemütliche Pastor, dass etwas mit einem seiner Schäfchen nicht stimmte. Helmut Schönberger rückte von Anfang an so unruhig auf seinem Stuhl hin und her, als wären seine Hämorriden geplatzt und seine Hose feucht geworden.

Nachdem der gemütliche Pastor seiner kleinen Gemeinde den Segen gespendet hatte und erwartete, dass nun alle in ihre Häuser zurückkehrten, um ihre Sonntagsbraten zu essen, saß Helmut Schönberger noch immer da. Seine Hände lagen in seinem Schoss, als würde er beten. Der gemütliche Pastor war sich sicher, dass Helmut Schönberger nicht betete. Sein Kopf war gesenkt. Als der gemütliche Pastor die zwei Stufen seiner Kanzel herunterkam, richtete sich Helmut Schönberger auf und blickte ihn direkt an.

„Herr Pastor", sagte er. „Ich habe da ein kleines Problem. Vielleicht können Sie mir helfen." Der gemütliche Pastor straffte seine Soutane und lächelte. „Gern! „Ich hab' da was gefunden. Auf meinem Grundstück."

Helmut Schönberger wies mit seinem Kopf in Richtung Dorfstraße 4. Seine Geste sah aus, als würde er gerade an seinem Warmbandstoßofen stehen, an dem glühenden Eisen seine endgültige Form gegeben wurde und seine Kollegen darüber informieren, dass jetzt ein kritischer Zeitpunkt eingetreten war, die erhöhte Aufmerksamkeit erforderte. Der gemütliche Pastor wusste sofort, welches Grundstück gemeint war.

„Ach, ja. Was haben Sie denn gefunden?" Der gemütliche Pastor hatte inzwischen Platz auf den Holzbänken neben Helmut Schönberger genommen. „Das werden sie mir nicht glauben." „Der Glauben hat uns gerettet, mein Sohn." „Wenn ich Ihr Sohn wäre, hätten Sie wahrscheinlich längst ihren Job verloren", kicherte Helmut Schönberger und begann kurz zu husten. „Um was handelt es sich?"

„Ne Tote", antwortete Helmut Schönberger. „Ne Tote, die spricht. Und das auf meinem Grundstück, Herr Pastor. Gibt's da in der Bibel eine Erklärung?" Von solcherlei Dingen wusste der gemütliche Pastor nichts. Seine Begegnung mit Engeln, übersinnlichen Ereignissen oder Erscheinungen beschränkte sich zu diesem Zeitpunkt auf die Schriften der Bibel. Im Johannesevangelium war davon die Rede. Die Apokalypse. Hier in Bebersee standen keines der Zeichen auf eine bevorstehende Wiederkehr des Herrn. Dennoch wurde Bruder Johannes aufmerksam.

„Haben Sie nachgesehen?", fragte er nüchtern.

„Ich habe mit meiner Mistgabel gegraben." Bruder Johannes wurde blitzschnell wieder zum gemütlichen Pastor, der sich in Sorge um seine Schäfchen kümmerte. „Ich hoffe, Sie haben sich dabei nicht verletzt?" Helmut Schönberger grinste. „Haben Sie schon einmal an einem Warmbandstoßofen als Strecker gestanden?" Der gemütliche Pastor schüttelte den Kopf. „Na, also. Wenn man das überlebt hat, überlebt man auch eine Grabung mit einer Mistgabel. Vorsicht ist die Mutter aller Tugend, sag ich immer. Und das hat auch schon meine Mutter gepredigt." „Hm, da haben Sie Recht Herr Schönberger", räusperte sich der gemütliche Pastor.

„Eine Leiche habe ich nicht gefunden", fuhr Helmut Schönberger fort. „Aber das hier." Helmut Schönberger überreichte dem gemütlichen Pastor, der noch vor ein paar

Minuten auf der Kanzel der kleinen Kirche in Bebersee gepredigt hatte, einen in einer Plastiktüte eingepackten Gegenstand. Es waren zwei Bücher, die mit einem Silberfaden aneinandergebunden waren. Das Zittern in seinen Händen verbarg der gemütliche Pastor, indem er seine Augen gen Himmel reckte und versuchte, an etwas anderes zu denken. Als Bruder Johannes tropfte ihm der Speichel vor Aufregung aus dem Mund. „Was ist das?", fragte er möglichst banal. „Keine Ahnung!" antwortete Helmut Schönberger. „Sieht aus wie 'ne Stahlplatte. So etwas haben wir im VEB Walzwerk Finow in Eberswalde Präzisionsstahlplatten genannt. Die waren nur größer." Der gemütliche Pastor drehte das kleine Bücherpacket in seinen Händen und fühlte, ob es Kraft ausströmte. Das tat es. Und als er in die Augen von Helmut Schönberger sah, sah er nicht nur Verwirrung, sondern komplette Desorientierung. Und das war kein Wunder. Das war keineswegs ein Wunder, sondern nach allem, was er wusste, logisch.

„Ich sah auch Pfeile. Pfeile aus Laub. Die haben mich zu dem Hügel geführt. Dorthin, wo dann die Leiche zu mir sprach. Was sagt Ihre Bibel zu so etwas?", plapperte Helmut Schönberger weiter. „Die Bibel sagt da leider nichts dazu." Der gemütliche Pastor verengte seine Augen und überlegte gleichzeitig, wie er Helmut Schönberger davon überzeugen konnte, ihm die Bücher zu überlassen, ohne dass dieser in irgendeiner Weise Verdacht schöpfte.

„Wenn Sie mir dieses Paket ein paar Tage überlassen, könnte ich vielleicht das hiesige Amt für Archäologie und Bodenbestände einschalten, um es untersuchen zu lassen. Möglicherweise haben Sie etwas gefunden, was aus der Bronzezeit stammt. In Potsdam würde man sich sicherlich darüber freuen. Bebersee würde es Ihnen ebenfalls danken. Und Ihnen würde Anerkennung zuteil, Herr Schöneberger." „Schönberger" „Entschuldigung, Herr Schönberger." Einen kurzen Augenblick erstarrte der gemütliche Pastor. Dann entspannte er sich, als er in die Augen seines

Gegenübers sah. „Gut", meinte Helmut Schönberger, „so können wir es machen." Der gemütliche Pastor, alias Bruder Johannes, atmete auf. Helmut Schönberger gab ihm das kleine Paket, das in eine Plastiktüte eingewickelt war, stand auf und verließ die Kirche.

Helmut Schönberger galt ab dem 24. August 2016 als vermisst. Eine Leiche wurde nie gefunden. Die zuständige Staatsanwaltschaft Eberswalde legte den Fall zu den Akten, weil sie nicht von einem Tötungsdelikt ausging. Stattdessen vermutete sie, dass sich Helmut Schönberger in der Sonne Mallorcas sonnte, da sein Haus in Bebersee ein paar Wochen vor seinem Verschwinden zum Kauf angeboten worden war. Eine Anfrage an die spanischen Kollegen fand deshalb nie statt.

32

Dem gemütlichen Pastor war es seit Tagen nicht mehr gemütlich zumute. Es war das erste Mal, dass er selbst daran dachte, sich dem Grab von Christina Buschmann, geb. Sens, geboren 1799, gestorben 1825, zu nähern.

Der gemütliche Pastor erhob sich aus seinem Sessel in seiner Pfarrei Groß-Dölln, blickte aus dem Fenster und stellte fest, dass es äußerst neblig war. Dann griff er sich seinen Mantel, suchte seine Autoschlüssel und wuchtete sich ins Erdgeschoss, wo es einen Zugang zu seiner Garage gab, in der sein kleiner Dienstwagen parkte. Der gemütliche Pastor öffnete die Wagentür, stieg ein und startete. Nach zwanzig Minuten sah er das Ortseingangsschild von Bebersee. Die Hinweise über die jährlichen Wildwechselunfälle waren ihm nicht entgangen. In diesem Jahr waren es siebenundneunzig. Aber Gott sei Dank, kam ihm keines der Viecher in die Quere.

In Bebersee wartete er eine Weile vor dem Haus Dorfstraße 4, bis er sicher war, dass sich dort niemand befand. Das Haus lag im Dunkeln. Der Möchtegernhistoriker war definitiv nicht da. Vor dem Tor stand kein Auto. Und seine Frau oder Freundin Christina war hier schon seit Monaten nicht mehr gesehen.

Der gemütliche Pastor schaltete das Radio ein, um die Nachrichten von Deutschlandfunk zu hören. Es war neunzehn Uhr. Ein Dienstag. Die Nachrichten erzählten, dass die Friedensnobelpreisträgerin Aung San Suu Kyi verhaftet worden war. Die Temperaturen des Weltklimas waren weiter kontinuierlich gestiegen und im britischen Königshause gab es Turbulenzen. Zeit zu handeln, dachte der gemütliche Pastor, alias Bruder Johannes.

Er stieg aus, näherte sich dem kleinen Gartentor und öffnete es. Vorher blickte er nach rechts und links, um sich sicher zu sein, dass ihn niemand beobachtete. Dem war nicht so. Abermals blickte der gemütliche Pastor nach links und rechts, bevor er sich auf den Weg in den Garten machte. Das denkmalgeschützte, alte Haus mit seinem Walmdach ignorierte er. Der Garten war gepflegt worden, erkannte der gemütliche Pastor sofort. Dennoch machte sich inzwischen eine gewisse Schludrigkeit breit. Dieser Ort verwilderte wegen fehlender Anwesenheit. Der gemütliche Pastor sah sich um. Der Apfelbaum hatte seine Blätter abgelegt, ebenso die dahinterstehende Birke. Die Blätter waren nicht zu einem Haufen zusammengeharkt worden. Nun ja.

Das vermeintliche Grab von Christina Buschmann, geb. Sens, geboren 1799, gestorben 1825, fand er sofort, denn er wusste, wo es sich befand. Nachdem er einiges Gestrüpp beiseitegeschoben hatte, stand er davor. Und er konnte nicht glauben, was er da sah.

Diese kleine Stelle, inmitten der Schorfheide, zwischen lauter Kiefernwäldern, die keine dreißig Jahre alt waren, leuchtete. Sie fluoreszierte, um es genauer zu sagen. Aber diese Details waren dem gemütlichen Pastor egal. Was hat das zu bedeuten? Er hatte keine Antwort. Der gemütliche Pastor, alias Bruder Johannes sank trotz seines Übergewichts auf die Knie. Was bedeutete dieses Zeichen, betete er. Er sprach das *Vaterunser* zweimal und dreimal hintereinander das *Ave-Maria*. Keines seiner Gebete wurde erhört.

Er griff hektisch in die Tasche seiner Soutane und fingerte nach der Chronik aus Ziegenleder, die ihm einst Helmut Schönberger in der kleinen Kapelle in Bebersee gegeben hatte. Auch das half nicht. Das fluoreszierende Leuchten verschwand nicht. Im Gegenteil, es wurde stärker.

Und dem gemütlichen Pastor wurde unbehaglich.

33

E s war purer Zufall, der mich zu dem Gegenstand führte, den die zwei Fridas auf den Fotos in den Händen hielten. Es sah aus wie eine kleine Rolle. Bei meinen Recherchen über die Fotos der zwei Fridas führte mich mein Weg in das Staatsarchiv des Landes Brandenburg. Dort gab es eine Abteilung der megalithischen Kulturen. Als die Spanier Ende des 15. Jahrhunderts die Inselgruppe der Kanaren nach fast dreißig Jahre währenden Kämpfen eroberten, löschten sie fast die gesamte Kultur der eingeborenen Guanchen aus. Professor Harald Braem, ein profunder Kenner der Kanaren, schrieb, dass es auf den kanarischen Inseln weise Heilfrauen, Seherinnen und Priesterinnen gab. Sogar Kriegerinnen, die sich der spanischen Eroberung widersetzten. Insbesondere auf El Hierro. Ich stutzte. Schon wieder El Hierro. Ich las weiter. Eine weiblich und eine männliche Gottheit waren bei den Guanchen quasi gleichgestellt. Der oberste Hauptgott hieß *Abora*. Das ist eigentlich Wurst, dachte ich, ich bin Gnostiker. Welcher Gott auch immer die Geschicke der Menschen leiten sollte, war mir egal. Höchstwahrscheinlich war es keiner.

Dieser guten Kraft *Abora* stand bei den Guanchen eine negative Kraft gegenüber. *Guayote* in Form des Hundes, der aus dem Vulkan stammte. Stopp, dachte ich. Einen Zusammenhang zwischen einer kanarischen Gottheit und einer möglichen Wicca in Berbersee, die lebendig begraben wurde, herzustellen, war ebenso absurd, als wenn man versuchen würde, den sogenannten Reichsdeutschen das Bundesland Sachsen zu überschreiben, um ihre eigene Diktatur zu gründen. Und dann wurde mein Blick starr. Eine kleine Abbildung einer Felsmalerei zeigte folgendes Bild:

Pl. 18.

Mir wurde sofort klar, dass ich etwas Großes entdeckt hatte. Und dass es möglicherweise doch einen Zusammenhang gab.

Und dann tauchte wieder der durchgeknallte Kater auf. Mittlerweile hatte er sich ebenso an mich, wie ich mich an ihn gewöhnt. Er sprach noch immer nicht, wenn ich ihn direkt ansprach. Er sprach, wenn er es wollte. Und er zeigte mir, was es bedeutete, zu überleben. Seine Ohren waren aufmerksam, seine Haltung entspannt. *Wenn du dieses Kritzelkratzel entziffern kannst, herzlichen Glückwunsch,* sagte der durchgeknallte Kater. *Ich sehe darin in erster Linie Kreise, auf jeden Fall kein Futter, denn Futter sieht anders aus. Zudem liegen der Ort Bebersee und die Insel El Hierro ungefähr viereinhalbtausend Kilometer voneinander entfernt. Mit deinem geliebten Oldtimer hast du da keine Chance hinzukommen. Man kann die Insel nur mit einer Fähre erreichen. Oder mit einem Flieger.*

Ohne einen weiteren Kommentar legte er seine Ohren an, drehte sich um seine eigene Achse und rollte sich zusammen. Für ihn war die Welt in Ordnung, für mich nicht.

Auf der Malerei erkannte ich in der Tat Kreise, Kreise und Ovale, die manchmal nicht vollständig durchgezogen waren. Ich sah jede Menge angedeutete *H's*, ich sah kleine Pünktchen, die Schlangen formten. Ich sah Brillen, und ich sah Schlangenpünktchen, die auf einer Art Bett standen. Und dann sah ich ein Bild an einem Felsen. Dieser Felsen war einer Insel vorgelagert. El Hierro? Natürlich El Hierro. Es sah aus, als würden auf einem Stativ zwei Handys für ein Selfie platziert. Andere Pünktchen schrieben in meiner Fantasie das Wort *Clonsi.* Im Französischen gab es das Wort *clouns* und das bedeutete: Clown. Oberhalb des vorgelagerten Felsens gab es unter diversen Zeichen noch ein deutliches Bild. Es war ein Schwert. Und dieses Schwert steckte nicht in einem Schädel, sondern ragte daraus hervor. Und wenn man diesen Schädel gedanklich drehte, wurde er zu einem Stein. Ein Stein mit einem Loch. Er wurde zu einem sogenannten Hühnergott. Und dann wusste ich es. Die zwei Fridas hielten einen Stein in ihren Händen. Einen Stein mit einem Loch. Einen Hühnergott.

Der Hühnergott hieß altdeutsch *Hascherlit.* Englisch *hag stones.* Im alten Ägypten wurde er *aggri* genannt. *Hag stones* wurde entweder als *Schlangenei* übersetzt, zumindest im Schottischen. Oder *Hexenstein.*

Die zwei Fridas auf den Fotos hielten also einen Hexenstein in ihren Händen.

34

Jean Pierre Ancillon hatte nichts mit dem versuchten Attentat auf Friedrich Wilhelm dem Dritten am 24. August 1799 auf der Halbinsel Stralau zu tun. Aber er hasste ihn.

Heute trat Jean Pierre Ancillon die Nachfolge Friedrich Delbrücks im Amt des Erziehers des Kronprinzen Friedrich des Vierten an – dem Sohn Friedrich Wilhelm des Dritten. Er legte seine anderen Ämter nieder. Nicht nur seine Professur, sondern auch die Stelle des Predigers.

Nach seinem theologischen Studium in Genf wurde er 1790 Prediger an der Friedrichswerderschen Kirche in Berlin. Zwei Jahre später erhielt er eine Professur für Geschichte an der preußischen *Académie Militaire.* Er machte seine Sache gut. Königin Luise war begeistert. Sein Ziel bestand von nun an nicht nur darin, den jungen Prinzen vor den Gefahren einer Revolution, wie er sie selbst in Paris 1789 erlebt hatte, zu warnen. Sein staatspolitisches Ziel war, eine innen- und außenpolitische Harmonie. Der menschliche Geist lässt Vernunft und Verstand walten, das hoffte er und lehrte es den Kronprinzen. Eine erstrebenswerte Gesellschaft, die nicht nur allein nach rationalen Prinzipien konstruiert wurde, sondern auch organisch wuchs. Ein Ständestaat. Vielleicht auch eine Art Philosophenrepublik. Jean Pierre Ancillon kannte nicht nur die Schriften von Friedrich Hegel. Dessen Ideen einer *Weltseele zu Pferde* – gemeint war Napoleon – und schließlich *Der Endzweck in der Vernunft der Geschichte,* faszinierten ihn. Er kannte auch die Schriften von Spinoza, dem jüdischen holländischen Philosophen, den seine Gemeinde verbannt hatte.

Spinozas Gedanken waren ihm am wohlklingendsten:

Gott ist in allem Seienden vorhanden. Gott ist die Ursache aller Dinge, weil ein Dreieck von Natur aus von Ewigkeit zu Ewigkeit einer Logik folgt. Seine drei Winkel sind immer gleich zu seinen zwei rechten. Gott war also auch nicht frei, die Welt zu erschaffen oder es zu unterlassen. Die Ordnung und Verknüpfung der Ideen ist dieselbe wie die Ordnung und Verknüpfung der Dinge. Daraus folgt: So wie in der Welt der materiellen Körper keine Wirkung ohne zwingende Ursache möglich ist, so ist in der Geisteswelt ein Willensentschluss ohne Motiv nicht möglich.

Spinoza schloss jede Willensfreiheit aus. Alles geschah aus kosmischer Notwendigkeit. Darüber lehrte er Friedrich dem Vierten nicht, stattdessen legte er ihm Platons *Politeia* nahe – in der Platon eine Art Diktatur der Philosophen heraufbeschwor, ohne die ein Staat nicht funktionieren konnte. Jean Pierre Ancillons Anhänger hingegen, die ihm in der Friedrichswerderschen Kirche als Prediger gehört hatten, sahen das anders. Sie waren elektrisiert und wollten Veränderung. Jetzt und gleich.

Und der Meuchelmörder saß bei jeder seiner Predigten immer in der ersten Reihe. Sein Name war Karl. Karl von Dönitz. Er hatte ebenso wie Jean Pierre Ancillon Theologie studiert, kannte die Schriften von Hegel und verehrte die Schriften des jüdischen Philosophen Spinoza.

Alles, was geschieht, geschieht aus kosmischer Notwendigkeit.

Er arbeitete 1798 als Pastor der kleinen Pfarrkirche in Stralau. In einer fanatischen Predigt über Leibeigenschaft erlebte ihn Nicolaus Sens. Nur einen Monat später wurde er in die Provinz abberufen, nach Templin. Möglicherweise auf Befehl von Friedrich Wilhelm dem Dritten. Aber das waren nur Gerüchte.

35

Meine Recherchen zum Hexenstein, dem Stein mit dem Loch, den offensichtlich alle Fridas auf den Fotos in ihren Händen gehalten hatten, führte mich zunächst ins Stralsunder Museum für Meereskunde.

Ich betrachtete die Vitrine mit einer präparierten jungen Kegelrobbe, einem Seehund und dem Skelett einer Seekuh. Nebenan tummelten sich präparierte Delfine und das Skelett eines Schweinswals. Im ehemaligen Chor des ehemaligen Katharinenklosters befand sich ein fünfzehn Meter langes, etwa eintausend Kilogramm schweres Skelett eines jungen Finnwales, der im Jahr 1825 an der Westküste Rügens gestrandet war. Modelle von Fischtrawlern der DDR-Fischerei standen ebenso in Vitrinen. Aber all diese Giganten der Meere interessierten mich nicht. Mich interessierte einzig und allein eine winzige Ausstellung im Keller des Museums. Gesteine der Ost- und Nordsee. Die gefundenen Hühnergötter oder Hexensteine. In anderen Kulturen hießen sie *Trutensteine* oder *Schratensteine*. Lochsteine als schützende Amulette hatten in der Vergangenheit in ganz Europa eine Rolle gespielt. Sie galten häufig der Abwehr von Hexen, sollten das Vieh vor Unglück bewahren oder *böse Blicke* abwenden. Manche Quellen wiesen auf den Donnergott *Thor* oder seinen Widersacher *Loki* hin.

Jetzt musste ich mir nur noch die Serie *Vikinger* angucken, dann wäre alles geklärt. Aber so war es nicht. Wieso trugen die zwei Fridas auf den Fotos Hühnergötter, Trutensteine oder Hexensteine? Dieses Manuskript wurde zu einer echten Herausforderung. Im nicht öffentlichen Keller des Stralsunder Museums für Meereskunde befanden sich Unmengen von Hühnergöttern. Also drückte ich die Taste *K* im Fahrstuhl und fuhr nach unten. Diese alle durchzukramen, ergab wenig Sinn. Ich schob meine Brille zurecht und betrachtete zwei, drei Exemplare, die mich an die Zeichnung erinnerten.

„He, was machen Sie hier?", wurde ich abrupt aus meinen spontanen Recherchen herausgerissen. Ein junger Mann baute sich vor mir auf. An seinem Gürtel trug er ein Schild mit seinem Namen und der offiziellen Beglaubigung, dass er für das Stralsunder Meeresmuseum arbeitete. Wahrscheinlich hatte er auch einen Generalschlüssel. „Ich habe mich verlaufen", log ich. „Wahrscheinlich habe ich eine falsche Taste des Fahrstuhls gedrückt. Entschuldigung. Das war nicht meine Absicht." Mein Blick wurde so unschuldig, wie nur möglich. Der junge Mann mit dem Plastikschild an seinem Gürtel blinzelte bedrohlich. „Sie haben hier nichts zu suchen. Bitte begeben Sie sich nach oben." Ich nickte erleichtert. „Ja, das werde ich."

Ich warf noch einen schnellen Blick auf die Steine, dann übergab ich mich meinem Schicksal. In Begleitung des jungen Mannes wurde ich zum Aufzug eskortiert und befand mich kurze Zeit später im Foyer des Stralsunder Meeresmuseums. Rechts neben mir schlängelten sich die Besucher, um das Skelett des Finnwals zu bewundern. Der durchgeknallte Kater tauchte wieder auf. Er balancierte mit erhobenem Schwanze am rechten Geländer der verchromten Stangen des Eingangsbereichs. Und diesmal sprach er.

He, Trutz, wie wär´s, wenn du die bekloppten Löchersteine einfach ignorierst und dich den wirklich wichtigen Dingen widmest? Ich denke, da gibt es einiges.

Er putzte sich seine rechte, vordere Pfote und begann sich dann bedächtig die linke Pfote zu putzen und fügte hinzu: *deinen Dingen zum Beispiel.*

Natürlich hatte er recht, aber das schob ich beiseite.

36

Alle Fridas der weiblichen Nachkommen von Christina Sens, geboren 1799, gestorben 1825 trugen Hexensteine um den Hals.

Nach dem Tod ihrer Mutter, die lebendig begraben wurde und dem Tod ihres Vaters, der durch den Meuchelmörder niedergestochen wurde, kam die allererste der Fridas zurück nach Berlin. Nicht freiwillig. Und an die Geschehnisse in Bebersee würde sie sich niemals erinnern können. Dass Karl von Dönitz daran dachte, die Neugeborene mit sich zu nehmen, glich einem Wunder. Natürlich wollte er den möglichen Zeugen beseitigen, der den Mord in Stralau beobachtet hatte, aber mit dieser Entwicklung der Geschichte hatte er nicht gerechnet. Alles geschah zu schnell. Geradezu panisch lief er mit dem Bündel im Arm zu seiner Kutsche, die am Ortseingang wartete. Auch den Brand, der das halbe Dorf zerstörte, hatte Karl von Dönitz nicht kommen sehen. Wie mit vielem war er da zufällig hineingeraten. Jetzt rannte er, als wäre der Teufel hinter ihm her. Nach seiner Suspendierung als Prediger in Stralau durch Friedrich Wilhelm den Dritten, hatte er nur noch ein Ziel verfolgt. Rache. Inzwischen hatte er sich verrannt. Das neugeborene Mädchen auf seinem Arm begann zu schreien. Am liebsten hätte Karl von Dönitz es aus dem Kutschenfenster geworfen und es sich seinem Schicksal überlassen. Aber aus irgendeinem Grund konnte er das nicht. Also fuhr er mit ihr nach Templin, wo er noch immer eine Pastorenstelle innehatte. Das Mädchen hatte sich beruhigt und war eingeschlafen.

Als er in Templin in der St. Maria-Magdalenen Kirche ankam, war es bereits dunkel. Er rief sofort eine Magd und befahl ihr eine von den Barmherzigen Schwestern aus dem nahegelegenen

Sankt-Georgen-Hospital zu rufen. Schwester Elisabeth klopfte nach zwanzig Minuten an der Pforte der Pfarrei.

„Ein Findelkind", log Karl von Dönitz, „ich habe es vor wenigen Stunden vor der Tür der Pfarrkirche gefunden, in einem Korb, eingewickelt in ein Leinentuch. Ich weiß nicht, wer es dort abgelegt hat." Schwester Elisabeth zog einen Augenblick ihre Augenbrauen empor, dann streckte sie ihre Arme aus, um das Bündel, die erste Frida, in Empfang zu nehmen.

„Ich möchte, dass sie sie in ihre Obhut nehmen. Aber dieses Kind soll nicht hier in Templin aufwachsen. Das Kind soll in Berlin aufwachsen. Ich habe eine Verbindung zum Friedrichs-Waisenhaus Rummelsburg. Dort soll das Mädchen leben." Karl von Dönitz sprach wie zu sich selbst. „Genau dort soll sie aufwachsen." Schwester Elisabeth nickte. Bevor sie mit Frida den Raum verließ und ihren Auftrag ausführte, drehte sie sich noch einmal um. „Hat sie denn eine Mitgift?" Das wusste Karl von Dönitz schon vorher. „Gewiss." Und so geschah es. Die kleine Frida kam nach Berlin. Und als sie schließlich den Metzgersohn Ansgar Brandt heiratete und eine Tochter bekam, nannte sie die Tochter von Christina Buschmann, geb. Sens, Frida, obwohl sie keine Ahnung hatte, warum. Und diese Frida wiederum, da war Karl von Dönitz längst zu Staub verrottet, machte es ihr gleich. Aus ihrer Ehe mit Robert Lenz, einem Dorfschulzen, gingen fünf Kinder hervor. Das älteste der zwei Mädchen, wurde auf den Namen Frida getauft. Und diese Frida kehrte mit ihrem Mann, Gustav, ebenfalls einem Dorfschulzen, nach Bebersee zurück. Gustav wurde dort der Dorflehrer.

Auf dem Foto der Jahrhundertwende war Gustav nicht zu sehen. Seine Tochter Frida schon.

37

Es ist das erste Mal, dass Dr. Rüffert nicht allein zu mir in mein Zimmer, meine Zelle, kommt. Er ist in Begleitung. Ein Mann und eine Frau. Mein Blick wird, trotz Seroquel, skeptisch. Dr. Rüffert sieht so aus wie immer. Altmodischer Cord-Anzug, gefärbtes, schulterlanges, schwarzes Haar und schmale Hände, die unentwegt nach etwas zu greifen scheinen. Die Frau stellt sich als Hauptkommissarin Andrea Pleil vor, der Mann nennt sich Hauptkommissar Robert Feiser. Hauptkommissarin Andrea Pleil ist schätzungsweise um die Vierzig, sie trägt dunkelblaue Markenjeans, ein dunkelblaues T-Shirt und eine Designer-Brille. Hauptkommissar Robert Feiser, schätzungsweise ebenfalls um die Vierzig, trägt einen modischen Anzug, ein gelbes T-Shirt und weiße Slipper. Keine Brille. Sowohl die Brille von Andrea Pleil als auch der Anzug von Robert Feiser sind nicht billig. Hauptkommissarin Andrea Pleil und Hauptkommissar Robert Feiser setzen sich auf mein Bett und kommen sofort zur Sache. Beide Augenpaare fixieren mich. Ich gestatte mir ein kleines Lächeln, was nicht gut ankommt.

„Wir sind hier nicht zum Spaß, Herr Fiedler", sagt Hauptkommissarin Pleil und sieht sich in meiner Zelle um. Abschätzig, wie ich wahrnehme. In der Tat gibt es hier nichts, das zu einem Wochenendausflug einlädt. Es gibt nicht einmal Fotos an den Wänden. „Das kann ich mir auch nicht anders vorstellen", antworte ich, so hochkonzentriert wie es mir unter diesen Umständen möglich ist.

„Wir müssen einen Fall aufklären, verstehen Sie? Im Klartext. Den Tod Ihrer Lebensgefährtin Christina Buschmann."

Nach diesen Worten höre ich ein leises Stöhnen. Und dieses Stöhnen kommt von mir. Außerdem spüre ich, wie sich langsam die Wände um mich herum in Bewegung setzen. Ich stehe auf und laufe einen kleinen Halbkreis, um mich zu beruhigen. Das bringt nichts, und ich setze mich zurück auf mein Bett. Die beiden Kommissare wirken angespannt, Dr. Rüffert lässt sich nichts anmerken. Einen Augenblick überlege ich, ob diese Befragung illegal ist. Ich bin Patient. Gut, Dr. Rüffert hat meine Schmerzen gelindert, in dem er mir Oxyconoica zehn Milligramm verschrieben hat. Aber rechtfertigt das, dass ein Hauptkommissar und eine Hauptkommissarin mich hier in diesem geschützten Ort befragen? Mein Blick wird trotz Serquel noch skeptischer.

„Sie heißen Trutz Fiedler?", fragt Hauptkommissarin Pleil.

Ich nicke.

„Ihre Meldeadresse ist Berlin, Bötzowstraße 7."

Ich nicke abermals.

„Sie haben einen Zweitwohnsitz in Bebersee, Dorfstraße 4."

„Ja, das habe ich", antworte ich. Und gleichzeitig macht sich Empörung in mir breit.

„Was tut das zur Sache? Sie haben kein Recht, mich hier zu verhören", presse ich mühevoll hervor. Hauptkommissar Robert Feiser lächelt. „Das stimmt", sagt er und atmet hörbar aus. Mein Optimismus ist nur von kurzer Dauer. Scheinbar unbeeindruckt, blättert Hauptkommissar Feiser in irgendwelchen Schriftstücken.

„Ich zeige Ihnen jetzt ein paar Fotos, und Sie sagen mir, ob Sie diese Person darauf erkennen. Haben Sie das verstanden, Herr Fiedler?" Ich nicke zum wiederholten Male. Mein noch eben aufgeflammter Widerstand erlischt wie ein Streichholz im Wind. Papierblätter rascheln. „Wir haben hier noch ein paar weitere Ungereimtheiten. Zum Beispiel, den Tod eines Pastors in Bebersee. Sie wurden bei den Ermittlungen befragt und haben Aussagen gemacht. Das geschah auf ihrem Grundstück."

„Ich bin kein Wildschwein, Herr Kommissar, und ich habe nie welche gezüchtet", antworte ich lakonisch. „Für diesen bedauerlichen Unfall, können Sie mich nicht verantwortlich machen, denn ich war zu dieser Zeit auf El Hierro. Mich zu Beamen, kann ich auch nicht." Hauptkommissar Feiser nickt, aber lässt nicht locker. Er zeigt mir ein Foto. „Ist das Ihre Lebensgefährtin, Christina Buschmann?"

Ich schüttele den Kopf. Was ich da sehe, ist ein komplett entstelltes Etwas. Das Gesicht ist nicht zu verifizieren. Dunkle Haare. Blut und überall Blut. So weiße Kochen habe ich noch nie gesehen, die quasi herausbaumeln. Aus dem Gesicht und aus dem Oberkörper. Im Hintergrund stehen dunkle Bäume im Nebel. Ein münzgroßes Stück zeigt blauen Himmel, dass ein Meer durchschimmern lässt. Dieses Foto ist auf einer Insel gemacht worden. Oder an einer Küste eines Festlandes. Möglicherweise sogar auf El Hierro. Aber genauso gut könnte das Foto von einer anderen Insel stammen. Es gibt tausende Inseln auf dieser Welt, die sich ähnlichsehen.

„Ich kenne diese Frau nicht", sage ich tonlos. „Meine Lebensgefährtin lebt. Ich weiß nicht, wo sie sich gerade befindet. Vielleicht auf La Palma oder La Gomera. Ich weiß nur, dass sie lebt, und sie wird dies alles in Kürze aufklären können. Ich habe gesehen, wie sie die Insel verlassen hat. Das war im Hafen Puerto de la Estaca in der Nähe der Hauptstadt von El Hierro, Valverde. Ich habe gesehen, wie sie die Fähre bestiegen hat." Hauptkommissarin Andrea Pleil würdigt mich keines Blickes und sieht stattdessen stirnrunzelnd zu ihrem Kollegen Feiser. Dr. Rüffert steht unbeweglich mit verschränkten Armen in der Tür und schweigt. Ich suche hilfesuchend seinen Blick, aber er weicht mir aus.

„Wahrscheinlich ist sie nach Los Christianos gereist, Teneriffa, das ist die einzige Fährverbindung, die es von El Hierro gibt. Von Teneriffa kann man in die ganze Welt fliegen. Zum Beispiel nach Berlin, London, München, Madrid oder Zürich. Meine Christina liebt das Reisen. Wissen Sie. Vielleicht steht sie gerade in Rom am Trevi-Brunnen und wirft eine Euromünze hinein." Ich beginne zu kichern und wiederhole: „In die ganze Welt fliegen." Einen Moment entsteht eine Pause, in der Dr. Rüffert seine Position von einem Bein auf das andere wechselt. „Was haben Sie gesehen? Präziser, wen haben Sie gesehen, Herr Fiedler?" „Eine Frau. Christina", antworte ich. Mein Körper beginnt plötzlich zu jucken. Ich war nicht zu diesem Zeitpunkt im Hafen Puerto de la Estaca, sondern ich lag bewusstlos in El Pinar im El Mentiroso, dass erinnerte ich jetzt. Aber das half weder Hauptkommissarin Pleil noch ihrem Kollegen Hauptkommissar Robert Feiser weiter. Und mir natürlich auch nicht. Verwirrt wische ich mir eine Schweißperle von der Stirn. Ich hatte jemanden niedergeschlagen, dass erinnere ich. Wen, wusste ich nicht. Er war größer als ich gewesen. Der größere Mann war Deutscher, dass fiel mir jetzt auch ein. Denn er sprach mich an, ohne irgendwelchen Akzent. Was hatte er gesagt? Er sprach von einem großen Irrtum. Er sagte George Orwells Dystrophie *1984*, wäre längst Realität. Außerdem wären noch andere Sachen inzwischen Realität. Die Menschheit würde sich spalten und übrig blieben nur die Sehenden, die erbärmliche andere Seite würde ausgemerzt. Und Christina gehörte inzwischen zu den Sehenden, dass müsste ich akzeptieren. Ich wusste noch, dass ich schrie. *Du Drecksau, was hast du mit ihr gemacht?* Ich schlug dem Mann mitten ins Gesicht, und er ging zu Boden. Und dann prasselten Fäuste auf mich nieder, bis ich mein Bewusstsein verlor.

Nur diese Erinnerung geht weder Hauptkommissarin Pleil noch ihren Kollegen Hauptkommissar Robert Feiser etwas an, denn sie haben mir eine falsche Leiche präsentiert. Eine schrecklich verstümmelte Frau, die ich nicht kenne. Meine Christina ist das jedenfalls nicht. Und mit Rüffert werde ich in Zukunft nicht mehr sprechen, beschließe ich.

3 8

Der durchgeknallte Kater war dreifarbig. Was in manchen Kulturen als Glücksbringer galt. Mein imaginärer, durchgeknallter Kater war getigert in drei Fellfarben. Schwarz, weiß und grau. Lätzchen weiß. Die Pfoten: weiße Stiefel. Auch der Bauch war weiß. Seit wann er in meinem Bewusstsein erschienen war, wusste ich nicht mehr. Seine Augen waren beängstigend. Klare, graublaue Augen, die Menschenaugen ähnelten. Als er mir das erste Mal erschien, glaubte ich an eine Reinkarnation meines Katers *Blacky,* die sich als Katze erwiesen hatte und deren eines Junges ich als Jugendlicher aus dem Fenster geworfen hatte. Aber diese Imagination war hartnäckiger. Als er mir das erste Mal erschien, hatte ich gerade den Gegenstand der zwei Fridas identifiziert. Den Teufelsstein.

Damals hockte der Kater mit seinen drei Fellfarben auf der Fensterbank unmittelbar am Eingang unseres Hauses in Bebersee. Jetzt lag er ständig neben mir. Dieser Kater hatte nicht nur die Fähigkeit, gleichzeitig die Ohren zu spitzen und trotzdem im Schlaf Energie zu tanken, sondern auch gleichzeitig an verschiedenen Orten zu sein. Einmal in Bebersee, einmal im Berliner Prenzlauer Berg in der Bötzowstraße und manchmal irgendwo. Bisweilen zuckte sein Körper, als wäre er gerade auf der Flucht oder auf der Jagd. Besonders irritierend empfand ich, dass ich das Gefühl hatte, dass mich dieser dreifarbige Kater zu beschützen versuchte.

Die Sache mit dem Teufelsstein empfand ich einerseits als einen Fortschritt für mein Romanprojekt, zum anderen machte es mir Angst. Als Agnostiker gibt es das Kriterium von Himmel und Hölle nicht. Evolution, Basta. Du bist Teil einer Kette. Wenn du Glück hast, werden deine Gene weitergereicht und am Ende ist das dunkle Nichts. Basta! In meinem Fall gab es keine Kette von Genen. Mit mir ist Ende. Es sei denn, ich ließe mich auf den Kinderwunsch meiner Christina ein. Neben den Gedanken an den Teufelsstein, dachte ich natürlich auch darüber nach, was wohl aus den ganzen Fridas inzwischen geworden war. Gab es noch eine Dritte oder eine Vierte, von der ich noch nichts wusste? Oder hatte sich ihre Fortpflanzungslinie inzwischen ebenfalls ins dunkle Nichts aufgelöst?

Meine Recherchen hatten diesbezüglich nichts ergeben und der durchgeknallte Kater lag mittlerweile auf meinem Schoß. Eingerollt, als würde es keinen besseren Platz auf dieser Welt geben. Ich spürte die Wärme seines Körpers, obwohl er gar nicht da war.

Der Esel in Daniel Kehlmanns *Tyll* hatte immer wieder kluge Sätze gesprochen. Der durchgeknallte Kater auf meinem Schoß machte mich ratlos. Sollte ich ihn einfach wegscheuchen? Das würde er nicht akzeptieren, dass wusste ich. Ebenso wenig würde Christina Buschmann, geb. Sens, es nicht akzeptieren, dass ich damit aufhörte, ihre Geschichte aufzuschreiben.

39

Berlin, 28. Dezember 2018

Der Fluch von Bebersee, so betitelte ich mittlerweile mein Manuskript. Ich starrte auf den Titel und fand, dass dieser Titel gar nicht mal so schlecht war. Dennoch sollte ich mich konzentrieren. Meine derzeitigen Recherchen hatten folgendes ergeben:

Christina Buschmann, geb. Sens, geboren 1799, gestorben 1825, war keine Hexe, wie in den Märchen der Gebrüder Grimm, die ihre Opfer in Backofen schoben, um sie zu essen. Sie war eine *Wicca* – eine Bewahrerin. Wo sie dieses Handwerk gelernt hatte, blieb mir verschlossen. Möglicherweise war ihre Mutter Hermine Sens bereits in Stralau mit diversen Praktiken vertraut gewesen.

Jean Pierre Ancillon hatte mit den Morden an der Familie Sens nichts zu tun. Sein Verehrer Karl von Dönitz schon. Als sein beauftragtes und geplantes Attentat auf Friedrich Wilhelm den Dritten nicht stattfand, meuchelte er aus Frust einige Menschen. Darunter befand sich der Sohn von Nicolaus Sens, der neunjährige Conrad, der in der Spree verblutet war. Nicolaus flüchtete mit seiner Familie, darunter die neugeborene Christina, nach Bebersee und hoffte dort Sicherheit zu finden. Was ihm nicht gelang.

Dreimal wurde versucht das Grab von Christina Sens, geb. Buschmann, zu öffnen. Das erste Mal buddelte ihr Ehemann mit seinen Händen, Gregor, indem er versuchte, seine lebendig begrabene Frau zu retten. Retten konnte er nur ihr Kind, seine Tochter Frida. Die wurde ihm aber just entrissen, denn Karl von Dönitz hatte etwas dagegen. Er ließ sie ins Friedrichs-Waisenhaus Rummelsburg bringen. Was aus Frida der Ersten geworden war, wusste ich nicht.

Beim zweiten Versuch, das Grab zu öffnen, kam ein sowjetischer Offizier ins Spiel. Nikolai Iwanowitsch Sens. Dieser

168

sowjetische Offizier rettete ein Kind aus der Peene, die mit dem Gürtel ihres Vaters an ihre Schwester gebunden war, weil viele Menschen in Demmin aus Angst vor den Russen an einem einzigen Tag Selbstmord begangen hatten. Er heiratete Christina Buschmann, nun verheiratete Sens und kam bei einem Blitzschlag ums Leben. Offensichtlich auf oder neben dem Grab von Christina Buschmann, geb. Sens, geboren 1799, gestorben 1825, jeweils an einem 24. August. So weit, so verwirrend. Das dritte Mal, als dieses ominöse Grab versucht wurde zu öffnen, verschwand mein Vorvorbesitzer Helmut Schönberger auf Nimmerwiedersehen, vermisst seit dem 24. August 2016.

Als nächstes gab es die beiden Fotos aus der lesbaren Chronik von Bebersee. Die beiden Fridas, die sich so ähnlich sahen. Das eine Foto aus der Jahrhundertwende, das zweite Foto war von 1953. Gruppenfotos. Beide ähnlich aussehenden Fridas hielten Hühnergötter oder auch *Teufelssteine* in ihren Händen und blickten anders als alle anderen Personen. Die Greisin Christina Buschmann verheiratet Sens, hatte meine Frage, ob sie die Lehrerin dort gewesen war, deshalb nicht beantwortet, weil sie urplötzlich, wie ein Derwisch, verschwunden war.

Der gemütliche Pastor war ein Irrer, dessen war ich mir sicher, der darauf hoffte, das evangelische Christentum zu retten, indem er einer geheimen Loge beigetreten war, die sich nicht davor scheute, Mysterien in der Welt zu verbreiten. Zu etwas anderem waren sie im Grunde nicht imstande. Ihr Schriftwerk: *Die geheimen Schriften des Priamus Apokalyptikus* waren nichts anderes, als der Versuch, der Welt Rätsel aufgeben. Aber diese Welt war kein Rätsel, sondern die logische Schlussfolgerung von Theorie und Tat. Und Evolution. Alles entwickelte sich weiter, je höher der Druck des Überlebens wurde.

Ich bin Gnostiker. Das war ich schon immer, dachte ich und betrachtete den Text mit meinen bisherigen Aufzeichnungen auf meinem Monitor. Den Stapel Recherchematerial rechts daneben schob ich beiseite und nahm mir vor, es demnächst zu schreddern, weil es nicht mehr von Relevanz war.

Ich goss mir ein Glas teuren Rotwein ein und setzte mich damit auf die Treppe vor unserem Haus in Bebersee. Inzwischen war es weit nach Mitternacht. Das Dorf war komplett dunkel. Den angrenzenden Kiefernwald konnte man nur erahnen, weil es sehr neblig geworden war. Der durchgeknallte Kater war irgendwo spazieren oder auf der Jagd, jedenfalls tauchte er nicht auf.

Einen Moment überlegte ich, ob ich mich ausziehen und nackt im Nebel tanzen sollte. Diesen Impuls unterdrückte ich, denn am nächsten Tag würde ich wahrscheinlich mit einer Fieberattacke hilflos ans Bett gefesselt sein.

In eine Nacht ohne Sterne, mit einer Sichtweite von ungefähr zwei Metern, hineinzustarren, machte melancholisch. Irgendwo, zwanzig oder dreißig Meter von mir entfernt war dieses Grab. Das Grab der Hexe von Bebersee. Meine Ambitionen, diesbezüglich etwas zu unternehmen, tendierten mittlerweile gen Null. Im November gab es weder Rascheln noch Zirpen, nicht einmal nervtötendes Gesumme von Mücken. Diese Stille war kaum auszuhalten.

„Ich bin in Ordnung", bejammerte ich mich selbst in den Nebel hinein und wischte mir ein paar Tränen aus den Augenwinkeln. „Aber ich komme nicht weiter." Das meinte ich nicht generell. Ich kam mit meinen Recherchen nicht voran und somit auch nicht mit meinem Manuskript. Außerdem kam ich auch nicht mit meiner Christina Buschmann voran. Im Moment war es so, als hätten wir uns komplett verfremdet.

Das machte mich nachdenklich und traurig zugleich. Zu beiden Projekten fehlte mir die nötige Inspiration.

1953 echote es leise in meinem Hinterkopf. Die zweite Frida auf den Fotos wurde 1953 in einer Gruppe Schülerinnen mit ihrer Lehrerin fotografiert. Und wenn sie 1953 vielleicht zehn oder zwölf Jahre alt gewesen war, könnte sie jetzt noch leben. Und ich sie vielleicht finden. Mein Gehirn brannte wieder lichterloh vor

Ideen. Eine davon war, das Einwohnermeldeamt in Templin zu kontaktieren. Vielleicht gelang mir Ähnliches mit meiner Christina – eine neue Inspiration.

Der durchgeknallte imaginäre Kater legte mir eine getötete imaginäre Maus vor die Füße. Er war tatsächlich jagen gewesen. Ich streichelte seinen graumelierten Kopf als Belohnung, trank noch einen letzten Schluck Rotwein und ging schlafen.

In dieser Nacht träumte ich nicht von Wilhelm dem Dritten, sondern ich träumte von meiner Christina. Der Traum spielte in Berlin, in der Metzerstraße 7:

Es war im Frühling, zu dem Zeitpunkt, als die japanischen Kirschbäume in der Metzerstraße erblühten. Diesen atemberaubenden Geruch werde ich nie wieder los. An diesem Mittwoch, Anfang April, spazierte ich die Metzerstraße in Richtung Schönhauser Allee entlang und genoss die Düfte der japanischen Kirschblüten, die links und rechts der Straße ihr Aroma verströmten. Die Menschen, die mir entgegenkamen, kamen mir feindselig vor. Ich wich ihnen aus, so gut ich es vermochte. Inzwischen wohnte ich längst nicht mehr in der Metzerstraße 7, sondern war in die Bötzowstraße, in die kleine Maisonette-Wohnung gezogen, am Rand vom Volkspark Friedrichshain. Damals waren diese Wohnungen noch einigermaßen erschwinglich. Von meiner Terrasse aus konnte man die Kugel des Berliner Fernsehturms sehen. Sie sah aus, wie der Vollmond. Trotzdem zog es mich immer wieder hierher. Christina lief nicht neben mir, aber ich wähnte sie in meiner Nähe.

Trutz, hörte ich sie meinen Namen rufen. Und dann noch einmal, Trutz! Ich brauche deine Hilfe! Den Menschen, die mir entgegenkamen, wich ich weiter aus, senkte meinen Blick, um ihnen nicht in die Augen sehen zu müssen. Ein unfassbar schweres Gewissen begann mich zu quälen. Aber was hatte ich getan? Mittlerweile rannte ich wie gehetzt die Schönhauser Allee in Richtung Danziger Straße. Christina befand sich immer noch in meiner Nähe. Verzweifelt rief sie meinen Namen. Trutz, hilf mir! Ich rannte weiter. Als wäre ich geflogen, befand ich mich jetzt an der Kreuzung Schönhauser Allee/Danziger Straße. Oben fuhr gerade die U2 in den Bahnhof. Ich jagte die Treppen nach oben, um die U-Bahn noch zu erreichen. Ich war vor der Bahn am Bahnsteig. Auch hierher war ich geflogen. Bevor die U2 den Bahnsteig erreichte, sah ich mit Entsetzen, wie plötzlich eine Gestalt auftauchte und vor die Bahn fiel. Christinas Stimme verstummte... und ich wachte schweißgebadet auf.

Dieser Traum war noch in meinem Bewusstsein, als ich die Kaffeemaschine mit Kaffeepulver und Wasser bestückte und darauf wartete, dass sich beides zu meinem Morgengetränk vermischte. Er war noch da, als ich lustlos einen Toast mit Butter und Marmelade in mich hineinstopfte und auch auf dem Weg nach Templin, auf den ich mich kurz danach mit meinem geliebten Oldtimer machte.

Das Einwohnermeldeamt befand sich in der Prenzlauer Allee 7. Das Gebäude war ein geräumiges rotes Backsteingebäude unweit des Templiner Stadtsees. „Ich bin auf der Suche nach einer Verwandten von mir," erklärte ich der Beamtin, nachdem ich eine Nummer gezogen und nach zwei Minuten aufgerufen worden war. „Frida Buschmann, ihre letzte Meldeadresse war Bebersee, Dorfstraße 4, wahrscheinlich 1953."

„Hören Sie, so geht das nicht", erwiderte die Beamtin, die mich an meine Geographielehrerin aus meiner Schulzeit erinnerte. „Dieses Anliegen müssen Sie schriftlich einreichen. Ich kann Ihnen ein Formular geben. Einwohnermeldeamtsanfrage. Das kostet aber sechzehn Euro." Ich griff in meine Brieftasche und legte ihr einen hundert Euroschein vor die Nase. „Bitte. Es ist dringend."

Die Beamtin rümpfte ihre Nase, genau wie es meine Geographielehrerin aus Schülertagen getan hatte und verschwand mit dem Schein irgendwo in den Untiefen des Amtes. Zwanzig Minuten später hielt ich die derzeitige Meldeadresse von Frida Buschmann, die jetzt Frida Arndt hieß, in den Händen. In meinem Kopf tobte der durchgeknallte Kater gerade wie verrückt von einem Zimmer zum anderen, sein Schwanz war nicht in die Höhe gereckt, sondern angewinkelt, als müsste er sich auf einen großen Sprung vorbereiten. Vielleicht, weil es um sein Leben ging. Und vielleicht, weil es um mein Leben ging.

Frida Arndt lebte inzwischen in Luisenhof, einem Gehöft in der Nähe von Gerswalde in der Uckermark. Frida Arndt war sechsundsiebzig Jahre alt, Witwe und hatte keine Kinder.

40

Die letzten Kilometer nach Luisenhof waren mit einem Kopfsteinpflaster bestückt, auf dem wahrscheinlich schon die von Arnims in ihren Kutschen hin- und her geschüttelt worden waren.

Joachim Erdmann von Arnim hatte 1763 das Gut Friedenfelde erworben, zu dem auch Luisenhof gehörte. Sein Sohn, der berühmte Dichter der Heidelberger Romantik, Achim von Arnim, verkaufte es 1818. Am 11. März 1811 heirateten Achim von Arnim und Bettina Brentano – die beiden wurden zu einem der berühmtesten Paare in der Literaturgeschichte. Auf dem Gutshof in Friedenfelde gab es angeblich noch eine Holzschaukel, auf der Bettina von Armin geschaukelt haben sollte. All das interessierte mich im Moment nicht. Luisenhof war nur ein Steinwurf von Friedenfelde entfernt. Und deshalb war ich hier.

Mein geliebter Oldtimer blieb souverän auf der Kopfsteinpflasterstraße, aber meine Maximalgeschwindigkeit ging nicht über vierzig Stundenkilometer hinaus. Links graste eine kleine Herde schottischer Hochlandrinder, von vielleicht zwölf Tieren. Rechts erstreckten sich tote Bäume bis zum Horizont – sogenanntes Totholz, ein Refugium der Artenvielfalt. Zwischen ihnen wurde ein kleiner See sichtbar.

Hügel wie in der Toskana, war mein erster Gedanke, als sich mein Blick ein wenig weiten konnte. Uralte Eichen, Buchen, Weiden sah ich, als hätte es den dreißigjährigen Krieg mit seiner Komplettrodung im Norden Deutschlands hier niemals gegeben. Buchen und Eichen, statt den neuaufgeforsteten Kiefern, die mittlerweile bei jedem Sturm allerorts, wie Streichhölzer umknickten. Eine ursprüngliche Landschaft, die so faszinierend war, dass ich am liebsten angehalten, eine Staffelei aus dem

Kofferraum gezaubert und alles gemalt hätte. Aber ich konnte noch nie malen. Und eine Staffelei gab es nicht in meinem Kofferraum. Inzwischen fuhr ich noch langsamer. Nicht aus Vorsicht, sondern aus Faszination. Diese Landschaft hier war ungewöhnlich. Ein paar hundert Meter weiter sah ich am Himmel die Formationen der letzten Wildgänse, die hier so viel Futter aufnehmen wollten wie möglich, um sich auf den Flug in den Süden zu rüsten. Möglicherweise kamen auch noch Wolf und Fuchs, reichten mir ihre Pfoten, um mich im Paradies zu begrüßen. Das war Quatsch. Ich war nicht im Paradies. Ich folgte einer Recherchespur zu einer von den Fridas – vermutlich der Letzten. Und es war Anfang Januar. Als ich um die nächste Kurve auf diesem Pflastersteinpfad bog, sah ich ihn. Luisenhof.

Der Hof versteckte sich hinter einem kleinen typischen Uckermarkhügel. Links und rechts waren Felder. Nicht solche Felder, wie man sie normalerweise in den östlichen Bundesländern fand. Riesige Monokulturen. Nein, es waren kleine Felder und wahrscheinlich kaum bewirtschaftet. Die Formationen der Wildgänse waren mittlerweile am Horizont verschwunden. Ich steuerte in die unbefestigte Einfahrt, hielt an und stieg aus. Ich hatte keine Vorstellung, was mich hier erwarten würde. Zunächst lief ich ein paar Meter nach links und rechts, machte ein paar Fotos mit meinem Handy und tat so, als wäre ich ein neugieriger Tourist, der gerade die verborgenen Landschaften der Uckermark entdeckte. Nach kurzer Überlegung entschloss ich mich, erst einmal Friedenfelde zu besuchen, um dort vielleicht die legendäre Schaukel von Bettina von Arnim zu besichtigen. Ich ging zu Fuß. Nach zwanzig Minuten stand ich vor dem Grundstück. Der Hof wurde wieder bewirtschaftet. Das Anwesen machte einen guten Eindruck. Ein solides Holzschild bot Tagesbeköstigung in einem kleinen Café für Radwanderer und außerdem Honig und Eier aus eigener Produktion an. Eine Holzschaukel, speziell die Holzschaukel auf der Bettina von Arnim geschaukelt haben sollte, fand ich nicht. Im Moment hatte das Café geschlossen. Trotzdem drückte ich die Klingel. Eine junge Frau, von vielleicht fünfundzwanzig Jahren, öffnete die Tür.

„Hallo", sagte ich. „Ich würde gern ein Glas Honig bei Ihnen kaufen." Ich zeigte auf das Schild am Eingang des Hofes. „Natürlich." Sie schloss die Tür, verschwand ein paar Minuten und kam mit einem Glas selbstgemachten Honig in der Hand zurück. „Das macht sechs Euro." Ich zahlte, wendete mich zum Gehen und drehte mich noch einmal um. „Sagen Sie, kennen Sie vielleicht die derzeitigen Bewohner von Luisenhof?", fragte ich wie nebenbei. Die junge Frau drehte ihre Augen nach oben und ließ ihre Schultern zucken. „Da wohnt eine alte Frau. Mehr weiß ich nicht." Die junge Frau verschränkte ihre Arme vor ihrer Brust und baute sich vor mir auf. „Sind Sie sowas, wie ein Schnüffler, oder was? Wegen Erben und so." „Um Himmels Willen, nein", versicherte ich. „Und wat wollnse von die?" „Ich… ", begann ich zu stottern. Irritiert wegen des plötzlichen Brandenburger Dialekts der jungen Frau und wegen der Frage. „Ich bin Schriftsteller", sagte ich wahrheitsgemäß. „Ich recherchiere wegen einer Sache in Bebersee in der Schorfheide und Frau Arndt könnte mir vielleicht dabei ein bisschen helfen. Das ist alles." „Na dann, viel Glück." Die Tür des gut aufgestellten Gutshauses Friedenwalde schlug zu und ließ mich mit einigen Fragen im Kopf sprachlos zurück. Aufgeregter, als mir lieb war, ging ich zurück nach Luisenhof.

Als ich an die Tür klopfte, es gab keine Klingel, erschien kurz darauf Frida Arndt und lächelte. „Entschuldigen Sie die Störung", sagte ich. „Ich heiße Trutz Fiedler, und meine Lebenspartnerin, Christina Buschmann, und ich besitzen ein Haus in Bebersee, genaugenommen das Haus in der Dorfstraße 4. Ich bin Schriftsteller und wollte Sie fragen, was Sie über dieses Haus in Bebersee… und", ich zögerte einen Moment, „und was Sie über das Grab auf dem dortigen Grundstück von Christina Buschmann, geb. Sens, 1799-1825, wissen?"

Alles war gesagt und ich hielt den Atem an. Einen Moment kamen mir meine Worte wie ein lustloses Geleier vor. Und im nächsten Moment dachte ich, dass die massive Holztür vor mir wieder zuschlug, und ich wie ein Depp davorstand und keine Ahnung hatte, was ich als nächstes tun sollte. Nichts dergleichen geschah. Das Lächeln von Frida Arndt verschwand nicht. Ihr Gesicht war eine runzlige Ruine, aber ihr Lächeln war wie das eines Kleinkindes, das sich gerade über ein großartiges Geburtstagsgeschenk freute. „Kommen Sie herein, Herr Trutz." Das tat ich erleichtert. Hinter der Eingangstür gab es eine Art Küche. Frida Arndt bot mir einen Stuhl an und fragte, ob ich einen Kaffee mochte. Ich bejahte. Im Feuerraum des eisernen Herdes glühten einige Holzscheite, als hätte sie mich bereits erwartet oder jemand anderen. Sie goss Wasser in einen Dampfkessel und stellte ihn auf den eisernen Herd. Das einzig Moderne hier in Luisenhof war eine Satellitenschüssel, die ich, bevor ich an der Tür geklopft hatte, auf dem Dach entdeckt hatte. Vor dem Tor der mächtigen Scheune stand kein Auto und drinnen vermutlich auch nicht. Ich hatte ein paar Holzzäune wahrgenommen, aber keine Tiere. Nicht einmal eine Katze. Es gab weder Müllberge noch andere Anzeichen von Verwahrlosung. Das Wasser begann zu kochen. Frida füllte damit zwei Tassen auf und reichte mir eine davon. Der wohlige Geruch frisch aufgebrühten Kaffees machte sich breit und umgarnte meine olfaktorischen Sinne.

„Milch, Zucker?"

„Nein, danke. Ich trinke ihn schwarz. Schwarz wie die Nacht."

Wir tranken jeder einen Schluck und ich seufzte ehrlich. Der Kaffee schmeckte köstlich.

„So einen Kaffee habe ich lange nicht getrunken. Ihre Besucher müssen ausflippen."

„Wissen Sie, wann ich das letzte Mal hier Besucher empfangen habe, außer dem Pflegedienst?"

„Sagen Sie es mir."

„Vor mehr als zehn Jahren. Können Sie sich das vorstellen?" Das konnte ich nicht. Hier in der Uckermark, so war ich überzeugt, half man sich gegenseitig. Wahrscheinlich nicht immer und jedem. Dennoch starb hier wahrscheinlich niemand einsam oder wurde erst nach drei Wochen mumifiziert gefunden. Warum Frida Arndt in den letzten zehn Jahren keine Besucher empfangen hatte oder nicht mehr besucht worden war, erschloss sich mir nicht. Hatte sie sich bewusst zurückgezogen oder war sie, warum auch immer, gemieden worden? Die schnippischen Worte der jungen Frau auf dem Hof von Friedenfelde fielen mir ein. *Da wohnt 'ne alte Frau, mehr weiß ich nicht.* „Sie wohnen also in dem Haus in Bebersee, Dorfstraße 4?", fragte sie. Ich nickte. „Seit wann, wenn ich fragen darf?" „Erst seit Kurzem, seit ungefähr einem halben Jahr", antwortete ich und sah mich in dieser ungewöhnlichen Küche um. Es gab hier nicht nur keinen Kühlschrank, keinen Geschirrspüler oder keinen elektrischen Herd. Außer diesem eisernen Herd, der mit Holz oder Kohle befeuert wurde, war der einzig moderne Gegenstand, eine Spüle mit zwei Becken. An die kommunalen Wasserleitungen war Luisenhof offensichtlich angeschlossen. Von der Decke hingen getrocknete Kräuter wie Zöpfe. Ich erkannte Pfefferminze und Salbei. Außerdem Baldrian, Lavendel, Wermut und Engelwurz. Diese Kräutersammlung machte mich einerseits stutzig, andererseits war sie logisch. An den Wänden hingen Bilder. Nein, es hingen Gemälde. Es waren Gemälde mit nur einem einzigen Motiv. Mein Herz begann vor Aufregung zu pochen. Es waren Gemälde von unserem Haus in Bebersee. Das Haus, das mir und Christina gehörte. Wir hatten die Parität bei einem Notar in Templin hinterlegt. Würde der eine von uns sterben, bekam der andere das Haus. So war es verbrieft und notariell bestätigt.

Das Haus in Bebersee, Dorfstraße 4 war gemalt im Sommer, im Herbst und im Winter. Es war gemalt im Morgengrauen und in der Abenddämmerung. Es war von vorn, von hinten und von der Seite gemalt. Nie gab es Menschen auf den Bildern. Auch keine

Fahrzeuge. Keine Autos, keine Pferdefuhrwerke. Auf einem der Gemälde konnte man ein wenig die Dorfstraße erkennen. Eine unbefestigte Hügelpiste. So, wie heute. In welchen Jahren die Bilder entstanden waren, konnte ich nur ahnen. Nachdem ich mich wieder ein bisschen beruhigt hatte, zeigte ich auf die Bilder. „Diese Bilder von dem Haus in Bebersee sind wirklich erstaunlich. Wer hat sie gemalt?" „Das war ich, aber ich habe nie daran gedacht, sie zu verkaufen", sagte Frida Arndt und zeigte wieder das Lächeln eines Kleinkindes. „Gefallen Sie Ihnen?" Ich nickte zustimmend. Und das war ehrlich gemeint. Sie gefielen mir in der Tat.

„Was wollen Sie wissen?", fragte sie nun direkt und machte ein ernstes Gesicht. „Sie sind die Frida auf dem Foto von 1953, was in der Chronik von Bebersee veröffentlicht wurde." „Ja." „Und Ihre Großmutter war auf einem ähnlichen Foto in dieser Chronik um die Jahrhundertwende ebenfalls abgelichtet worden. Sie sehen aus wie Zwillinge und heißen beide mit Vornamen Frida." „Das stimmt." Frida Arndt wackelte ihren alten Kopf. „Kennen Sie auch das Grab, das sich auf dem Grundstück befindet?" Diese Frage hatte ich schon zur Begrüßung gestellt. „Selbstverständlich. Das ist meine Ururgroßmutter." Mein pochendes Herz meldete sich zurück. Diesmal gepaart mit Angst und Schrecken.

„Sind Sie eine Wicca?" Die Letzte der Fridas nickte so selbstverständlich, als hätte ich sie nach ihrem Beruf gefragt und sie *Verkäuferin* geantwortet. „Ja, das waren wir alle." Geahnt hatte ich es schon. Jetzt nickte ich, als wäre ich ebenso vertraut mit *Verkäuferinnen* wie mit *Wiccas*.

„Darf ich Sie noch etwas fragen?"

„Nur zu."

„Haben Sie jemals versucht, es zu öffnen. Ich meine, dieses Grab oder vermeintliche Grab ihrer Ururgroßmutter?"
Frida Arndt schob ihre ergrauten, schmalen Augenbrauen empor.

„Wieso sollte ich?" Ich rieb mir die Schläfen. „Sie kennen vermutlich auch Christina Buschmann, verheiratet Sens, verheiratet mit einem sowjetischen Offizier, der in Bebersee bei einem Blitz-schlag ums Leben kam. Das war 1946." Die jetzige Frida von dem Foto von 1953 nahm einen winzigen Schluck ihres Kaffees und sah mir mit durchdringendem Blick in die Augen.

„Sie sind ein kluger, junger Mann." Einerseits fühlte ich mich geschmeichelt, andererseits kam Panik in mir hoch. Ich versuchte die beiden Gesichter der Greisin auf dem Ehrenfriedhof, die sich mir als Witwe von Wladimir Sens vorgestellt hatte und das Gesicht von Frida, die mit einer Kaffeetasse in der Hand in ihrer Galerieküche vor mir saß, zu vergleichen. Sie sahen sich ähnlich wie Zwillinge, aber das ergab keinen Sinn. „Ich würde gern ehrlich zu Ihnen sein." Frida Arndt musterte mich einen Moment, dann sagte sie so selbstverständlich, wie sie erklärt hatte, dass alle Fridas Wiccas waren. „Sie hören Stimmen, habe ich recht. Ich meine, sie hören ihre Stimme." Ich war fast erleichtert. „Ja, und sie bittet um Hilfe." Ich schluckte, aber der Bann war gebrochen. Als hätte sich eine Schleuse geöffnet, sprudelten nun die Worte aus mir heraus. „Ich würde das Grab Ihrer Ururgroßmutter gern umbetten lassen, weil meine Lebensgefährtin, zufälligerweise auch Christina Buschmann heißt, es nicht erträgt, dass auf unserem Grundstück eine Tote liegt, die spricht. Aber es gibt da offensichtlich eine Art Fluch, dass jeder, der das versucht, stirbt oder verschwindet." Ich erzählte Frida Arndt alles, was ich bislang recherchiert hatte, und die letzte der Fridas hörte sich alles geduldig an. Antworten gab sie mir keine. Nur einmal sagte sie: „Glauben Sie an Zufälle, Herr Trutz?" „Ja. Und Sie an Vorsehung?" „Selbstverständlich. Ich bin eine Wicca." Als ich mich leer geredet hatte – ich ließ nicht einmal die Völkerschlacht zu Leipzig aus, wo die Brüder ihrer Ururgroßmutter den Tod fanden –, stand Frida Arndt auf und verschwand kurz in einer Art Speisekammer. Sie kam mit einem silbernen Spaten zurück und reichte ihn mir. „Damit können Sie es beenden, Trutz! Leben Sie wohl. Und ich danke Ihnen für Ihren Besuch." Ich wusste, und sie wusste, was das bedeutete. Schnappatmung machte sich in mir breit, ich wollte etwas sagen, aber das gelang mir nicht. Ohne ein Wort, nahm ich den silbernen Spaten, wankte zur Ausgangstür und öffnete sie. Kurz bevor mich die frische Luft der Uckermark wiederhatte, drehte ich mich noch einmal zu ihr um. „Sind wir uns schon einmal begegnet?" fragte ich, obwohl diese Frage auch keinen Sinn ergab. Frida Arndt antwortete prompt. „Ja." „Und wenn ich noch einmal wiederkommen darf, würde ich gern eines Ihrer Bilder kaufen. Wäre das für Sie in Ordnung?"

Sie nickte.

41

Mein iPhone sang eine kleine Melodie, eine SMS, in der mir Christina mitteilte, dass sie sich auf den Kanaren befand, genauer auf El Hierro. Sie würde dort eine Weile bleiben, bis sich die Sachen mit dem Haus am See und dem Grab und mir geklärt hätten. Außerdem teilte sie mir mit, dass ich nicht versuchen sollte, sie anzurufen. Sie würde sich zu gegebener Zeit selbst melden.

Ich starrte die Nachricht an und wählte Christinas Nummer. Schon nach dem ersten Klingeln war klar, dass sie ihr Handy ausgeschaltet hatte. Ich musste nachdenken. Wieso tauchte schon wieder diese Insel El Hierro auf. Hexenstein, Bimbaches, und jetzt war auch noch meine Christina nach El Hierro gereist, um sich eine Auszeit zu nehmen. Was hatte das zu bedeuten? Ich war verwirrt. Zufall? Bei dieser Geschichte gab es schon längst keine Zufälle mehr. Die vielen Buschmanns, die vielen Fridas. Der gemütliche Pastor, mit seiner unlesbaren Chronik. Herrgott noch mal, dachte ich. Nach einiger Zeit beruhigte ich mich wieder. Ganz sachlich bleiben, beschwor ich mich. Einfach sachlich.

Als nächstes betrachtete ich im Internet die Insel El Hierro, die kleinste Insel der Kanaren. Die Insel hatte grob die Form von Afrika, wenn man die Karte auf den Kopf stellte. Ansonsten sah sie aus wie eine Kartoffel. In einem Onlineportal las ich:

El Hierro gilt noch immer als die vergessene Kanareninsel, geographisch und touristisch im Abseits des Ferien-Archipels gelegen… El Hierros Landschaft ist voller Überraschungen. Auf einer Grundfläche von 278 Quadratkilometern erhebt sich die mit Vulkanen übersäte Insel bis auf 1.500 Meter hoch… Auf den Kanaren einzigartig ist die weite, oft nebelverhangene Hochebene mit ihren im Winter saftgrünen, im Frühling blumenübersäten Weiden. Die Insel hat die Form eines unregelmäßigen Ypsilons, auffällig sind die beiden halbkreisförmigen Krater im Westen und Osten der Insel. El Hierro präsentiert auf engstem Raum die unterschiedlichsten Landschaften. Von der kahlen Lavawüste über dramatische Felstheater, märchenhaften Nebelwäldern, mediterranen Pinienwäldern und Obsthainen, saftig grünem Weideland, hin zu Ananas- und Bananenplantagen. Obwohl auf der Insel kein einziges Bächlein fließt.

El Pinar bildet die Grenze zu den kargen Lavafeldern im Süden und El Julian im Westen…

Richtung La Restinga nimmt die Vegetation schnell ab. Jeder Höhenmeter abwärts, bedeutet hier einen Verlust an Feuchtigkeit. Im äußersten Westen liegt die Region der Sabinas, der Rest eines ehemals ausgedehnten Wacholderwaldes. Heute wehren sich nur noch wenige uralte Exemplare gegen den ewigen Wind am Ende der Welt. Eine atemberaubende Höhenstraße führt hinunter zur Isla Baja de Verodal.

El Golfo oder auch El Fronterra genannt, ist ein 25 Kilometer langes Tal halbkreisförmig mit bis zu 1400 Metern begrenzten Felswänden. Ein faszinierendes, natürliches Amphitheater mit Bananen und Ananasplantagen."

Atemberaubende Höhenstraße, wiederholte ich in Gedanken.

Die wenigen Touristenattraktionen auf der Insel waren urzeitliche Riesenechsen, schrieb die Autorin in ihrem Reiseführer über El Hierro, die man im Nordwesten der Insel besichtigen konnte und die letzten knorrigen Exemplare eines Wacholderbaumes namens Sabina im Süden und diverser möglicher Tauchgebiete.

Nicht übel der Ort für eine kleine Auszeit, dachte ich und wieso hatte mir meine Christina nie von El Hierro erzählt? Kannte sie dort jemanden? War sie mit einem heimlichen Geliebten, von dem ich nichts wusste, dorthin gereist? Genauso gut hätte sie nach Börgerende an der Ostsee – zu unseren besseren Zeiten – oder Mallorca fliehen können, um sich eine Auszeit zu nehmen oder sich vor mir zu verstecken. Zu verstecken, wiederholte ich in Gedanken und blieb eine Weile an diesem Gedanken hängen.

Wollte sich meine Christina vor mir verstecken? Und wenn ja, wieso?

El Hierro war also genauso real, wie die tote Blaumeise in Bebersee. Das war nur zu offensichtlich. Ich betrachtete die Kugel des Berliner Fernsehturms, als wäre sie der Mond. Meine Gedanken sprangen zwischen der kleinsten, der kanarischen Inseln, El Hierro, und meinem bislang größten literarischen Projekt, an dem ich je gearbeitet hatte, hin und her.

Ich versuchte mich auf meine Arbeit zu konzentrieren, aber das fiel mir schwer. El Hierro sprang dazwischen, als wäre es ein schwerer Stein, der mich in die Tiefe zu reißen drohte. Um mich ein wenig abzulenken, kochte ich mir einen Kaffee und wartete bis das Gebräu aus Wasser und Kaffeepulver fertig war. Ich ging auf den Balkon. Die Kugel des Fernsehturms sah noch immer aus wie der Mond. Vollmond. Ewiger Vollmond.

Trutz, riet mir plötzlich der durchgeknallte Kater. *Vielleicht solltest du einfach nach El Hierro reisen und herausfinden, was sie dort wirklich treibt.* Seine Stimme war nicht freundschaftlich, eher aggressiv. Das wäre ein echter Vertrauensbruch, antwortete ich in Gedanken. Meine Christina würde außer sich geraten. Ich respektierte ihre Entscheidung. Unsere Beziehung beruhte schon immer auf Vertrauen, bei allen Streitigkeiten. So, wie es jede Beziehung tun sollte. Dennoch breitete sich ein kleines Gift aus. Dieses Gift hieß Eifersucht, Enttäuschung, Misstrauen. Ich versuchte es wegzuspülen, indem ich an Christina Buschmann, geb. Sens, geboren 1799 gestorben 1825, dachte. Die vermeintliche Hexe, die lebendig begraben wurde. Eine Wicca. Ich wusste, dass ich noch jede Menge zu recherchieren hatte. Mir war klar, dass die von mir zu erzählende Geschichte erst mit wenigen Seiten geschrieben worden war. Und ich hatte noch immer keine Ahnung davon, wohin das Ganze führen sollte. Ich war Schriftsteller, kein Forscher. Ein Beobachter, kein Kommissar Wallander oder Privatdetektiv Bill Hodges. Außerdem musste ich meiner Fantasie freien Lauf lassen, weil die von mir gesammelten

Fakten nicht bedeuteten, dass ich einer gravierenden Verschwörung auf der Spur war, sofern es überhaupt eine gab. Die Begegnung mit der alten Frau auf dem sowjetischen Ehrenfriedhof, fiel mir ein, die angeblich auch Sens hieß. Wer konnte das nachprüfen? Wie konnte ich die Existenz dieser Greisin nachprüfen oder gar beweisen? Sie hatte vor mir gestanden, ja. Sie hatte mit mir gesprochen, ja. Und dann war sie plötzlich verschwunden, aha! Der gemütliche Pastor hatte sich einen Schabernack erlaubt, dessen war ich mir mittlerweile sicher, als er mir sein geheimnisvolles Buch in Ziegenleder gebunden in die Hand gedrückt hatte, in dem sich leider nur leere Seiten befanden.

Der Kaffee war inzwischen fertig, und ich schenkte mir eine Tasse ein. Auf Milch und Zucker verzichtete ich aus Bequemlichkeit. El Hierro, flüsterte abermals der durchgeknallte Kater. Im Internet sah ich mir daraufhin die Insel erneut an. Ich wusste nicht, wohin genau meine Christina mit ihrem möglichen Liebhaber geflohen war. Auch mein letzter Versuch, sie telefonisch zu erreichen, war ergebnislos geblieben. Eine Nachricht auf der Mailbox zu hinterlassen, wollte ich nicht. Also versuchte ich mich, in sie hineinzudenken. Welche Möglichkeiten hatte ich schon?

Aus der groben Form von Afrika, wenn man die Karte auf den Kopf stellte, wurde ein Archipel mit hohen Bergen. Und aus der Kartoffel wurde eine weitgehend schwierig zu befahrende Insel, an deren Küste sich wahrscheinlich Unmengen von Delfinen tummelten, weil es dort kaum Menschen gab. Die Inselhauptstadt Valverde kam in meinen Überlegungen nicht vor. Christina hatte nicht nur von Berlin genug, sondern wahrscheinlich auch von jeglichen Menschenansiedlungen, die über fünfzehn Häuser hinausgingen. Und ihr möglicher Liebhaber würde es wahrscheinlich auch eher vorziehen, irgendwo in einer verkehrsberuhigten Zone meine Christina zu vergewaltigen.

Ich schüttelte mich kurz. Hatte ich das eben gedacht? Der mögliche Liebhaber meiner Christina vergewaltigte sie?

Ich scrollte die Karte etwas größer und betrachtete den Süden der Insel. Es gab nur einen Ort, der in Frage kam. La Restinga.

Also beschloss ich wider aller Vernunft, nach La Restinga auf El Hierro zu reisen. Um was zu tun? Diese Frage konnte ich nicht beantworten. Und dann tauchte wieder der durchgeknallte Kater auf. Diesmal drehte er sich dreimal um sich selbst. Er sprach nicht. Natürlich nicht.

Er drehte sich dreimal um sich selbst, putzte seinen Schwanz, legte sich in eine bequeme Lage und zeigte mir unverhohlen Verachtung.

42

Als Christina auf El Hierro landete, war für sie alles vollkommen normal. Die von ihr gewählte Auszeit, das Dilemma mit Trutz, der spontane Entschluss nach El Hierro zu reisen, erschien ihr richtig. Ja, genaugenommen, notwendig. Schließlich und letztendlich war das Leben kein Zuckerschlecken.

Christina hatte von Teneriffa nicht die Fähre genommen, sondern die kleine Propellermaschine gewählt, die einmal die Woche die Insel anflog. Trotzdem spürte sie eine kleine Welle Aufregung. Am winzigen Terminal wartete wie gebucht, ein kanariengelber Mini von *Topcar*. Wow, dachte sie, ich hätte nie gedacht, dass ich das wirklich mache. Willkommen auf El Hierro.

Die Fahrt nach Las Puntas dauerte fast eine Stunde, aber Christina genoss bei heruntergelassenem Fenster die Aussicht, die frische Luft und das Gefühl, sich auf ein Abenteuer einzulassen. Sie hatte sich nicht nur über die besonderen geographischen Gegebenheiten der Insel informiert, sondern auch über die Geschichte der kleinsten Kanareninsel. Es gab hier Bäume, die Sabinas, die wahrscheinlich älter als fünfhundert Jahre waren. Und wenn man davorsteht, raubt es einem einfach den Atem. Die Einheimischen nannten diese Bäume auch *Gottes Finger*. So jedenfalls beschrieb es ihr kleiner Reiseführer. Obwohl dieses Füllhorn von Informationen bei ihrer Lektüre Christina ein wenig überfordert hatte, nahm sie sich vor, den Großteil der Insel zu erkunden. Angekommen in Las Puntas, schloss Christina kurz die Augen. Als sie sie wieder öffnete, hielt sie schon jetzt kurz den Atem an. „Willkommen im kleinsten Hotel der Welt", flüsterte sie und dann: „Wow, das ist wirklich, wirklich betörend."

Ihr Apartemento besaß zwei Terrassen. Die Größere ermöglichte den Blick auf die gigantische Felswand, die sich vor ihr von ganz links, bis ganz rechts erstreckte und die kleinere hinaus zum Atlantik. Als sie das Hotel gebucht hatte, hatte ihr der Reisebüroangestellte gesagt: „Normalerweise sind die hier zwei Jahre im Voraus ausgebucht… Aber Sie haben Glück." In einem Edelstahlbehälter wartete eine Flasche Champagner, umgeben von einem Bad aus Eiswürfeln.

Nachdem Christina den wenigen Krempel, den sie mit sich führte, verstaut hatte, setzte sich mit einem Glas Champagner in der Hand, an den Rand des Lavafelsens. Über ihr strahlte die Milchstraße mit ihren unfassbar vielen Sternen. Der Atlantik flüsterte nicht, sondern warf sich mit voller Wucht gegen den Felsen und Brandung zischte und geiferte, als wäre er untröstlich darüber, sie und alles hier nicht auf der Stelle verschlingen zu können. Christina lauschte über eine Stunde diesem akustischen Spektakel, welches sie zugleich anzog und beängstigte. Ihre Gedanken waren kleine Schmetterlinge, die kamen und gingen, wie es ihnen gerade einfiel. Als sie sich erhob, um sich für die Nacht fertig zu machen, passierte es. Ihr fast neues Handy rutschte aus der Hosentasche, schlingerte kurz über das kantige, schwarze Lavagestein und trudelte von einer Gischt Welle erfasst, keine zwei Sekunden später auf den Grund des Atlantiks. Der tobende Atlantik hatte nicht sie, sondern ihr Handy verschlungen.

Christina erstarrte. In Gedanken ging sie sämtliche Telefonnummern durch, die auf diesem Gerät gespeichert waren und überlegte einen kurzen, sinnlosen Moment wie viele sie davon wohl noch auswendig kannte. Das waren Wenige. Mit einigem Entsetzen dachte sie, dass sie inzwischen nicht einmal Trutz Handynummer auswendig kannte, da er gerade den Anbieter und damit die Telefonnummer gewechselt hatte. Tja, zu Zeiten der guten alten Notizbücher, wäre das wohl nicht passiert.

Auf ihrem Mobile waren auch wichtige Telefonnummern von Mitgliedern des Berliner Senats gespeichert. Eine heiße Welle von Scham und dem Gefühl bodenloser Dummheit überzog ihr Gesicht mit einer glühenden Abenddämmerung. Wieso war sie, die dümmste, aller dummen Kühe nicht dem Rat gefolgt, ihre Daten extern zu speichern? In einer Cloud zum Beispiel. Dafür war es jetzt zu spät. Noch einmal griff sie sich an die Stirn und versuchte zu erahnen, was das jetzt wohl bedeutete. Dann wurde sie von einer Lachwelle durchschüttelt, bis ihr die Tränen kamen.

„Nun gut", sprach sie in Richtung Felswand, die sich vor ihr auftürmte, als würde sie das Diesseits vom Jenseits trennen, bevor sie in das Apartemento zurückschlüpfte. „Na, dann eben *go back* in die Steinzeit. Willkommen auf El Hierro." Sie hatte in der Tat das Gefühl, sich von einer schweren Last befreit zu haben.

Die nächsten Tage waren wie ein einziger Rausch. Insgesamt unternahm sie drei Wanderungen. Die erste führte sie rund um *El Garoé* – dem heiligen Baum. Die zweite Wanderung startete sie in Mirador de Bascos, ganz im Westen der Insel und führte sie hinauf auf sich steil windenden Trampelpfaden voller Geröll schließlich in der Tat zu den Fingern Gottes – den Sabrinas. Die dritte Wanderung war eine Wanderung in den Nebelwald, dem Düsterwald und alle drei Wanderungen besaßen ihre eigenen Reize. Abends suchte sie verschiedene Restaurants in verschiedenen Ortschaften auf. So zum Beispiel in Pozo de las Colcosas, in Timijiraque und zuletzt in La Restinga, denn auch bei der Restaurantauswahl erwies sich ihr kleiner Reiseführer als äußerst kompetent. In die Hauptstadt Valverde hingegen fuhr sie nur ein einziges Mal, um auf dem dortigen Markt Lebensmittel einzukaufen, weil sie vorhatte, am nächsten Abend selbst zu kochen. Auch dabei überraschte sich Christina. Sie zelebrierte die Zubereitung. Die von ihr mit einem genialen Kräutergemisch zubereitete Dorade, mit kanarischen Kartoffeln waren eine absolute Köstlichkeit.

Am nächsten Tag klingelte ihr Vermieter. Er hieß Georg und kam wie sie aus Deutschland. Georg lebte inzwischen mit seiner Familie seit mehr als zehn Jahren auf der Insel und betrieb neben dem kleinsten Hotel der Welt noch ein Café in Valverde und nebenbei ein bisschen Landwirtschaft.

„Ich dachte, ich komme mal vorbei, um nach dem Rechten zu sehen", entschuldigte sich Georg. „Telefonisch sind Sie ja leider nicht erreichbar."

„Entschuldigung", entschuldigte sich nun Christina. „Ein dummes Missgeschick. Mein Handy liegt auf dem Grund des Atlantiks."

„Oh, das tut mir leid. Soll ich Ihnen ein Prepaid-Handy besorgen?"

„Nein, danke. Die paar Tage wird es schon ohne gehen. Ich meine, solange ist es noch gar nicht her, dass wir Telefonzellen aufsuchen mussten, um zu telefonieren. Und das Leben war da ganz gewiss nicht komplizierter als jetzt."

„Da haben Sie recht." Georg grinste. „Wenn Sie etwas brauchen, schicken Sie einfach eine Brieftaube", er sah zum Himmel, „oder eine Möwe."

„Vielen Dank, ich komme zurecht."

„Na dann, einen guten Aufenthalt." Georg wand sich ab, um zu gehen, dann hielt er kurz inne. „Wenn Sie morgen noch nichts vorhaben, würde ich Ihnen gern etwas zeigen. Das ist einmalig auf El Hierro."

„Hier ist doch alles einmalig, oder?"

„Sie werden überrascht sein. Allerdings müssen Sie sehr früh aufstehen. Das Spektakel findet gegen sieben Uhr statt."

„Das macht nichts. Gern. Ich bin dabei und gespannt."

„Bueno. Bis morgen."

43

Der silberne Spaten von Frida Arndt in meiner Hand brannte. So kam es mir jedenfalls vor, als ich ihn behutsam in den Kofferraum meines Autos legte. Der Spaten war mit allerlei Ornamenten bestückt. Sowohl auf dem Spatenblatt als auch auf dem Stiel. Nur der Griff war blankgescheuert. Soweit ich das erkennen konnte, waren es abgebildete Runen. Was darauf stand, konnte ich nicht deuten, dazu müsste ich mich näher mit ihnen beschäftigen. Dafür hatte ich jetzt keine Zeit! Ein silberner Spaten lag im Kofferraum meines geliebten Oldtimers und wartete auf seine Bestimmung. Dass ich nach Bebersee fahren sollte, war logisch. Was ich mit dem silbernen Spaten machen würde, war mir klar. Ob ich diese Mission durchführen konnte, wusste ich nicht.

Zwei Fotos von zwei Fridas in unterschiedlichen Zeitdekaden waren nicht der Beleg für das große Mysterium vom vermeintlichen Grab von Christina Buschmann, geb. Sens, der letzten echten Hexe von Bebersee und ihren Kindern. Und der Spuk, den ich jetzt möglicherweise beenden konnte. Wegen meiner Christina. Das schaffte in meinem Kopf einerseits Unbehagen und andererseits auch das Gefühl von Macht. Es gab auch keine Klarheit darüber, dass Frida von Luisenhof und die Greisin an dem Grab des sowjetischen Offiziers ein und dieselbe Person waren, obwohl die letzte Frida bestätigt hatte, dass wir uns schon einmal begegnet waren. Allerdings könnte sich das genauso gut in meinem Kopf abgespielt haben. Wer war ich denn? Ein mittelmäßiger Schriftsteller, der einen silbernen Spaten im Kofferraum hatte. Und zudem äußerst gestresst.

Als ich die Kopfsteinstraße hinter mir gelassen hatte, ohne links und rechts die Landschaft zu bestaunen und meine

Geschwindigkeit zu verringern, tauchte vor mir ein Stoppschild auf. Die B109 lag vor mir. Würde ich nach rechts abbiegen, käme ich irgendwann an die Ostsee. Börgerende fiel mir ein. Ein guter Ort. Von hier aus waren es gerade mal zweihundertachtzig Kilometer bis dorthin.

In einer meiner früheren Erzählungen, hatte ich dort einen Aussteiger beschrieben, der am Strand von Börgerende eine kleine Behausung mit einem Versteck voller Liebes-Emails gefunden hatte. Der Mann in meiner Erzählung wartete dort wochenlang auf die E-Mail-Schreiberin, weil er sich in sie verliebt hatte, in der Hoffnung, dass sie eines Tages wiederkäme. Vielleicht sollte ich das auch tun, dachte ich kurz. Nach Börgerende fahren und abwarten. Dieser reale Ort und diese fiktive Geschichte erwärmten mein Herz, dennoch wurde ich zunehmend nervöser. Schließlich lag in meinem Kofferraum ein realer silberner Spaten mit verschiedenen Runen auf dem Blatt und am Stiel. Bog ich links ab, gab es irgendwann den Abzweig nach Bebersee. Ich entschied mich, den Blinker links zu setzen und gab Gas. Nach einer knappen halben Stunde Fahrt, mit sehr unterschiedlichen Gedanken und Gefühlen, bog ich in die Zufahrtstraße nach Bebersee ein.

Ich parkte vor unserem Grundstück und wartete eine Weile. Von Draußen drangen trotz heruntergelassener Scheiben wenige Geräusche in das Wageninnere. Bebersee schien zu schlafen. Ich atmete mehrmals ein und aus, um mich zu beruhigen. Das gelang einigermaßen. Dann stieg ich aus, öffnete den Kofferraum und griff mir den silbernen Spaten. Sein Gewicht war respektabel. Wahrscheinlich bestand der Spaten in der Tat komplett aus Silber und war nicht nur an der Oberfläche damit überzogen. Am Briefkasten an der Gartenpforte hing ein schlecht gedruckter Zettel, der zu einer Kleidersammlung aufrief. Er war von der Caritas Templin. Ich nahm den Zettel und verstaute ihn gefaltet in meiner Hosentasche. Ich öffnete die Gartenpforte und trat auf unser Grundstück. Dann ging ich ins Haus, lehnte den silbernen

Spaten an die Wand neben dem Eingang und überlegte, ob ich mir einen Kaffee kochen sollte. Der würde allerdings niemals mit dem Kaffee der letzten der Fridas mithalten können. Also öffnete ich den Kühlschrank und nahm mir ein Bier. Ein *Regionales*. Auf ein Glas verzichte ich und nahm einen kräftigen Schluck aus der Flasche. Es war lange her, seit ich mein letztes Bier getrunken hatte. Dieses schmeckte würzig und süffig.

Ich sah mich um. Das Haus war lange noch nicht fertig. Bislang hatten wir es gerade einmal geschafft, die Küche herzurichten. Herd, Kühlschrank, Geschirrspüler, Mikrowelle. Alle Geräte standen an ihrem Platz und funktionierten. An die Küche grenzte das Wohnzimmer und dort herrschte nach wie vor Chaos. Es gab zwar ein schönes Bücherregal und eine kleine Anrichte auf dem der dreißig Zoll Fernseher stand, aber die Couch war immer noch eine Euro-Palette mit einer stoffüberzogenen Schaumgummimatte und einigen Kissen des Möbeldiscounters. In der oberen Etage schliefen wir weiter auf dem Boden, auf Matratzen. Schränke gab es keine, nur einen Garderobenständer. Das Zimmer daneben war noch Wüste, vollgestopft mit Baumaterial. Und der Dachboden Terra Inkognito.

Wann hatten wir eigentlich das letzte Mal gemeinsam auf diesen Matratzen in der oberen Etage geschlafen, fuhr es mir durch den Kopf? Wahrscheinlich im Sommer, aber genau konnte ich das nicht sagen. Es muss vor Christinas Boykott bezüglich unseres Hauses in Bebersee wegen der Fortschaffung der Leiche beziehungsweise Nichtleiche gewesen sein. Ich trank einen weiteren Schluck *Regionales* und dann noch einen. Ich trank die ganze Flasche leer und öffnete eine Zweite. Die Biere stimmten mich nostalgisch.

Mit einem Seufzer machte ich mich auf den Weg in den Garten, den silbernen Spaten wie ein Gewehr geschultert. Das Projekt *Garten* hatte Christina jedenfalls eindeutig vernachlässigt. Sie war also schon längere Zeit nicht mehr hier gewesen, soviel stand fest. Jedenfalls hatte sie keine Spuren hinterlassen. Ihren geplanten

Kräutergarten gab es nicht. Auch an diesen beginnenden Wintertagen, ahnte man, dass auch kleine Vorkehrungen für den Winter nicht getroffen worden waren. Das war ihr Part, redetet ich mich heraus. So hatten wir es vereinbart. Der Januar begann so mild, dass ihr dafür immer noch Zeit bliebe. Stattdessen wurden meine Schritte immer langsamer. Die letzten Meter, bis zu dem kleinen Hügel am Ende unseres Grundstücks schleppte ich mich. Den geschulterten silbernen Spaten zog ich nach vorne und hielt ihn jetzt wie eine Kalaschnikow. Ein riesiges Stimmengewirr breitete sich plötzlich in meinem Kopf aus.

Mach endlich Schluss mit der Hexe, polterte eine. Eine andere war wie eine Art *Mauzen* und hörte sich wie eine Katze an. Eine dritte Stimme rief *Hilf mir, ich brauche Hilfe, deine Hilfe.* Und dann noch der Singsang.

Heile, heile Gänschen, tut bald nicht mehr weh.

Heile, heile Gänschen, tut bald nicht mehr weh.

Heile, heile Mäusespeck, in hundert Jahren ist alles weg.

So, als würden die Stimmen miteinander streiten, wurden sie immer lauter und das Mauzen der Katze wurde zu einem Fauchen.

Und dann war da noch die Stimme der Vernunft.

Wenn du das jetzt durchziehst, wirst du vielleicht ein echtes Problem bekommen.

Störung der Totenwache, Grabschändung, das waren nur zwei Aspekte, die mich wieder sehr nervös werden ließen. Alle Stimmen ignorierend, näherte ich mich dem Grabstein mit der Aufschrift Christina Buschmann, geb. Sens, geboren 24.8.1799, gestorben 24.8.1825. Bei meinem letzten Versuch einer Ausgrabung war das Gehörn eines Rehbocks zum Vorschein gekommen. Doch nun hielt ich einen silbernen Spaten in den Händen, der mit runenhaften Ornamenten geschmückt war. Die letzte der Fridas hatte ihn mir gegeben und das hatte vermutlich seinen Grund. Wahrscheinlich wollte auch sie das alles beenden.

Nur was? Nachdem sich alle Stimmen erst einmal dazu geeinigt hatten, einen Moment zu schweigen, selbst das Katzenmauzen, tat ich meinen ersten Hub. Ich war wegen der zwei *Regionalen* ein bisschen betrunken, dennoch optimistisch. Erde spritzte. Ich grub weiter. Ich schaufelte wie besessen. Die ersten dreißig Zentimeter Erde waren abgetragen und nichts war passiert. Keine Stimmen, kein Betteln, keine Verwünschung, kein Maunzen, kein *Heile, heile Gänschen* Singsang, kein Blitzschlag. Nichts.

Der silberne Spaten gab mir nicht nur das Gefühl von Sicherheit, sondern er stimmte mich geradezu euphorisch. Bei diesem Tempo meines Schaufelns würde es nicht mehr allzu lange dauern, und ich hatte entweder ein riesiges Loch in den märkischen Sand gebuddelt oder ich grub sie frei. Als Skelett, mumifiziert, gar nichts oder als Zombie. Bei diesem Gedanken musste ich lachen. Aber es war eher so etwas wie ein Glucksen. Denn trotz des silbernen Spatens in meiner Hand stieg meine Anspannung. Irgendwann stieß dieser silberne Spaten auf einen Widerstand, der sich trotz mehrerer Versuche meinerseits nicht durchdringen ließ.

Ich hielt kurz inne und dachte nach. Dann hieb ich zwei-, dreimal zu. Nichts. Keine Chance. Entweder lag da ein Fels oder ein Sarkophag wie bei den ägyptischen Pharaonen im Tal der Könige. Aber ich war weder Archäologe noch Geologe. Ich war ein verkackter Schriftsteller, der sein Grundstück in Bebersee von lästigen Störenfrieden befreien wollte. Die Grube, die ich bisher geschaufelt hatte, war inzwischen zu einem Meter Tiefe gewachsen. Und nach dem nächsten Hub mit der silbernen Schaufel war ich plötzlich mittendrin.

Ich war in der Schlacht, in der Christina Buschmann, geb. Sens, all ihre Brüder verloren hatte. Ich war in Wachau, wo Nicolaus starb. Ich war in Güldengossa, wo Johannes aus Osnabrück von einem Pferd niedergetrampelt wurde, ich sah Gabriel aus Königsberg, wie ihm mit einer Muskete Kaliber siebzehnacht das Herz durchbohrt wurde und Thomas, den Fischer aus Usedom, der nur zufällig an einem Lagerfeuer starb. Gregor, der Ehemann von Christina Buschmann, geb. Sens, tauchte auf und auch der sowjetische Offizier und sogar Helmut Schönberger. Zuletzt erschien die Hexe von Bebersee. Eigentlich war sie keine Hexe. Sie war eine kleine, schmächtige Frau, nicht sonderlich schön, nicht sonderlich hässlich. Durchschnittlich würde man als neutraler Beobachter sagen. So durchschnittlich wie die allermeisten von uns. Sie sah mich an, als spräche das allergrößte Mitleid aus ihr, das je ein Mensch empfunden hatte. Und dann machte sie eine Geste, als wäre sie dem allen hier, so überdrüssig, wie es nur möglich war. Sie wirkte erschöpft und so unendlich müde. Ein weiblicher Christus, der die Welt retten wollte und es doch nicht vermocht hatte.

Genauso sah ich sie.

Wie in einem Fiebertraum versuchte ich, aufzuwachen und alles von mir fernzuhalten, aber das gelang nicht. Diese tiefste Verzweiflung, so schien es mir, die je ein Mensch erfahren hatte, erfasste mich und meine Augen füllten sich mit Tränen. Mit einem Schlag begriff ich. Das hier waren nicht die Überreste der letzten Hexe von Bebersee. Das hier war eine Warnung. Der Felsen, der mich von Christina trennte, war eine Barriere. Eine Barriere der Zeit. Würde ich diese überschreiten, käme alles in Unordnung.

Du verstehst, Trutz, sagten die alte Frau auf dem sowjetischen Ehrenfriedhof und die letzte der Fridas gleichzeitig. Waren sie beide ein und dieselbe Person? Egal. Ich hatte verstanden. Ja, die Welt war in Unordnung geraten. Und es gab absolut keine Hoffnung mehr. Aber das war sie, seit ich denken konnte.

Und mit diesem Verstehen wurde der silberne Spaten wieder zu einer gewöhnlichen Schaufel, die man in jedem Baumarkt kaufen konnte.

Alles war wie vorher. Ich stand im Garten unseres Grundstücks in Bebersee neben einem kleinen aufgeschütteten Haufen Dreck und starrte auf einen Grabstein aus Basalt, in dessen Nähe ich niemals wieder kommen würde. Dass wusste ich jetzt. Und es war nicht schlimm. Im Gegenteil. Es war, als wäre nun endlich eine große Last von mir gefallen.

So, wie ich die Grube wieder zuschüttete, so schloss ich dieses Kapitel für immer.

44

M eine Reise nach El Hierro verlief, als hätte das Schicksal versucht, Schicksal zu spielen.

Ich war seit über zehn Jahren nicht mehr geflogen. *Canarian Air* ist die buchstäbliche Holzklasse. Man sitzt fast fünf Stunden eingeklemmt, wie in einer Sardinendose, kann sich weder rühren noch in irgendeiner Weise, eine Schlafstellung einnehmen. Abwechslung, einen Film oder wenigstens die Info, wo sich der Flieger gerade befand oder wie lange noch dieses Martyrium anhielt, gab es nicht. Ich saß mittig und die linke Sardine neben mir versuchte zu schlafen, in dem sie den Kopf auf das Klappbrett legte.

Ich hatte alles von Berlin aus gebucht. Flug, Mietwagen, Apartemento in La Restinga, ganz im Süden der kleinsten Kanareninsel. Als ich mit *Canarian Air* in San Christobal de la Laguna, dem südlichen Flughafen von Teneriffa, landete und aus dem Flugzeug stieg, schlug mir eine Temperatur von dreißig Grad Celsius entgegen. Sofort bildeten sich kleine Schweißperlen auf meiner Stirn. Mit meinem Kapuzen-Sweatshirt, einer Blue-Jeans, die sich zwar dehnen ließ, aber keine Luft hineinließ, war ich eindeutig zu warm angezogen. Als Erstes wollte mir das Schicksal kein Auto geben.

Ich stand am Schalter von *Topcar*, legte meine Buchungsbestätigung, Ausweis, Führerschein und die verlangte Kreditkarte vor. Die junge Frau, die nicht nur ziemlich gut aussah, sondern auch sehr charmant lächelte, nahm alles freundlich entgegen. „Alles Bestens", meinte sie und legte mir nun ihrerseits einen kleinen Zettel vor, den ich ausfüllen sollte. Name, Anschrift, Telefonnummer und Name und Anschrift des hiesigen Hotels. Ich füllte alles brav aus und gab das Zettelchen zurück. Aus dem freundlichen Lächeln wurde Erstaunen und ihre schönen Augenbrauen formten zwei gleichmäßige Bögen. Sie reichte mir den Zettel und tippte auf den Namen meiner Wunschinsel *El Hierro.*

„Si", bestätigte ich mit einem Kopfnicken. „Ich will nach El Hierro." „Nein, das geht nicht!", sagte sie entschieden. „Die Mietwagen müssen auf der Insel bleiben, auf Teneriffa." Sie schob mir meine Buchungsbestätigung, die Kreditkarte, Ausweis und Führerschein zurück und schüttelte ihren hübschen Kopf.

„Sorry!"

„Sorry?"

Hinter mir drängte eine Familie mit zwei Kindern, ihr Auto mieten zu können. Die Kleinen waren beide blond und der Vater war genauso nervös wie die Mutter. Ich vermutete, dass sie Engländer waren. Die Kinder nahmen die unfreiwillige Pause zum Anlass, sich gegenseitig vom Gepäckwagen zu schubsen und weinten schließlich beide. Irgendwo forderte ein Lautsprecher die Passagiere des Fluges zwo achtzehn nach Liverpool dazu auf, sich zum Gate sieben-neun zu begeben.

„Sorry."

„Sorry?" Panik erfasste mich.

„Was soll ich jetzt bitte schön machen?" Senora Mendez, wie ihr Namensschild verriet, verschwand kurz und kam mit einem Zettel zurück. Auf dem Zettel befand sich eine Telefonnummer. Die Telefonnummer einer Autovermietung auf El Hierro. Ich war wie betäubt. Seit zwei Uhr morgens war ich auf den Beinen, inzwischen war es halb eins mittags, und ich hatte vielleicht zwei oder drei Stunden geschlafen. Es war heiß, ich hatte Hunger und mir war übel. Eine Lösung musste her.

Okay, dachte ich, um mich ein wenig zu beruhigen. Hier gab es noch andere Autovermietungen. Also stellte ich mich bei *Seven* an und fragte nach einem Wagen. Ob ich reserviert hätte, wurde ich gefragt. Ja, dachte ich und im Voraus bezahlt, allerdings bei *Topcar* – diese Vollpfosten. Der junge Mann hob bedauernd die

Schultern. Sie hätten Reservierungen bis Mitte Februar, also keine Chance. Bei den anderen Anbietern versuchte ich es gar nicht erst. Obwohl ich so erschöpft war, hätte ich schreien können. Ich stand in einer wattierten Jacke bei schätzungsweise dreißig Grad Celsius in diesem Kackflughafen in San Christobal und musste eigentlich nach Los Christianos, von wo mich eine Fähre nach El Hierro bringen sollte.

Plötzlich hatte ich eine Eingebung. Der Schalter von *Topcar* wurde von zwei Seiten von je zwei Frauen bedient. Sie standen sich mit einiger Entfernung Rücken an Rücken gegenüber und es herrschte ordentlich Betrieb. Also wechselte ich die Seite, in der Hoffnung, dass sich Senora Mendez nicht umdrehte und legte Bestellbestätigung, Ausweis, Führerschein und Kreditkarte abermals vor. Alles Bestens, der kleine Zettel kam mir entgegen. Diesmal schrieb ich Teneriffa, Los Christianos, privat und reichte den Zettel zurück. „No, no, no", sagte Senora Rodrigez. „Die Anschrift. Wir brauchen die Anschrift für Polizei." Kurz bevor ich einen Nervenzusammenbruch bekam, hatte ich einen zweiten Blitzgedanken. Ich kramte nach meinen Buchungsunterlagen und schrieb die Anschrift Sete Calle el Varadero, meiner kleinen Pension in La Restinga, auf und verortete diese einfach nach Los Christianos, in der Hoffnung, dass Senora Rodrigez jetzt nicht einen Stadtplan hervorkramen und mich als Betrüger entlarven würde. Es funktionierte. Zehn Minuten später schloss ich einen weißen Kleinwagen auf und atmete durch.

Ich verstaute mein Gepäck im Kofferraum, eine einzelne Sporttasche mit wenig Klamotten. Den kleinen Rucksack mit Handgepäck parkte ich auf dem Beifahrersitz. Dann zog ich mich um und entschied mich für ein weißes Baumwollhemd und eine halblange dünne blaue Sommerhose. Ich startete den Wagen. Da ich mittlerweile vergessen hatte, dass es Autos mit Schaltgetriebe und Kupplung gab, machte der Wagen erst ein hässliches Geräusch und dann einen kleinen Satz nach vorn, so dass ich beinahe den vor mir parkenden Lieferwagen gerammt hätte.

Noch mal Glück gehabt, dachte ich, kuppelte, legte den Rückwärtsgang ein und fuhr nach Los Christianos, wo die Fähren nach La Gomera, La Palma, und El Hierro ablegten.

Aber das Schicksal hatte noch nicht aufgegeben, mich von meinem Vorhaben abzubringen. Sein zweiter Versuch begann mit einer riesigen Schlange am Ticketschalter. Hier wurden Tickets der Reederei *Birmas* nach La Gomera, La Palma und El Hierro verkauft. Ich stellte mich an, sah kurz auf die Uhr und dachte: Okay, der Tag ist noch jung, also mach dich locker. Alles wird gut. Als ich endlich mein Ticket in den Händen hielt – ich musste inzwischen wie ein Großkatzenkäfig gerochen haben – traute ich erst meinen Augen nicht, dann machte sich erneut Panik in mir breit.

Die Fähre nach El Hierro legte um halb vier ab. Am nächsten Tag. Auf meine entsetzte Frage hin, warum denn heute keine Fähren mehr fuhren, erhielt ich die Antwort, in Spanien wäre heute Feiertag, da fuhren keinen Fähren mehr nach El Hierro. La Gomera ja, El Hierro morgen halb vier. Basta!

Also saß ich heute fest. In Los Christianos. Aber ich hatte wenigstens ein Auto. Notfalls würde ich darin campieren, obwohl mir diese Vorstellung alles andere als behagte. Nimm ein Hotel, sagte ich mir, das Naheliegende! In Los Christianos gab es hunderte davon. Touristenhochburg, man sah es an allen Ecken und Enden. Der Preis war mir egal. Hauptsache ein Bett und eine Dusche. Inzwischen stand ich kurz davor zu kollabieren, weil ich vergessen hatte, mir etwas zu trinken zu besorgen. Einen Parkplatz zu finden, erwies sich als äußerst schwierig. Schließlich stellte ich meinen Mietwagen, der sich auch morgen noch ordnungsgemäß auf Teneriffa befinden sollte, irgendwo in einer Einfahrt ab und stolperte die langen Boulevards entlang, um irgendeinen Supermercado zu finden. Während mir lachende und komplett entspannte Menschen entgegenkamen oder meine Richtung einschlugen, sah ich schon schweißgebadet die ersten Pünktchen vor meinem geistigen Auge aufflackern, was ein eindeutiges Zeichen für Dehydrierung war. Wollte mich das Schicksal hier in Los Christianos etwa umbringen? Ich hatte abermals Glück. Der nächste Supermercado war nur noch eine Straßenecke entfernt. Ich kaufte mir einen Liter Mineralwasser und trank auf der Stelle ein Drittel davon. Danach ging es mir besser. Nach dem fünften Versuch hatte ich dann endlich auch ein Hotel gefunden, das noch freie Zimmer hatte. Das Hotel war ordentlich, der Preis stimmte und es gab am nächsten Morgen Frühstück. Meine Welt war wieder in Ordnung.

Ein paar Stunden später lag ich frisch geduscht in einem frisch bezogenen Bett und schlief sofort ein.

Das Frühstück war üppig. Ich aß zwei doppelt geröstete Sandwiches, eines mit Schinken bestückt, das andere mit Käse von den Kanaren. Dazu legte ich mir Rührei auf den Teller und verschlang auch dies mit großem Appetit. Als Nachtisch gönnte ich mir zwei Stückchen Wassermelone, eine kleine Orange und eine kanarische Banane. Gegen Mittag machte ich mich auf den Weg zum Hafen, um auf keinen Fall die Abfahrt der Fähre zu verpassen. Ich stellte meinen Mietwagen in die schon beträchtliche Schlange zur Fähre der Reederei *Armas* ab, setzte mich an die Mole und genoss die Sonne. Ein paar Minuten später setzte sich die Kolonne langsam in Bewegung, und ich ging zu meinem Wagen. Das Schicksal versuchte es ein letztes Mal, mich von meinem Vorhaben abzubringen. Ich war gerade dabei, die letzte Kurve zum Schlund der Fähre zu nehmen, als mich ein Reederei-Mitarbeiter stoppte. „La Gomera"? fragte er. „No, El Hierro", antwortete ich. „No, Senor, El Hierro en una hora." Ich sah auf meine Uhr. Es war zwei Uhr.

„Gracias", bedankte ich mich, wendete den Wagen und ließ die Fähre hinter mir.

45

In meinem Kopf machen sich mehrere Dinge breit. Seit Stunden liege ich wach und betrachte den einzigen Lichtstrahl, der durch das kleine Fenster dringt. Er kommt von der Außenbeleuchtung der Forensik. Die fünf Meter hohen Mauern werden beständig bestrahlt. Ich denke an die letzten Sätze, die Dr. Rüffert zu mir gesagt hat.

Und was ist mit Ihrer Lebensgefährtin, Christina? Wo haben Sie sie getötet? War das in La Restinga, in El Pinar oder ganz woanders? Sie sollten sich erinnern.

Ich solle mich erinnern. Woran? Ich denke an die Bilder, die mir Hauptkommissar Robert Feiser und seine Kollegin Hauptkommissarin Andrea Pleil vorgelegt hatten. Was ich da gesehen hatte, war ein komplett entstelltes Etwas. Das Gesicht war nicht zu verifizieren. Nur dunkle Haare. Blut und überall Blut. Weiße Kochen, die aus Körperteilen herausragten, wie ich es so noch nie gesehen hatte.

Ich erinnere mich an eine Straßenkreuzung. Rechts wies das Verkehrsschild nach La Restinga. Geradeaus nach El Frontera. Ich wählte die Straße nach El Frontera. Der Wagen schob seine Schnauze in die erste Kurve. Ein undurchdringlicher Nebel waberte rechts, links eine Felsenwand, so hoch wie das Empire State Building. Ich dachte kurz an die Beschreibung der Insel im Reiseführer. Von dieser Höllenfahrt hatte sie jedenfalls nichts berichtet.

In Gedanken fahre ich weiter, während sich die Außenbeleuchtung der Forensik kurz ausschaltet und dann wieder ein. Tauchte da ein menschlicher Körper auf? Im Nebel. Der Verlauf der Straße erforderte meine höchste Konzentration. Die hatte ich. Dennoch war ich verwirrt. Zwei Serpentinen vorher hatte ich einen kleinen Parkplatz an der riesigen Felswand links gesehen und dort standen zwei Autos. Dessen war ich mir sicher. Aber war darunter der kanariengelbe Kleinwagen, den ich verfolgt hatte? Nein, ich hatte ihn weiterverfolgt, dessen war ich mir ebenso sicher.

An diesem Teil der Straße konnte man weder wenden noch den Rückwärtsgang einlegen, um zurückzufahren. Ersteres war unmöglich, zweiteres zu gefährlich.

46

Meine vorerst letzte Reise setzte sich fort, als die Fähre in Puerta de la Estaca anlegte, und ich einen ersten Blick auf die Insel werfen konnte. Mir wurde sofort klar, dass hier nichts mit den touristischen Zielen wie beispielsweise auf Teneriffa oder Gran Canaria gemein war. Hier gab es keine Bettenburgen und reihenweise wartende Busse, die die Massen in ihre Pooletablissements karrten. Genau wie es in dem kleinen Reiseführer versprochen wurde. Ein einziger Lieferwagen stand an der Mole und wartete darauf, auf die Fähre fahren zu dürfen. Zwei junge Rucksacktouristinnen warteten ebenfalls. Sie waren mit schweren Wanderschuhen, großen Rucksäcken und kurzen praktischen Hosen ausgerüstet. Die Temperatur auf El Hierro war nicht annähernd so hoch wie auf Teneriffa. Einen Moment überlegte ich, mich wieder umzuziehen, entschied mich aber dagegen.

Mein Wagen war mit einem Navi ausgestattet, und ich gab als Ziel La Restinga ein. Die Fahrtroute wurde berechnet, und ich sah, dass ich ungefähr eine Stunde benötigen würde, um diesen Ort zu erreichen. Ich startete den Wagen und fuhr los. Serpentinen führten mich erst bergauf und dann ging es eine Weile ins Inselinnere. Die Landschaft war atemberaubend. In San Andres wurde die Straße wieder enger. Rechts Felsen, links Abgrund. Aber das machte mir nichts aus. Ich ließ das Fahrerfenster herunter und genoss den Fahrtwind. Der Duft der Luft war ebenso atemberaubend, wie die Landschaft. Ich begann zu entspannen, und mich sogar zu freuen. Auf meine Christina, sollte ich sie zufällig finden, mit oder ohne Liebhaber und die Zeit auf der Insel, sollte ich sie nicht finden. Ich fand, dies war ein guter Ort. Tatsächlich zog ich in Betracht, hier eine Weile zu bleiben. Ein

Ort, um zu schreiben, das zog ich tatsächlich in Erwägung. Den Roman über Christina Buschmann, geb. Sens, wieder aufzugreifen, der mich in Bebersee in eine Sackgasse geführt hatte, konnte an keinem anderen Ort der Welt gelingen.

In El Pinar hielt ich an, um einen Kaffee zu trinken. Die Temperatur war hier mittlerweile auf zwölf Grad gesunken. Hätte mich doch lieber umziehen sollen, dachte ich. Vom Himmel war nichts mehr zu sehen, der ganze Ort lag im Nebel. In der kleinen Bar, die ich betrat, sie hieß El Mentiroso, saßen nur vier Männer. Zwei von ihnen hatten einen Kaffee vor sich, die anderen beiden je ein Glas Bier. „Hola", grüßte ich beim Eintreten, aber niemand antwortete. Hinter dem Tresen stand eine junge Frau, die meine Begrüßung mit einem Kopfnicken erwiderte. Ich trank meinen Kaffee, bezahlte und stieg wieder in den Wagen. Nach zwei Kilometern öffnete sich der Himmel. Das Navi zeigte Serpentinen und von nun an, ging es nur noch bergab. Mit jeder Serpentine stieg die Temperatur und als ich schließlich in La Restinga ankam, waren es vierundzwanzig Grad Celsius. Zwischen diesen beiden Orten lagen nur zwölf Kilometer und gefühlte hundert Kurven.

La Restinga war ein klitzekleiner Ort mit ungefähr sechshundert Einwohnerinnen und Einwohnern. Sollte sich hier meine Christina aufhalten – mit oder ohne Liebhaber –, würde ich sie finden. Die letzte Kurve endete an einem kleinen Hafen. Links davon ragte ein Haus in die Höhe, dass auf Lavagestein gebaut worden war. Auf einem großem Werbebanner stand *Pension Apartemento*. Dort parkte ich und stieg aus.

Der Vermieter hieß Pedro und war ein freundlicher junger Mann, der sogar ein wenig deutsch sprach. Ich mietete ein Apartemento für drei Tage, war mir aber nicht sicher, ob ich nicht auf drei Wochen oder drei Jahre verlängern würde. Erschöpft von der Reise, verstaute ich mein Gepäck in dem Schränkchen, legte mich aufs Bett und schlief binnen Sekunden ein. Als ich erwachte, war es immer noch hell. Mein Apartemento hatte einen kleinen Balkon mit Blick auf die Bucht von La Restinga. Mehrere

Segelyachten und vier Fischerboote lagen am Pier. Eine, vielleicht dreihundert Meter lange, Hafenpromenade lief schnurgerade an der Mole. Dort gab es zwei Restaurants. Und als ich mich gähnend über die Brüstung lehnte und meine Arme ausstreckte, sah ich sie.

Christina saß in einem der beiden Restaurants namens *Cerca del mar* und aß Riesengarnelen. Ich konnte die roten Leiber mit ihren bizarren Fühlern auf ihrem Teller erkennen. Neben dem Teller stand ein Glas Rotwein. Vor ihr lag neben den Riesengarnelen ein Korb weißes Brot. Sie war allein. Zwei Tische weiter saß ein älterer Mann mit einem weißen Hemd und einem weißen Sommerhut. Sein Gesicht war sonnengebräunt. Er las in einem Buch und nahm offensichtlich keine Notiz von meiner Christina. Sie waren die einzigen Gäste. Der Atlantik in der kleinen Bucht plätscherte und die Sonne spiegelte sich darin. In meinem Mundwinkel bildete sich Speichel, das war der Aufregung geschuldet. In diesem sechshundert Seelenort gab es möglicherweise noch andere Pensionen. Nicht unwahrscheinlich war, dass meine Christina und ich jetzt so etwas wie Nachbarn waren.

Ich überlegte kurz, ob ich einfach ihren Namen rufen und ihr zuwinken sollte, verwarf es und zog mich zunächst ins Innere meines kleinen Apartemento zurück. Ich ging ins Bad, zog mich aus und duschte. Nach der Dusche rasierte ich mich gründlich, zog Jeans und ein gelbes T-Shirt über und begab mich zurück auf den kleinen Balkon. Meine Christina saß noch immer im *Cerca del mar* auf der Terrasse. Die Riesengarnelen hatte sie inzwischen aufgegessen und schien darüber nachzudenken, was sie als nächstes an diesem wunderschönen Tag auf El Hierro tun würde. Sie strich sich eine Haarsträhne ihres dunkelbraunen Haars aus dem Gesicht und kramte kurz in ihrer Tasche. Ich nahm mein iPhone und wählte ihre Nummer. Die Hoffnung, dass sich ihr Telefon in ihrer Tasche fand, erwies sich als trügerisch. Die Computerstimme sagte, dass der Teilnehmer im Moment nicht erreicht werden wollte. Es gab keine Reaktion meiner Christina.

Also hatte sie ihr Handy in der Tat ausgeschaltet oder ins Meer geworfen. Wie auch immer.

Ich dachte an den Tag, als wir uns kennengelernt hatten. Es war ein Mittwoch. Seit mehr als sechs Jahren waren wir nun ein Paar und dieser Mittwoch vor mehr als sechs Jahren war ungewöhnlich. Damals zog ich ernsthaft in Erwägung, Berlin zu verlassen.

Leipzig wurde gerade gehypt, wie keine andere Stadt in Deutschland. Ich hatte mir einen Stadtplan von Leipzig gekauft und dachte über einen Wohnungswechsel nach. Das Waldstraßenviertel in der Nähe des Zoos und des Rosenthals erschien mir als eine mögliche neue Adresse. Tschaikowskistraße, Gustav-Adolf Straße – der schwedische König, der im Dreißigjährigen Krieg, ganz in der Nähe von Leipzig in Lützen ums Leben gekommen war – waren nicht nur klangvolle Namen für Straßen, sondern versprachen auch Aufbruch. Eine neue Erfahrung. Warum nicht? Mein erster Roman *Strandtrift*, hatte mir zu ein bisschen Geld verholfen. Der Roman wurde nie in den wichtigen Feuilletons diskutiert und die TOP-Bestsellerliste erreichte er auch nicht. Dennoch war ich zuversichtlich und arbeitete hart.

An diesem Mittwoch, Anfang April, spazierte ich die Metzerstraße in Richtung Schönhauser Allee entlang und genoss die Düfte der japanischen Kirschblüten, die links und rechts der Straße ihr Aroma verströmten. Nein, widersprach ich mir, so war es nicht. Dieser Mittwoch war anders. Dieser Mittwoch, der Tag, an dem ich meine Christina kennenlernte, war entschieden anders. Ich wohnte damals in der Metzerstraße im Prenzlauer Berg. In der Metzerstraße 7. Das war korrekt. Aber als ich Christina kennenlernte, lief ich nicht die Metzerstraße in Richtung Schönhauser Allee.

Ich rieb mir verwundert die Augen. Wo und wie hatte ich sie kennengelernt? Mein Magen begann zu randalieren, und mir wurde kurz schwindlig. Ist das so schwer, ermahnte ich mich?

Erinnere dich! Nein, dachte ich erleichtert. Vergiss es. Das war später. Wir lernten uns auf der Geburtstagsparty meines damaligen Freundes David kennen. Er wohnte in der Srezdkistraße und feierte seinen fünfunddreißigsten Geburtstag. Christina war eine entfernte Bekannte von einer Bekannten von David und war neu in der Stadt. Als ich die Wohnung betrat, waren alle schon in Feierlaune. Solche Fröhlichkeit war schon immer eine Herausforderung für mich. Ich gratulierte David, überreichte mein Geschenk, ein Buch, was sonst. Es war ein Roman von Judith Herrmann *Sommerhaus später* und suchte nach etwas zu Essen. David hatte ein kleines Büfett hergerichtet, auf dem kalter Nudelsalat, kleine gehackte Bällchen, Möhrensuppe und Weißbrot nebeneinanderstanden. Ich griff mir ein Stück Brot, nahm ein Hackbällchen und schob mir beides in den Mund. Und dann stand sie plötzlich neben mir. Meine Christina Buschmann. Wir sprachen über Berlin, das weiß ich noch genau, dann speziell über die Metzerstraße mit ihren japanischen Kirschblütenbäumen von deren unfassbarem Geruch im Frühling ich ihr erzählte. Ja, hatte sie gesagt, dass würde ich auch gern einmal riechen. Irgendwann gab es Musik und wir tanzten miteinander. Es war das erste Mal seit Langem, dass ich überhaupt tanzte. Der Song war ein Song von den Rolling Stones. War es *Sympathie for a devil* oder *Wilde Horses?* Das weiß ich nicht mehr. Irgendwann tanzten wir sogar zu *Abba.* War es zu *Gimmy, gimmy* oder *Knowing me, knowing you,* ich weiß es nicht mehr. Da ich in der Metzerstraße 7 wohnte, war es gegen drei Uhr klar, dass wir zu mir gehen würden. Christina wohnte damals im Friedrichshain in einer WG.

Der Sex mit Christina war wie alles, was in den sechs Jahren unserer Beziehung folgen sollte, eine unfassbare Offenbarung.

Während ich meinen Gedanken nachgegangen war, hatte sich etwas verändert, das merkte ich deutlich. Ich musste mich schütteln, um klarer zu denken. Ich ging ins Bad, sah in den Spiegel und trat wieder auf den Balkon. Ich betrachtete die kleine

Bucht, wo die Wellen des Atlantiks plätscherten, hielt meine Nase in die Sonne, die sich in der Bucht spiegelte und sah schließlich zu dem kleinen Restaurant, in dem Christina gerade eine Portion Riesengarnelen verputzt hatte. Sie saß immer noch da und wartete. Auf was? Und dann sah ich noch etwas. Aus einer kleinen Gasse unmittelbar neben dem Restaurant *Cerca del mar* kam ein Mann meines Alters. Er war sportlicher und größer als ich, so viel stand fest. Er ging ohne Umschweife auf meine Christina zu und küsste sie auf den Mund. Kalter, grauer Frost kroch meinem Rücken empor. Ohne auch nur einen Gedanken zu verschwenden, stürzte ich aus dem Apartemento und rannte förmlich in Richtung Restaurant *Cerca del mar*. Auch dieser Weg war mit Stolpersteinen gepflastert. Auf einer steinernen Bank saßen zwei Frauen und zwei Männer. Alle vier waren Rentner und genossen die Abendsonne. Sie schwätzten über dies und das und beobachteten die kleine Bucht. Die Männer trugen Basecaps und die Frauen Kopftücher aus bunten Stoffen. Ihrer aller Gesichter waren braungebrannt und wettergegerbt. Während ich den kleinen Pflastersteinweg von meiner Pension zur Strandpromenade herunterrannte, es waren ungefähr achthundert Meter, kam plötzlich ein Mann um die Ecke geschossen. Wie ich später erfuhr, war es Jorge. Jorge war der Dorftrottel, aber von allen respektiert. Er trug immer ein Trikot des FC Barcelona mit der Nummer eins. Und hörte bei seinen Rundgängen durch La Restinga immer Musik mit Kopfhörern. Wir knallten gegeneinander. Jorge ging zu Boden, ich ging zu Boden. Die Rentner auf der steinernen Bank schrien auf, und die Frauen hielten sich ihre Hände vor die Münder. Jorge kam vor mir zum Stehen und beschimpfte mich auf Spanisch. Die vier Rentner ergriffen Partei für Jorge und redeten wild auf mich ein, während ich mich leicht benommen, langsam aufrappelte. Zum Glück war weder Jorge noch mir etwas Ernsthaftes passiert. Jorge machte wilde Gesten, schob sich seinen verrutschten Kopfhörer wieder auf die Ohren und trollte sich davon. Ich entschuldigte mich bei den vier Rentnern, und faltete meine Hände als Geste der Demut. Alle vier hoben die Hände, sagten etwas auf Spanisch und der Älteste von ihnen legte seine Hand auf die Brust und lächelte. Die Situation entspannte sich. Diesmal lief ich langsamer und achtete auf die wenigen Passanten auf der Promenade. Als ich das Restaurant erreichte, sah ich gerade noch wie Christina in einen kanariengelben Mini einstieg und eine Sekunde später waren sie und ihr Geliebter um die nächste Häuserecke davongebraust.

Der Ort La Restinga war angeordnet wie ein Schachbrett. Es gab Längs- und Querstraßen, die alle parallel verliefen und letztlich entweder zu dem kleinen Hafen führten oder nach Norden in Richtung El Pinar. Andere Verbindungen gab es nicht. Ich begann wieder zu rennen. Steil bergauf führten alle Straßen und nach wenigen Minuten wurde mir klar, dass ich nicht die Spur einer Chance hatte, den kanariengelben Mini noch irgendwie einzuholen. Frustriert und völlig außer Atem sank ich auf die Knie. Dann suchte ich nach meinem iPhone, wählte Christinas Nummer und hoffte, dass sie diesmal ans Telefon ging. Abermals Fehlanzeige. Meine nächste Überlegung war, zu meinem Mietwagen zu rennen und die Verfolgung aufzunehmen. Das würde vielleicht zehn bis fünfzehn Minuten dauern. Da ich den Autoschlüssel aber nicht bei mir trug, musste ich, vorbei an den vier Rentnern auf ihrer steinernen Bank, zurück zu meinem Apartemento, um den Autoschlüssel zu holen. Also noch weitere zehn Minuten Weg. Christina und ihr Geliebter hatten also fast eine halbe Stunde Vorsprung. Und in El Pinar gabelten sich einige Straßen der Insel. Trotzdem schleppte ich mich zu meinem gemieteten Kleinwagen und machte mich die zwölf Kilometer lange Serpentinenstraße auf den Weg nach El Pinar. Die Sonne ging gerade unter und während einer sehr scharfen Rechtskurve, konnte ich einen atemberaubenden Blick auf den wolkenlosen rötlich schimmernden Atlantik werfen. Am liebsten hätte ich angehalten, wäre ausgestiegen und hätte das Spektakel genossen. Aber das wäre erstens gefährlich, die Straßen waren sehr eng, und zweitens hatte ich noch eine Spur Hoffnung, den kanariengelben Mini doch noch einzuholen und gab Gas. Vielleicht fand ich ihn auch, irgendwo geparkt. Das Nummernschild hatte ich mir zwar nicht merken können, dafür war alles zu schnell gegangen, aber wenigstens kannte ich die Farbe und das Modell. Und diese Farbe war bei allen Autos selten.

Als ich nach ungefähr dreißig Minuten in El Pinar ankam, begann es zu regnen. Die Tristheit dieses Ortes bei Regen war um diese Zeit beängstigend. Keine Menschen auf den Straßen, das Außenthermometer meines Mietwagens zeigte elf Grad Celsius. Ich nahm an, dass es in den nächsten Minuten weiter sinken würde. Ich fuhr die gesamte Ortschaft ab. Keine Christina, kein kanariengelber Mini. Nach zwei Stunden vergeblicher Suche fuhr ich zurück nach La Restinga, schlich in mein Apartemento, putzte mir die Zähne und legte mich schlafen.

47

M ein nächstes Treffen mit Dr. Rüffert, nachdem sich mehrere Dinge in meinem Kopf breitgemacht haben, beginnt mit den Worten:

„Herr Fiedler, ergibt Ihre Strategie irgendeinen Sinn?" Diesmal ist er nicht zu mir in mein Zimmer gekommen, sondern ich sitze in seiner *Zelle*. Dr. Rüffert wirkt niedergeschlagen.

„Meine Strategie ergibt keinen Sinn", antworte ich. „Weil ich keine Strategie habe." Dr. Rüffert legt aufmerksam seinen Kopf zur Seite. „Aber ich kann Ihnen eines versichern. Ich habe meine Geliebte Christina Buschmann nicht umgebracht." „Die beiden Kommissare, die sie neulich besucht haben, sind da anderer Meinung." „Das ist mir klar." „Alle Indizien, die sie gefunden haben, sprechen gegen Sie." „Welche Indizien?" Dr. Rüffert zuckt mit den Schultern. „Dieses verstümmelte Etwas, was sie mir auf den Fotos gezeigt haben, war nicht Christina. Weil Christina nämlich noch lebt. Nehmen Sie das endlich zur Kenntnis!" Auch dazu sagt Dr. Rüffert nichts. Stattdessen kratzt er sich am Oberarm, als wäre er plötzlich von einer Flohattacke heimgesucht.

Nach diesem Gespräch gehe ich meinem Alltag nach. Frühstück im Gemeinschaftsraum. Neben mir sitzen Lisa, Robert gegen den ich unser letztes Tischtennismatch knapp gewonnen habe. Anschließend trotte ich zur Arbeitstherapie: sprich Mailing. Neben meinem Platz sitzt Arthur. Ich stutze. Wieso sitzt Arthur hier? Arthur stopft wie wir alle kleine Werbebroschüren der Drogeriekette und eines Lebensmitteldiscounters in Umschläge. Ich sehe verstohlen über meine rechte Schulter und fürchte jeden Moment einen Blitzangriff von Arthur, aus Rache, weil ich versucht habe, ihn aus der Reserve zu locken. Außer Frau Schöffer, der Ergotherapeutin, die bei dem epileptischen Anfall von Gudrun vor ein paar Wochen eine wirklich schlechte Figur gemacht hat, gibt es im Moment kein Personal hier im Mailing-Raum. Soll das wieder so etwas wie bei dem *Inneren Kreis* werden, denke ich einen Moment und richte mich instinktiv auf eine Gegenwehr von Arthurs Angriff ein, in dem ich meine Schultern straffe.

„He", flüstert Arthur. Mir treten ein paar Schweißperlen auf die Stirn und meine gestrafften Schultern, straffen sich noch ein bisschen straffer.

„He", flüstert Arthur abermals.

„Was ist?", flüstere ich zurück.

„Du musst aufpassen", flüstert Arthur, der *Dienst älteste* Insasse dieses Etablissements.

„Wieso?", flüstere ich, nun gänzlich verwundert. Noch nie hat Arthur, seit ich hier bin, so viele Worte gesprochen. Er hat noch nie auch nur ein Wort gesprochen, außer *Hm*. Und dieses *Hm* endete mit einem Nasenbeinbruch. Meinem Nasenbeinbruch und einem Brillenhämatom für mehrere Wochen. „Die wollen dir wahrscheinlich etwas anhängen, was du nicht getan hast." Meine Verblüffung wird dadurch unterbrochen, als Frau Schöffer ihre rechte Hand auf meine Schulter legt und anerkennend über meine gerade erst begonnene Arbeit nickt. Arthur hat sich geduckt, als erwartet er jeden Moment mit einem Elektroschocker niedergestreckt zu werden. Mit einem dieser Taser ist Frau Schöffer gewiss nicht ausgestattet. Maximal mit einem Kugelschreiber oder einem Bleistift. Arthurs Verhalten macht mich nun mehr als stutzig. „Was hast du gesagt?", flüstere ich, als sich Frau Schöffer wieder den anderen empathisch genähert hat. In erster Linie Gudrun. „Du musst hier verschwinden!", sagt Arthur nun deutlich und sieht mir das erste Mal, seit ich seine Bekanntschaft gemacht habe, in die Augen. „Wie soll das gehen?" „Ich kann dir dabei helfen."

Ich spüre, wie ein unerwünschtes Gelächter in mir hochsprudelt. Diese Situation ist absurd und beinahe hätte mich eine Lachwelle niedergestreckt. Tränen treten mir in die Augen und am liebsten hätte ich mich auf den Boden geworfen, mit den Fäusten getrommelt und laut gejuchzt. Das ist also Dr. Rüfferts zweiter Trick. Der älteste Bewohner dieses Etablissements erklärt mir einen Fluchtplan. Zwei Verrückte stolpern durch die geheimen Gänge der Forensik und am Ende landen wir wahrscheinlich wieder im Frühstücksraum. Dieses neumodische Spiel *Escape-Room* fällt mir ein. Bei diesem Spiel lassen sich ein paar Leute einsperren, um in einer bestimmten Zeit, nach der Lösung verschiedener Rätsel den Ausgang zu finden. Aber das hier ist kein verkackter *Escape-Room*, sondern das ist die beschissene Realität. Hier gibt es am Ende kein freudiges Gegacker, sondern lebenslang, wenn man Pech hat. Obwohl ich wütend geworden war, wende ich mich grinsend an Arthur.

„Arthur, nichts für ungut, aber hast du mal aus dem Fenster gesehen?"

„Ja, wieso?", antwortet er ein wenig beleidigt.

„Hier kommt man nicht raus!" Arthur ist eine Weile so verwirrt, als habe er den Generalschlüssel in seiner rechten Hosentasche, und ich ihm gerade den Vorschlag gemacht, die Tür mit einem Brecheisen zu malträtieren. Dann greift er sich an seine rechte Schläfe. Pocht ein paar Mal darauf und ballt dann eine Faust, die er sich kurz an seine Stirn schlägt.

„Doch, doch… hier kommt man raus. Und du solltest es schleunigst tun." Dann greift er nach meinem Kopf und zieht ihn geradewegs an seine Lippen. Dieser Kuss von Arthur auf meine Stirn lässt mich vollkommen erstarren und meine Realität komplett auf den Kopf stellen. Geht es hier gar nicht um das lustige Escape-Room Spiel, wovon ich eben noch überzeugt gewesen war?

Bietet mir Arthur tatsächlich seine Hilfe an?

48

Der gemütliche Pastor hatte sich noch nicht von seinem Schock erholt, da ereilte ihn ein weiterer.

Das fluoreszierende Licht beleuchtete nun nicht nur das vermeintliche Grab, sondern auch die Kiefern hinter dem Grundstück. Es war, als würde plötzlich die ganze Welt in Flammen stehen. Dieses geheimnisvolle Licht schien sich auszubreiten. Es flimmerte, es glitzerte und manchmal schienen Flammen in den Himmel zu schießen. Bruder Johannes Augen weiteten sich, und er begann zu zittern. Das fluoreszierende Inferno schien zu leben, denn nun donnerte eine Stimme. Eine weibliche Stimme.

Hilf mir! Der gemütliche Pastor hielt sich die Ohren zu.

Hilf mir, du falscher Prophet eines falschen Glaubens! „Aufhören!", keuchte er flehend. „Du sollst aufhören!" Er spürte, wie ein schreckliches, hilfloses Entsetzen sich durch seinen Körper schlich.

Du Missgeburt, fluchte die weibliche Stimme unbeirrt im fluoreszierenden Inferno weiter. *Hilf mir!* Kurz darauf gefror sein fettes Gesicht. Irgendwo in diesem Teil des Waldes knisterte es erst, dann raschelte es. Ein riesiger schwarzer Keiler schoss aus dem Dickicht und wälzte sich genau auf ihn zu. Der Blick des gemütlichen Pastors, Bruder Johannes, füllte sich mit Grauen. Der gemütliche Pastor versuchte, auf die Beine zu kommen, aber das ging bei seinem Gewicht nicht so schnell. Er umklammerte die in ziegenledergebundene Chronik, die ihm einst Helmut Schönberger gegeben hatte. Seine Lebensversicherung, wie er gedacht hatte. Aber in diesem Fall half sie jetzt nicht.

Das riesige Viech bahnte sich weiter unaufhaltsam seinen Weg durch das Gehölz. Der gemütliche Pastor konnte es schon regelrecht riechen. Der Keiler hatte Schaum vorm Maul. Tollwut, dachte der gemütliche Pastor kurz, aber auch diese Erkenntnis half ihm jetzt nicht. Trotz seiner kurzen Schockstarre war er endlich auf die Füße gekommen und versuchte das Haus auf dem Grundstück zu erreichen – das Haus Dorfstraße 4, das Haus von Trutz Fiedler und Christina Buschmann, um sich zu retten. Der gemütliche Pastor war noch nie in seinem Leben so schnell gerannt. Er hatte auch noch nie in seinem Leben einen Grund dafür gehabt. Die magenmalträtierende Angst führte mittlerweile dazu, dass er sich während seines Rennens übergab. Auch das änderte nichts. Kurz bevor der gemütliche Pastor die kleine Holztür des Hauses Bebersee in der Dorfstraße 4 erreichte, die unverschlossen war – Trutz Fiedler hatte bei seinem letzten Besuch gedankenverloren vergessen, sie zu verschließen – rammte ihn das Ungeheuer von hinten. Der schwarze Keiler hatte seine dreißig Zentimeter langen unteren Eckzähne in seinen Rücken gebohrt und der gemütliche Pastor sackte zusammen. Zwei Wirbel am Rücken brachen unter dem anrennenden Gewicht von zweihundert Kilogramm sofort und sein Rückenmark wurde verletzt. Er würde niemals wieder gehen können. Vorausgesetzt in den nächsten zwanzig Minuten kam Hilfe. Die kam nicht, weil niemand in Bebersee diesen Angriff eines Keilers auf den gemütlichen Pastor mitbekommen hatte. Ganz zu schweigen von dem fluoreszierenden im Kiefernwald. Die ziegenledergebundene Chronik fiel ihm aus den Händen. Der tollwütige Keiler war bei seinem Aufprall mit dem schwergewichtigen, gemütlichen Pastor ebenfalls gestrauchelt. Der vermeintliche Rivale rührte sich noch immer und hatte sein Revier nicht fluchtartig verlassen. Der Keiler, der in der Tat mit Tollwut infiziert war, obwohl der Rabiesvirus bei Wildschweinen äußerst selten vorkommt, drehte sich einmal um seine eigene Achse. Das Weiß in den Augen des Keilers wurde sichtbar. Bei Säugetieraugen wird das Weiß der Augen nur dann sichtbar, wenn sie sich in höchster Erregung befinden oder in höchster

Gefahr – wie bei Pferden. Bei Menschenaugen sieht man das Weiß immer. Der Keiler schabte, grunzte wütend, schabte erneut. Der Schaum vor seinem Maul war nicht wirklich weiß, sondern gelblich und stank. Dann griff er abermals an. Bei diesem Angriff bohrten sich seine dreißig Zentimeter langen unteren Eckzähne erst in die Holztreppe des Hauses vor der Tür und dann noch einmal in den Leib des gemütlichen Pastors. Da sein vermeintlicher Rivale noch immer nicht die Flucht ergriffen hatte, attackierte der Keiler seinen Gegner nun damit, indem er auf ihm herumtrampelte.

Und so wurde der bewegungsunfähige, blutüberströmte Pastor von einem tollwütigen Keiler der Gattung *Sus scrofa* zu Tode getrampelt. Alsbald würde ein Nachfolger seinen Platz einnehmen, damit sie immer Zwölf blieben.

49

Seit fünf Tagen verbrachte ich meine Tage auf El Hierro damit, einen kanariengelben Mini zu suchen. Ich weiß nicht, wie oft ich den Tunnel *Los Roquillos*, der die kürzeste Verbindung zwischen El Golfo und der Hauptstadt Valverde bildete, passierte. Zehnmal, zwanzigmal. Ich weiß nicht, wie oft ich die halsbrecherischen Serpentinen von San Andrés nach La Frontera durch den Nebelwald gefahren bin. Ich war in Sabinosa, in Verodal, ganz im Süden oder in der Hauptstadt. Keine Spur eines kanariengelben Minis und damit keine Spur meiner Christinas und ihrem Geliebten.

Am sechsten Tag auf El Hierro kehrte ich zu meiner kleinen Pension in La Restinga zurück und mietete mein Apartemento für weitere drei Wochen. Pedro, mein Vermieter, lächelte und sagte in seinem guten Deutsch: „Sie können auch länger bleiben, Senor, wenn Sie wollen. Ich mache Ihnen einen guten Preis." Das schloss ich nicht aus. Bevor ich nicht den kanariengelben Mini gefunden hatte, schloss ich gar nichts mehr aus.

Inzwischen hatte sich so etwas wie Routine in meinem Tagesablauf breitgemacht. Nach dem Aufstehen genoss ich ein ausgiebiges Frühstück mit täglich wechselnden Kostbarkeiten aus dem nahen Supermercado, danach schwamm ich eine kleine Runde im Atlantik in der Bucht von La Restinga. Gegen Zwölf fuhr ich die Insel ab, immer noch in der Hoffnung, den kanariengelben Kleinwagen zu finden. Meistens gegen sechs Uhr abends kehrte ich erfolglos nach La Restinga zurück und ging ins Restaurant *Cerca del Mar* und aß zu Abend. Häufig wählte ich die Großgarnelen, die ich auch auf dem Teller von Christina gesehen hatte. Der absolute Höhepunkt dieses kulinarischen Abendrituals war das Steak vom iberischen Schwein mit kanarischen

Kartoffeln. Dieses Steak schmeckte nicht nach Schwein. Es war saftig, knusprig und hatte den Geschmack aus einer Mischung von einem wirklich gut zu bereiteten Entenbraten, mit einem Hauch von Schwein. Eine wahre Köstlichkeit. Jeden Abend gegen 20:00 Uhr kam Jorge, der liebenswerte Dorftrottel, um dieselbe Ecke geschossen, an der ich mit ihm zusammengeprallt war. Kopfhörer auf den Ohren und lauthals singend. Mittlerweile grüßten wir uns fast freundschaftlich wie alte Bekannte. Gegen einundzwanzig Uhr zog ich mich in mein Apartemento zurück, klappte den Laptop auf und dachte an *Den Fluch von Bebersee.* Manchmal formulierte ich einige Sätze, meistens jedoch nicht. Oft griff ich mir ein Buch, schob meine Beine auf die Brüstung meines Balkons mit Blick auf die kleine Bucht von La Restinga und genoss mit einem Glas Rotwein in der Hand die frische Brise vom Atlantik. Die meiste Zeit starrte ich aber auf die Bucht, ohne etwas zu tun, ohne etwas zu denken. In meinem Kopf machte sich so etwa wie Resignation breit. Dieses Gefühl änderte sich auch nicht, als der durchgeknallte Kater wieder erschien. *Wie bist du hierhergekommen,* fragte ich ihn mit hochgezogenen Augenbrauen und ehrlich verwirrt. *Das ist eine Insel. Geschwommen sicher nicht. Und mit der Fähre bist du wahrscheinlich auch nicht gekommen.* Dabei wusste ich es längst besser. Der durchgeknallte Kater kannte weder Raum noch Zeit.

Im Moment durchstreifte er mein kleines Apartemento, schnupperte hier und dort. Auf der Suche nach Futter, dachte ich. Nur gab es hier nirgendwo Katzenfutter. Nachdem ich ihn eine Weile beobachtet hatte, legte ich ihm eine Scheibe kanarischen Schinken auf einen kleinen Teller, den er sofort appetitvoll verspeiste. Außer mit ihm zu sprechen, fiel mir nichts anderes ein, als ihn nach seiner Mahlzeit zu ignorieren. Ich schob die Balkontür auf und beschloss die kleine Bucht von La Restinga zu betrachten.

Das wiederum ignorierte der durchgeknallte Kater.

Du bist gerade dabei, verrückt zu werden, sagte der durchgeknallte Kater. Ich wollte nicht antworten, denn das hatte seinen Grund.

Er antwortete meistens auch nicht. Als ich endlich, weit nach Mitternacht, schlafen ging, lag der durchgeknallte Kater neben meiner Decke in meinem geräumigen Bett, als wäre er meine Geliebte. Die Halbkugel, die sein Körper formte, wirkte ebenso entspannt, wie sein gleichmäßiger Atem. Mich packte große Lust, ihn so zu packen, wie ich damals als Jugendlicher die neugeborene Katze gepackt hatte, um sie aus dem Fenster zu werfen. Es wäre mir ein Leichtes, den durchgeknallten Kater im Meer zu ersäufen, dachte ich einen Moment. Aber das war es keinesfalls. Ich kroch unter die Decke auf meiner Seite und versuchte, so gut es ging, den durchgeknallten Kater in meinem Bett zu ignorieren. Der rekelte sich kurz, putzte sich mit seiner rauen Zunge seinen Rücken und kratze sich mit der Hinterpfote am Kopf. Dann war er wieder eine Fellhalbkugel.

Bevor ich endlich einschlief, redete ich mir ein, dass dies hier ein bisschen wie Urlaub war. Aber das stimmte nur bedingt. Schließlich würde ich in wenigen Tagen von der spanischen Polizei verhaftet werden.

Die Turbulenzen kündigten sich am sechsten Abend meines Aufenthaltes auf El Hierro an. Begonnen hatte der Tag wie immer, seit ich hier war. Ausgiebiges Frühstück mit Früchten, leckerem Weißbrot, Wurst und Käse, zwei Tassen Kaffee. Nach den Schwimmrunden in der Bucht machte ich mich auf die Suche nach dem kanariengelben Mini. Nach meiner Rückkehr und einer ausgiebigen Dusche begab ich mich zum Abendessen ins Restaurant *Cerca del Mar* – diesmal lagen gebrutzelte Tintenfischringe auf meinem Teller. Später genoss ich ein Glas des hiesigen Rotweins Verijadiego Negro auf dem Balkon und das leise Plätschern des Atlantiks.

Plötzlich strahlte das Flutlicht eines orangefarbenen Rettungsschiffes der spanischen Küstenwache auf. Fast gleichzeitig
versammelten sich fast alle Bewohnerinnen und Bewohner La

Restingas unten am Hafen. Darunter waren auch die vier Rentner und Jorge. Das orangefarbene Rettungsboot der Küstenwache schleppte ein Segelboot in den Hafen. Seine Länge war etwa zwölf Meter und der Hauptmast war gebrochen. Das Boot trug den Namen *Christina* und war unter französischer Flagge gesegelt. Als das Rettungsboot mit seiner Fracht im Schlepp angelegt hatte, flackerte blau-rotes Licht auf. Zwei Krankenwagen fuhren zum Pier.

Was war hier los? Wie betäubt, starrte ich auf das havarierte Segelboot mit dem Namen *Christina*. Von meinem Balkon aus konnte ich nicht erkennen, ob das Personal der beiden Krankenwagen irgendwelche Menschen von dem Segler verlud. Auf jeden Fall blieben sie eine Weile an Bord. Nach ungefähr einer halben Stunde verschwanden die Bewohner von La Restinga wieder in ihren Häusern. Auch die vier Rentner und Jorge. Die beiden Krankenwagen machten sich auf den Weg mit oder ohne Verletzten in das naheliegende Krankenhaus oder zurück zu ihren Stützpunkten. Abgesehen von einem havarierten Zwei-Mast Segler mit dem Namen *Christina*, der wie ein verletzter Wal an der Pier angetaut worden war, war in La Restinga wieder alles wie immer.

Ich hingegen tat in dieser Nacht kein Auge zu. Von dem durchgeknallten Kater gab es auch keine Spur.

50

Am nächsten Tag fand ich endlich den kanariengelben Mini. Er stand auf dem Parkplatz vor dem Trampelpfad zum heiligen Baum von El Hierro: El Garoé. Ich rieb mir die Augen und schaute noch einmal hin. Der kanariengelbe Mini war noch immer da. Sein Kennzeichen war spanisch.

Elektrisiert überlegte ich, was als nächstes zu tun war. Ich nahm einen Schluck aus der Wasserflasche, die auf meinem Beifahrersitz lag und rückte meine Brille zurecht. Erst einmal ruhig bleiben, dachte ich. Dann stieg ich aus meinem Mietwagen und betrachtete den kanariengelben Mini näher. Ein kleiner Aufkleber verriet, dass er in der Tat bei *Topcar* gemietet worden war. Mir wurde feucht unter den Armen und mein Kopf begann einem Glockenturm zu gleichen. Ich blickte nach rechts und links. Von Christina oder ihrem Geliebten keine Spur. Hier gab es atemberaubende Steilhänge, die alle an der Küste endeten. Menschen sah ich keine. Irgendwo an einem der Steilhänge grasten Ziegen, und ich sah zwei Kühe. Nach einem kurzen Innehalten rüttelte ich an der Fahrertür. Die war verschlossen. Die Beifahrertür ebenfalls. Im Inneren konnte ich nichts anderes erkennen, als das einer der Insassen wahrscheinlich vor einiger Zeit einen Kaffee getrunken hatte. Ein Pappbecher der größten spanischen Kaffeekette lag im Fußraum des Beifahrersitzes. Wahrscheinlich hatte einer der Mieter den Kaffee an einer Tankstelle gekauft.

Wie viele kanariengelbe Mini von *Topcar* mochte es wohl auf El Hierro geben? Weiß oder Schwarz war jeder zweite Wagen lackiert. Aber kanariengelb? Ich ging zurück zu meinen Wagen, stieg ein und wartete. Irgendwann müssten die Mieter des Wagens ja zurückkommen. In meinen Ohren begann es zu rauschen. Nach anderthalb Stunden brütenden Wartens, machte sich Bewegung breit. Zuerst erschien der durchgeknallte Kater. Er tänzelte auf dem Armaturenbrett meines Wagens und hob seinen Schwanz in die Höhe, der wie immer zu einem umgekehrten Fragezeichen gebogen war. Mein Kiefer presste sich zusammen und zermahlte Gedanken und Worte. Mit einer Handbewegung versuchte ich ihn zu verscheuchen. Aber das interessierte den durchgeknallten Kater nicht. Er miaute kurz und sah mich mit seinen menschenähnlichen Augen an. Inzwischen hatte ich die nonverbale Sprache des durchgeknallten Katers ein wenig verifizieren können. Mauzte er einmal, war dies eine Art Begrüßung. *Hallo, hier bin ich.* Mauzte er mehrmals, war er mit etwas unzufrieden. Ein hochgezogenes, langes Mauzen drückte tiefe Missbilligung aus. Hätte ich jetzt Katzengras in meinem Auto, würde er sich sofort wie wild darauf stürzen und anschließend Fellballen kotzen. Das machten Katzen immer. Aber ich hatte kein Katzengras im Kofferraum. „Nichts für ungut", sagte ich zu dem durchgeknallten Kater. Er antwortete nicht, wie meistens. Nicht einmal nonverbal. Kein einfaches, kein mehrfaches, kein hochgezogenes Mauzen.

Kurz darauf steuerten zwei Frauen auf den kanariengelben Wagen zu. Sie waren um die fünfzig und herzten sich. Wanderausrüstung. Ihre Schuhe waren mit einer kleinen Schicht Staub bedeckt. Sie trugen Rucksäcke und hielten beide Nordic-Walking Stäbe in den Händen. Nachdem sie ihre Ausrüstung abgesetzt hatten, betätigte eine von ihnen eine Fernbedienung und der kanariengelbe Mini blinkte zweimal mit all seinen Blinkern und die Türen wurden entriegelt. Keine von ihnen sah meiner Christina ähnlich und dem Vergewaltiger erst recht nicht. Der Wagen wurde gestartet und fuhr davon. Ich blieb sprachlos zurück und mein Gesicht wurde heiß vor Verärgerung. Was für ein Irrtum! Was für eine nutzlose Spekulation! Wütend, über mein eigenes Unvermögen, bearbeitete ich das Lenkrad, als wäre es mein Sparringspartner in einem wichtigen, bevorstehenden Boxkampf.

Der dreifarbige, durchgeknallte Kater sprang vom Cockpit meines Mietwagens auf die Rückbank und tat so, als hätte er etwas äußerst Wichtiges gerochen. Bevor er sich seiner intensiven Fellpflege widmete, tat er ein hochgezogenes Mauzen. Äußerst frustriert kehrte ich nach La Restinga zurück.

Ich bin voller Gedanken, mein Hirn ist ein Lustgarten, dachte ich noch, als ich die letzte Kurve nach La Restinga nahm. Aber das stimmte nicht. Die Wahrheit war, ich war leer und verzweifelt. Von dem kanariengelben Mini, jedenfalls von dem, mit dem meine Christina entführt worden war, gab es noch immer keine Spur.

An diesem Abend verzichtete ich auf einen Restaurantbesuch und ging sofort schlafen.

51

M ein nächstes Treffen mit Dr. Rüffert findet beim Mailing statt. Er fragt erst dies und das, was das Mailing betrifft und ob es mir gut gehe. Das beantworte ich mit wiederholtem Kopfnicken. Dann kommt er zur Sache.

„Ich habe noch etwas in Ihrer Akte gefunden, was mich stutzig gemacht hat. Es gab einen Unfall in Bebersee?"

„Der gemütliche Pastor, ja." Dr. Rüffert hebt die Augenbrauen.

„Ein Mensch kam dort ums Leben."

„Das stimmt. Wegen eines tollwütigen Keilers. Da war ich schon auf El Hierro. Was wollen Sie wissen, Doc?"

„Wurden Sie darüber informiert?"

„Ja, zwei Tage vor meiner Verhaftung durch die spanische Polizei."

„Sie kannten das Opfer…, dieses Wildunfalls?"

„Ja, der Pastor. Seine Pfarrei war in Groß-Schönebeck. In Bebersee predigte er nur einmal im Monat."

„Und was wollte er auf Ihrem Grundstück?"

Ich presse meine Augenlider zusammen, um ruhig zu bleiben und zucke die Schultern.

„Was weiß ich. Um uns zum Gottesdienst einzuladen?"

Dr. Rüffert mustert mich einen Moment, als hätte ich die Gabe, in Wildschweine zu schlüpfen, um Menschen umzubringen.

„Ich bin kein Wildschwein, Doc, und ich habe nie welche gezüchtet", sage ich, wie ich es schon einmal Hauptkommissar Robert Feiser gesagt hatte. Nur lakonischer.

„Und was hat das mit Ihnen gemacht?"

Lisa, die neben mir sitzt, gluckst. Ansonsten ist heute fast niemand von den andern beim Mailing, auch nicht Arthur. Nur Gudrun sitzt verloren allein am hinteren Tisch, die noch immer persönlich von Frau Schöffer betreut wird. Sie steht neben ihr und ermutigt jede Bewegung von Gudrun mit einem Augenaufschlag.

„Ich meine", fährt Dr. Rüffert fort, „es gab einen tödlichen Unfall auf ihrem Grundstück, da gerät man doch in Stress, würde ich denken. Warum sind Sie nicht sofort zurückgeflogen, wenn Sie das Opfer sogar kannten?" „Ich bin dem gemütlichen Pastor nur ein-, zweimal begegnet. Von Kennen, kann also keine Rede sein", sage ich vorsichtig und dann fallen mir die Worte von Arthur ein, der heute nicht hier ist. *Sie wollen dir etwas anhängen, was du nicht getan hast,* und werde ich misstrauisch.

„Wieso fragen Sie das?" „Das kann ich Ihnen nicht sagen." „Soso, das können Sie mir nicht sagen, aha", erwidere ich und verenge meine Augen. Dr. Rüffert tritt automatisch ein bis zwei Schritte zurück. Lisa gluckst abermals. An der Tür zum Mailing stehen Pfleger Sebastian und ein neuer Pfleger. Sein Plastikschild an der Brust betitelt ihn als Pflegeschüler Kevin. Kevin verbringt mindestens vier Tage in der Woche für zwei Stunden in einem Fitnessstudio, dass sehe ich sofort. Er ist äußerst muskulös. Außerdem liegt er nach seinen Bi- und Trizeps-Übungen oder was auch immer, mindestens eine halbe Stunde unter einer Sonnenbank. Sein Gesicht und vermutlich sein ganzer Körper sind Mallorca-Braun. Gudrun nestelt nervös an ihrer rechten Augenbraue, was Frau Schöffer sofort dazu veranlasst, ihr beruhigend den Rücken zu streicheln. Ich springe auf und bleibe dann vor meinen Umschlägen der Drogeriekette sitzen. Ich versuche, meine aufkeimende Schnappatmung zu kontrollieren. Seroquel hin oder her. In meinem Kopf beginnt es zu brodeln.

„Was können Sie mir nicht sagen, Dr. Rüffert?", frage ich so ruhig, wie es mir möglich ist. „Ich meine, ich sitze hier hinter Gittern. Jedenfalls haben Sie die Schlüssel." Ein furchtbarer Gedanke flackert in mir hoch und macht mich noch wütender.

„Hatte der gemütliche Pastor irgendetwas mit meiner Christina zu tun?" Den letzten Satz habe ich unbewusst geschrien. Dr. Rüffert weicht zwei weitere Schritte zurück. Pfleger Sebastian und der Pflegeschüler Kevin straffen ihre Schultern und treten zwei Schritte vor. Gudrun beginnt zu kreischen, und Frau Schöffer reißt ihre Augen auf, weil sie gleich den nächsten epileptischen Anfall von Gudrun befürchtet. Nur Lisa bleibt entspannt. Ihre Dämonen sind längst in einem Koffer verpackt und auf dem Weg ins Dämonenland.

„Beruhigen Sie sich, Herr Fiedler", versucht Dr. Rüffert nun zu beschwichtigen und hebt beide Hände. „Ich dachte nur..." „Was dachten Sie?" Meine Stimme hört sich wieder normal an. „Ich dachte", Dr. Rüffert entspannt sich nun merklich. Pfleger Sebastian und Pflegeschüler Kevin lockern ihre angespannten Schultern, „dieser Umstand würde vielleicht dazu führen, Ihrem Gedächtnis ein wenig auf die Sprünge zu helfen. Schließlich haben Sie bei einer unseren Sitzungen einmal gesagt, dass ich den gemütlichen Pastor verhaften lassen sollte. Erinnern Sie sich?" Dr. Rüffert schnieft. „Aber da war er längst tot. Und das wussten Sie."

Ich beginne grundlos zu kichern. Dann macht sich eine schwer zu beschreibende, innere Unruhe in mir breit. Einen Moment habe ich das Gefühl, als würde ein riesiger Felsen gesprengt werden. Und ich sitze dicht davor. In meinem Kopf fliegen große Steinbrocken durch die Gegend und bedecken dann den gesamten Boden. Wie schlecht geschnittene Filmszenen, sehe ich verschwommene Filmszenen der Ereignisse der letzten Monate. Das Drehbuch zu diesem Film ist wirr, und es fehlt ihm an Struktur. Der Plot ist kein Plot, sondern nur eine Aneinanderreihung von Bildern. Und es sind keine schönen Bilder. Ein silberner Spaten taucht kurz auf und verschwindet wieder. Der Düsterwald, nein der Nebelwald, auf El Hierro taucht auf, die Gestalt, die aus dem Nichts kam, kurz hinter dem Parkplatz in Richtung La Frontera und der Nebelwald mit seinen Abgründen verschwindet wieder.

El Pinar und dieses kleine Café, wo ich nur einen Kaffee getrunken hatte, taucht auf und verschwindet wieder. El Mentiroso, der Lügner, wo ich von einer Art Blitz getroffen worden war, taucht auf und verschwindet wieder.

Auf meiner Stirn bilden sich Schweißperlen. Kurz darauf bekomme ich Durst – Durst, der nicht zu stillen ist. Dann wird mir schwindlig. Ich setze mich freiwillig auf den Boden, weil ich ahne, dass ich gleich umkippen werde. Bevor ich mein Bewusstsein verliere, beginne ich genauso zu zucken, wie Gudrun vor ein paar Wochen. Bei einem epileptischen Anfall verliert man nicht nur das Bewusstsein, es ist viel mehr. Bei einem epileptischen Anfall begibt man sich auf eine Reise. Es ist eine Nahtod Erfahrung. Egal, wie man es drehen oder wenden will. Bei dieser gewaltigen, elektrischen Entladung, dem das Gehirn kurzzeitig ausgesetzt ist, geschieht auch etwas mit unserem Bewusstsein. Nicht umsonst wurden und werden Elektroschockbehandlungen bei Menschen mit schweren Depressionen therapeutisch eingesetzt. EST bedeutet nichts anderes, als dass ein epileptischer Anfall unter ärztlicher Kontrolle ausgelöst wird. Bei mir löst dieser epileptische Anfall nicht nur eine Nahtoderfahrung aus, sondern führt zu einer kompletten Veränderung meiner Wahrnehmung. Und nicht nur das. Diese kurze Explosion in meinem Gehirn bewirkt, dass ich später alles ganz klarsehe. So klar, als hätte ich alles aufgeschrieben.

Doch zunächst beginnt der dramatische Teil. Dass ich mich eingenässt habe, ist der kleinste davon. Erst kommt die Verwirrung, dann der Zauber. Während ich, wie irre, auf dem Boden liegend strampele, stöhne und meine Augen sich verdrehen, baut mein Gehirn eine Wunderwelt. Außerhalb dieser Wunderwelt kreischen nicht nur Gudrun, sondern auch Frau Schöffer. Pfleger Sebastian und der Pflegeschüler Kevin stürzen ebenso zu meinem zuckenden Körper, wie Dr. Rüffert, um Erste Hilfe zu leisten. Aber bei einem epileptischen Anfall kann man keine Erste Hilfe leisten. Höchstens Zweite. Bei dem Versuch, mich in die stabile Seitenlage zu zerren – Kevin war im ersten Ausbildungsjahr –, kugelt meine rechte Schulter aus. Die Kräfte des Universums sind nun einmal stärker als aufgepumpte Muskeln. In meiner Wunderwelt stehe ich bereits neben meinem Körper und genieße es.

Arthur hatte Wort gehalten, war mein erster Gedanke, aber der war nur flüchtig. *Es gibt einen Weg hier heraus.* Ja, ich lief über eine unfassbar schöne, mit nichts zu vergleichende, blühende Wiese. Und ja, mein Gehirn ahnte so etwas wie das Paradies. Ich lief weiter, streichelte die Blumenköpfe, die sich links und rechts mir entgegenstreckten. Ich wollte weiter, natürlich. Irgendwo musste sich die Quelle des Lebens befinden. Und ja, ich wollte tot sein. Aber ich starb nicht.

Dr. Rüffert hat es endlich geschafft, den übereifrigen Pflegeschüler Kevin von mir fernzuhalten und tut in solch einer Situation, das einzig Richtige. Er spritzt zehn Milligramm Midazolam. Sofort werde ich ins Leben und damit in die Forensik zurückgeschleudert. Wie mit einem ICE auf dessen Dach ich gerade saß. Ich schnappe nach Luft und komme zu mir. „Hallo, Herr Fiedler, hören Sie mich", ist das Erste, was ich höre, nach meinem Weg zum Paradies. Diese Stimme kommt mir bekannt vor. Sie gehört Dr. Rüffert und in diesem Moment genießt er meinen uneingeschränkten Respekt. „Ich glaube, ich habe den Medikamentenmix nicht vertragen, den Sie verordnet haben", sind meine ersten Worte im Diesseits. „Das können wir ändern", antwortet Dr. Rüffert und lächelt. Es ist ein Lächeln der Erleichterung. Das sehe ich und verstehe sofort.

Dennoch habe ich höllische Schmerzen wegen meiner ausgekugelten Schulter. Aber auch da wird Dr. Rüffert äußerst professionell. Ehe ich mich versehe, hat er sie mit einem gezielten Griff und einem kurzen Ruck, der mir die Tränen in die Augen treibt, wieder eingerenkt.

So etwas lernt man vermutlich nur hier.

52

Am neunten Tag auf El Hierro klingelte mein iPhone kurz nach 6:00 Uhr am Morgen. Schlaftrunken und völlig perplex griff ich nach dem Telefon und sah auf das Display. Eine mir nicht bekannte Nummer aus Deutschland. Ich hatte einen Anruf von Christina erhofft oder von meinem Verleger. Dem war nicht so. Dennoch nahm ich den Anruf an.

„Sind Sie Herr Trutz Fiedler?", fragte eine weibliche Stimme, „Mein Name ist Yvonne Hauschild, ich bin Hauptkommissarin bei der Kripo Templin. Sind Sie der Besitzer des Hauses Dorfstraße 4, in Bebersee?"

„Ja, der bin ich. Wieso? Wurde dort eingebrochen?"

„Nein", versicherte Yvonne Hauschild. „Es gab einen Unfall."

War Christina von ihrer Auszeit auf El Hierro zurückgekommen? Hatte sie versucht, das Grab von Christina Buschmann, geb. Sens, zu öffnen und war dann von einem Blitz oder dergleichen getroffen worden und ums Leben gekommen? Ein eiskalter Schauer lief mir über den Rücken und ließ mich kurz erstarren.

„Was für einen Unfall?", stieß ich mühsam hervor.

„Ein Unfall mit einem Wildschwein, vor zehn Tagen. Besser gesagt, mit einem Keiler."

In meinem Kopf baute sich ein Szenario nach dem andern auf und alle hatten etwas mit meiner Christina zu tun und offen gestanden auch mit der anderen. Ich blickte auf die kleine Bucht von La Restinga, um mich zu beruhigen und atmete mehrmals durch.

„Okay," hörte ich mich sagen, „was ist passiert?" Hauptkommissarin Hauschild schilderte alles, was sie wusste

und sagen konnte. Vor meinen Augen begann es zu flimmern.
„Der gemütliche Pastor, sagen Sie."

„Der was?"

„Entschuldigen Sie, ich meine den Pastor von Groß-Schönebeck."

„Ja", bestätigte Hauptkommissarin Hauschild.

„Das ist tragisch", hörte ich mich weitersprechen. Aber das war ehrlich gesagt, nicht aufrichtig. „Gab es noch andere Veränderungen auf unserem Grundstück?" fragte ich wie hinter einer Nebelwand und atmete ein weiteres Mal durch. „Merkwürdiges Licht, oder so etwas in der Art?" Hauptkommissarin Hauschild stutzte einen Moment.

„Wie meinen Sie das?"

„Ach, nichts." In meinem Kopf begannen Leuchtraketen zu zünden. „Hätte ja sein können." Als ich das Telefonat für beendet hielt, sagte Frau Hauptkommissarin Hauschild noch einen Satz, der mich aufhorchen ließ. „Die Spurensicherung hat ein kleines, in Ziegenleder gebundenes Buch gefunden. Wissen Sie etwas darüber, Herr Fiedler?" „Nein, sorry." Nachdem ich aufgelegt hatte, begann es in mir zu arbeiten. Was hatte dieser alte Schnüffler auf unserem Grundstück zu suchen? Das war die erste Frage, die ich mir stellte. Hatte er etwa Spuren meiner Grabschändung gefunden? Das war die nächste Frage. Und was meinte die Hauptkommissarin aus Templin mit dem kleinen Buch, das sie bei der Leiche des gemütlichen Pastors gefunden hatten? Natürlich flammte sofort eine Erinnerung in mir auf. Genauso ein Buch hatte mir der gemütliche Pastor einst gegeben.

Die unheilvollen und unheimlichen Vorgänge rings um Bebersee, 1824-1938, verfasst von Gottfried Sens, alias Priamus Apokalyptikus.

Aber die war leider nicht lesbar und befand sich außerdem in meiner kleinen Maisonette-Wohnung im Berliner Prenzlauer Berg. In meinem Kopf ging es drunter und drüber.

Häh, war der gemütliche Pastor auch in meine Berliner Wohnung eingebrochen, um das nutzlose Buch mit seinen leeren Seiten zu stehlen, und es dann nach Bebersee zu schleppen? Das ergab überhaupt keinen Sinn.

Ich kochte mir einen Kaffee und setzte mich damit auf den Balkon. An Schlafen war ohnehin nicht mehr zu denken. Die Sonne hatte im Osten bereits den gesamten Horizont blutrot gemalt. Gleich würde unser aller Lebensspender auftauchen. Die Temperaturen waren bereits so angenehm, dass ich auf eine Jacke verzichtete. Ich starrte auf die kleine Bucht und dachte nach. Eine logische Erklärung bezüglich des Todes des gemütlichen Pastors auf unserem Grundstück in Bebersee fand ich ebenfalls nicht. Seit der gemütliche Pastor mir das unbeschriebene Buch gegeben hatte, hatte ich ihn gedanklich aus meinem Leben verdrängt. Und nun war erst der Pastor und dann das Buch wieder da. Erst nach einer kurzen Weile kam ich zu dem Schluss, dass es möglicherweise ein zweites Buch gab. Trotzdem entschloss ich mich natürlich, sofort nach meiner Rückkehr, nachzusehen, ob sich das leere Buch noch in meinem Besitz befand. Ein zweites Buch...? Bei diesem Gedanken wurde mir unbehaglich zumute. Wahrscheinlich totgetrampelt, wie die Templiner Hauptkommissarin erzählt hatte. Tollwut! Bei diesem Gedanken wurde mir noch unbehaglicher. Christina Buschmann, geb. Sens, fiel mir sofort ein. Aber das war kompletter Blödsinn. Schließlich..., nun ja. Wie war das nochmal? Irgendetwas in meinem Gehirn blockierte, diesen Gedanken zu Ende zu denken. Stattdessen bestaunte ich einen Albatros, der plötzlich am Himmel über der kleinen Bucht heranschwebte. Der erste Albatros in meinem Leben, den ich live sah, dachte ich und dann: Eigentlich interessierte mich der Tod des gemütlichen Pastors einen Dreck.

Inzwischen war es komplett hell geworden. Die erste kleine Gruppe Hobbytaucher spazierte im Gänsemarsch mit ihrer geschulterten Ausrüstung zum Pier, wo bereits ein kleines

Sportboot wartete. Drei Männer und zwei Frauen. Zwei von den Männern und eine Frau waren Asiaten, die anderen beiden vielleicht Schweden, wegen ihrer hellen Haare. Ich hatte gar nicht mitbekommen, dass das Boot dort angelegt hatte, stellte ich verwundert fest. Der Kaffee war geleert, und ich ging in das Innere meines *Apartemento*, um mir einen zweiten Kaffee einzuschenken. Hunger verspürte ich noch nicht. Als ich mich wieder auf dem Balkon auf einem der beiden Klappstühle niederließ, um meine zweite Tasse Kaffee zu trinken, bog ein kanariengelben Mini um die Ecke und parkte vor meinem liebgewonnenen Restaurant *Cerca del Mar.* Zwei Personen stiegen aus. Diesmal waren es nicht die beiden fröhlichen Wanderinnen mit ihren Nordic-Walking Stöcken. Nein, es war meine Christina und ihr Entführer.

Ohne auch nur einen Gedanken zu verschwenden, rannte ich los. Bevor ich mein *Apartemento* verließ, schnappte ich mir noch das zwanzig Zentimeter lange Küchenmesser, das an die kleine Magnetwand gepinnt war.

53

Ich würde sie gern noch einmal kurz untersuchen", sagt Dr. Rüffert mit sanfter Stimme. „Wenn es Ihnen nichts ausmacht. Würden Sie sich bitte freimachen, Herr Fiedler?"

„Alles?", ich hebe verwundert die Augenbrauen. „Die Unterwäsche können Sie anbehalten." Wir sind wieder einmal in seiner Zelle. Der epileptische Anfall ist ungefähr drei Stunden her, mein rechter Arm mit einer orthopädischen Schlaufe stabilisiert, und ich habe fast die ganze Zeit geschlafen und fühle mich gut. Ich tue ihm den Gefallen. Zuerst betastet er meine rechte Schulter und nickt zufrieden. „Ich denke, wenn Sie ihn eine Weile schonen, werden sie Ihren Arm bald wieder wie gewohnt, benutzen können." Er beleuchtet meine Pupillen mit einer kleinen Taschenlampe und nickt abermals zufrieden. Dann bittet er mich, mich zu setzen und die Beine übereinander zu schlagen. Ein kleiner Gummihammer löst die gewünschten Reflexe aus. Auch mit diesen Ergebnissen scheint Dr. Rüffert zufrieden. „Hatten Sie das schon einmal? Ich meine, einen epileptischen Anfall."

„Nicht, dass ich wüsste", antworte ich wahrheitsgemäß. Dann zeigt er auf mein linkes Knie und den Unterschenkel. „Sie haben da eine ganze Menge Narben. Was ist passiert?"

Genau konnte ich das gar nicht sagen. An die Narben hatte ich schon ewig nicht mehr gedacht. Was war da nochmal passiert?

Dann fällt es mir plötzlich ein. Es ist, als ob man eine uralte Videokassette wiedergefunden hat. Und als die erste Szene auf dem Bildschirm zu flimmern beginnt, ist alles wieder da. In meinem Kopf läuft der komplette Film ab und einen Moment bin ich ziemlich verwirrt. „Ich hatte als Jugendlicher einen Unfall mit einem Moped", stammele ich kurz. Der Film läuft unaufhörlich weiter. „Mit meiner Simson. Ein ockerfarbener russischer Markenwagen hat mir in meiner Geburtsstadt, in Altenburg, die Vorfahrt genommen." Dr. Rüffert tastet unbeirrt weiter an meinem Körper herum.

„Wie alt waren Sie damals? "Sechzehn", antworte ich. Mein Mund wird trocken. Ich lecke mir automatisch die Lippen. Dr. Rüffert ist zwar immer noch mit mir in diesem Raum mit seiner Untersuchung beschäftigt. Aber irgendwie auch nicht. Es ist, als würde Dr. Rüffert gar nicht existieren. Der Film in meinem Kopf läuft unaufhörlich. Es gibt keine Pause- oder Stopptaste. Ich bin wieder sechzehn und sitze auf meinem Lieblingsroller. Wie konnte ich das nur vergessen? Der Unfall geschah in den Altenburger Gassen. Alle Straßen waren dort gleichrangig, also galt die rechts vor links Regel. Ich fuhr nicht sehr schnell, wie ich es normalerweise tat, weil das dort nicht ging. Er tauchte in meinem linken Blickfeld plötzlich auf, der ockerfarbene Saporoshez. Auch er fuhr nicht schnell, weil das dort nicht ging. Es war fast wie ein Zeitlupen-Crash. An die Farbe des Wagens erinnerte mich deshalb so gut, weil ich einen Blitzschlag später über das Dach des Autos flog und den ihn unter mir sah. Die Stoßstange des Wagens durchschlug meinen linken Unterschenkel. Mein Schienbein wurde regelrecht zertrümmert und war an mehreren Stellen gebrochen. Nur durch einen fünfzehn Zentimeter langen Nagel aus Titan konnte ich halbwegs wieder zusammengeflickt werden. Aber wo wollte ich eigentlich hin, als mir dieser Unfall widerfuhr? Das fragte ich mich jetzt, während Dr. Rüfferts Stimme gerade in meinen Ohren dröhnte. „Herr Fiedler. Sind Sie noch da?" Das bin ich wieder. Aber wo wollte ich damals hin, bevor mich der ockerfarbene Wagen von meinem Roller katapultiert hatte?

Ich weiß es nicht. Diese Tür ist noch immer verschlossen.

5 4

I ch kam wieder zu spät. Obwohl ich wie der Blitz die paar hundert Meter gerannt war und ich diesmal nicht mit Jorge an der Ecke zusammengestoßen war, sah ich abermals nur die Rücklichter des kanariengelben Minis von *Topcar*, der gerade um die nächste Ecke bog.

Offensichtlich hatte es sich der Entführer meiner Christina anders überlegt und war wieder davongefahren. Ich sah zu der Gruppe Hobbytaucher, die gerade das kleine Sportboot bestiegen. Vielleicht zu viele Zeugen, fuhr es mir durch den Kopf. Inzwischen war es fast 8:00 Uhr. Aber diesmal hatte ich mehr Glück. Der Autoschlüssel meines Mietwagens befand sich in meiner Hosentasche. Er parkte direkt neben mir auf der Strandpromenade. Ich ließ mit der Fernbedienung die Türschlösser auf klicken, legte das Küchenmesser auf den Beifahrersitz und startete den Wagen. Der kanariengelbe Mini hatte keine hundert Meter Vorsprung. Diesmal würde er mir nicht entkommen. Der Fahrer, vermutlich Christinas Entführer, fuhr die Serpentinen Richtung El Pinar zügig, ohne zu rasen. Ich folgte ihm in einem Abstand von ungefähr zweihundert Metern. Und so fuhren wir weiter.

El Pinar lag bald hinter uns und vor uns die Kreuzung, wo es links nach La Frontera, durch den Nebelwald ging und rechts in Richtung der Hauptstadt der Insel, Villa de Valverde. Beide Richtungen war ich auf meiner Suche gefühlte hundert Male gefahren.

Der kanariengelbe Mini blinkte links, und ich tat es ihm gleich. Nach etwa fünf Kilometern wurde der Nebel so dicht, dass ich keine fünfzehn Meter mehr weit sehen konnte. Da ich aber wusste, dass es hier nur diese einzige Straße nach La Frontera gab, entspannte ich mich und als ab und an zwei rote Lichter kurz aufflackerten, zweifellos die Bremslichter des kanariengelben Minis, entspannte ich mich noch mehr. Ich drosselte meine Geschwindigkeit angemessen und legte meinen augenscheinlichen Fokus mehr auf die durchgehende weiße Linie der rechten Fahrbahnmarkierung als nach vorn.

Aus einschlägiger Erfahrung wusste ich, dass der schier undurchdringbare Nebel blitzartig kommen und ebenso blitzartig wieder verschwinden konnte. Silhouettenhaft nahm ich noch zwei parkende Autos auf dem einzigen Parkplatz zwischen San Andrés und La Frontera auf dieser Straße wahr. Und genau bei so einem blitzartigen Übergang von Nebel zu freier Sicht passierte es. Eine Gestalt tauchte plötzlich vor mir auf, nur als dunkle Silhouette, der Wagen rumpelte kurz, dann war der Spuk vorüber. Mein Blick in sämtliche Rückspiegel ergab keine neuen Erkenntnisse. Dort waberte Nebel. Vor mir sah ich die kleine Straße und sogar die nächste Kurve klar, in die gerade der kanariengelbe Mini einschwenkte. Links die riesige Waldwand, rechts der Abgrund, der einen Blick auf den derzeit friedlichen, blauen Atlantik freigab. Was war das eben? Ein Felsbrocken, der auf der Straße lag? Ein totes Tier? Wer oder was war die verschwommene Gestalt vor mir kurz vor dem Rumpeln?

Ich hätte anhalten können, um nachzusehen, aber das war einerseits gefährlich und andererseits würde mir der kanariengelbe Mini abermals entkommen. Und das durfte auf keinen Fall passieren. Ich entschied, dass das Rumpeln wahrscheinlich von einem heruntergefallenen Felsbrocken stammte. Die gab es hier immer wieder. Die Schattengestalt führte ich gedanklich auf eine Lichtspiegelung zurück. Möglicherweise von einem der Lorbeerbäume, die sich hier an den felsigen Untergrund klammerten.

Inzwischen war der Nebel strahlendem Sonnenschein gewichen. Ich zog meine Sonnenbrille aus dem Etui und setzte sie mir auf die Nase. Die weite Ebene von La Frontera tat sich auf und nach ein paar weiteren dutzend Kurven waren wir im Tal. Der kanariengelbe Mini mit dem Entführer meiner Christina und ich.

Als wir das Tal erreicht hatten, nahm der Verkehr schlagartig zu. An der ersten Kreuzung fädelten sich Lieferwagen, LKWs und PKWs in den Verkehr in Richtung Hauptstadt. La Frontera war das landwirtschaftliche und industrielle Herz der Insel und das Verkehrsaufkommen entsprechend. Drei, vier Wagen schoben sich am nächsten Kreisverkehr zwischen den kanariengelben Mini und meinen Weißen. Panik bekam ich nicht. Im Gegenteil, ich war weiter fokussiert. Trotzdem bildeten sich kleine Schweißperlen auf meiner Stirn. Was würde mich erwarten, wenn dieser verfluchte kanariengelbe Mini endlich anhielt? In meinem Kopf spulten sich einige Filme gleichzeitig ab. Einer davon grässlicher als der andere. Wegen des deutlich erhöhten Verkehrsaufkommens hatte sich der Abstand zwischen uns noch ein wenig vergrößert. La Frontera lag nun ebenfalls hinter uns und kurz bevor der meiste Verkehr vom einzigen Tunnel der Insel verschluckt werden würde, sah ich, dass mein Zielobjekt links blinkte und Richtung Las Puntas abbog. An einer Baustellenampel wurde ich abermals ausgebremst, aber das machte nichts. Die Straße nach Las Puntas war eine Sackgasse. Keine zehn Minuten später, parkte ich endlich neben dem kanariengelben Mini, den ich die letzten Tage unaufhörlich auf der gesamten Insel gesucht hatte. Es war ein mit unzähligen Schlaglöchern übersäter Schotterplatz vor dem kleinsten Hotel der Welt.

Das kleinste Hotel der Welt war aus schwarzem Lavagestein gebaut worden und lag unmittelbar an der steilen, schroffen Küste, die sich wie ein Schlund in die Tiefe senkte. Strand. Fehlanzeige. Man musste, um baden zu können, entweder eine metallene Leiter hinabsteigen oder von den schroffen Klippen springen. Aus diesem Grund gab es hier auch kaum Badegäste, allerdings jede Menge einheimische Angler. Fenster, Türen und die kleine Dachterrasse waren weiß gestrichen umrandet. Im Hotel gab es nur ein einziges Appartemento. Ich stieg aus und drehte gewohnheitsgemäß eine Runde um meinen Wagen, um zu checken, ob der Felsbrocken auf der Straße irgendwelche Schäden an dem Fahrzeug verursacht hatte. Der rechte Scheinwerfer hatte Risse, die von rötlicher Farbe fächerförmig umkränzt waren, wie bei einem Heiligenschein. Dieser Schaden war bei meiner Fahrzeugübernahme auf Teneriffa definitiv nicht dagewesen. Ich erstarrte. Was ich da sah, war Blut. Verdammtes, dickflüssiges Blut. Inzwischen getrocknet, aber ich hatte keinen Zweifel. Der Felsbrocken auf der schmalen Straße durch den Nebelwald, dass das kurze Rumpeln verursacht hatte, war kein Felsbrocken gewesen. Ich hatte ein Lebewesen gestreift. Gestreift, nicht überfahren, sonst sähe der rechte Scheinwerfer anders aus. Das Schild in der Schorfheide fiel mir ein. *Siebenundneunzig Wildunfälle in diesem Jahr.* Obgleich das Adrenalin in meinem Körper längst Rekordwerte erreicht hatte, verursachte dieser Anblick einen neuen Schub. Meine Hände badeten bereits in Schweiß. Und dieser breitete sich auf meinem ganzen Körper aus. Was zum Teufel, dachte ich, war es dann? Hatte ich ein Tier gestreift? Die dunkle Silhouette tauchte erneut vor meinem geistigen Auge auf. Der Lorbeerbaum. Aber die dunkle Silhouette vor mir, ähnelte mehr einer menschlichen Silhouette als der eines Lorbeerbaumes. Hatte ich einen Wanderer gestreift, möglicherweise eine von den beiden frohen Frauen mit ihren Nordic-Walking Stöcken, die ebenfalls mit einem kanariengelben Mini auf der Insel unterwegs waren und dann Fahrerflucht begangen? Im ersten panischen Moment erwog ich, sofort zurückzufahren, um zu sehen, was wirklich passiert war. Ich hielt schon die Autoschlüssel in der Hand, um die Türen zu öffnen. Dann geschahen zwei Dinge gleichzeitig.

Ich hörte das Kreischen einer Möwe über mir und kurz darauf landete ein gewaltiger weißer Vogelschiss auf meiner rechten Hand, und ein Mann trat aus dem Inneren des kleinsten Hotels der Welt auf die Dachterrasse und zündete sich eine Zigarette an.

Der Entführer meiner Christina stand dort, und für mich gab es keine zwei Meinungen mehr. Ich schnappte mir das Küchenmesser vom Beifahrersitz und ließ es mit der Klinge nach oben in meinem rechten Ärmel meines Sweat-Shirts verschwinden. Den Schaft hielt ich in der Hand. Der Griff war fest und kühl. Geschliffener, schwarzer Stahl. Nachdenken, war unnötig. In meinem Inneren lief ein Mechanismus ab, als hätte ich das alles schon einmal erlebt. Eine bis jetzt unveröffentlichte Kurzgeschichte von mir fiel mir ein.

Darin hatte ein Protagonist, nein es war eine Protagonistin, ihren Vater, der sie jahrelang missbraucht und gedemütigt hatte und letztlich nach einem Hirnschlag zu einem Pflegefall geworden war, mit seinem eigenen Kopfkissen erstickt. Ein Kopfkissen war kein Küchenmesser, so viel stand fest. Und der Mann auf dem Balkon, der gerade sein Gesicht genüsslich in die Sonne hielt, kein Krüppel, der sich nicht mehr wehren konnte.

Aber die Entschlossenheit meiner Protagonistin, floss jetzt auch in meinen Adern. Es war die pure Entschlossenheit, dem Bösen dieser Welt, den Garaus zu machen. Wie war noch gleich ihr Name, überlegte ich kurz. Angela hieß sie, und sie war weiß Gott kein Engel. „Hallo Angela", flüsterte ich. „Schön, dass du hier bist."

Ohne den Mann auf der Dachterrasse eines weiteren Blickes zu würdigen, um seine Aufmerksamkeit nicht auf mich zu lenken, ging ich langsam zum Eingang des kleinsten Hotels der Welt.

Die Rezeption, verriet ein Schild, war nur telefonisch erreichbar. Das Klingelschild war mit einem einzigen Namenszug bedruckt. Apartemento eins. Ich drückte den Klingelknopf und wartete. Angela, in der bislang unveröffentlichten Kurzgeschichte, hatte sich bei ihrer Mutter nach deren kontinuierlichen Drängen zu einem Besuch angekündigt. Dabei hatten sie sich einige Jahre nicht gesehen. Und dann war sie in das obere Stockwerk ihres elterlichen Hauses gegangen und hatte dem verhassten Monster einfach sein Kopfkissen auf das Gesicht gedrückt, bis dieser starb. Ihre Kaltblütigkeit war beeindruckend, wie ich fand. Und das, was sie getan hatte: *Rache*. Recht so! Eine Stimme am anderen Ende der Sprechanlage fragte auf Deutsch:

„Ja, bitte." Beinahe hätte ich geantwortet: *Hier ist der Pizzadienst, Ihre bestellte Pizza-Hawaii wurde eben geliefert*. Aber das tat ich nicht. Stattdessen sagte ich: „Ich muss dringend Christina sprechen." Kurzes Schweigen. „Wer sind Sie?" *Deine Offenbarung*, dachte ich, aber das sagte ich nicht. Ich sah zum Atlantik, der hier nur einen Steinwurf von mir entfernt war. Ich hörte das Kreischen der Möwen, von denen eine mir vor wenigen Augenblicken auf die rechte Hand geschissen hatte. Ich hatte meine Hand noch nicht einmal gereinigt. „Der wichtigste Freund ihres Lebens", antwortete ich. „Sie ist nicht hier", sagte die Stimme in der Sprechanlage, und sie klang ein wenig verunsichert. „Wir haben uns vor einer halben Stunde getrennt. Oben, bei San Andrés. Sie wollte den Rest des Weges zurück wandern." Ich tastete nach dem Küchenmesser, das ich unter dem rechten Ärmel meines Sweat-Shirts verborgen hielt. Es fühlte sich gut an. „Kann ich trotzdem reinkommen?" Abermals zögerte die Stimme in der Sprechanlage. „Das ist gerade sehr ungünstig."

Ich rüttelte an der Tür des kleinsten Hotels der Welt, aber die war so gut gesichert, dass ich schon nach wenigen Sekunden realisierte, dass ich sie nicht einmal eintreten konnte, selbst wenn ich *Rambo* gewesen wäre. Ich rieb mir die Schläfen und überlegte, was wohl Angela in meiner Situation gemacht hätte, wenn ihre Mutter nicht permanent darauf gedrungen hätte, ihren bettgefesselten Vater zu besuchen, und sie nicht ins Haus gelassen hätte. Angela musste ihren Vater mit seinem Kopfkissen ersticken, und ich musste in dieses kleinste Hotel der Welt, das an einer vulkanischen Steilküste auf El Hierro stand. Angela wäre erst einmal geduldig geblieben. „Okay", sagte ich. „Richten Sie ihr aus, dass sie mich unbedingt anrufen soll. Es ist dringend." Ich nannte ihm meine Telefonnummer, und ich hatte das absurde Gefühl, das er sie mitschrieb. Ich ging zurück zum Schotterplatz zu meinem Wagen mit seinen Blutspuren am rechten Scheinwerfer und schaltete das Radio ein. Spanische Folklore erschallte. Keinen einzigen Zentimeter würde ich mich hier fortbewegen. So viel stand fest. Der mysteriöse, menschliche Schatten im Nebelwald tauchte noch einmal vor meinem geistigen Auge auf. Müsste ich jetzt sprechen, wäre meine Stimme belegt und von Tränen gedämpft.

Lorbeerbaum oder etwas anderes? Und dann schlief ich tatsächlich ein. Als ich erwachte, machte sich gerade die Sonne daran, im Atlantik zu verschwinden. Mein rechter Arm war eingeschlafen, und ich schmeckte den Sabber, der an meinem Kinn herablief.

Ich starrte auf meine Uhr. 17:30 Uhr. Oh, mein Gott, dachte ich entsetzt. Ich hatte tatsächlich über sechs Stunden geschlafen. Wie konnte das passieren? Dann starrte ich zum vulkanschwarzen Gebäude. Im kleinsten Hotel der Welt brannte Licht. Wie, um mich zu vergewissern, wählte ich zum hundertsten Mal, Christinas Handynummer, mit dem gleichen Ergebnis. Sie war telefonisch nicht erreichbar. Einen Anruf von ihr erwartete ich erst recht nicht. Wie lange war es jetzt her, seit ich auf dieser Insel gestrandet war. Sieben Tage? Ich überlegte. Nein, es waren bereits neun Tage. Und wie lange war es her, seit ich das letzte Mal mit meiner Christina gesprochen hatte. Zwei Wochen? Oder waren es zwei Monate? Ja, das könnte passen, dachte ich. Damals saßen wir in meiner Küche in der kleinen Maisonette-Wohnung im Prenzlauer Berg in der Bötzowstraße, und ich hatte ihr von der Bebersee – Verschwörung erzählt. Und sie hatte mir nicht geglaubt. Und genau das war das Problem. Sie hatte mir nicht geglaubt.

Und jetzt wusste ich es besser. Der gemütliche Pastor war von einem tollwütigen Keiler totgetrampelt worden, als er auf das Grundstück in Bebersee widerrechtlich eingebrochen war. Das wusste ich von der netten Hauptkommissarin aus Templin, Yvonne Hauschild. Sie hatte es bestätigt, obwohl sie nicht über die

Details sprechen wollte. Dann fiel mir der silberne Spaten ein. Oh, ja, den hatte ich benutzt. Ich hatte sie alle gesehen. Die ganzen Toten in der langen Geschichte der Toten. Die, die unschuldig starben oder die, die einfach so hingemetzelt worden waren, weil sie irgendwie im Weg waren. Aber es hatte letztlich doch nichts genützt. Der silberne Spaten der letzten Frida war nutzlos gewesen.

Den Fluch von Bebersee konnte man niemals überwinden.

Er war in der DNA der Menschheit verankert. Grausamkeit, Vergewaltigungen, Lügen, Macht. Macht über was? Macht über einen sterbenden Planeten, wenn es so weiter ging. Ich spürte, wie mir die Luft aus den Lungen wich und schluckte meine Tränen herunter. Dann spürte ich, wie plötzlich Gelächter in meiner Kehle aufstieg. Mein Gehirn versuchte Optimismus zu mobilisieren. Eine Kichersalve begann mich zu würgen. Ich starrte aus dem Fenster meines Mietwagens und kämpfte einen hysterischen Lachanfall nieder, bevor mich eine neuerliche Kichersalve zu würgen drohte. Ich musste mir in die Faust beißen, um nicht hysterisch loszubrüllen. Was um Himmels willen tat ich hier? Und was war im Nebelwald passiert? Tausende Fragen marterten mein Gehirn gleichzeitig. Die allerdringendste war: Wenn ich beispielsweise eine von den fröhlichen Wanderinnen angefahren hatte, hatte sich vielleicht ihre Freundin das Kennzeichen meines Mietwagens notiert und die Polizei hatte mittlerweile schon Straßensperren errichtet. Ich würde verhaftet und wegen Fahrerflucht angeklagt werden. Das hier war eine gottverdammte Insel, da konnte man nicht so einfach weg.

Wie betäubt stieg ich jetzt aus, griff nach einem Taschentuch, spuckte hinein und reinigte die Spinnennetzrisse vom daran klebenden Blut. Dass das sinnlos war, wusste ich nicht nur aus dem *Tatort*. Ich tat es trotzdem. Und dann brach es hemmungslos aus mir heraus. Es war Weinen, es war Lachen und es war alles andere als real.

Und im kleinsten Hotel der Welt brannte noch immer Licht, und der kanariengelbe Mini hatte sich nicht einen Zentimeter bewegt.

55

Doktor Rüffert sieht jetzt jeden Tag nach mir. Er weiß, dass sich etwas bei mir verändert hat. Und ich weiß es auch. Seit meinem epileptischen Anfall sehe ich etwas, was ich vorher nicht gesehen habe.

„Vielleicht liegt es am Essen", leite ich unser nächstes Gespräch ein. Es soll eigentlich ein wenig scherzhaft klingen, klingt es aber nicht.

„Was meinen Sie damit?"

„Nun, ich bin nicht der erste, der hier einen epileptischen Anfall hatte. Gudrun?" Dr. Rüffert tut, als würde er imaginäre Schmetterlinge verscheuchen.

„Ich denke nicht, dass es da einen Zusammenhang gibt, Herr Fiedler. Gudrun hat diesbezüglich eine Vorgeschichte. Sie nicht." Das stimmt. „Und was wollen Sie diesmal?" Dr. Rüffert legt auf seine Art die Beine übereinander und sieht mir in die Augen.

„Es gibt eine Veränderung bei Ihnen. Stimmts?"

„Ja. Wie Sie wissen, hatte ich einen epileptischen Anfall… Und danke, dass Sie mir so unkompliziert die Schulter wieder eingerenkt haben. Das meine ich ehrlich." „Keine Ursache, aber darauf wollte ich nicht hinaus." Ich ruckele eine Weile unbehaglich auf meinem Stuhl hin und her. „Okay". „Und was hat sich verändert?" „Ich beginne zu sehen, Herr Doktor." Dr. Rüffert wirft seine Stirn in Falten. „Das ist interessant."

„Für mich eher unheimlich." Dr. Rüffert ist im Grunde durch und durch ein Profi. Und als solcher ahnt er, dass jetzt der Moment gekommen ist, besser zu schweigen. Und für mich möglicherweise der Moment gekommen ist, besser zu reden. Aber etwas in mir wehrt sich noch. Denn es gibt noch etwas, was ich selbst noch nicht herausgefunden habe. Da hilft weder Seroquel noch Oxyconoica. „Dennoch", höre ich mich sagen, „womit soll ich anfangen?" Dr. Rüffert kneift nun die Augen zusammen, als traut er dem Ganzen nicht.

„Ich will auch zu Ihnen ehrlich sein", sagt er schließlich. „In einem hatten Sie sogar möglicherweise recht. Die zweifelsfreie Identität der weiblichen Leiche, die auf El Hierro gefunden wurde, konnte bislang noch nicht abschließend geklärt werden. Das haben mir die beiden Beamten, die sie neulich besucht haben, bestätigt." „Miss Sherlock Pleil und Mister Watson Feiser?"

„Ja, ein eindeutiger DNA-Abgleich ist bislang noch nicht möglich. Und nun sind Sie dran." Erleichterung empfinde ich in diesem Moment nicht. Genugtuung erst recht nicht. „Und das bedeutet?" „Ihre Freundin gilt noch immer als vermisst, und Sie bleiben der Hauptverdächtige."

Dr. Rüffert macht eine kurze Pause, als überlege er, ob er nicht gerade gegen einige Paragrafen des Strafgesetzbuches verstoßen hat. Dann strafft er seine Schultern. „Wann genau haben Sie sie zuletzt gesehen, Herr Fiedler? Ist Ihnen das inzwischen eingefallen?" Ich zögere. Auch diese Tür ist bislang nur einen Spalt breit geöffnet. „Möglicherweise im Schattenwald." „Was ist der Schattenwald? Ist das Ihr Schattenwald?" Ich grinse.

„He, Doc, ich nehme brav meine Medikamente. Der Schattenwald ist der Nebelwald zwischen San Andrés und La Frontera auf El Hierro. Der liegt, wie der Name verrät, meistens im Nebel." Ich atme kurz tief durch. „Ich bin ihnen gefolgt." „Wem sind Sie gefolgt?" „Das wissen Sie. Dem vermeintlichen Entführer, ich meine Silvio – den ich in der Bar El Mentiroso in El Pinar niedergeschlagen habe, und Christina. Sie saß in seinem Auto. Deswegen bin ich doch hier, oder? Das war keine Halluzination. Das war echt."

„Okay, und dann?" „Ich weiß nicht, warum sie ausgestiegen ist. Jedenfalls tauchte etwas im Nebelwald kurz vor mir auf, und ich habe dieses Etwas mit meinem Mietwagen gestreift. Möglicherweise war das Christina." „Sie haben nicht nachgesehen?" Ich seufze hörbar. „Doch, aber erst ein paar Stunden später. Da war niemand mehr und es gab auch keine Polizeisperren." „Haben Sie Blut gefunden? „Nur am rechten Scheinwerfer meines Mietwagens, weder auf der Straße noch sonst wo. Ich habe ihren Namen gerufen und den Straßenrand abgesucht. An besagter Stelle geht es dreihundert Meter in die Tiefe, und es ist sehr felsig."

„Und warum haben Sie nicht die Polizei verständigt, Herr Fiedler?"

„Weil ich mich da noch an die Vorstellung klammerte, ein Tier angefahren zu haben. *Siebenundneunzig Wildunfälle in diesem Jahr.*"

„Siebenundneunzig Wildunfälle? Was bedeutet das?"

„Ach, nichts."

56

Ich hatte meiner Christina in all den Jahren, seit unsere Beziehung begonnen hatte, etwas verschwiegen. Denn ich war für genau neunzig Tage lang Vater gewesen. Aber das war lange her. Damals war ich sechzehn.

Ich erzähle das jetzt, weil sich nach meinem epileptischen Anfall beim Mailing in der Forensik gleich mehrere Türen geöffnet haben. Davon habe ich Dr. Rüffert nichts erzählt. Von dieser Tür habe ich noch niemandem erzählt. Nicht einmal mir selbst. Aber eines kann ich versichern. Es war ein Horrortrip. Sollte man jemals verschüttete Erinnerungen wiederbeleben, ist es eine schlechte Idee, dies in einem geschlossenen Zimmer mit wenigen Quadratmetern heraufzubeschwören.

Ich denke, es war gegen Mittag. Zumindest fiel ein kleiner Sonnenstrahl auf den Tisch meines Zimmers in der Forensik. Auf dem Flur gibt es gerade Tumult. Einer der Neuankömmlinge – derzeit gab es ungewöhnlich viele Neuankömmlinge –, ist mit den Pflegern in Konflikt geraten und spie Feuer und Schwefel, sinnbildlich, es ist eher Rotz und Spucke. Ich höre auch die Stimme von Robert, dem Ex-Junkie, dazwischen brüllen. Mir fällt ein, dass wir schon ewig kein Tischtennismatch mehr gespielt haben, und beschließe, dies so schnell wie möglich nachzuholen. Denn körperlich bin ich wirklich wieder fit. Bei dem darauffolgenden Handgemenge schreit der Neuankömmling schließlich:

„Sie war schwanger. Nicht von diesem Drecckskerl, sondern von mir und deshalb musste ich dieses Schwein abstechen. Das war richtig und ihr alle hier seid elende Fotzen!"

Es ist nicht der letzte Satz, der mich in diesem Moment triggert, sondern der Erste. Wie mit einem Überschallpfeil abgeschossen, fliege ich zurück in meine Vergangenheit.

Claudia stand vor mir. Sie war allein gekommen, wie fast jeden Tag. Und ich sah mich, wie ich mir die Haare raufte und Claudia anschrie. „Ist dieses Scheißkind von IHM?" „Nein." Claudias Augen lagen in einem Meer von Tränen, und ihre Stimme klang weniger als ein Flüstern. „Woher willst du das wissen. Er hat dich gefickt oder nicht? In der Sauna im Keller!" „Ja, aber es ist dein Kind." Ich schluckte, versuchte mühsam, den dicken Klumpen Wut zurückzudrängen, der in meiner Kehle schwoll. Meine Augen liefen vor Zornestränen über, mein Herz war vergiftet, und mein Blick flackerte. Die letzten Worte von Hannelore, Claudias Mutter, fielen mir ein. Deshalb darf dieses Kind nicht geboren werden. Verstehst du das, Trutz? Glühend vor Wut brüllte ich abermals. „Mach es weg! Mach es weg!" Dann wurde ich von einem heftigen Hustenanfall derart geschüttelt, dass mein Gesicht dunkelrot anlief. Claudia legte mir behutsam ihre fast feurige Hand auf die Schulter und sagte mit verwässerter, kläglicher Stimme: „Beruhige dich, Trutz. Ich hole eine Schwester."

Das tat sie nicht. Ich habe sie nie wieder gesehen. Ich weiß nicht, ob dieses Kind je geboren wurde, ich weiß nicht, was aus ihr geworden ist. Kurz nach meinem fünfundzwanzigsten Geburtstag sprach dann das erste Mal eine Frau zu mir. Ich hörte ihre Stimme, ohne dass sie anwesend war. Auch das hatte ich komplett verdrängt.

Am Anfang war sie freundlich. Nach einer Weile fragte ich sie, wie sie aussähe. Sie beschrieb sich. Die Ähnlichkeit zu meiner großen Jugendliebe, Claudia, war so verblüffend, dass es in mir nur so jubelte, wenn sie in meinem Kopf erschien und mit mir sprach. Ich erzählte ihr von meinem Alltag, so wie ich ihn Claudia erzählt hatte, damals, als wir beide sechzehn waren. Und sie antwortete und wurde immer mehr zur Stimme meiner Jugendliebe. Diese Stimme in meinem Kopf begleitete mich fast zwei Jahre lang. Aber sie beeinträchtigte mich nicht. Zumindest nicht so, dass es irgendjemanden auffiel. Mit der Zeit wurde sie mir so vertraut wie ein zweites Ich und die Unterhaltungen mit ihr bereiteten mir großes Vergnügen. Nur manchmal begann sie sich darüber zu beklagen, dass ich ihr zu wenig Zeit widmete. *Was bedeutete Zeit in dieser Dimension?* Erwiderte ich in Gedanken. *Zeit ist imaginär und wird es immer bleiben.* Später gab sie mir Aufträge, damit ich weiter Kontakt zu ihr halten konnte. Meistens waren das banale Dinge. Beispielsweise sollte ich immer an einem bestimmten Tag, zu einer bestimmten Zeit, an einem bestimmten Ort, Autos zählen. Zu dieser Zeit lebte ich bereits im Berliner Prenzlauer Berg.

Also stand ich 18.00 Uhr an einem Freitag an der Kreuzung Schönhauser Allee/Danziger Straße und zählte die vorüberfahrenden Autos. Und das waren wirklich viele. Manchmal sollte ich nur die roten oder die weißen Autos zählen. Also zählte ich rote oder weiße Autos. Oder ich stand an einem Montag um 16.15 Uhr auf dem Alexanderplatz und zählte die vorbeifliegenden Tauben. Ihre Aufträge hinterfragte ich nicht. Ich tat es einfach. Doch als sie mir eines Tages den Auftrag gab, mich an einem Sonntag morgens 6.00 Uhr auf die Prenzlauer Allee stellen sollte, um eine Straßenbahn zu stoppen, wurde ich stutzig. Obwohl mir ihre innere Anwesenheit die ganze Zeit gutgetan hatte, widersprach ich.

Soll ich mich etwa umbringen?

Ihre Stimme war jetzt vollkommen verändert. Sie klang nicht mehr wie die Stimme Claudias, die ich mir so herbeigesehnt hatte. Ihre Stimme war jetzt verzerrt, hässlich, ja dämonisch.

Das willst du doch auch!

Ich fragte sie, wer sie wirklich wäre und wie sie hieße. Die Dämonenstimme antwortete:

Ich bin ich, ich bin du. Du bist mein, und ich bin dein. Und ich werde bei dir sein und du wirst mich rufen. Aber vorher sollst du Schriftsteller werden.

Angst hatte sie mir jedenfalls nicht gemacht. Und tatsächlich kam mir ein kleiner Kindereim in den Kopf.

Heile, heile Gänschen, tut bald nicht mehr weh.

Heile, heile Gänschen, tut bald nicht mehr weh.

Heile, heile Mäusespeck, in hundert Jahren ist alles weg.

Claudias Dämonenstimme war nicht erst in hundert Jahren weg, sondern viel früher. Genaugenommen wenige Wochen später, und zwar für immer. Ihr letzter Satz war für mich prägend: du sollst Schriftsteller werden.

Ich kündigte meinen Job in der kleinen Berliner Heizungsfirma und kaufte mir eine Schreibmaschine und einen großen Stapel Papier. Ich hatte keinen Plan, mit was und wie ich anfangen sollte. Fortan jobbte ich als Kellner, Paketzusteller, Kurier für dringende Arzneimittel oder reinigte Treppenhäuser. Nach ungefähr vier Wochen, schnappte ich mir die elektrische Schreibmaschine und schrieb meine ersten Zeilen.

Von diesem Tag an, gab es nichts anderes mehr für mich. Ich wollte Schriftsteller werden. Aber bis dahin sollten noch viele Jahre vergehen. Die elektrische Schreibmaschine benutze ich zwar nicht mehr. Aber es gibt sie noch und manchmal gehe ich an ihr vorbei und streiche behutsam über ihr Gehäuse, als würde ich eine alte Freundin begrüßen.

Trotzdem dauerte es noch viele Jahre, bis ich meinen ersten Vertrag in den Händen hielt.

5 7

Noch vor Sonnenaufgang fuhr ich zurück in den Nebelwald, den Düsterwald. Ich war mir sicher, dass der Entführer meiner Christina um diese Zeit noch schlief, denn das Licht im Apartemento im kleinsten Hotel der Welt war erst gegen 3:00 Uhr gelöscht worden. Ich benötigte zwei Stunden, um einmal in den Düsterwald hin und wieder zurückzufahren. Das war ausreichend Zeit, bevor der Entführer meiner Christina erwachte. Zu dieser Zeit waberten keine Wolken gegen die Steilwand von La Frontera. Es herrschte klare Sicht. Die Straße nach San Andrés war ein Kinderspiel, denn es gab keinen Verkehr.

An der Stelle, bei der ich vermutete, dass mein Mietwagen gerumpelt hatte, hielt ich an und stieg aus. Die Sicht war so klar, dass ich ohne Mühe die winzige Silhouette von La Palma am Horizont erkennen konnte. Als erstes suchte ich auf dem Straßenbelag nach Blutspuren. Es gab keine. Jedenfalls nicht hier. Danach wagte ich mich in die Nähe des atemberaubenden Abgrunds jenseits der Straße. Auch hier fand sich nirgends Blut. Ich fand einen toten Kanarengirlitz, aber der Vogel hatte schon vor Wochen das Zeitliche gesegnet. Darauf deuteten die vielen Maden, die sich an seinem toten Fleisch labten und erklärte nicht das Blut am rechten Scheinwerfer meines Mietwagens. Weitere Schritte zum Abgrund zu gehen, traute ich mich nicht. Dazu hatte ich zu große Höhenangst. Und hier tat sich ein Abgrund von mindestens dreihundert Metern auf. Das war nichts für mich. Stattdessen ging ich zurück zur Straße und rief Christinas Namen. Ja, ich brüllte ihn sogar.

Ein Echo warf mein Jammern zurück, und es kam mir so vor, als würde mich ein leichter Frost überziehen. Auch das erneute Abwandern des Straßenrandes links und rechts brachten mir keine neuen Erkenntnisse. Ich fuhr zurück zum kleinsten Hotel der Welt nach Las Puntas. Zu meiner großen Erleichterung stand der kanariengelbe Mini noch immer dort, wo er abgestellt worden war. Auf dem kleinen Schotterplatz. Ich parkte abermals einige dutzende Meter entfernt und wartete.

Als eine Gestalt mit einem Kapuzenshirt – zweifellos Silvio – endlich in den kanariengelben Mini stieg, war ich kurz zuvor eingenickt, wurde aber, Gott sei Dank, durch das Starten des Wagens wieder wach. Ich rieb mir die Augen, trank einen Schluck Wasser und blinzelte in die zu helle Sonne. Silvio fuhr schnurstracks und schnell in Richtung San Andrés, also direkt hinein in den Nebelwald. Ich folgte. Es ging unentwegt in Serpentinen bergauf. Entweder, so bildete ich mir ein, hatte Christina ihn angerufen, um sie abzuholen oder er hielt sie irgendwo dort oben versteckt. Ich folgte dem kanariengelben Mini, stur wie eine Drohne im Kampfmodus. Als die einzige Parkmöglichkeit mit den zwei dort abgestellten Autos an uns vorüberzog, wurde ich kurz stutzig. Normalerweise hätte Silvio nach meiner Theorie hier jetzt halten müssen, um meine Christina einzuladen oder wenigstens sein Versteck von ihr preiszugeben. Da nichts dergleichen geschah, schüttelte ich mich kurz und konzentrierte mich weiter auf meine Verfolgung, ohne aufzufallen.

Silvio hielt länger, als es nötig war, an der Kreuzung, wo es links zur Hauptstadt Valverde ging und rechts Richtung El Pinar. Er schien eine Weile zu überlegen, jedenfalls drückte sein Verhalten eine gewisse Unentschlossenheit aus. Ich stoppte meinen Wagen in gebührendem Abstand. Die halsbrecherischen Serpentinen lagen, Gott sei Dank, hinter uns und wartete ebenfalls. Mit zunehmend düsteren Gedanken. Der kanariengelbe Mini blinkte rechts, ich tat es an gleicher Stelle ebenso. Vor dem Café El Mentiroso in El Pinar hielt er schließlich an und stieg aus. Ich parkte dahinter und stieg ebenfalls aus. Dann griff ich mir das

Brotmesser vom Beifahrersitz und schob es unter meinen linken Jackenärmel.

Im Café saßen nur vier Männer. Zwei tranken Kaffee, zwei Bier. An der Bar hockte Silvio, vor ihm stand ein Espresso und ein Glas Wasser. Er war mit seinem Handy beschäftigt und tippte vermutlich Mitteilungen auf den verschiedenen Social-Media-Kanälen ein. Waren es Mitteilungen an meine Christina? Oder vielleicht surfte er einfach nur herum? Was spielte das jetzt noch für eine Rolle?

Ich setzte mich direkt neben ihn, ohne etwas zu bestellen.

„Hi", begrüßte mich Silvio. „Sie sind Deutscher, oder?"

„Ja, das bin ich", antwortete ich und lächelte.

„Georg." Silvio streckte mir seine Hand entgegen. Warum sich Silvio Georg nannte, erschloss sich mir gerade nicht.

„Trutz", stellte ich mich vor und schüttelte Silvios Hand.

„Bist du das erste Mal auf El Hierro?"

Ich nickte.

„Und wie gefällt dir die Insel?"

Ich betrachtete „Georg" von der Seite. Lange, schwarze Haare, die er hinter seinen Ohren befestigt hatte. Charmantes Lächeln. Kräftige Figur. Mindestens fünfzehn Jahre jünger als ich.

„Bisher atemberaubend, würde ich sagen."

„Ja, das ist der richtige Ausdruck. Atemberaubend. Warst du schon bei El Garoé – unserem heiligen Baum?"

„Da komme ich gerade her", antwortete ich. „Georg" schien kurz zu überlegen, ob er meine Stimme schon einmal gehört hatte. Das hatte er, aber offensichtlich fiel ihm nicht ein, dass dies an der Sprechanlage des kleinsten Hotels der Welt gewesen war. Wie um einen unangenehmen Gedanken zu verscheuchen, wackelte er kurz mit dem Kopf.

„Und du? Lebst du hier?"

„Ja, seit fast zehn Jahren." Das war gelogen, eindeutig.

„Georg" nahm einen Schluck von seinem Espresso und blinzelte, als würde ihn gerade die Sonne blenden. Aber hier drin war es so schwummrig wie in einer Kapelle während einer Beerdigungszeremonie. „Interessant!", tat ich mehr kund, als das ich darauf adäquat antwortete.

„Aber du heißt gar nicht Georg, Mister Georg, sondern Silvio, stimmts. Ihr habt euch im *Krügers* kennengelernt. In Berlin, im Prenzlauer Berg. Und früher hast du mit Tatjana im *Houdini* gekellnert, das hat mir Christina erzählt, also hör auf, mich zu verarschen!" Meine Spucke flog nur so durch den Raum, so wütend war ich. Irgendwie schien er sich jetzt doch an meine Stimme in der Sprechanlage zu erinnern, denn „Georg" schnalzte kurz mit der Zunge und kaute etwas Imaginäres, was sich mit Sicherheit nicht in seinem Mund befand. Ich half ihm auf die Sprünge. „Wir kennen uns. Ich habe gestern Abend im Appartemento in Las Puntas geklingelt. Wo ist Christina? Hast du sie entführt? Und jetzt rede keinen Scheiß!" „Georg" war derart überrascht, dass er mehrfach hintereinander ein kurzes *Ah* ausstieß. Dann ruckelte er nervös auf seinem Barhocker hin und her und wich meinem Blick aus. „Was um Himmels Willen ist das *Houdini*? Und in Berlin war ich das letzte Mal mit meinen Eltern, da war ich sechs Jahre alt." Ich ignorierte Silvios Ausweichmanöver vollständig. „Freundchen", ich sagte tatsächlich *Freundchen*, obwohl dieser Mann um einiges größer war als ich. Und Jünger. Und kräftiger.

„Was hast du mir ihr gemacht? Hast du sie gefickt?" Silvio wich automatisch zurück, soweit das ging. „Was soll der Scheiß, Mann?"

Unfassbare, alles vernichtende Wut begann langsam in mir zu brodeln. Silvio kniff die Augen zusammen und maß mich jetzt mit einem abschätzenden Blick, der, wohl zurecht, zu seinen Gunsten ausfiel. Ich hatte große Lust, schreiend hochzuspringen. Tat es aber nicht. „Hören Sie, ich weiß nicht, wer Sie sind und was das hier soll, Trutz. Aber ich denke, Sie sollten sich erst einmal ein bisschen beruhigen. Schließlich sind wir hier alle Erwachsene, oder?" „Ach ja?" Abermals überkam mich das Gefühl, schreiend hoch springen zu müssen. „Hören Sie Mann, mir gehört das Appartement. Ich habe es an eine Christina Buschmann aus Berlin vermietet. Eine sehr nette Person. Ich habe ihr in La Restinga eine Gruppe Grindwale, die hier sehr selten zu finden sind, gezeigt. Das ist alles. Keine Ahnung, wer Sie sind und was Sie vorhaben. Lassen Sie mich in Ruhe meinen Espresso austrinken und verschwinden Sie." Mein Magen begann zu rebellieren. Was für eine irre Geschichte, dachte ich. Wie um Silvio des Mordes zu überführen, fragte ich: „Und was ist mit dem kanariengelben Mini, der vor der Tür steht?" Und zeigte zum Ausgang. „Was weiß ich. Ich wohne hier und bin zu Fuß." Ganz sicher wusste ich, dass etwas hier nicht stimmte. Wir saßen hier im *El Mentiroso*, dieser Bar, die *Der Lügner* übersetzt hieß. Das war gewiss kein Zufall. Silvio tischte mir hier eine Geschichte auf, die so nicht stimmen konnte. Etwas stimmte hier nämlich ganz und gar nicht. Ohne zu zögern, schlug ich zu. Dabei schrie ich: „Du Drecksau, was hast du mit ihr gemacht?" Silvio ging ohne Gegenwehr sofort zu Boden. Kurz darauf trommelten Fäuste auf mich ein. Bevor ich selbst ohnmächtig zu Boden ging, hatte ich noch mein Brotmesser aus meinem Ärmel gezückt.

Als ich wieder zu mir kam, hielt ich das Küchenmesser in meiner rechten Hand und überall auf meiner Kleidung befand sich Blut. Die vier Männer und Silvio waren verschwunden. Selbst hinter dem Tresen befand sich niemand mehr. Ich war allein im Café *El Mentiroso*. Woher das Blut stammte, wusste ich nicht. Auf jeden Fall fühlte sich mein Kopf wie nach einer dreitägigen Party ohne Kaffee und Mineralwasser an.

Ich tastete mit zitternden Händen meinen Körper ab, um die Quelle des vielen Blutes ausfindig zu machen. Aber da war nichts. Keine Schnittverletzung, kein irgendetwas, was das Blut erklären konnte. Real war nur, dass mir der Schädel brummte, als hätte mich ein Vorschlaghammer getroffen. Ich rappelte mich stöhnend hoch und rief: „Hola?" Es folgte keine Antwort. Was war passiert?

Und dann tauchten zwei Stimmen in meinem Kopf auf. Die eine gehörte dem durchgeknallten Kater, der mir überallhin gefolgt war und so gut wie nie sprach. Diesmal sagte er: *Fuck, du solltest die Beine in die Hände nehmen.* Die zweite Stimme gehörte einer Frau. Ich musste nicht einen Augenblick nachdenken, um zu wissen, wem diese Stimme gehörte. Der Frau. Es war die Stimme Claudias und jene die gleichzeitig mysteriös und zornig war. Christina Buschmanns Stimme, die seit mehr als einhundertachtzig Jahren tot war. Mich fröstelte. Da war sie also wieder. Ich hatte sie nicht vermisst, und sie war keinesfalls willkommen. Die Frau sagte mit der Stimme Claudias: *Du hast meine Aufgaben nicht mehr erfüllt. Ich gebe dir eine neue Chance. Fahre nach Las Puntas… Und vergiss das Messer nicht.*

Das tat ich, um der alten Zeiten willen.

58

Doktor Rüffert greift meinen letzten Satz nach unserem letzten Zusammentreffen noch einmal auf.

„Siebenundneunzig Wildunfälle. Was meinten Sie damit?"

„Das ist ein Schild, das in der Schorfheide am Rand der B109 steht und vor zu hoher Geschwindigkeit warnt."

„Sehr vernünftig", konstatiert Dr. Rüffert und schiebt seine beiden Augenbrauen empor.

„Vorsicht ist die Mutter des Porzellans."

„Heißt es nicht, Vorsicht ist die Mutter der Weisheit?", erwidere ich, ohne besserwisserisch klingen zu wollen. Schließlich bin ich einmal Schriftsteller gewesen. Dr. Rüffert lächelt gequält.

„Da haben Sie recht. Dieses Wortspiel hat wohl irgendwann jemand verballhornt und so ist aus Weisheit, Porzellan geworden."

Ich ziehe meine Augenbrauen ebenfalls empor.

„Denken Sie, dass Sie Ihre Lebensgefährtin angefahren haben, weil Sie einen Moment unvorsichtig waren. Ich will damit sagen, dass Sie eventuell die Kontrolle verloren haben." Die hatte ich zu diesem Zeitpunkt zweifellos. Da gab es nichts zu beschönigen. Ich fahre mir durchs Haar und massiere mir kurz mit beiden Händen das Gesicht.

„Das ich nie Stimmen gehört habe, ist falsch. Es gab da eine, sie sprach kurz nach meinem fünfundzwanzigsten Geburtstag zu mir. Zwei Jahre lang. Dann war sie wieder weg... egal. Jedenfalls nach der Schlägerei in El Pinar tauchte sie wieder auf." Dr. Rüffert wirkt jetzt hochkonzentriert. Er spannt die Schultern und rückt seine Brille zurecht. „Aha", dann räuspert er sich umständlich.

„Warum haben Sie, seit Sie hier sind, nie darüber gesprochen?"
„Weil ich es nicht wusste", antworte ich knapp. „Das kam erst alles wieder nach meinem epileptischen Anfall hoch. Erst danach habe ich mich wieder erinnert. Verstehen Sie das?" Dr. Rüffert überlegt eine Weile.

„In gewisser Weise, ja."

„Aber, das ist doch verrückt, oder?"

„In gewisser Weise, ja."

Alle erfahrenen Psychiater wissen, dass die menschliche Psyche nach einer derartigen Entladung gewisse Veränderungen erfährt. Egal in welche Richtung. Die Veränderung ist Fakt. Ist es deswegen oder ist es aus einem anderen Grund? Jedenfalls wird Dr. Rüfferts Stimme spürbar sanfter. „Herr Fiedler, Ihre Verhandlung findet in einem Monat statt. Und ich bin als Gutachter damit beauftragt, ob sie zur Tatzeit zurechnungsfähig waren oder nicht." Mir wird schwindlig.

„Das, was Sie mir gerade erzählt haben, hat auf jeden Fall Einfluss, verstehen Sie?" Das tue ich. „Ich muss Ihnen noch etwas mitteilen. Die Kripobeamten haben eine weitere Befragung richterlich beantragt." Ich nicke abermals. „Sie werden also demnächst noch einmal Besuch bekommen." „Ich war es nicht. Darüber bin ich mir absolut sicher, Herr Doktor." „Das wird sich noch herausstellen." Eine ganze Weile sehen wir uns schweigend an, jeder in seiner eigenen Welt verfangen.

„Ich bin erschöpft, Dr. Rüffert, sehr erschöpft. Kann ich jetzt gehen?"

Dr. Rüffert bejaht.

59

Selbstverständlich fuhr ich dorthin, wo mich die Stimme von Claudia aufgefordert hatte, hinzufahren. Mein Kopf dröhnte noch immer wie das Glockenspiel von Notre Dame und dem Petersdom gleichzeitig. Das Fahren fiel mir schwer. Im Grunde war es mehr eine Art Blindflug, da meine beiden Augen langsam begannen, zuzuschwellen. Unter größter Anstrengung versuchte ich zu enträtseln, was gerade passiert war.

Silvio, nannte sich also „Georg". Es war das Erste, was sich aus meinem Gedankenbrei herauskristallisierte. Grindwale? Woher konnte das Blut stammen, wenn nicht von mir? Gleichzeitig spürte ich bei diesem Gedanken, wie mir ein eisiger Schauder den Rücken herablief. Was hatte ich getan? Fakt war aber auch, dass alle weg waren. Wohin? Und wieso? Irgendjemand musste derart verletzt worden sein, dass das viele Blut erklärte.

Hör auf dich selbst zu bemitleiden, ermahnte mich Claudias Stimme. Der durchgeknallte Kater maunzte hörbar, sagte aber nichts, sondern hielt sich im Hintergrund.

Du bist ein elendes Weichei, Trutz, blökte jetzt die dämonische Stimme. Ich blinzelte und versuchte mich so gut es ging, auf die Straße zu konzentrieren.

He, wieso fährst du nicht gleich in den nächsten Straßengraben oder wickelst dich mit deinem Auto um den nächsten Baum, um dem ganzen Elend endlich ein Ende zu setzen? Die dämonische Stimme ließ nicht locker. Ihre Stimme klang höhnisch, verachtend, versuchte mich klein zu machen.

„Ich…" stotterte ich.

Ichichichich, höhnte sie.

Ich machte eine Vollbremsung, stieg aus und rannte zweimal um meinen Mietwagen herum. Der durchgeknallte Kater war mit mir ausgestiegen. Er strich mit erhobenem Schwanz um meine Beine, als wollte er mich irgendwie beruhigen.

„Ah", brüllte ich und raufte mir dabei die Haare. „Ahhhhahhh."

Hör auf mit diesem Kindergartengetue, Herr-ich-bin-ja-so-ein-intellektuelles-Scheiß-Weichei.

Fahr weiter, befahl Claudias Stimme.

Du weißt es besser, riet der durchgeknallte Kater. Dann strich er ein letztes Mal um meine Beine und verschwand hinter einem Wachholderbaum.

„Haltet jetzt die Klappe!" brüllte ich. „Alle." Dieses Machtwort schien Wirkung zu zeigen. Außer dem Glockenspiel in meinem Kopf trat Stille ein. Ich stieg in den weißen Kleinwagen, legte den ersten Gang ein und fuhr los. Und dann stand ich wieder vor dem kleinsten Hotel der Welt. Der kanariengelbe Mini stand an der Stelle, wo er schon einmal gestanden hatte. Und wie mir Claudias Stimme zugeflüstert hatte, hielt ich auch das Küchenmesser in der Hand. Aber ich hatte auch eine eigene Idee. Ich suchte mir den größten Stein, den ich in einer Hand halten konnte und ging zum Eingang des einzigen Appartementos im kleinsten Hotel der Welt. Den Stein hielt ich in der rechten, und das Küchenmesser in der linken Hand. Dessen, was ich zuerst benutzen würde, war ich mir sicher. Dennoch überkam mich Unbehagen. Was tat ich hier? Und abermals stellte ich mir die Frage, woher das Blut an meinem T-Shirt und meiner Jeans stammte. Ich wusste keine Antwort.

Silvio. Was hatte er als Appartementbesitzer zu schaffen? Und wer war Georg? Grindelwale. Grindelwale. Das alles war sehr, sehr seltsam. Dennoch blieb das starke Gefühl, das ich jetzt und auf der Stelle Christina helfen musste. Nein, es ging darüber hinaus. Ich musste sie befreien, retten.

Vor dem klitzekleinen Café am Rande des Schotterplatzes lief eine Frau nervös hin und her. Ihre schwarzen Haare waren streng zu einem kleinen Pferdeschwanz gebunden. Sie trug einen Fahrradrucksack, in der linken Hand eine kleine Tasche und in der anderen Hand eine Cola Flasche. Dabei telefonierte sie unentwegt über ihre Kopfhörer. Mein Anblick war jämmerlich. T-Shirt und Jeans waren blutverschmiert. Vom Brillenhämatom und geschwollenen Augen einmal abgesehen, sah ich auch sonst nicht aus, als käme ich gerade von einem Strandspaziergang. Eher von einer Schlacht. Zum Glück war die Frau mit dem streng zu einem Pferdeschwanz gebundenen schwarzen Haaren zu sehr mit ihrem Telefon beschäftigt, als dass sie auch nur die kleinste Notiz von mir wahrnahm.

Der Eingang zum kleinsten Hotel der Welt lag um die Ecke, die Frau mit ihrem Handy konnte mein Treiben dort nicht einsehen. In mir gab es nur noch einen einzigen Gedanken. Die Tür. Und diese Tür lag genau vor mir. *Du bist ein Versager,* hörte ich noch kurz die Dämonenstimme. Dann ging alles sehr schnell. Genau in dem Moment, als ich den Stein gegen die Glastür schleudern wollte, piepste mein Telefon und verkündete den Eingang einer Nachricht. Verdutzt legte ich das Küchenmesser beiseite und kramte mit meiner linken Hand nach meinem Telefon. Die Nachricht kam von einer mir unbekannten Nummer. Der Text lautete:

Trutz. Es tut mir leid, dass ich mich so lange nicht gemeldet habe. Mein Handy gehört jetzt dem Atlantik. Ich weiß, dass du gerade auf El Hierro bist. Komm so schnell es geht nach El Garoé. Ich warte dort auf dem Parkplatz. Habe mich versteckt. Leider kann ich nicht sprechen, denn dann würde ich mich möglicherweise verraten. Dieser Mistkerl hat...

Den Rest des Textes konnte ich nicht mehr lesen.

Ein Spezialkommando der spanischen Polizei fiel über mich her. Die Frau mit dem streng nach hinten gebundenem schwarzem Pferdeschwanz brüllte etwas auf Spanisch. Daraufhin erstickte mich eine Wolke beißenden Gases. Reizgas vermutlich. Meine Augen brannten jedenfalls höllisch. Wie, um an ein Ufer zu kommen, ruderte ich verzweifelt mit den Armen. Vergebens. Sie waren unerbittlich.

Bei meiner Verhaftung auf El Hierro ging nicht nur mein Telefon zu Bruch, sondern auch mein Schädel. Die Beamten hatten sich so brutal auf mich gestürzt, dass ich mir mit dem eigens ausgesuchten schwersten Stein, den ich in der rechten Hand halten konnte, unbeabsichtigt selbst den Schädel einschlug.

60

Die von Dr. Rüffert angekündigte, richterlich genehmigte Befragung von Miss Sherlock Pleil und Mister Watson Feiser erfolgt einige Wochen später. Mir wurde ein Anwalt zugebilligt, und ich fragte meinen Verlag, ob sie mir dabei helfen könnten, einen zu finden. Das taten sie. Der Verlag schickte einen Berliner Staranwalt. Doktor jur. Ansgar Stein – einen promovierten Strafrechtler.

Die Befragung findet in meinem Zimmer statt, darauf hatte Dr. Rüffert bestanden. In diesem Raum befinden sich jetzt dichtgedrängt fünf Personen, ein Diktiergerät und eine kleine Handkamera. Hauptkommissar Robert Feiser, seine Kollegin Hauptkommissarin Andrea Pleil, Doktor jur. Ansgar Stein, Dr. Rüffert und ich.

„Die Anklage wegen Mordes wurde fallen gelassen." Das ist der erste Satz, den Fucking-Kommissar Feiser sagt. „Ach", entfährt es mir. „Wenn wir hier fertig sind, können Sie unter Umständen in ein paar Wochen gehen. Sie wären dann ein freier Mann."

Der Berliner Staranwalt runzelt die Stirn, kramt in Papieren und runzelt abermals die Stirn. Für ihn ist mein Fall offensichtlich längst entschieden, denn er reißt sofort das Wort an sich und damit hat er aller Aufmerksamkeit.

„Hier steht", sagt er und tippt dabei theatralisch auf ein Stück Papier, „dass mein Mandant sich beim Zugriff der spanischen Polizei, selbst den Schädel eingeschlagen hat. Verstehe ich richtig, was ich hier lese?" Wie um das noch einmal zu veranschaulichen, hebt er seine geöffnete rechte Hand und tut, als würde er mit einem imaginären Stein seine Schläfe malträtieren.

„Ja", antwortet Hauptkommissarin Andrea Pleil ein wenig gereizt. „Wir haben dieses Papier erst vor wenigen Tagen von der spanischen Polizei bekommen. Aber ich möchte hier bitte eines betonen. Das ist keine Vernehmung, sondern lediglich so etwas wie eine unverbindliche Befragung. Was im Übrigen sehr günstig für Ihren Mandanten verlaufen könnte, Herr Dr. Stein." Der Anwalt, den mir mein Verlag besorgt hat, lächelt süffisant.

„Oh, so leicht werde ich es Ihnen nicht machen." Einen Augenblick lang verstehe ich gar nichts. Dann fallen mir plötzlich Arthurs Worte ein: *Die wollen dir etwas anhängen, was du nicht getan hast.* Hauptkommissarin Andrea Pleil wendet sich nun an mich.

„Sie sind wieder einigermaßen gesund, Herr Fiedler? Dr. Rüffert meint, dass Sie hier große Fortschritte gemacht haben. In den letzten Wochen, seit Sie wieder Ihre Medikamente nehmen. Vor allem psychisch. Entspricht das den Tatsachen?"

„Ich denke schon", antworte ich wahrheitsgemäß, obwohl ich ein kleines Unbehagen empfinde… *seit Sie wieder Ihre Medikamente nehmen,* hallt es in meinem Kopf wider. Wieso wieder? „Meinem Rücken geht es auch schon besser." „Sind Ihre Erinnerungen inzwischen wieder vollständig hergestellt?" „… nun ja."

„Stopp, stopp, stopp", grätscht nun Dr. jur. Stein dazwischen und hebt mahnend seinen rechten Zeigefinger. „Hier in diesem Bericht ist von einem zweiwöchigen Koma meines Mandanten die Rede, verursacht durch den Schlag eines Steines, den sich mein Mandant selbst an den Kopf gehauen hat. Können Sie mir diesen kompletten Unsinn eigentlich mal erklären? Mein Mandant schlägt sich bei seiner Festnahme einen Stein an den Kopf und fällt daraufhin zwei Wochen ins Koma? Sind wir hier bei Deutschland sucht das polizeiliche Supertalent?"

Einen Moment bin ich sprachlos. Meine Zunge klebt an meinem Gaumen und will per se nicht wieder runterkommen. Als sie sich endlich löst, bringe ich nur einen kleinen, flüsternden Seufzer hervor. Dann entlädt sich alles auf einmal. „Koma? Was für ein Koma?", schreie ich. Alle schweigen verdutzt. „Greifen Sie sich bitte mal an Ihre rechte Schläfe, Herr Fiedler", empfiehlt mir mein Anwalt nach einer kurzen Pause, um sich wieder geschäftsmäßig aufzustellen. Das tue ich.

Ich weiß nicht genau, wann ich mich zuletzt in einem Spiegel betrachtet habe. Jedenfalls spüre ich jetzt dort eine Narbe, die ich vorher noch nie bemerkt habe. Seit El Hierro haben mich immer nur andere angesehen, auch per MRT.

„Wie ich dieser Akte entnehmen kann, wurden Sie nach Ihrer Verhaftung in die Klinik in Valverde eingeliefert. Von dort gab es einen Rücktransport nach Berlin in die Charité und dann, nun ja, hierher", fuhr Dr. jur. Stein fort. „Ich gehe davon aus, dass Sie darüber informiert worden sind Herr Fiedler, oder?"

Ich sehe mich hilfesuchend in der Runde um, erhalte aber keine entsprechende Reaktion. „Nein, nicht das ich wüsste." Dr. Rüffert hat niemals auch nur eine Andeutung gemacht, dass ich im Koma hierhergebracht worden bin. So, als kann er meine Gedanken lesen, sagt mein Staranwalt: „Sie waren zunächst auf einer anderen Station," dann fügt er leise hinzu. „Ich hatte Einsicht in Ihre Krankenakte." „Aha."

Miss Sherlock Pleil und Mister Watson Feiser schweigen beide. Jetzt räuspert sich Fucking Hauptkommissarin Pleil, ohne meinem vermutlichen Koma auch nur in irgendeiner Weise Beachtung zu schenken. „Sie haben recht. Die Fotos, die wir Ihnen gezeigt haben, stammen nicht eindeutig von ihrer Lebensgefährtin." „Oh, Gott sei Dank. Hat sie sich gemeldet? Hat sich Christina bei Ihnen gemeldet?" Hauptkommissarin Pleil sieht bedeutungsschwanger zu ihrem Kollegen. „Nein, bedauerlicherweise nicht."

Die Hoffnung, die kurzzeitig in mir aufgeflackert war, dass meine Christina all das hier aufklären kann, zerbarst wieder in tausend Scherben. „Dennoch" fährt Miss Fucking Sherlock-Pleil fort, „trotz der äußerst bedauerlichen Begleitumstände bei Ihrer

Verhaftung, wissen wir, dass das Blut an Ihrer Kleidung von mehreren Personen stammt. Was genau haben Sie getan?" Abermals habe ich das Gefühl, das meine Zunge an meinem Gaumen festzukleben beginnt. „Ich … ich weiß es nicht. Ehrlich."

„Ihre ersten Worte, als Sie aus dem Koma erwacht sind, wurden von Dr. Rüffert wie folgt protokolliert. Ich zitiere: Christina Buschmann, geb. Sens, geboren 1799 und gestorben 1825, jeweils an einem 24. August war die Hexe von Bebersee. Von wem sprachen Sie da?"

„Das ist kompliziert." Sowohl Fucking Sherlock Pleil als auch Fucking Watson Feiser heben ihre Augenbrauen empor. Weder an das Koma noch an diese Worte konnte ich mich erinnern. Überhaupt war alles seit meiner Ankunft auf El Hierro ein wenig durcheinander. Zeit, die Dinge zu sortieren, bleibt mir allerdings nicht, denn mein Anwalt hat eine bessere Idee.

„Verzeihen Sie, aber ich muss an dieser Stelle noch einmal intervenieren." Er wirft ausgerechnet mir einen vorwurfsvollen Blick zu. „Und Sie sagen erst einmal gar nichts mehr." Dann wendet er sich an Hauptkommissarin Andrea Pleil und ihren Kollegen Feiser.

„Es geht hier offen gestanden nicht um die ersten Worte meines Mandanten, als er aus dem Koma erwacht ist, sondern um die Umstände, die zu diesem, mit Verlaub, Umstand geführt haben. Kurz gesagt, ich werde Einsicht in die Bodycams der Beamten beantragen, ich werde einen unabhängigen Gutachter bestellen und die spanische Polizei möglicherweise wegen Körperverletzung verklagen. Darüber sind Sie sich doch hoffentlich im Klaren."

Hauptkommissarin Pleil und Hauptkommissar Feiser sehen sich an, als habe ihnen gerade jemand gesagt: der Anwalt hat ins Heu gekackt.

„Das können Sie gerne tun, Herr Dr. Stein. Aber das ist leider nicht unser Part. Hier geht es einzig und allein darum, wessen Blut Ihr Mandant bei seiner Verhaftung an seiner Kleidung hatte."

Ohne ein weiteres Wort schiebt mir Hauptkommissarin Pleil drei Fotos vor die Nase. Fotos von meinen Klamotten, die ich bei der Festnahme getragen habe. Sie sehen aus, als wären es Requisiten vom *Kettensägen-Massaker* oder *The Walking Dead*. Einen kurzen Moment habe ich das seltsame Gefühl, dass im nächsten Moment alle Stimmen gleichzeitig in meinem Kopf explodieren werden.

„Ich wurde im *El Mentiroso* zusammengeschlagen. Das war möglicherweise alles so geplant." „Einen Moment", insistiert mein Berliner Staranwalt aufgeregt. „mein Mandant wird sich zu Ihren Fragen nicht mehr äußern." „Halten Sie die Fresse!", zische ich.

„Wie bitte?" „Ganz recht, halten Sie Ihr gottverdammtes Maul." Dr. jur. Stein reißt empört die Augenbrauen hoch, schweigt nun aber. „Okay", versucht Hauptkommissarin Pleil zu beschwichtigen, „vielleicht sollten wir uns alle erst einmal ein wenig beruhigen. Ich werde jetzt das Aufnahmegerät und die Kamera ausschalten. Und dann unterhalten wir uns kurz ganz privat. Einverstanden?" Alle nicken. Sie lehnt sich zurück und atmet kurz durch.

„Herr Fiedler, wir haben wirklich nicht die Absicht, Sie hier übermäßig zu belasten. Ehrlich." Ich starre sie an. Abermals legt sie mir ein Foto vor die Nase. „Kennen Sie diesen Mann?" Das Foto zeigt Silvio an einem Tisch in irgendeinem Restaurant mit einer Speisekarte in der Hand. „Ja, das ist Silvio. Das ist der Entführer meiner Christina." Pleil und Feiser werfen sich vielsagende Blicke zu. „Nein, das ist Georg Kaufmann. Ihm gehört dieses Hotel in Las Puntas." „Das kleinste Hotel der Welt", ergänze ich.

„Genau. In diesem Hotel hat Ihre Lebensgefährtin gewohnt. So viel ist sicher. Und er hat Sie wegen Körperverletzung angezeigt." „Haben Sie mit diesem Georg Kaufmann gesprochen?", fragt Dr. Stein. „Nein, bedauerlicherweise ist er derzeit flüchtig." Mein Staranwalt, Dr. Stein, scheint eine Idee zu haben. „Hat dieses Flüchtigsein vielleicht irgendetwas mit der vermissten Frau Buschmann zu tun?"

„Höchstwahrscheinlich nicht", bemerkt Hauptkommissar Feiser. „Die spanischen Behörden suchen ihn wegen illegalen Cannabisanbaus", und fügt ein wenig süffisant, wie ich meine, hinzu. „Aber unsere Behörden tauschen sich aus." Dr. jur. Ansgar Stein hebt die rechte Hand, als wäre er in der siebten Klasse und meldet sich gerade zu der Frage der Lehrerin, ob schon einmal jemand eine Kaulquappe gesehen hat.

„Kann ich davon ausgehen, dass Sie bei Ihren Ermittlungen gerade ein bisschen auf der Stelle treten?" „Ein wenig, zugegeben, ein wenig." Hauptkommissar Feiser hüstelt kurz. „Wir haben noch andere Erkenntnisse. Inzwischen haben sich zwei Zeugen gemeldet, die ausgesagt haben, dass es zwischen ihnen und Ihnen, Herr Fiedler, in der Bar in El Pinar zu einem Streit gekommen ist." „Im *El Mentiroso*…, dem Lügner", ergänze ich.

„Richtig. Und im Laufe des Streits haben Sie dann mit einem Brotmesser herumgefuchtelt und beide Zeugen verletzt. Das erklärt jetzt die verschiedene DNA, die wir auf Ihrer Kleidung sichergestellt haben. Allerdings wurden die Zeugen nur leicht verletzt, erklärten sie, so dass sie von einer Anzeige gegen Sie abgesehen haben. Außerdem gab der eine Zeuge an, dass er Sie aus Furcht vor einer weiteren Eskalation mit dem Brotmesser mit einem Stuhl niedergeschlagen hat."

„Wer kann ihm das verdenken?", gebe ich kleinlaut zu, obwohl ich nichts davon erinnere.

„Diese Dreckssau", entfährt es mir. Dr. Rüffert hüstelt kurz, als habe ihm meine Bemerkung ein kleines Halskratzen verursacht.

„Drecksau? Wen meinen Sie damit?" Für einen kurzen Moment habe ich das Gefühl, dass Dr. Rüffert jetzt die Seite gewechselt hat und mir gegenüber feindselig geworden ist.

„Na, Silvio oder Georg oder wer da immer in der Bar gesessen hat." Ich stutze selbst über meine Worte.

„Ich habe kurz vor meiner Verhaftung eine Nachricht bekommen. Sie war von Christina. Sie schrieb darin, dass sie sich versteckt habe und sich bedroht fühlte… leider konnte ich diese nicht bis zum Ende lesen…" Wieso mir das gerade jetzt einfällt, kann ich nicht sagen. Und war das überhaupt so? Dr. Rüffert ruckelt, wie ich es schon gewohnt bin, einen kurzen Moment unruhig auf seinem Stuhl hin und her, dann wendet er sich an die Beamten und meinen Staranwalt.

„Ich denke, wir sollten die Unterhaltung an dieser Stelle unterbrechen. Mein Patient benötigt ein wenig Ruhe." Und damit verlassen alle mein Zimmer. Sie lassen mich so verwirrt zurück, wie ich es noch nie in meinem ganzen Leben gewesen bin.

Auf dem Fensterbrett des kleinen Zimmers in der psychiatrischen Forensik, in dem wir uns alle befanden, sitzt der durchgeknallte Kater und scheint zu grinsen. Wieso ist er wieder da? denke ich. War er nicht für immer an der Kreuzung nach La Frontera verschwunden? Nein, das war er nicht. Im Gegenteil. Er kommt zu mir, schmiegt sich an meine Seite und beginnt zu schnurren. Nicht laut und aufdringlich, sondern verhalten und nur für mich hörbar. Es ist, als würde mich eine Energie streifen, die ich so noch nie erlebt habe. Und es ist, als würde er mir sagen, *geh nach Norden, Süden, Osten oder Westen, aber geh! Die anderen sind Idioten,* scheint er noch hinzuzufügen. *So wie du, aber du bist mein Idiot.*

61

Etwas stimmte nicht. Etwas stimmte ganz und gar nicht! Natürlich erinnere ich mich an das Blut an der Stoßstange meines Mietwagens von *Topcar*, dem weißen Kleinwagen. Und natürlich erinnere ich mich auch an das Ruckeln und daran, dass ich zurückgefahren bin, um nachzusehen, ob ich jemanden verletzt hatte. Aber da war niemand gewesen. Und ich hatte vorher Silvio in seinem kanariengelben Mini mit meiner entführten Christina verfolgt… bis zum kleinsten Hotel der Welt.

Aber etwas stimmte nicht. Etwas passte nicht. Meine Schläfen beginnen zu pochen, und ich spüre einen unbehaglichen Schmerz den Nacken aufwärtskriechen. War ich zurückgefahren, um nachzusehen? Ich hatte Silvio verfolgt, als er aus dem kleinsten Hotel der Welt herausgekommen war, ihn im *El Mentiroso* zur Rede gestellt. Dann gab es einen Krach und Blut. Ich bin mir hundertprozentig sicher, dass Christina in den kanariengelben Mini gestiegen ist. Hundertprozent sicher? An welcher Stelle hätte mich meine Wahrnehmung in die Irre führen können? Auf dem Schotterplatz? Während der Verfolgung? Während ich zurückgefahren bin, um nachzusehen? Im Nebelwald, dem Düsterwald?

Aber etwas war nicht richtig. Ein Loch in meinem Gedächtnis oder schlimmer? Ein Loch in meinem Gedächtnis oder schlimmer, wiederhole ich in Gedanken, als könnte ich es dadurch schließen oder heilen. Ich hatte an meinem Roman weitergearbeitet, soviel stand fest. Der Text führte den Protagonisten nach El Hierro, was logisch war, schließlich befand ich mich auf dieser Insel.

Und was wäre, wenn…? In meinem Kopf beginnt es zu hämmern, als würden dort gerade Erze abgebaut.

Etwas stimmt nicht. Dessen bin ich mir sicher. Etwas passt nicht zueinander. Es ist die Chronologie, die nicht stimmt. Die Chronologie auf El Hierro. Eine falsche Chronologie, die sich literarisch nicht lösen lässt. Weil es zwei Ereignisse unabhängig voneinander gegeben hat und damit den Text ad absurdum führt. Alles muss neu geschrieben werden. Jedenfalls ein Großteil.

Bin ich Silvio? Und wenn ja, seit wann? Und wieso komme ich ausgerechnet auf Silvio? Den Namen Silvio hat meine Christina nur ein einziges Mal erwähnt. Das war kurz nachdem sie sich mit ihrer besten Freundin Tatjana im *Krügers* getroffen hatte.

„Stell dir vor", hatte sie gesagt, „als wir uns im *Krügers* trafen, stand da plötzlich dieser Silvio. Das war Tatjanas ehemaliger Kollege, als sie damals mit Judith Hermann im *Houdini* gekellnert hatte. Verrückt, oder?"

„Und hast du mit ihm geflirtet?"

Christina stieß einen empörten, spitzen Schrei aus. „Wieso sollte ich?" Jetzt verlor ich endgültig die Fassung. Genau wie in den ersten Tagen meines Aufenthaltes in diesem Etablissement hämmere ich gegen die Tür. Ich hämmere so lange, bis meine Fäuste bluten. Endlich kommt Pfleger Sebastian.

„Was ist los", fragt er verwundert. „Oh Gott, Sie bluten ja."

„Ich brauche mein Manuskript. Sagen Sie Dr. Rüffert, dass ich mein Manuskript brauche!" Eine Stunde später halte ich es in den Händen.

Der Fluch von Bebersee

Das Manuskript ist ausgedruckt und säuberlich gestapelt. Die Schriftart ist Calibri Light, 1,07 cm Zeilenabstand. Ich halte ungefähr achtzigtausend Wörter in den Händen.

Ich beginne zu lesen. Eine eiskalte Hand schiebt sich mir den Rücken herab und mit jeder weiteren Zeile wird mir kälter.

Das Einzige, was ich im Moment tun kann, ist leise zu wimmern. Es gibt keine Lösung, sich so hinzulegen, dass der Schmerz in irgendeiner Weise nachlässt, ich einen Moment Entspannung finde. Es gibt nichts, was Linderung verspricht, keine Möglichkeit, dieser Höllenqual zu entkommen. Morphium hätte vielleicht geholfen, aber Morphium bekomme ich hier nicht.

Der Schmerz überdeckt alles. Er überdeckt meine Situation, er überdeckt den Gedanken an dieses Haus am See, er überdeckt die Geschichte von Christina Buschmann, geboren 1799 in Bebersee, gestorben 1825, jeweils an einem 24. August, und er überdeckt sogar meine Gedanken an die lebende Christina Buschmann, meine Geliebte, von der ich hoffe, dass sie es schaffen wird, mich hier rauszuholen. Denn im Grunde ist sie die Einzige, die versichern kann, dass ich niemanden getötet habe.

Ich lese und blättere, überfliege, lese, blättere.

Am siebten Tag auf El Hierro klingelt mein Mobiltelefon kurz nach 6:00 Uhr am Morgen. Schlaftrunken und völlig perplex greife ich nach dem Telefon und sehe auf das Display. Eine mir nicht bekannte Nummer aus Deutschland. Ich hatte einen Anruf von Christina erhofft oder von meinem Verleger. Dem war nicht so. Dennoch nehme ich den Anruf an.

„Sind Sie Herr Trutz Fiedler?", fragt eine weibliche Stimme, „mein Name ist Yvonne Hauschild, ich bin Hauptkommissarin bei der Kripo Templin. Sind Sie der Besitzer des Hauses Dorfstraße 4, in Bebersee?"

„Ja, der bin ich. Wieso? Wurde dort eingebrochen?"

„Nein", versichert Yvonne Hauschild. „Es gab einen Unfall."

War Christina von ihrer Auszeit auf El Hierro zurückgekommen? frage ich mich sofort. Hatte sie versucht, das Grab von Christina Buschmann, geb. Sens, zu öffnen und war dann von einem Blitz oder dergleichen getroffen worden und ums Leben gekommen?

Ein eiskalter Schauer läuft mir über den Rücken und lässt mich kurz erstarren.

„Was für ein Unfall?", stoße ich mühsam hervor. „Ein Unfall mit einem Wildschwein. Besser gesagt, mit einem Keiler." In meinem Kopf baut sich ein Szenario nach dem andern auf und alle haben etwas mit meiner Christina zu tun und offen gestanden auch mit der anderen. Ich blicke auf die kleine Bucht von La Restinga, um mich zu beruhigen und atme mehrmals durch.

„Okay," höre ich mich sagen, „was ist passiert?" Hauptkommissarin Hauschild schildert alles, was sie weiß, und sagen kann. Vor meinen Augen beginnt es zu flimmern.

„Der gemütliche Pastor, sagen Sie."

„Der was?"

„Entschuldigen Sie, ich meine den Pastor von Groß-Schönebeck."

„Ja", bestätigt Hauptkommissarin Hauschild.

„Das ist tragisch", höre ich mich weitersprechen. Aber das war ehrlich gesagt, nicht aufrichtig. „Gab es noch andere Veränderungen auf unserem Grundstück?", frage ich wie hinter einer Nebelwand und atme ein weiteres Mal durch. „Merkwürdiges Licht, oder so etwas in der Art." Hauptkommissarin Hauschild stutzt einen Moment.

Nun bricht mir der kalte Schweiß aus. Wie gelähmt, werfe ich das Manuskript zur Seite und taste nach der Stelle, wo sich die Narbe meines mir selbst zugeführten Steinschlages an meiner Schläfe befinden muss. Aber da ist plötzlich nur glatte Haut. Ich lese weiter.

Als Christina auf El Hierro landet, ist für sie alles vollkommen normal. Die von ihr gewählte Auszeit, das Dilemma mit Trutz, der spontane Entschluss, nach El Hierro zu reisen, erscheint ihr richtig. Ja, genaugenommen, notwendig. Christina hat von Teneriffa nicht die Fähre genommen, sondern die kleine Propellermaschine gewählt, die einmal die Woche die Insel anfliegt. Trotzdem spürt sie eine kleine Welle Aufregung.

Silvio erwartet sie am Terminal und umarmt sie zur Begrüßung stürmisch. „Wow", sind seine ersten Worte, „ich hätte nie gedacht, dass du das wirklich machst. Willkommen auf El Hierro." Er greift nach ihrer Hand und Christina lässt es zu. Die Fahrt nach Las Puntas dauert fast eine Stunde, aber Christina genießt bei heruntergelassenem Fenster die Aussicht, die frische Luft und das Gefühl, sich auf ein Abenteuer einzulassen. Während der Fahrt plappert Silvio unentwegt, als sei er von der Regionalregierung persönlich als El Hierro – Schwärmer eingestellt worden. Er spricht nicht nur von den besonderen geographischen Gegebenheiten der Insel, streift nicht nur die Geschichte der kleinsten Kanareninsel, sondern lässt nichts aus, was in jedem guten Reiseführer steht.

„Ich werde dir Dinge zeigen, die du noch nie in deinem Leben gesehen hast, Christina", sagt er und Christina lächelt dankbar. „Es gibt hier Bäume, die Sabinas, die sind wahrscheinlich fünfhundert Jahre alt oder älter. Und wenn du davorstehst, raubt es dir einfach den Atem. Die Einheimischen nennen diese Bäume auch „Gottes Finger" und das sind sie wahrhaftig." Obwohl dieses Füllhorn von Informationen Christina ein wenig überfordert, nimmt sie die Wasserfallworte dankbar an. Vielleicht ist dies dem Umstand geschuldet, dass sie nicht nur wesentlich jünger ist als er und gefühlt einer komplett anderen Generation angehört. Bei ihm ist nichts verkrampft. Er sprudelt vor Enthusiasmus und das gefällt ihr.

Angekommen in Las Puntas, bittet Silvio Christina, die Augen zu schließen, was diese auch gehorsam tut. Als sie sie wieder öffnen darf, hält sie kurz den Atem an.

„Willkommen im kleinsten Hotel der Welt."

„Wow", entfährt es ihr. „Das ist wirklich, wirklich atemberaubend. Ganz ehrlich."

Ihr Apartemento besitzt zwei Terrassen. Die Größere ermöglicht den Blick auf die gigantische Felswand, die sich vor ihnen von ganz links bis ganz rechts erstreckt und die kleinere hinaus zum Atlantik. In einem Edelstahlbehälter wartet eine Flasche Champagner, umgeben von einem Bad aus Eiswürfeln. Nachdem sie sich zweimal hintereinander geliebt haben und Silvio eingeschlafen ist, schlüpft Christina in ihre Klamotten und setzt sich an den Rand des Lavafelsens. Über ihr strahlt die Milchstraße mit ihren unfassbar vielen Sternen. Der Atlantik flüstert nicht, sondern wirft sich mit voller Wucht gegen den Felsen und Brandung zischt und geifert, als wäre er untröstlich darüber, sie und alles hier nicht auf der Stelle verschlingen zu können. Ihre Gedanken sind Schmetterlinge, die kommen und gehen, wie es ihnen gerade einfällt. Ihr Schritt brennt ein wenig. Aber das war wohl dem Liebestribut geschuldet. Als sie sich erhebt, um zum schlafenden Silvio zurückzukehren, passiert es. Ihr fast neues Handy rutscht aus der Hosentasche, schlingert kurz über das kantige schwarze Lavagestein und trudelt, von einer Gischtwelle erfasst, keine zwei Sekunden später auf den Grund des Atlantiks. Der tobende Atlantik hatte nicht sie, sondern ihr Handy verschlungen. Willkommen in der Steinzeit, denkt Christina und lächelt.

Wie kann das sein? Ich schlage mir mit der flachen Hand an den Kopf. Etwas stimmt hier nicht. Ganz und gar nicht! Weiterlesen musste ich trotzdem.

Die nächsten Tage sind wie ein einziger Rausch. Insgesamt unternehmen sie drei Wanderungen. Die erste führt sie rund um El Garoé – dem heiligen Baum. Die zweite Wanderung starten sie in Mirador des Bascos, ganz im Westen der Insel und führt sie hinauf auf steil windenden Trampelpfaden voller Geröll schließlich zu den Fingern Gottes – den Sabinas. Die dritte Wanderung ist eine Wanderung in den Nebelwald, den Düsterwald, und alle drei Wanderungen besitzen ihre eigenen Reize. Abends suchen sie verschiedene Restaurants in verschiedenen Ortschaften auf. So zum Beispiel in Pozo de las Colcas, in Timijiraque und zuletzt in La Restinga, denn auch bei der Restaurantwahl erweist Silvio sich als äußerst kompetent. In die Hauptstadt Valverde hingegen fahren sie nur ein einziges Mal, um auf dem dortigen Markt Lebensmittel einzukaufen, weil Silvio vorschlägt, am nächsten Abend selbst zu kochen. Als sie mit der Mahlzeit fertig waren und die sanfte Brise, auf der dem Atlantik zugewandten Terrasse, genießen, will Silvio reden. Einen Moment denkt Christina entsetzt, dass er ihr jetzt einen Hochzeitsantrag machen oder sie wenigstens dazu auffordern würde, sich von Trutz zu trennen. Aber es kommt anders.

„Hör zu", beginnt er zu lächeln. „Ich bin hier nicht zufällig."

„Ach, ja."

„Nein, ich gehöre hier einer neuen Bewegung an. Wir nennen uns 1984." Christina bricht in ein schallendes Gelächter aus. Als sie sich wieder einigermaßen beruhigt, fragt sie mit einem hörbar spöttischen Unterton in der Stimme: „Seid ihr so etwas wie George Orwell-Groupies?"

Silvio starrt sie mit so säuerlicher Miene an, dass nicht viel gefehlt hätte, und sie wäre abermals in ein schallendes Gelächter ausgebrochen. Aber sie reißt sich zusammen und entschuldigt sich sofort. Sie denkt, wir sitzen auf der Terrasse im kleinsten Hotel der Welt, links berührt gerade die untergehende Sonne das Meer, rechts ragt die kleine Dracheninsel daraus hervor und vor ihr spiegeln sich die Weiten des Atlantiks. Außerdem haben sie gerade eine köstliche Dorade gegessen. Das sind doch gleich mehrere Gründe, entspannt zu sein, oder? Bei Silvio hingegen macht sich eine gewisse Unruhe bemerkbar. Er steht auf, zündet sich eine Zigarette an und tigert nervös auf der Terrasse umher, als wäre er jetzt nicht auf einer der bezauberndsten Inseln Europas, sondern in einem Zweimeter mal Zweimeter großen Käfig.

„Glaubst du, dass das alles Zufall ist?" Silvio streicht sein schulterlanges Haar hinter die Ohren und kratzt sich mit der rechten Hand an der Stirn. Er inhaliert einen kräftigen Zug seiner Zigarette. Dann wird er ernst. Sehr ernst.

„2008 crasht die Börse, eine Pandemie liegt in der Luft, Inflation, wie sie noch nie in den letzten Jahrzehnten dagewesen ist. Hast du eine Vorstellung davon, wieviel Billionen und Aberbillionen Dollar oder Euro in den letzten fünfzehn Jahren verbrannt worden sind? Wer auch nur einen Hauch von ökonomischem Verständnis besitzt, weiß, was das bedeutet." Silvio beginnt schwer zu atmen. „Was glaubst du, wird als nächstes passieren?" Bevor sie ihre Augen verdreht, zwingt sich Christina erst einmal, so neutral wie möglich, zuzuhören.

„Und? Was denkst du?", sagt sie schließlich mit sanfter Stimme. „Krieg. Es wird einen Krieg geben. Erst einen kleinen vermutlich und dann einen großen. Die Weltmächte stellen sich neu auf. George Orwell 1984, du hast recht. Nur, dass das hier leider die beschissene Realität ist. Man muss schon blind sein, um diese Dinge zu übersehen." Christina kneift erst ihre Augen zusammen und hebt dann beschwichtigend ihre rechte Hand, um den Zauber der letzten Tage, der sie unfassbar beeindruckt hat, nicht mit einem Federstreich hinwegzufegen.

„Bitte, komm mir jetzt nicht mit Verschwörungstheorien à la Qanon oder Bill Gates Chipimplantate durch Impfung, oder an allem sind die Juden schuld." Silvio grinst. Und es ist ein so kindliches Grinsen, dass Christina kurz erschaudert.

„Das wäre nun doch zu einfach. Ich sage dir hier und jetzt voraus, dass es spätestens in fünf Jahren nur noch drei große Blöcke auf dieser Welt geben wird. Genauso, wie es George Orwell 1948 vorausgesagt hat. Und danach gibt es nur noch zwei. Die Welt geht den Bach runter. Siehst du das nicht?"

„Offengestanden, bin ich diesbezüglich nicht gerade euphorisch positiv, dass muss ich schon zugeben. Aber bislang gab es immer wieder Regulatorien..." Einen winzigen Augenblick sieht Christina Trutz vor sich und erinnert sich an ähnliche Diskussionen, die sie mit ihm geführt hat. Außerdem ist sie ein bisschen erleichtert, dass Silvio ihr keinen Heiratsantrag macht oder auf eine Trennung besteht.

„Nenn mir bitte ein Land in den westlichen Gesellschaften, dass, wie man so lapidar sagt, nicht gespalten ist. Die Autokraten oder Diktatoren dieser Welt rüsten seit Jahrzehnten auf, als gäbe es kein Morgen mehr. Allerdings ist das vermutlich ihr Morgen. Die Reichen werden immer reicher und die zukünftigen aufgedrückten Lockdowns werden das noch einmal eindrucksvoll verstärken. Ein Prozent der Weltbevölkerung hält etwa vierzig Prozent des Weltvermögens. Die reichsten zwei Prozent der Weltbevölkerung besitzen mehr als einundfünfzig Prozent des weltweiten Vermögens. Auf die reichsten Menschen dieser Welt entfallen fünfundachtzig Prozent des Weltvermögens. Und die Erhebungen von seriösen Instituten der letzten Jahre sind noch nicht veröffentlicht. Die Tendenz ist jedenfalls eindeutig. Der Trend geht zugunsten der Reichen. Wieso? Treibt dir das nicht irgendwann den Angstschweiß auf die Stirn?" Christina schweigt.

„Die nachwachsenden Ressourcen dieses Planeten sind schon im Juni aufgebracht. Der Earth Overshoot-Day ist kein Slogan, sondern

Statistik. Im letzten Jahr haben wir ihn am 29. Juli gefeiert. Fahre in den Harz. Zweidrittel der Bäume dort sind verschwunden. Sie wurden entweder Opfer des Borkenkäfers oder sind bei zwei, drei Stürmen einfach wie Streichhölzer umgeknickt. Hast du eine Ahnung, wie es in anderen Teilen dieser Welt aussieht? Wir sind am Ende. Und das ist ein Fakt. Alle müssten jetzt zusammenarbeiten. Aber das tun wir nicht. Weil sich die Großmächte lieber in Stellung bringen, als zu kooperieren." Christina sucht nach Gegenargumenten und muss sich eingestehen, dass sie nur wenige findet. Jedenfalls nicht spontan. Außer vielleicht dem Pariser Abkommen. Aber ist das nicht per se schon eine Lachnummer?

Des Weiteren muss sie sich eingestehen, dass sie in dunklen Stunden oft ähnlich denkt. Die drei aufeinanderfolgenden Dürresommer haben manche Landschaft in Brandenburg in eine Art Steppe verwandelt. Da hilft auch kein verregneter Sommer. Der Grundwasserspiegel dort ist ein einziges Jammertal. Dass weiß sie auch aus Analysen des Berliner Senats. Und Elon Musk plant genau dort eine Gigafactory-Fabrik, wird noch reicher und gibt den Menschen die Illusion, dass die Welt durch neue Technik schon wieder heilen würde. Hatte es so etwas jemals gegeben? Heilung durch Technik. Vielleicht. Zum Beispiel die Entdeckung des Penicillins.

„Das ist jetzt aber nicht wirklich alles unbedingt neu, oder?"

„Zum einen ja, zum anderen nein." fährt Silvio fort.

„Wir befinden uns in der gleichen Situation, wie nach dem Ersten Weltkrieg. Auch da gab es eine Pandemie – die spanische Grippe, mit schätzungsweise einhundert Millionen Toten – aber das reichte nicht. Auch damals haben die Mächtigen versucht, die Welt aufzuteilen. Es gab keine Kooperation, sondern nur blanken Selbsterhaltungstrieb. Und ja, wir befinden uns in den goldenen Zwanzigern. Die Dreißiger werden die Hölle werden. Das prophezeie ich dir."

Während Silvio seine düsteren Gedanken kundtut, sitzen sie auf der kleineren Terrasse des kleinsten Hotels der Welt, mit Blick auf den Atlantik. Dieser liegt gerade wie ein glatt gestrichener Teppich zu ihren Füßen. Im Moment so unschuldig, wie ein Kind. Würde er insgesamt nur um fünf Zentimeter ansteigen, würden sie jetzt beide ertrinken. Und zwar gnadenlos. Christina nimmt einen Schluck des hiesigen Rotweins, den sie in La Restinga gekauft haben. „Glaubst du ernsthaft, dass es nicht zu Verteilungskämpfen kommen wird? Wir sehen sie doch schon jetzt. Überall auf diesem Planeten." Christina schüttelt sich.

„Und euer Verein 1984 gibt jetzt wem die Schuld?"

Silvio zuckt mit den Schultern.

„Eine Macht, die mächtiger ist als alles andere." Christinas Unbehagen wächst. „Und die da wäre?"

„Die Mutter Erde. Sie hat genug von unserer Spezies und will sie endlich loswerden. Es sind nicht die Menschen, mit all ihren gesellschaftlichen Experimenten. Es ist der Mensch."

„Die Mutter Erde? Das ist jetzt nicht dein Ernst!"

Silvio wirkt einen Moment so, als hätte Christina ihn gerade mit aller Kraft in den Magen geboxt. Darüber einigermaßen erschrocken, fragt Christina schließlich:

„Und was hat 1984 vor?" Silvio kneift die Augen zusammen. „Wir sind dabei, eine Welt unter der Erde zu bauen. Wir sind weltweit vernetzt. Und wir sind schon sehr weit gekommen, das kannst du mir glauben. So werden wir überleben und danach etwas Neues aufbauen. Die anderen Milliarden werden sterben. Daran gibt es keinen Zweifel. Es hat gerade angefangen." Nun beginnt Christina sich doch einen Moment zu fürchten, dass sie in die Hände eines Verrückten geraten war. Sie schilt sich abermals als dumme Gans, weil ihr Mobiltelefon vom Atlantik verschluckt worden war. Vielleicht war sie doch nicht so gut. Die Steinzeit. Silvio scheint ihre Veränderung zu ahnen. Er geht langsam auf sie zu und legt seine Hände auf ihre Schultern. „Keine Sorge. Ich bin nicht verrückt, auch wenn du das jetzt denkst." Christina ist keineswegs beruhigt. „Ich werde dir etwas zeigen. Bald. Vielleicht schon morgen. Denn ich denke, du solltest dazugehören."

„Dazugehören? Zu was? Zu wem? Meinst du irgendeine Sekte?"

„Oh, kein religiöser Unsinn. Die meisten Beteiligten sind Wissenschaftler. Du solltest dich selbst überzeugen. Ich werde dir alles zeigen. Du hast mein Wort." Er küsst sie auf die Stirn und tritt einen Schritt zurück.

„Aber dafür muss ich noch einmal kurz weg. Es dauert nicht lange."
Christinas Alarmglocken beginnen nun alle gleichzeitig zu läuten. Sie
weicht instinktiv einige Meter zurück.

„Willst du mich jetzt einsperren, oder was?" „Mein Gott, nein.
Natürlich nicht!" Wie, um das zu beweisen, kramt Silvio in seiner
Hosentasche und wirft ihr einen Schlüsselbund mit zwei Schlüsseln
entgegen. „Um Gottes Willen, was denkst du von mir?"

„Lass das bitte mit Gott," faucht Christina ihn an. „He, ich bin
wirklich gleich wieder zurück. Ich muss mir bloß die Genehmigung
holen, damit ich dir alles zeigen darf, was ich dir zeigen möchte. Es
wird dich beeindrucken. Vertraue mir. Aber ich muss vorher alle
anderen Mitglieder hier auf der Insel fragen." Silvio grinst wieder sein
kindliches Grinsen und hebt die Schultern.

„So ist es nun einmal. Wir müssen immer alle Mitglieder hier auf
der Insel fragen. Basisdemokratie. So ist es nun einmal, wir müssen
alle Mitglieder eines Ka-Tet fragen." „Eines was?" „Ka-Tet. So nennen
wir die Teams in den einzelnen Regionen. Dieser Begriff beschreibt
eine kleine Gemeinschaft. Ist aus Stephen Kings Der dunkle Turm.
Kennst du das Werk?" „Nein, aber okay." Christina beruhigt sich
wieder ein wenig. „Wie lange wird es dauern?" „Ein, zwei Stunden,
denke ich." „Und warum tust du das? Ich meine, warum willst du mir
dieses, dieses Projekt zeigen?" „Weil du zu den Auserwählten zählst.
Du gehörst zu unserem Ka-Tet, dessen bin ich mir sicher."

Keine zwei Minuten später braust Silvio davon und Christina
schenkt sich noch ein Glas Rotwein ein. Sie starrt eine ganze Weile in
den Sternenhimmel, um das eben Gehörte irgendwie einzuordnen.
Das fällt ihr zugegebenerweise schwer. Aus ihrem kleinen
Ferieninselliebesabenteuer ist plötzlich etwas anderes geworden.
Was, kann sie nicht genau sagen. Christina hat nicht einmal eine klare
Vorstellung davon, ob sie dieses Projekt, von dem Silvio erzählt hatte,
überhaupt sehen will. Höhlen, Wissenschaftler, Mutter Erde, der
Weltuntergang, bei denen die anderen Milliarden sterben würden, Ka-
Tets. All das hört sich in ihren Augen nicht besonders vernünftig an.
Christina betrachtet den Schlüssel in ihrer Hand und überlegt kurz, ob
sie nicht einfach ihren Krimskrams zusammenpacken und schleunigst

*von hier verschwinden sollte. Das tut sie nicht. Und das war eine fatale
Entscheidung.*

Wie um mich selbst darüber zu vergewissern, dass das, was ich
da lese, der Realität und nicht einem Wahn entspricht, blättere ich
ein paar Seiten zurück und vergleiche den Inhalt mit den Notizen
meiner Recherchen in einem kleinen Ringbüchlein, das ich immer
bei mir trage. Die Ergebnisse stimmen überein. Nur die letzten
Seiten sind anders. Verwirrend, denke ich. Wer hat das
Geschrieben. Ich? Wie kann das sein?

*Silvio hält länger als es nötig an der Kreuzung, wo es links zur
Hauptstadt Valverde geht und rechts Richtung El Pinar. Er scheint eine
Weile zu überlegen, jedenfalls drückt sein Verhalten eine gewisse
Unentschlossenheit aus. Ich stoppe meinen Wagen in gebührendem
Abstand und warte ebenfalls. Die halsbrecherischen Serpentinen
liegen, Gott sei Dank, hinter uns. Mit zunehmend düsteren Gedanken
warte ich ab.*

*Der kanariengelbe Mini blinkt rechts und ich tue es an gleicher
Stelle ebenso. Vor dem Café El Mentiroso in El Pinar hält er schließlich
an und steigt aus. Ich parke dahinter und steige ebenfalls aus. Dann
greife ich mir das Brotmesser vom Beifahrersitz und schiebe es unter
meinen Jackenärmel.*

*Im Café sitzen nur vier Männer. Zwei trinken Kaffee, zwei Bier. An
der Bar hockt Silvio, vor ihm steht ein Espresso und ein Glas Wasser.
Er ist mit seinem Handy beschäftigt und tippt vermutlich Mitteilungen
über verschiedene Social-Media-Kanäle ein. Sind es Mitteilungen an
meine Christina? Oder surft er einfach nur herum? Was spielt das jetzt
noch für eine Rolle? Ich setze mich direkt neben ihn, ohne etwas zu
bestellen.*

„Hi", begrüßt mich Silvio. „Sie sind Deutscher, oder?"

„Ja, das bin ich", antworte ich und lächele.

„Silvio", Silvio streckt mir seine Hand entgegen.

„Trutz", stelle ich mich vor und schüttele Silvios Hand.

„Bist du das erste Mal auf El Hierro?" Ich nicke.

„Und wie gefällt dir die Insel?

Ich betrachte Silvio von der Seite. Charmantes Lächeln. Kräftige Figur. Mindestens fünfzehn Jahre jünger als ich.

„Bisher atemberaubend würde ich sagen. Und du? Lebst du hier?"

„Nicht ständig. Ich arbeite hier an einem Projekt."

„Interessant. Welchem?"

„Tunnelbau."

„Interessant", tue ich mehr kund, als das ich darauf adäquat antworte. „Ist hier tatsächlich ein zweiter Tunnel geplant? Ich meine, außer dem, der nach Las Puntas führt?" Irgendwie scheint er sich jetzt doch an meine Stimme in der Sprechanlage zu erinnern, denn Silvio schnalzt kurz mit der Zunge und kaut etwas Imaginäres, das sich mit Sicherheit nicht in seinem Mund befindet. Ich helfe ihm auf die Sprünge.

„Wir kennen uns. Ich habe gestern Abend an deinem Apartemento in Las Puntas geklingelt. Wo ist Christina?" Silvio ist derart überrascht, dass er mehrfach hintereinander ein kurzes Ah ausstößt. Dann ruckelt er nervös auf seinem Barhocker hin und her und weicht meinem Blick aus.

„Ich weiß nicht, wo sie ist. Ehrlich."

„Was hast du mit ihr gemacht? Hast du sie gefickt?" Silvio weicht automatisch zurück, soweit das geht.

„Was soll der Scheiß, Mann?" Unfassbare, alles vernichtende Wut beginnt langsam in mir zu brodeln. Silvio kneift die Augen zusammen und misst mich mit einem abschätzenden Blick, der wohl zurecht zu seinen Gunsten ausfällt. Ich habe große Lust, schreiend hochzuspringen. Tue es aber nicht.

„Hören Sie, ich weiß nicht, wer Sie sind und was das hier soll, Trutz. Aber ich denke, Sie sollten sich erst einmal beruhigen. Schließlich sind wir hier alle Erwachsene, oder?"

„Ach, ja." Abermals überkommt mich das Gefühl, schreiend hoch springen zu müssen.

„Christina war bei mir, ja. Ich habe ihr die Insel gezeigt. Wir kennen uns aus Berlin."

„Soso."

„Genau, ich habe mit ihrer besten Freundin vor gefühlt hundert Jahren im „Houdini" gekellnert."

„Tatjana."

„Genau, Tatjana. Wir hatten eine kleine Unstimmigkeit, um ehrlich zu sein. Deswegen ist sie vor ein paar Tagen abgereist. Ich denke, zurück nach Berlin."

„Aha. Und wann genau?" Silvio überlegt kurz, ist sich aber sichtlich unsicher, ob seine Antwort mich befriedigt. „Vorgestern." „Vorgestern?" „Genau." Ohne zu zögern, schlage ich zu. Dabei schreie ich: „Du Dreckssau, was hast du mit ihr gemacht?" Silvio geht ohne Gegenwehr sofort zu Boden. Kurz darauf trommeln Fäuste auf mich ein.

Ich lese weiter und mir wird immer übler.

Als Silvio zurück ins kleinste Hotel der Welt kommt, ist er völlig verändert, das erkennt Christina sofort. Er ist äußerst schweigsam und aus seinem Gesicht ist alle Farbe entwichen. Ein niedergeschlagener Schatten seiner selbst.

„Was ist passiert?"

„Dein Mann, der Schriftsteller, ist hier. Das verändert alles."

„Wie bitte?"

„Trutz ist hier. In La Restinga. Woher weiß er von uns?"

„Ich habe keine Ahnung. Und wieso verändert das alles? Was überhaupt? Und woher weißt du, dass Trutz in La Restinga ist. Haben wir dort nicht gegessen und Wein gekauft?"

Christina reißt ihre Augen auf, als könne sie ihrem derzeitigen Gefühl von immenser Bedrohung damit ein Schnippchen schlagen. Darüber hinaus reicht eine Frage der nächsten ihren Staffelstab.

Silvio hingegen wankt, als wäre er gerade von einer vierundzwanzigstündigen Party mit reichlich Alkohol zurückgekehrt. Übernächtigt, betrunken und ohne jegliche Orientierung. In seinen grau-blauen Augen blitzt jener Wahnsinn auf, den man normalerweise Amokläufern zuschreibt. Verwirrt und entschlossen zugleich. Entmenschlicht.

„Wir müssen hier weg. Sofort!"

„Wie bitte?" Christina geht automatisch einen Schritt zurück.

„Sofort" brüllt Silvio jetzt.

„Was..., was ist jetzt mit den Höhlen, die du mir zeigen wolltest?"
„Vergiss es." „Wie bitte?", wiederholt Christina, als wären diese zwei
Worte ihre schlagkräftigste Waffe. Ihre Augen flackern vor Empörung.
Silvio rennt hektisch hin und her und kramt irgendwelchen Krimskrams
zusammen. Christina steht sprachlos daneben und begreift überhaupt
nichts mehr. In einem unüberlegten Moment ihrer Verzweiflung packt
sie Silvio an den Schultern, rüttelt ihn und schreit:

„Du sagst mir jetzt auf der Stelle, was hier los ist, verdammt
nochmal." Reflexartig schlägt Silvio zu und Christina geht mit einer
blutenden Nase und gesprungener Lippe zu Boden. Der Schmerz, der
sie ereilt, ist so ernüchternd, dass sie sofort ihre Augen schließt.
Blitzschnell ist Silvio über ihr, legt ihr die Arme auf den Rücken, greift
in seine Hosentasche, zieht einen schmalen Kabelbinder hervor und
fesselt damit ihre Hände. Woher hat er diesen Kabelbinder? denkt
Christina noch, bevor er sich um ihre Handgelenke schließt. Das alles
geschieht so schnell, dass Christina nur ein lautloses Glucksen von sich
geben kann. Silvio hingegen rennt wieder hin und her, dreht sich
einmal im Kreis und knallt sich dann seine rechte Faust an die Stirn.
„Fuck! Fuck!"

Kurz darauf zerrt er Christina hoch, schleppt sie an ihren
gefesselten Armen aus dem kleinsten Hotel der Welt und setzt sie in
den Fond seines kanariengelben Minis von Topcar.

Als er einsteigt und die Fahrertür zugeknallt, brüllt er abermals:
„Fuck! Fuck!" Christina ergibt sich zwar noch nicht ihrem Schicksal,
nimmt aber eine devote Haltung ein. „Bruder Johannes ist gestorben.
Auf eurem Grundstück in Bebersee. Was hast du und der Schriftsteller
damit zu tun?" Das Blut aus Christinas Nase tropft ihr mittlerweile auf
die Brust. „Bitte, mach das weg", bittet sie ihn. Silvio starrt auf ihre
Nase und das kleine Blutrinnsal, als müsste er sich gleich übergeben.
„Sorry, das wollte ich nicht", flüstert er. Er greift nach einem Tempo
und tupft ihr unbeholfen das Blut aus dem Gesicht. Obwohl sie sich
erst vor ein paar Tagen geliebt hatten, wagt er es nicht, ihre Brust mit
dem Tempo zu berühren. „Nochmal, was habt ihr mit dem Tod von

Bruder Johannes zu tun?", fragt er sie abermals, diesmal allerdings weniger aggressiv. Seine Stimme ist wieder weicher geworden. „Wer ist dieser beschissene Bruder Johannes? Von wem redest du?" „Das... das ist unser geistiger Führer ..., so etwas wie unser geistiger Führer", stammelt Silvio, „er wurde auf eurem Grundstück von einer Wildsau niedergetrampelt. Ist... ist dein Mann so etwas wie der Scharlachrote König?" Obwohl sich Christina in einer misslichen Lage befindet und nicht zu Unrecht fürchtet, in die Hände eines Verrückten geraten zu sein, bricht sie in ein schallendes, hysterisches Gelächter aus. „Ja, verdammt noch mal! Trutz ist der Scharlachrote König und kann zaubern." Silvio betrachtet sie aus den Augenwinkeln. „Außerdem schlüpft er in die Gestalt von Wildsauen, um ... Brüder aufzuspießen." Dann kreischt sie los. „Und wenn du mich nicht auf der Stelle losbindest, wird er hier in den nächsten Sekunden auftauchen und dich ebenso tottrampeln." Einen kurzen Moment überfliegt Panik Silvios Gesicht. Er sieht sich mit irrenden, hastenden Augen um, als fürchte er, dass just in diesem Moment genau das geschieht. Der Scharlachrote König, alias Trutz, wirft sich in Gestalt eines schäumenden Keilers gegen den Kleinwagen und zertrümmert nicht nur den Wagen, sondern auch ihn. Dann wirkt er so, als werde er gleich in das Lenkrad beißen und schlägt seine Faust abermals gegen die Stirn. „Du spinnst!" Seine Stimme ist wieder klar und kalt. Dann startet er den Motor und fährt mit durchdrehenden Vorderrädern los.

Silvio wählt nicht die Straße durch den Tunnel nach Valverde, sondern den serpentinenartigen Aufstieg Richtung San Andres. Er ist so angespannt, dass er um ein Haar mit einem entgegenkommenden Kleinbus kollidierte, dem er gerade noch so ausweichen kann. Christina schreit sich nicht nur wegen dieses Zwischenfalls die Lunge aus der Kehle. Dieser Umstand macht Silvio noch nervöser, als er ohnehin schon ist. Silvios rechte Hand fängt an, sich zu ballen und Luft einzufangen, um sie zu zerquetschen. Mit der linken Hand steuert er weiter den Wagen. Jede einzelne Serpentine nimmt Silvio mit quietschenden Reifen. Wäre er nicht schon hunderte Male diese Strecke gefahren, wären sie wahrscheinlich in eine der Felswände gekracht oder gar in die Tiefe gestürzt. Aber die Fahrt endet nicht in einem zertrümmerten Autowrack, sondern auf dem Parkplatz vor dem kleinen Wanderpfad nach El Garoé. Sie haben den Nebelwald, den Düsterwald hinter sich gelassen. Silvio ist mit seinen Nerven so am Ende, dass er keinen klaren Gedanken mehr fassen kann. Er handelt nur noch instinktiv. Instinktiv springt er aus dem Wagen. Instinktiv läuft er mehrere Male im Kreis. Instinktiv wirft er sich auf den Boden und trommelt mit seinen Fäusten auf den Kieselweg. Und dann dominiert ein einziger Gedanke seine malträtierte Seele. Er muss so schnell wie möglich diese Frau loswerden.

Inzwischen ist es stockdunkel geworden und niemand verläuft sich noch hierher. Tief durchatmend zündet sich Silvio eine Zigarette an. Sein Blick wird unscharf und nachdenklich. Christina kauert im Fond des kanariengelben Minis. Kalter Schweiß rinnt ihr in kleinen Strömen das Gesicht herunter, dann fängt sie an, lautlos und hemmungslos zu weinen. Silvio verschwindet. Eine ganze Stunde vergeht, in der Christina zwischen vager Hoffnung und den allerschlimmsten Befürchtungen schwankte. Außerdem muss sie dringend pinkeln. Als Silvio zurückkommt und die hintere Tür öffnet, hält er in der linken Hand einen Ast des Stinklorbeerbaumes von El Garoé in der Hand und in der Rechten ein Messer.

„Bitte", stöhnt sie. „Bitte!" Obwohl ein Blitzschlag des Entsetzens in sie fährt, weigert sich ihr Verstand noch immer die Realität anzuerkennen. Die Realität? Welche Realität? Der Scharlachrote König schießt ihr durch den Verstand. Ausgerechnet Trutz sollte dieser imaginäre Scharlachrote König sein? Das Gesicht von ihrem Inselliebhaber, Silvio, ist in ihren Augen inzwischen zu einer grotesken Maske verwandelt. „Du bist am Tod unseres geistlichen Führers Bruder Johannes mitverantwortlich." „Tut mir leid", sagt sie mit trockener Kehle und spürt, wie sich ihre Blase leert. Christina starrt ihn mit weit aufgerissenen Augen an. „Bitte!", fleht sie abermals. Den Uringeruch, der sich in dem Mietwagen von Topcar inzwischen verbreitet, nimmt Silvio schon nicht mehr wahr. „Im Namen von Priamus Apokalyptikus", brüllt er. Dann sticht er mehrmals zu und rennt davon.

Als Christina wieder zu Bewusstsein kommt, findet sie sich in einer Lache Blut. Die Polster der hinteren Sitzbank des Mietwagens von Topcar sind nun endgültig ruiniert. Silvio hatte sie am Hals, an der Brust und im Gesicht verletzt, aber sie war nicht tödlich getroffen. Christina lebt. Mit zitternden Händen sucht sie den Wagen ab, stöhnt, verliert kurz das Bewusstsein und als sie es wieder erlangt, tastet sie weiter. Sie musste irgendetwas finden. Aber was, wusste sie selbst nicht. Auf dem Fahrersitz, wo vor ein paar Stunden noch Silvio gesessen hatte, findet sie schließlich sein Handy. Es musste ihm aus der Tasche gerutscht sein. Egal. Das ist ein Hoffnungsschimmer. Ein Lichtblick. Christina stöhnt erneut und fingert nach dem Telefon. Als sie es endlich in den Händen hält, überlegt sie, wie die spanische Notrufnummer lautet. Das weiß sie nicht mehr. Also wählt sie die 110. Das bleibt allerdings ohne Ergebnis. Dann tippt sie die Telefonnummer von Trutz Handys ein. Trutz, der sich laut Silvio auf der Insel aufhält, nimmt nicht ab. So schickt sie ihm eine Nachricht per Messengerdienst. Mehr kann sie im Moment nicht tun. Mit letzter Kraft verlässt sie den kanariengelben Kleinwagen und schleppt sich in Richtung Straße, in der Hoffnung, dass sie irgendwie auf sich aufmerksam machen könne. Als sie endlich die Straße nach La Frontera erreicht, bricht sie erneut zusammen. Und dann endlich Scheinwerferlichter. Sie hebt ihren Arm. Aber der Wagen bremst nicht, denn der Fahrer hat sie nicht gesehen.

Es klopft. Obwohl ich im Moment alles andere als irgendwen hier in diesem Zimmer sehen will, brülle ich unwirsch. „Herein!" Dr. Rüffert schiebt erst seinen Kopf und dann den restlichen Körper in mein Zimmer. „Ich habe schlechte Nachrichten. Leider." Mit diesen Worten setzt er sich auf den einzigen verbliebenen Stuhl. „Sie sind sich jetzt doch sicher. Ihre Freundin." Ich schlucke. „Das Foto, das die Kommissare Ihnen gezeigt haben, ist leider doch eindeutig Ihre Freundin. Hauptkommissar Feiser hat mir mitgeteilt, dass sie eine neue DNA-Probe abgleichen konnten. Das Ergebnis ist wohl eindeutig. Sie scheint irgendwo bei San Sebastian vom Weg abgekommen zu sein und dann in die Tiefe gestürzt." Ich schlucke abermals. „Aha." Dr. Rüffert faltet seine Hände, als würde er mich gleich dazu auffordern, mit ihm gemeinsam das Vaterunser zu beten. „Ja, es tut mir leid."

Etwas in mir bricht sich seine Bahn. Etwas, was ich so noch nie in mir gespürt habe. Es kocht und brodelt und wird immer stärker. Dann ist es draußen. Der darauffolgende Schrei ist so ohrenbetäubend, dass Dr. Rüffert um ein Haar vom Stuhl kippt. Die Dunkelheit, die mich dann umschließt, scheint endlos.

62

Arthur hat Wort gehalten. Zwei Tage nach der ergebnisoffenen Vernehmung, sitzt Arthur plötzlich beim Mailing neben mir. „Folge mir", flüstert er. Seine Augen scheinen in einer kindlichen Begeisterung zu leuchten. Er nickt zu Gudrun, die neben mir sitzt, die sein Nicken erwidert – das hat er noch nie getan. Er steht auf. Ich nicke ebenfalls zu Gudrun, die mein Nicken ebenfalls mit einem Nicken beantwortet – das wiederum habe ich schon hunderte Male getan. Ich folge Arthur.

Arthur schiebt seine Hände in die Hosentaschen und schlendert durch den großen Raum der Arbeitstherapie, als wäre er hier der interne Chef und nicht Dauerpatient. Ich folge ihm unauffällig wie sein persönliches Schoßhündchen. Zweifel, dass sich das alles als ein unfassbarer, schlechter Spaß erweisen wird, habe ich nicht mehr. Arthur bewegt sich lautlos und geschmeidig wie eine Katze. Kurz vor der Tür zu den Aufenthaltsräumen und den sich anschließenden Zimmern der Patientinnen und Patienten schwenkt er nach links und öffnet eine Tür, die mir bis zu diesem Zeitpunkt noch nie aufgefallen ist. „… ist ´ne Art Geheimtür", flüstert er und macht ein wissendes Gesicht. In der Tat sind die Umrisse des Türrahmens kaum wahrnehmbar. Woher Arthur den Schlüssel für diese Geheimtür hat, bleibt ebenfalls unklar. „Sehr schön", flüstere ich zurück. „Und wo führt sie hin? „Psst!", flüstert Arthur und legte seinen Zeigefinger auf seine Lippen, „das wirst du schon noch sehen."

Hinter der Tür befindet sich ein etwa dreißig Meter langer Gang oder besser gesagt ein dreißig Meter langer Tunnel. Es riecht modrig und ein wenig nach Kanalisation. Die gewölbte Decke ist so tief, dass wir in die Hocke gehen müssen. Arthur schließt so lautlos die Tür, wie er sie geöffnet hat und knipst eine kleine Taschenlampe an, wo auch immer er sie herbekommen haben mochte. Mehr kriechend als watschelnd schieben wir uns vorwärts. Nach den dreißig Metern endet der Tunnel nicht, sondern knickt scharf nach rechts ab. „Wieso gibt es diese Tür und diesen Tunnel, Arthur?" flüstere ich. „Und woher weißt du davon?"

Arthur antwortet nicht gleich, sondern robbt weiter stoisch vorwärts als befinden wir uns in einem der Schützengräben von Verdun – obwohl dort in den meisten Schützengräben aufrecht gegangen werden konnte. Dann sagt er: „Diesen Tunnel gibt es seit dem Zweiten Weltkrieg. Damals war das hier ein streng geheimes Labor für die Entwicklung biologischer Waffen. Hitler hätte alles getan, um diesen Krieg zu gewinnen. Dieser Tunnel war der Notausgang für das Personal, falls es zu Bombenangriffen kommen sollte." „Wie bitte? Geheimes Labor für biologische Waffen. Du verarschst mich doch, Arthur!" Ich robbe hinter Arthurs Füßen her, als droht genau das. Ein Bombenangriff. Umso schneller wir hier herauskommen, umso besser. Den rechten Abzweig haben wir mittlerweile hinter uns gelassen, ein Ende ist noch immer nicht in Sicht. „Nein, ich verarsche dich nicht", japst Arthur, den die ganze Robberei mittlerweile mehr anzustrengen scheint als mich. Das ist auch kein Wunder. Vor ein paar Monaten bin ich noch regelmäßig in der Schorfheide joggen gewesen, und Arthur haust seit unzähligen Jahren in der Forensik. Wie lange genau, weiß ich nicht und werde es auch nie erfahren.

„Hier wurden an Häftlingen Milzbranderreger getestet. Hitler hat das zwar missbilligt, aber wie gesagt, er hätte alles getan, um diesen Krieg zu gewinnen." „Arthur!" „Nicht nur die Nazis haben an dieser biologischen Waffe getüftelt", referiert er ungerührt weiter, „auch die Briten und die Amerikaner. Und die Russen. Selbst die Franzosen und die Japaner." „Arthur!!" „Im Winter 1942 und im Frühjahr 1943 testete Großbritannien auf der Insel

Gruinard bei Island Milzbranderreger in Form von Leinsamenkuchen an Schafen, worauf die Insel fast fünfzig Jahre zu einem Sperrgebiet wurde. Winston Churchill bat US-Präsident Roosevelt kurz vor dem D-Day um fünfhunderttausend *N-Bomben*, die zuvor auf dem Testgelände *Dugway Proving Ground* entwickelt und getestet worden waren. Auch die Sowjets experimentierten mit Milzbrand. Im April 1979 infizierten sich beim Milzbrandunfall in Swerdlowsk in einer B-Waffen Forschungsstätte zahlreiche Anwohnerinnen und Anwohner mit Milzbrand, als vermutlich nur zirka ein Gramm des Milzbranderregers freigesetzt wurde." „Arthur!!!" „Milzbranderreger verursachen Übelkeit, Erbrechen, üble Kopfschmerzen, schweren, blutigen Durchfall und Bluthusten. Soldaten werden damit außer Gefecht gesetzt." „Arthur!!!!" Ich hielt in meinen Bewegungen inne. „Was ist?" „Ich will keinen verdammten Vortrag über, über... Milzbranderreger, ich will wissen, wohin du uns führst." „Oh, 'tschuldigung", murmelt Arthur, als würde er sogleich wieder in seine katatonische Schweigsamkeit fallen. „Wir sind gleich da."

Die letzten Meter robben wir beide schweigend. Endlich kommen wir an einer verrosteten Stahltür an. „Hier ist es", meint Arthur und reicht mir eine Art Tresorschlüssel mit doppeltem Bart und eine Packung Streichhölzer. „Für den Rest des Weges bist du auf dich allein gestellt. Leb wohl!" Ich starre verblüfft die beiden Dinge in meinen Händen an und spüre, wie kalter Schweiß ausbricht. „Arthur!"

Aber Arthur ist längst auf dem Rückweg und antwortet nicht mehr. Der kleine Lichtkegel von der Taschenlampe in Arthurs Händen zittert kurz und verschwindet dann langsam. Und damit umgibt mich komplette Dunkelheit. Stockdunkelheit. Diese Art von *Nicht-mehr-die-Hand-vor-Augen-sehen-können* löst in mir eine unfassbare Panik aus. Diese Panikattacken bei Stockdunkelheit überkamen mich seit meiner frühesten Kindheit.

Wenn meine Eltern, meine Schwester und ich meine Großeltern väterlicherseits besuchten, musste meine Schwester und ich in so einem stockdunklen Raum schlafen. Meine Großeltern väterlicherseits lebten in einem kleinen Dorf namens Hainichen in der Nähe von Eilenburg. Normalerweise übernachteten wir dort nie, sondern fuhren abends auf mein Drängen und Betteln wieder nach Hause. Nur ein oder zweimal im Jahr blieben wir in Hainichen über Nacht und dann hieß es für meine Schwester und mich: Stockdunkelzimmer. Das Zimmer war deshalb so stockdunkel, weil die Fenster noch dunkelgrüne Fensterläden aus Holz von außen besaßen. Und die wurden am Abend natürlich geschlossen. Wenn unsere Mutter dann das Licht gelöscht hatte, sah man die Hand vor Augen nicht mehr.

Angst vor dem Dunkeln verspüre ich, seit ich denken kann. Stockdunkel war die reinste Folter. Oft hatte ich mich in den Schlaf geweint. Und da wir uns auch zu Hause ein Zimmer teilen mussten, rief meine Schwester häufig meine Mutter mit den Worten: *Trutz fängt zu pumpen an. Trutz fängt zu pumpen an.* Das bedeutete nichts anderes, als dass ich anfing, rhythmisch stark ein und auszuatmen, bevor die Tränen zu rollen begannen. Der Grund meiner Trauer und meines Schmerzes war ganz einfach. Ich musste an den Tod denken. An den Tod im Allgemeinen, an den Tod meiner Eltern und natürlich an meinen eigenen Tod. *Man schläft für immer!* Ich schrie, wie ich im Leben nicht mehr geschrien habe. Und genauso fühle ich mich jetzt. Nur, wird meine Mutter nicht kommen, und mich in die Arme schließen.

Mit zitternden Händen taste ich nach der Streichholzschachtel und öffne sie. Mein rechter Zeigefinger prüft den Inhalt. Die Streichholzschachtel ist nicht voll, aber gut gefüllt. So viel steht erst einmal fest. Das ist beruhigend. Es gibt neuverpackt achtunddreißig Streichhölzer in einer Schachtel, das war schon immer so. In der, die ich in den Händen halte, sind es vielleicht noch zwanzig oder fünfundzwanzig. Kein Grund zur Panik. Ich krame an den schmalen Hölzern und schiebe vorsichtig eines aus der Schachtel. Um es in der Dunkelheit nicht zu verlieren, klemme ich es mir zwischen die Zähne. Dieser Tunnel ist sehr feucht und die Schachtel Streichhölzer ist es inzwischen auch ein wenig geworden. Mein erster Versuch, das Streichholz zu entzünden, endet in einem fast lautlosen Zischen und die Stockdunkelheit hat sich nicht verändert. „Arthur!", schreie ich. Aber das ist natürlich sinnlos. Wir sind fast eine halbe Stunde lang gekrochen. Ich habe keine Ahnung, wo ich mich und wo sich Arthur mit seiner Taschenlampe gerade auf seinem Rückweg befindet.

Wieso will er eigentlich zurück? Das frage ich mich kurz. Aber die Antwort liegt natürlich auf der Hand. Die Forensik ist inzwischen sein zu Hause geworden. Und Arthur wird wahrscheinlich alles tun, damit das auch so bleibt.

Der zweite Versuch, ein Streichholz zu entzünden, endet wie der Erste. Ich überfliege kurz mein Streichholzkapital. Waren am Anfang noch gefühlte fünfundzwanzig Hölzer in der Schachtel, sind es jetzt noch Dreiundzwanzig. Das sind nicht wenige, aktiviere ich meinen Optimismus. Du bist nicht mehr vier Jahre alt, ermahne ich mich. Der übernächste Versuch klappt und das Hölzchen flammt auf. Ich starre die verrostete Eisentür an und finde sofort das Schlüsselloch. Dann schiebe ich den doppelten Bartschlüssel in das Schlüsselloch. Das funktioniert nicht gleich. Das Streichholz ist inzwischen abgebrannt, und es herrscht wieder Stockfinsternis. Obwohl die altbekannte Panik in mir hochsteigt, vermag ich es, mit zittrigen Fingern Schlüssel und Schlüsselloch zu ertasten. Trotzdem stehen mir Schweißperlen auf der Stirn.

Am Schlüssel spüre ich Widerstand, aber er lässt sich drehen. Ich drücke gegen die verrostete Eisentür und nach endlosen Sekunden beginnt sie, sich zu bewegen. Ein winziger Lichtstrahl erscheint erst am Boden und dann seitlich der Tür. Jetzt werfe ich mein gesamtes Gewicht gegen die Tür. Mit einem Ruck und einem beleidigten Knarzen öffnet sie sich.

Als ich ins Freie trete, liegt da eine Frau. Sie ist tot, und ihr Körper beginnt bereits langsam zu verwesen. Ein süßlicher ekelhafter Gestank geht von der Leiche aus. Überall wimmelt es von weißen Maden und anderem Getier. Ich betrachte den Körper. Das dunkelbraune Haar ist mit verkrustetem Blut überzogen.

Dennoch weht auch eine frische Brise, die irgendwo vom Meer herkommt. Bin ich durch den Tunnel, durch den mich Arthur geführt hat, etwa zum Meer gelangt? Von Eberswalde aus? Ich reibe mir die Augen und stehe auf. Ich stehe auf einem Felsvorsprung und muss all meine Kraft zusammennehmen, um mich nicht in die Tiefe zu stürzen. Mit rudernden Armen finde ich mein Gleichgewicht.

Über mir spannt sich ein strahlend blauer Himmel. Unter mir tut sich ein Abgrund auf. Dichte Vegetation, Felsen und dann sehe ich es tatsächlich. Das Meer. Den Atlantik. Gott, wo hat Arthur mich nur hingeführt! Und wie bin ich hierhergekommen?

Da liegt sie nun, Christina Buschmann.

Sie wollen dich für etwas verurteilen, was du nicht getan hast, hallt es in meinem Kopf wider. Nur sehr langsam dringen die Geräusche der Klinik zu mir durch.

63

Der kanariengelbe Mini blinkte links, und ich tat es ihm gleich. Nach etwa fünf Kilometern wurde der Nebel so dicht, dass ich keine fünfzehn Meter mehr weit sehen konnte. Da ich aber wusste, dass es hier nur diese einzige Straße nach La Frontera gab, entspannte ich mich und als ab und an zwei rote Lichter kurz aufflackerten, zweifellos die Bremslichter des kanariengelben Minis, entspannte ich mich noch mehr. Ich drosselte meine Geschwindigkeit angemessen und legte meinen augenscheinlichen Fokus mehr auf die durchgehende weiße Linie der rechten Fahrbahnmarkierung als nach vorn. Inzwischen war der Nebel strahlendem Sonnenschein gewichen. Ich zog meine Sonnenbrille aus dem Etui und setzte sie mir auf die Nase.

Die weite Ebene von La Frontera tat sich auf und nach ein paar weiteren dutzenden Kurven waren wir im Tal. Der kanariengelbe Mini, mit dem Entführer meiner Christina und ich. Als wir das Tal erreichten, nahm der Verkehr schlagartig zu. An der ersten Kreuzung fädelten sich Lieferwagen, LKWs und PKWs in den Verkehr in Richtung Hauptstadt. La Frontera war das landwirtschaftliche und industrielle Herz der Insel und das Verkehrsaufkommen entsprechend. Drei, vier Wagen schoben sich am nächsten Kreisverkehr zwischen den kanariengelben Mini und meinen Mietwagen. Panik bekam ich nicht. Im Gegenteil, ich war weiter fokussiert. Trotzdem bildeten sich kleine Schweißperlen auf meiner Stirn. Was würde mich erwarten, wenn dieser verfluchte kanariengelbe Mini endlich anhielt?

In meinem Kopf spulten sich einige Filme gleichzeitig ab. Einer davon grässlicher als der andere.

Wegen des deutlich erhöhten Verkehrsaufkommens hatte sich der Abstand zwischen uns noch ein wenig vergrößert, entwischt war mir der kanariengelbe Mini jedoch nicht. La Frontera lag nun ebenfalls hinter uns und kurz bevor der meiste Verkehr vom einzigen Tunnel der Insel verschluckt werden würde, sah ich, dass mein Zielobjekt links blinkte und Richtung Las Puntas abbog. An einer Baustellenampel wurde ich abermals ausgebremst, aber das machte nichts. Die Straße nach Las Puntas war eine Sackgasse. Das wusste ich von all meinen vergeblichen Suchereien. Keine zehn Minuten später parkte ich endlich in gebührendem Abstand in der Nähe des kanariengelben Minis, den ich die letzten Tage unaufhörlich auf der gesamten Insel gesucht hatte. Es war ein mit unzähligen Schlaglöchern übersäter Schotterplatz vor dem kleinsten Hotel der Welt. Die Fahrertür öffnete sich und Christina stieg aus. Sie schlug die Wagentür zu, verschloss per Fernbedienung das Auto und marschierte in Richtung Hotel. Ich rieb mir verwundert die Augen. Wo war Silvio? Mir war nicht aufgefallen, dass sie irgendwo gehalten, und er den Wagen verlassen hatte. Vielleicht im Nebelwald? Im dichten Verkehr von La Frontera?

Nachdem Christina im Hotel verschwunden war, stieg ich aus und folgte ihr. Die Rezeption, verriet ein Schild, war nur telefonisch erreichbar. Das Klingelschild war mit einem einzigen Namenszug bedruckt. Apartemento eins. Ich drückte den Klingelknopf und wartete. Christinas Stimme ertönte keine fünf Sekunden später.

„Ja?"

„Ich bin es."

„Trutz?"

„Ja." Der Türöffner quengelte, und ich schob die Tür auf. Der wohlige Geruch einer Mischung aus Salzwasser, Holz und Stein umgab mich… und der vertraute Geruch von Christinas Parfüm. Sie benutzte es, seit ich sie kenne. Sie stand vor mir, hatte ihre Arme in die Hüften gestemmt und sah verwundert aus. Was kein Wunder war.

„Was machst du hier?" „Ich dachte…", stammelte ich. „Ich meine, ich wollte dich besuchen… auf der Insel. Warum bist du nicht ans Telefon gegangen? Ich habe dich ungefähr hundertmal versucht, anzurufen." „Ich habe mein Handy verloren." Christina tat einen Lacher. „Hier, es ist mir aus der Hand gerutscht und plumpste ins Meer. Sehr ungeschickt von mir. Tut mir leid. Aber so etwas passiert."

„Ach. Wirklich ungeschickt." Dann schoss ein imaginäres Grauen in mein Hirn.

„Wo ist Silvio?" Christina trat einen Schritt zurück.

„Was meinst du damit? Wer ist Silvio?"

„Der Kellner aus dem *Houdini*, als Judith Hermann da noch gekellnert hat."

„Häh?"

„Ich habe euch zusammen gesehen. In La Restinga, dort, wo ich gerade wohne. Ihr habt euch geküsst." Christina wich abermals einen Schritt zurück und griff sich an die Stirn.

„Trutz, was ist los mit dir?"

„Ich arbeite an", antwortete ich spontan, „*Der Fluch von Bebersee* – mein neuer Roman."

Ich weiß nicht genau, warum Christina die Augen zusammenkniff, mir jedenfalls erschien diese Mimik feindselig. Zumindest abschätzig. „Von was redest du, um Himmels Willen?" Das ist jetzt der Moment der Wahrheit, dachte ich. Und das sollte er auch werden. Ich schloss die Augen und schüttelte mich, als wäre plötzlich Staub oder Schnee oder sonst was auf mich herabgerieselt. Als ich meine Augen wieder öffnete, saß vor einem der Panoramafenster mit Blick auf den Atlantik der durchgeknallte Kater auf dem Fenstersims. Claudias Stimme sprach zu mir.

Das ist sie, die Inkarnation der Hexe von Bebersee. Christina Buschmann, geb. Sens, geboren und gestorben jeweils an einem 24. August. Töte sie!

„Trutz!"

Wie benommen ließ ich mich auf einen Sessel fallen, von denen zwei um einen kleinen Tisch drapiert waren. Ich ließ meinen Blick schweifen. Die Anwesenheit einer zweiten Person in diesem Apartemento ließ sich jedenfalls nicht zweifelsfrei belegen. Ich sah eine Reisetasche, Christinas Reisetasche, die ich kannte. Ich sah ein Buch auf dem Tisch liegen, in dem ein Lesezeichen steckte. Mein Blick suchte den durchgeknallten Kater, der gerade seine rechte Vorderpfote putzte. Aber er gab keinen Kommentar. Auf meiner Stirn bildeten sich abermals Schweißperlen, ganze Bäche. „Ich habe sehr viel recherchiert, weißt du das?" „Wofür?" Christina schien eine Nuance blasser geworden zu sein.

„Für den Fluch von Bebersee. Das Grab auf unserem Grundstück, dass sich weder öffnen noch umbetten lässt… und dies, … dass hast du ignoriert Christina. Diese Mission war von vornherein zum Scheitern verurteilt. Weil sie alle, die das versucht haben, ums Leben gekommen sind. Verstehst du? Nicolaus Sens, der sowjetische Offizier Nikolai Iwanowitsch Sens, Helmut Schönberger. Sie alle. Verstehst du das!" Christina schossen Tränen in die Augen.

„Trutz."

„Es gibt dort jetzt Kräfte, von denen du keine Ahnung hast, nicht einmal den Hauch einer Vorstellung. Eine gigantische Verschwörung, in der der gemütliche Pastor eine relevante Rolle spielt. In Wahrheit heißt er nämlich Bruder Johannes und er hat mir ein Buch gegeben von *Priamus Apokalyptikus*, welches nur aus weißen Seiten bestand. Geheimschrift, haha."

„Trutz …"

„Du hast keine Ahnung, was in den napoleonischen Kriegen 1813 in Leipzig passiert ist. Ich weiß es. Alle Brüder von der Hexe von Bebersee, Christina Buschmann, geb. Sens, sind gefallen. Du erinnerst dich? Sie starben in der Nähe von Leipzig, irgendwann zwischen dem 16. und 19. Oktober 1813. Nicolaus starb in Wachau, durch eine Kanonenkugel, die seinen Kopf vom Hals trennte. Gabriel aus Königsberg wurde mit der Bajonettspitze einer Muskete Kaliber siebenacht das Herz durchbohrt. Johannes aus Osnabrück wurde einfach von einem Trakehner-Pferd niedergetrampelt und starb ein paar Stunden später in einem Lazarett in Leipzig und Thomas aus Usedom..." Christina wischte sich mit ihrem Ellenbogen die Tränen aus dem Gesicht.

„... und Conrad Sens, der Achtjährige war der Erste, der ermordet worden war, beim Stralauer Fischzug in der Bartholomäusnacht am 24. August 1799, ertrunken in der Spree. Verstehst du das nicht?!" Das hatte Christina offensichtlich nicht. Denn sie rannte zur Ausgangstür. Ich folgte ihr.

„Christina!"

Ich sah, wie sie die Tür des kleinsten Hotels der Welt öffnen wollte, um ins Freie zu gelangen. Dagegen hatte ich etwas. Ich griff nach ihren dunkelbraunen Haaren und zerrte daran. Den Abscheu, den ich sofort gegen mich spürte, war überwältigend. Ich ließ los. Im nächsten Moment hörte ich Claudias Stimme, die nur abfällig *Du bist ein Feigling* grunzte und packte abermals zu. Christina wehrte sich, indem sie um sich schlug. Sie traf meine rechte Schläfe, und ich ging zu Boden.

Diesmal war sie schneller als ich und schaffte es, die Tür zu öffnen und nach draußen zu rennen. Ich rappelte mich hoch und rannte ihr nach. Kurz bevor sie den kanariengelben Mini erreichte, holte ich sie ein. Ich packte wieder zu. Diesmal erwischte ich ihren schmalen Hals.

Christinas Arme schnellten nach oben, und sie versuchte abermals, nach mir zu schlagen. Das funktionierte nicht, da ich diesmal vorsichtiger war. Der absolute Ekel gegen mich, schien mich einen Moment lang zu überwältigen. Aber das änderte jetzt nichts mehr. Es war die Stunde der Wahrheit.

„Du steigst jetzt in mein Auto und dann fahren wir nach San Andres", zischte ich. „Dort ist Silvio ausgestiegen, da bin ich mir sicher. Und dort wird er auf dich warten. Stimmt's?" Christina antwortete, paralysiert wie sie war, nicht.

Ich bog Christina beide Arme zurück und verhinderte damit einen neuerlichen Versuch, sich von mir zu befreien. Zum Glück befand sich weit und breit niemand. Nur der Atlantik schlug wütend gegen die Felsen von *Las Puntas*. Ich fingerte in meine Hosentasche und fand einen Kabelbinder. Vor ein paar Tagen hatte ich mir ein Dutzend davon in Valverde gekauft, um das lästige Kabelgewirr meines Laptops und den anderen Verlängerungskabeln zu bändigen, weil ich ein paar Mal auf dem kleinen Balkon in meinem Apartemento in La Restinga darüber gestolpert und beinahe gestürzt war. Es war die kleinste Ausführung von Kabelbindern. Dennoch reichte sie aus, um Christinas Hände zu fesseln.

Alles geschah blitzschnell, und ich hatte keine Ahnung, warum ich das alles tat. Es war ein Rausch, soviel stand fest. Ein Rausch, der nicht die Spur von Entspannung bedeutete, vermutlich nur einen endlosen Kater. Aber es war ein Rausch. Ein Blutrausch.

Christina schrie, aber das half ihr nichts. Das Tosen des Atlantiks war viel zu laut. Als Christina endlich im Fonds meines Mietwagens saß, und ich eine Weile nach Atem gerungen hatte, sagte ich zu ihr: „Zuerst dachte ich, dass Silvio dich entführt hätte. Aber das stimmt nicht. Du bist freiwillig mit ihm gegangen, oder?" „Trutz, du redest Blödsinn. Was ist nur in dich gefahren?" Ihr Gesicht drückte jetzt nicht nur mehr blankes Entsetzen, sondern unbarmherzige Wut aus. Das sah ich im Innenrückspiegel. Und das nicht zum ersten Mal, wie mir schien. Und gleichzeitig sah ich noch etwas anderes. Ich sah, wie sich die Inkarnation vollzog. Und das machte mir wirklich Angst. Dort auf der Rückbank meines gemieteten Kleinwagens vollzog sich eine Wandlung. Aus meiner Christina wurde Christina Buschmann, geb. Sens, 1799-1825 geboren und gestorben, jeweils an einem 24. August.

Die Hexe von Beberseee.

Mir wurde gleichzeitig heiß und kalt. Es fiel mir unfassbar schwer, mich auf die Straße zu konzentrieren. Immer wieder sah ich in den Innenrückspiegel und konnte nicht glauben, was sich darin tat. Es war wie in *Harry Potter und die Kammer des Schreckens*, als Hermine, Ron und Harry in das erste Mal Vielsaft-Trank in einer Mädchentoilette in Hogwarts genommen hatten, um die Gestalten der engsten Vertrauten ihres Gegenspielers Draco Malfoy - Vincent Crabbe, Gregory Goyle und Pansy Parkinson – anzunehmen. Das Gesicht meiner Christina schien mit dem Gesicht einer anderen zu ringen. Dem Gesicht von Christina Buschmann, geb. Sens, die längst verrottet hätte sein müssen. Es aber allem Anschein nicht war. Wellenartig rangen die Gesichter miteinander. Es schien kein Ende zu nehmen. Inzwischen hatten wir La Frontera hinter uns gelassen und es ging steil hinauf in den Nebelwald. Nach zirka zwanzig Minuten meldete sich Christina. Welche?

„Trutz, es tut mir leid. Hör bitte auf mit dem Nonsens und lass uns reden." Ich starrte in den Innenrückspiegel und es war, als flimmerten weiter zwei Gesichter darin.

„Was tut dir leid?"

„Dass ich nach El Hierro geflüchtet bin. Ich hätte bei dir bleiben sollen, das weiß ich jetzt. Du hast mich gebraucht. Das tut mir leid."

„Aber wieso? Hier ist es doch schön." Beinahe wäre ich mit einem entgegenkommenden braunen Lieferwagen kollidiert, weil ich kurz unaufmerksam gewesen war, aber wir konnten, Gott lob, beide rechtzeitig bremsen. Christina kreischte. „Trutz, du musst langsamer fahren, sonst bringst du uns beide noch um."

Ich kicherte, obwohl mir gar nicht nach Kichern zumute war. Denn am liebsten hätte ich sofort angehalten, wäre ausgestiegen, hätte Christina von ihrem unseligen, kleinen Kabelbinder befreit und wäre mit ihr nach La Restinga gefahren. Weil es dort schön ist. Aber ich konnte nicht. Ich konnte nicht, weil das Bild in meinem Innenrückspiegel immer wieder flackerte und dabei zwei Gesichter freigab. Eines, das mir vertraut war und das ich liebte und eines, das fremd, verwirrend und wahrscheinlich tödlich war.

Sowie bei Nicolas Sens, Nikolai Iwanowitsch und Helmut Schönberger. Aber in einem hatten die beiden Gesichter tatsächlich Recht. Ich musste mich auf die Straße konzentrieren und langsamer fahren. Möglicherweise wurde La Frontera gerade jetzt von hunderten Lieferwagen mit unsinnigen, bestellten Dingen überschüttet. Also fuhr ich langsamer und konzentrierte mich auf die Straße.

„Trutz, kannst du die Entschuldigung annehmen und diesem Spuk jetzt ein Ende bereiten?" Der durchgeknallte Kater saß plötzlich neben mir auf dem Beifahrersitz. Er starrte mich mit seinen bernsteinfarbenen Augen an und maunzte. Nur war es kein gewöhnlicher Mauzer, sondern ein vielschichtiger, und es klang wie ein empörtes: *Määh,* Dann: *mi, murr, mhhh, ma, muuh.* Und dann sprach er endlich wieder. *Trutz, du bist im Arsch. I am sorry. That's the reality.* „Seit wann sprechen Katzen englisch?", erwiderte ich. „Was meinst du damit?", fragte Christina B. von der Rückbank. „Seit wann sprechen Katzen englisch?" „Ich meine", sagte ich und sah abwechselnd zu dem durchgeknallten Kater neben mir auf dem Beifahrersitz und zu Christina im Innenspiegel meines Mietwagens, „dass Katzen nicht englisch sprechen sollten, oder?"

„Katzen sprechen nicht, Trutz", stellte Christina nüchtern fest, aber das ignorierte ich. *Ha, du hast keine Ahnung,* dachte ich.

Das darauffolgende Stimmengewirr mit allerlei Geplapper, löste wieder Panik in mir aus.

„Haltet die Klappe. Alle!", befahl ich. „Ich muss mich konzentrieren." Was jetzt noch fehlte, war Claudias Stimme, dann hätte ich komplett die Fassung verloren. Obwohl sich hinten im Fonds ihre Augen vor Entsetzen geweitet hatte, ließ Christina nicht locker.

„Was hast du vor, Trutz?", fragte sie und fing an zu weinen. „Ich fahre mit dir nach San Andres zum Parkplatz von El Garoé, wo höchstwahrscheinlich Silvio auf dich wartet, und dann werden wir uns aussprechen. Das habe ich doch schon gesagt."

Christina schien sich vorerst damit abzufinden, denn sie schwieg eine Weile. „Und bei dieser Gelegenheit werde ich auch herausfinden, ob du wirklich die Hexe von Bebersee bist. Der Heilige Baum der Bimbachen wird mir eine Antwort geben. Das weiß ich."

Ich sah in den Innenrückspiegel und erwartete, dass die beiden Gesichter wieder miteinander rangen. Aber das geschah nicht. Stattdessen spürte ich, wie sich die Rückenlehne meines Sitzes pulsartig in Bewegung setzte. Christina stieß ihre Füße dagegen.

„Hör auf damit oder willst du uns beide umbringen?", befahl ich, und meine Stimme war mir in diesem Augenblick so fremd, als hätte ich die Worte nicht gesprochen, sondern gewürgt. Das Rumpeln an meinem Sitz wurde schwächer und hörte dann ganz auf. Christina schien inzwischen zu grübeln. Möglicherweise dachte sie sich für mich sogar irgendeinen Hokuspokus aus. Der Geruch von Urin berührte einen kurzen Moment meine Nase.

Heile, heile Gänschen, tut bald nicht mehr weh.

Heile, heile Mäusespeck, in hundert Jahren ist alles weg.

Aber das war es nicht. Inzwischen waren es fast zweihundert Jahre und es war nicht weg. Ich jedenfalls hatte nicht vor, dass dieser Spuk noch weitere zweihundert Jahre dauern würde.

Links neben mir tauchte die Zufahrt zum Parkplatz von El Garoé auf. Ich bremste scharf, setzte den Blinker und bog ein. Die Straße zum wichtigsten Heiligtum der Bimbachen war am Anfang zwar noch asphaltiert, wurde aber bald zu einer löchrigen Schotterpiste. Nach zwei Kilometern ging es links steil bergauf.

Als ich das erste Mal hier gewesen war, hegte ich große Zweifel, ob mein kleiner Mietwagen diese Steigung unbeschadet überstehen würde. Ich war sogar ausgestiegen und hatte den Aufstieg erst einmal zu Fuß genommen. Als mir dann ein alter Kleinwagen mit einheimischen Rentnern darin entgegenkam, war ich umgekehrt und den Rest der Strecke gefahren.

Diese Zweifel hatte ich jetzt nicht mehr. Ich schaltete in den ersten Gang runter und ließ den Wagen langsam die fünfzehnprozentige Steigung erklimmen. Kleine Steine schleuderten von den Vorderrädern gegen den Unterboden.

Egal, ich hatte ohnehin nicht vor, diesen so mühsam erstandenen, verkackten Mietwagen jeweils wieder in Teneriffa dieser arroganten Schlampe der Mietwagenfirma zurückzubringen. Ich trat die Kupplung und schaltete in den zweiten Gang. Das wusste ich aus meinen Erfahrungen bei Schneefahrten. Je behutsamer der Antrieb, desto besser griffen die Reifen.

„Hör zu", sagte eine Stimme hinter mir. Ich sah, obwohl das äußerst unvorsichtig war, in den Innenrückspiegel. Es war das Gesicht meiner Christina und nicht das von Christina Buschmann, geb. Sens. „Ich hatte eine Affäre mit Silvio, dem ehemaligen Kellner im *Houdini*. So wie du es ausgedrückt hast. Aber sie war nur einmalig. Das war in Berlin. Er ist nicht hier, das schwöre ich." Ihre Stimme bebte, bebte vor Verlogenheit. In meiner Kehle sammelte sich ein leises Stöhnen, und ich schnappte hektisch nach Luft. Ich spürte, wie sich kalte Finger um mein Herz schlossen und schlug die Hände über die Augen, wie um mich von einer unerträglichen Vision zu befreien... wie eine unerträgliche Vision zu verscheuchen. Meine Augen begannen zu irrlichtern. „Du lügst, er ist hier. Er ist hier und wartet auf dich. Gleich werden wir ihn sehen." „Nein Trutz, das musst du mir glauben."

Die Steigung hatte der Kleinwagen mittlerweile meisterlich bewältigt. Links breitete sich eine weite Ebene bis zur Steilküste aus, wo friedlich Schafe grasten, oder waren es Ziegen? Schwarze Punkte am Horizont, die sich bewegten. Die letzten Meter gingen bergab und dann hatten wir ihn endlich erreicht. Den offiziellen Parkplatz vor dem höchsten Heiligtum der Ureinwohner von El Hierro, den Bimbachen. Die Sonne verließ gerade den letzten Rest des Nebelwaldes, des Düsterwaldes, den sie den ganzen Tag vergeblich versucht hatte zu bescheinen und verschwand unspektakulär. Nicht im Meer, wie im Süden, in La Restinga, sondern einfach so. Kein Mensch, kein Tier weit und breit.

Eine Erinnerung brandete in mir hoch. Die Erinnerung, als ich das frischgeborene Kätzchen aus dem Fenster geworfen hatte und an das entsetzliche Maunzen, als wir zuvor versucht hatten, sie mit Chloroform zu töten. Was hatte ich dabei gefühlt? Was hatte ich damals gefühlt? Verzweiflung, blankes Entsetzen, Ohnmacht und Schuld und noch etwas anderes. Macht. Macht über Leben und Tod. Und damals bei dem neugeborenen Kätzchen war ich in Tränen ausgebrochen, obwohl meine damaligen Schulfreunde Roland und Holger und ich ganz cool sein wollten.

Ich zerrte Christina aus dem Wagen. „Wir müssen zum Baum!" Christina gehorchte, obwohl ihr unentwegt Tränen über die Wangen liefen. „Trutz", sagte sie matt. „Du machst mir Angst." Oh, ja! Jetzt sah ich es wieder. Das Gesicht der Hexe von Bebersee. Wie raffiniert!

„Wenn er dort nicht wartet, lass ich dich gehen. Dann kannst du zurückkehren zu deinem verfluchten Grab in Bebersee, Christina Buschmann, geb. Sens." Ich setzte Christina neben dem Eingang zum heiligen Baum, der mit einem Drehkreuz gesichert war. Ich sicherte Christina mit einem weiteren Kabelbinder am Drehkreuz. Um Silvio nicht aufzuschrecken, verbarg ich mich hinter einem Gebüsch und wartete. Wenn er hier nicht gewartet hatte, würde er bald kommen oder er würde sich mir stellen. Nichts passierte. Nach einer Stunde verließ ich mein Versteck und ging zurück zu Christina. Es dämmerte und ich vermochte es nicht mehr, die zwei Gesichter, die sich mir dargeboten hatten, zu unterscheiden. Christina hatte den Test jedenfalls bestanden, entschied ich. Aber was wäre, wenn das alles nur eine große Falle war?

Ich hörte in mich hinein und suchte nach einer Antwort. Claudias Stimme schwieg. Von dem durchgeknallten Kater war weit und breit nichts zu sehen. Also war ich auf mich selbst gestellt. Und für den Moment ratlos. Nach einer Weile hatte ich mich zu einer Entscheidung durchgerungen. Ich ging langsam zu der am Drehkreuz zum Eingang gefesselten Christina und sagte: „Okay. Ich lasse dich jetzt frei." Ich erinnerte mich an das Brotmesser, das ich auf meinem Beifahrersitz abgelegt hatte, und ging zum Wagen, um es zu holen, um Christina von ihren Kabelbindern zu befreien.

Als ich zum Drehkreuz zurückkam, spürte ich eine Gestalt hinter mir. War das Silvio? Schlagartig drehte ich mich um, aber da war nichts. Christina begann leise zu wimmern. Dann schnitt ich sie frei. Als hätte der Vielsaft-Trank - wie bei der *Harry Potter Legende* - viel zu kurz gewirkt, starrte ich in die madenüberzogene Visage von Christina Buschmann, geb. Sens. Alle Masken waren gefallen. Mein erster Impuls war, wegzurennen. Aber mir wurde sofort klar, dass ich diesbezüglich keine Chance hatte. Also trat ich ihr entgegen. „Das ist es also", brüllte ich. „Genau hier willst du mich also töten!" „Wie bitte?" Dieser Trick war simpel. Also warf ich mich mit der ganzen Wucht meines Körpers gegen die Hexe. Ohne, dass ich begriffen hatte, was passiert war, war sie verschwunden. Verblüfft sah ich mich um. Nichts. Niemand!

Wahrscheinlich hatte die Hexe von Bebersee eine Art Zeitsprung gemacht, dachte ich. Ich umklammerte das Brotmesser und bereitete mich auf einen Angriff vor, der nicht kam. Die Sonne war inzwischen fast verschwunden, und ich erkannte nur noch Silhouetten. Gerade deshalb umklammerte ich das Brotmesser weiter und lauschte. Irgendwo in der Nähe raschelte es. Ich sah in die Richtung, von wo das Rascheln gekommen war. Das war in etwa bei der Stelle, wo die Hexe plötzlich verschwunden war. Dann gab es ein Knacken, und ich spannte meine Muskeln an. Jeden Augenblick würde der Angriff starten, da war ich mir sicher. Aber ich war vorbereitet. Ein spitzer Schrei. Das war wohl der Zeitpunkt. Vor Anspannung wurde mir fast schwindlig. Dem spitzen Schrei folgte ein dumpfer Schlag, dann war Ruhe.

Das war wieder so ein perfider Trick der Hexe, wusste ich. Sie wollte mich ablenken. Mit einem beherzten Seitensprung überwand ich das Drehkreuz, wobei ich mich an der verchromten Querstange festhielt. Dann stürmte ich den schmalen Trampelpfad zum heiligen Baum der Bimbachen hinunter. Er war mit kleinen Punktscheinwerfern beleuchtet. Ansonsten gab es hier niemanden. Keine Hexe, die mich erwartete. Ich wartete zwanzig Minuten. Nichts geschah. Dann dachte ich daran, dass ja wahrscheinlich meine Christina noch im Wagen saß. Was hatte sie zuletzt gesagt? Sie hatte eine kurze Affäre mit Silvio. In Berlin. Das war jetzt egal, dachte ich. Die Hexe war weg und würde niemals mehr unser Leben verkomplizieren. Endlich konnten wir unser kleines Haus in Bebersee so gestalten, wie es uns beiden behagte. Christina den Garten, ich das Haus. Einen kurzen Moment hielt ich inne. Sollte nicht auch Silvio irgendwo sein?

Claudias Stimme ertönte genau in diesem Moment. Das hatte mir gerade noch gefehlt. „Der durchgeknallte Kater und ich haben uns angefreundet. Er ist tatsächlich ein Prachtexemplar. So sensibel! Gratuliere!" „Halt dich fern von ihm", befahl ich, „und künftig auch von mir." Keine Antwort.

Noch immer wartete ich darauf, dass von der Hexe noch eine Aktion kam. Vielleicht hatte meine Ankündigung, dass der heilige Baum der Bimbachen sie entlarven würde, sie zurückgeschreckt, überlegte ich. Dann überkam mich Wut, auf die Hexe, auf Silvio, auf diesen Scheiß-Baum. Ich hob mein Brotmesser und stach auf die Rinde des Stinklorbeerbaumes ein. Einmal, zweimal, zehnmal. Dieser Baum hatte schon andere Feinde abgewehrt. Nichts. Christina war weg. Atemlos sank ich zu Boden am Fuße des Baumes. Ein riesiges Stimmengewirr breitete sich plötzlich in meinem Kopf aus, dass sich zu einer mir wohl bekannten Stimme formierte:

Heile, heile Gänschen, tut schon nicht mehr weh.
Heile, heile Gänschen, tut schon nicht mehr weh.
Heile, heile Mäusespeck, nach hundert Jahren war alles weg.

„Zweihundert" dachte ich. Ich rannte zurück zum Wagen und fuhr los.

EPILOG

In Bebersee ist es still. Als hätte die Welt den Atem angehalten. Die Anzeige auf dem Armaturenbrett zeigt den 16. Januar, 2020, 11:16 Uhr an. Einem Auto entsteigen zwei Männer. Einer ist Silvio, der andere nennt sich Bruder Petrus. Sie gehen die letzten Meter zu Fuß. Bis zur Dorfstraße 4 ist es nicht weit.

„Wie tragisch", erwähnt Bruder Petrus beiläufig und schießt einen Kiefernkienapfel mit seinem Fuß beiseite. Dieser kullert eine Weile über die Dorfstraße und bleibt dann am Rand des angrenzenden Kiefernwaldes liegen.

„Was meinen Sie?", fragt Silvio und folgt mit dem Blick dem Kienapfel.

„Nun ja. Dieses Dorf hier war einmal der Mittelpunkt unserer Bruderschaft. Und jetzt?"

„Bruder Petrus. Die Welt verändert sich. Das war schon immer so."

„Oh, ja, junger Aspirant." Die Lippen von Bruder Petrus spitzen sich zu einem spöttischen Lächeln. „Sie sind ein wenig altklug."

„Ach, ja?", erwidert Silvio, „Ich werde den zweiten Platz einnehmen, das wissen Sie."

„Natürlich. Und das ist auch gut so. Die Bruderschaft braucht neue Gesichter und junges Blut. Darüber sind wir uns alle einig. Dennoch, ich denke, ein wenig Bescheidenheit sollte uns allen guttun. Schließlich hat es hier sehr viel Leid gegeben. Leid, das wir ganz sicher nicht gewollt hatten."

„Leid schärft all unsere Sinne. Das wissen nicht nur Sie und ich. Das wissen alle." Bruder Petrus runzelt die Stirn.

„Gewiss. Was ist aus ihm geworden?"

„Dem Schriftsteller?"

„Genau. Der Schriftsteller, der uns dieses ganze Durcheinander und den Umzug eingebrockt hat." Dann seufzt er hörbar. „Er befindet sich nach wie vor in der forensischen Psychiatrie in Eberswalde."

„Ach", seufzt Bruder Petrus. „Für immer?"

„Das weiß man nie."

Inzwischen erreichen sie die Dorfstraße 4 und öffnen das kleine, hölzerne Tor, das nur mit einem kleinen Eisenwinkel gesichert ist.

„Sie haben alles dabei?", fragt Bruder Petrus und blickt über die Schulter zu Silvio.

„Ja, das habe ich", antwortet er und strafft seine Schultern.

„Diese Affäre war unnötig."

„Bitte?"

„Sie wissen, was ich meine. Die Affäre mit Christina Buschmann. Das war unnötig."

„Da bin ich mir, ehrlich gesagt, nicht sicher. Gottes Wege sind manchmal unvorhersehbar." Bruder Petrus hebt die Augenbrauen und seufzt ein weiteres Mal.

„Sei es drum. Wir haben jetzt andere Sorgen."

Beide Grundstücke neben der Dorfstraße 4 sind derzeit verwaist. In den Wintermonaten verirrt sich fast niemand der Berliner Sommerhausbesitzer hierher. Diesbezüglich gäbe es jedenfalls keine Störung. Zielstrebig marschieren die beiden Männer auf das handtuchartige Grundstück in Richtung Norden und bleiben schließlich vor einem kleinen Hügel stehen. Ein Grabhügel mit einem fast vollständig verwitterten Grabstein: *Christina Buschmann, geb. Sens, geboren 24.08.1799, gestorben 24.08.1825.*

„Und Sie sind sich sicher, dass das hier funktionieren wird?",
fragt Bruder Petrus und schaut über seine Schulter hinweg zu
Silvio, der hinter ihm läuft.

„Oh, ja."

Woher Silvio den Plastiksprengstoff hatte, weiß Bruder Petrus
nicht. Das ist auch gut so. Dass alles, was sie brauchen, jetzt da ist,
reicht aus: Plastiksprengstoff, Zünder, Handy. Nach langen
Diskussionen waren sie in der Bruderschaft übereingekommen,
dass dies die einzige Möglichkeit sei, dem Ganzen endlich ein
Ende zu setzen. Schließlich würde das Grundstück wieder
verkauft werden. Und wieder würde es neue Besitzer oder
Besitzerinnen geben, die vielleicht eines Tages… Nun ja. So ist es
wohl das Beste.

Silvio braucht nicht lange, um alles an Ort und Stelle zu
installieren. Nachdem dies getan ist, gehen die beiden Männer
zurück zur Dorfstraße und schließlich zu ihrem geparkten
Kleinwagen. Dort angekommen, öffnen sie die Türen, steigen ein
und schließen sie wieder sorgfältig. Silvio startet den Motor.

„Ein letztes Gebet?", er schaut zu Bruder Petrus hinüber und
lächelt verschmitzt. Bruder Petrus schüttelt den Kopf.

„Tun Sie es einfach."

Silvio greift in seine Jackentasche und fingert ein Handy hervor.
Ein Prepaid-Handy.

„Sind wir jetzt Terroristen?", fragt er grinsend und wählt eine
bestimmte Nummer. Auf dem Grundstück, Dorfstraße 4 gibt es
augenblicklich eine kleine Explosion. Sie ist lokal, richtet wenig
Schaden an und ist nichts anderes als ein dumpfer Knall. Eine
Fontäne märkischen Sandes – und was auch immer sich sonst
noch darin befindet –, schießt nach oben. Eine Kiefer gibt
knarzend nach und kippt schließlich um.

Ich reise mit Bahn und Taxi an. Mein geliebter Oldtimer ist längst verkauft, da ich natürlich kein Auto mehr fahren darf. Das Haus in der Dorfstraße 4 hat gelitten, soviel steht fest. Kein Wunder, in den letzten Jahren hatte sich niemand mehr darum gekümmert. Ich öffne die Gartenpforte und blinzle. Das Haus hat zwar gelitten, aber so wie es scheint, ist es zumindest noch bewohnbar.

Dann fällt mein Blick auf den vollkommen verrosteten Briefkasten rechts neben der Gartenpforte, der sich sicherlich in den nächsten Wochen oder Tagen auf dem Boden wiederfinden wird. Verwundert reibe ich mir die Augen. Eine weiße, rechteckige Spitze lugt aus dem Schlitz hervor. In diesem Briefkasten befindet sich tatsächlich ein Brief. Ungläubig ziehe ich meinen Beberseehausschlüssel aus der Hosentasche und fingere nach dem entsprechenden Schlüssel. Schon beim Öffnen der kleinen Tür sehe ich: es sind zwei Briefe.

Der erste Brief trägt einen amtlichen Absender.

Landkreis Uckermark, lese ich, *Amt für Brandschutz Abt. Kampfmittelbeseitigung*.

Ich öffne den Brief und staune schon nach den ersten Zeilen.

Sehr geehrte Frau Buschmann, sehr geehrter Herr Fiedler,
mit diesem Schreiben möchten wir Ihnen mitteilen, dass es auf Ihrem Grundstück, 17268 Bebersee, Dorfstraße 4, am 16. Januar 2020 zu einer Explosion gekommen ist, verursacht durch eine Bombe aus dem zweiten Weltkrieg mit einem sehr spezifischen Zünder. Personen kamen nicht zu schaden. Ihr Grundstück wurde untersucht und keine weiteren Bombenfunde lokalisiert. Der entstandene Krater wurde gefüllt.

Die Kosten dafür müssen wir Ihnen leider in Rechnung stellen. Insgesamt 8.023,15 €. Wir bitten Sie diesen Betrag bis zum 31.Mai 2020 zu überweisen. Sollten Sie nicht in der Lage sein, diesen Betrag auf einmal zu überweisen, können Sie gerne eine Ratenzahlung vereinbaren.

Hochachtungsvoll
S. Weber

Der zweite Brief stammt von meinem Verlag, datiert vom 27. Februar 2024. Darin wird mir ein Vorschuss von zwanzigtausend Euro für das Manuskript *Der Fluch von Bebersee* angeboten und neun Prozent Gewinnbeteiligung an jedem verkauften Buch.

Ich taumle mehr, als das ich gehe, zum Grab von Christina Buschmann, geb. Sens. Den Hügel und auch den Grabstein gibt es nicht mehr. Stattdessen wird eine kleine Sandfläche bereits von Brombeersträuchern okkupiert.

Ich spitze die Ohren und lausche.

Kein Singsang, keine Stimme. Nichts.

Irgendwie erleichtert gehe ich zurück zum Haus, schließe die Tür auf und erstarre.

Wie auf einer Perlenkette gespannt, stehen hintereinander all die gemalten Bilder dieses Hauses, die ich einst bei der letzten Frida in ihrer Scheune in Luisenhof gesehen hatte.

Nicht eines fehlt.

DANKSAGUNG

Mein Dank geht an Tatjana und Jan, ohne die beiden wäre dieses Projekt niemals zustande gekommen.

Ich danke Indra für ihren Optimismus und ihre Beharrlichkeit, ihre Geduld und ihre Ausdauer – alles Gute für dich!

Mein besonderer Dank gilt dem freundlichen und großartigen Personal der *Scala* in Leipzig, wo ich fast immer genau meinen Platz fand.

Jo Hilmsen, Oktober 2024

Über den Autor

Jo Hilmsen, geboren 1966 in Altenburg / Thüringen, lebt heute in Leipzig. Von 1991-2006 arbeitete er in Berlin und seit 2006 in Leipzig als Sozialarbeiter in einer psychiatrischen Einrichtung.

Seit etwa 20 Jahren schreibt er Belletristik.

Unter anderem sind erschienen:

Wotans Schatten oder Herr Urban und Herr Blumentritt beschimpfen sich
Strandtrift – Sechs Geschichten
Operativer Vorgang Seetrift (*neobooks.com,* gelesen auf youtube)

Der Fluch von Bebersee

Das Hörbuch

ab 2025

auf allen gängigen Plattformen erhältlich!

Info:

www.tatjana-trommershaeuser-sprecherin.de